DANIELLE STEEL

Danielle Steel é a mais popular das autoras contemporâneas e já entrou no *Livro de Recordes do Guiness* por ter tido um ou mais livros seus durante 381 semanas consecutivas na lista de *best-sellers* do *New York Times*. Tem 71 *best-sellers* publicados, traduzidos em 28 línguas, 47 países. Dos seus títulos, 29 foram adaptados à televisão, muitos dos quais em projectos premiados. Em 2002, a autora foi galardoada com a prestigiante **Ordre des Arts et des Lettres** pelo seu contributo de uma vida para a cultura mundial.

Danielle Steel estudou em Nova Iorque e trabalhou nas áreas das relações públicas, publicidade e ensino, até se dedicar por completo à literatura. É ainda fundadora de duas instituições de solidariedade, em memória do seu filho Nick. A **Nick Traina Foundation** apoia doentes do foro psiquiátrico e crianças vítimas de maus-tratos; a **Yo! Angel!** ajuda os sem-abrigo. A autora, mãe de nove filhos, vive em São Francisco e Paris.

DANIELLE STEEL

UM AMOR IMENSO

Tradução de
MARIA LUÍSA SANTOS

Título original: *No Greater Love*
Autor: Danielle Steel

Esta edição segue a grafia do Novo Acordo Ortográfico da Língua Portuguesa

Bertrand Editora, Lda.
Rua Prof. Jorge da Silva Horta, 1
1500-499 Lisboa
Telefone: 21 762 60 00
Fax: 21 762 61 50
Correio eletrónico: 1117@bertrand.pt
www.11x17.pt

Paginação: Fotocompográfica
Revisão: Alexandra Castro
Design da capa: Rui Rodrigues

Execução gráfica: Bloco Gráfico, Lda.
Unidade Industrial da Maia

1.ª edição: outubro de 2012
Depósito legal n.º 347 404/12
ISBN: 978-972-25-2526-8

Para ti, Beatrix, jovem meiga, especial,
que me enche de alegria
ternura e admiração.
Rapariga corajosa, que a vida
te seja sempre agradável,
em águas serenas,
com gente afável,
brisas suaves, dias ensolarados
e se, algum dia,
uma tormenta surgir,
tem presente o quanto te amamos.

E para ti, John,
por quem nunca houve,
nunca haverá,
jamais poderá haver...
amor maior que o meu.
Amor maior
e também todo o meu coração e vida,
para sempre.

D. S.

CAPÍTULO 1

10 de abril de 1912

O único som audível na sala de jantar era o tiquetaque do imponente relógio trabalhado que repousava sobre a cornija da lareira, e o ocasional roçagar abafado de um guardanapo de linho pesado. Onze pessoas enchiam a enorme sala e fazia tanto frio que Edwina mal conseguia mexer os dedos. Ao olhar de relance para os pais, no outro lado da mesa, captou o brilho do seu anel de noivado sob o sol da manhã e sorriu-lhes. Reparou que o pai, apesar de ter os olhos baixos e fixos no prato, exibia um pequeno trejeito travesso ao canto da boca. Tinha a certeza de que, por baixo da mesa, ele e a mãe estavam de mão dada. Na intimidade, andavam constantemente a brincar e a rir um com o outro, e os amigos costumavam dizer que não admirava que tivessem tido seis filhos. Kate Winfield, aos quarenta e um anos, mantinha o seu ar de menina. Possuía um corpo elegante e uma cinturinha estreita, e quem caminhasse mais atrás, a uma certa distância, teria dificuldade em distingui-la de Edwina, a filha mais velha, que também era alta e possuía os mesmos cabelos negros luzidios e os enormes olhos azuis. Eram muito próximas, tal como acontecia com o resto da família, uma família cujos membros riam, conversavam, discutiam, se abraçavam e brincavam, não havendo dia em que não se cometessem as maiores travessuras.

Edwina estava, naquele momento, a ter grande dificuldade em manter a compostura perante as nuvens de vapor que George, um dos irmãos, lançava para o ar gélido daquela sala de jantar «estilo ártico» que o seu tio Rupert, Lorde Hickham, gostava de manter a uma temperatura ligeiramente inferior à do polo Norte. A prole Winfield não estava habituada àquelas agruras. Sempre gozara do conforto do seu estilo de vida americano, no clima mais quente da Califórnia. Tinham vindo de propósito de São Francisco, um mês antes, para ficar com os tios e oficializar o noivado de Edwina. Os laços que tinham com a Inglaterra pareciam repetir-se. Elizabeth, irmã de Kate, casara com Lorde Rupert vinte e quatro anos antes e viera para Inglaterra, tornando-se segunda viscondessa e senhora da mansão Havermoor. Conhecera, aos vinte e um anos, Lorde Hickham, muito mais velho, numa visita deste à Califórnia na companhia de amigos, e apaixonara-se perdidamente por ele. Mais de duas décadas passadas, os sobrinhos tinham dificuldade em compreender a atração. Lorde Hickham era uma pessoa distante, áspera, intratável, dava mostras de uma total incapacidade para rir e saltava à vista de todos que achava bastante desagradável a presença de crianças em sua casa. Não era que *não gostasse* delas, esforçava-se a tia Liz por explicar, acontecia apenas que não estava *habituado,* já que ele nunca as tivera.

Esta foi, mais uma vez, a explicação dada numa altura em que o tio Rupert se mostrara desagradado por George lhe ter deitado uns girinos na cerveja após uma ida à caça aos patos com o pai. A verdade era que Rupert deixara, fazia muito tempo, de querer filhos. Há muito que sentia a necessidade de um herdeiro para cuidar da sua mansão Havermoor e de outras propriedades igualmente importantes, mas a certa altura tornou-se óbvio que tal não estava escrito no seu destino. A sua primeira mulher sofrera vários abortos espontâneos, acabando por falecer devido a mais um deles dezassete anos antes de se casar com Liz. Culpara-a sempre por também nunca lhe ter dado nenhum filho, não que desejasse tantos quantos aqueles que Kate e Bertram haviam trazido ao mundo. Mas teria exigido, sem a menor sombra de dúvida, que fossem mais bem-comportados do que os sobrinhos. Era chocante, assegurava à mulher, que os cunhados deixassem a sua prole fazer o que lhes dava na real gana. Mas, enfim, os americanos sempre tinham tido fama de semelhante destempero. Não possuíam o menor sentido de dignidade e de contenção, nenhum resquício de disciplina. Sentia-se, porém, aliviado por Edwina se casar com o jovem Charles Fitzgerald. Quem sabe se, afinal de contas, não podia haver ainda alguma esperança nela, observara, com relutância, a Liz quando esta lhe anunciara o evento.

Lorde Hickham já ia nos setenta anos e ficara desagradado quando Kate escrevera à mulher a perguntar se podiam ir todos até lá passar uns tempos. Deslocavam-se a Londres para conhecer a família Fitzgerald e anunciar o noivado, mas o que apavorara Rupert era a perspetiva de, depois, irem todos para Havermoor.

«O quê, com aquela filharada toda?», exclamara, horrorizado, olhando para Liz quando esta lhe fizera a pergunta, com cautela, a certa altura do pequeno-almoço. O Natal aproximava-se e tencionavam vir em março. Liz estava esperançada em ter tempo suficiente para apaziguar o marido, acabando este por dar o seu consentimento. Ansiava pela vinda da irmã e pela presença das crianças, que atenuariam o tédio que dominava os seus dias. Os vinte e quatro anos vividos em Havermoor com Rupert tinham-na levado a detestar o lugar, além de ter saudades da irmã e dos dias alegres de juventude que haviam partilhado na Califórnia.

Não fora fácil viver com Rupert, e aquele matrimónio nunca se tornara no casamento dos seus sonhos. No início ficara impressionada com o ar de dignidade de Rupert, com o seu título de nobreza, a delicadeza requintada com que a tratava, assim como as histórias acerca da «vida civilizada» que se levava em Inglaterra. Tinham vinte e cinco anos de diferença entre si e, ao chegarem a Havermoor, Liz ficara chocada ao deparar com uma mansão lúgubre e deprimente num estado de abandono chocante. Nesse tempo, Rupert também tinha casa em Londres, mas Liz não tardou a descobrir que nunca a habitava. Além disso, quatro anos depois, sem jamais a ter utilizado, vendera-a a um amigo chegado. Os filhos talvez ajudassem, pensara Liz, ansiosa por iniciar uma família e ouvir vozes alegres e infantis a soar nos corredores sombrios. Mas os anos foram passando e tornou-se óbvio que teria de se contentar em ver os filhos de Kate nas suas raras visitas a São Francisco. A certa altura, porém, até mesmo esses pequenos prazeres lhe foram negados, pois Rupert começou a andar demasiado adoentado para poder viajar, chegando o dia em que, por fim, lhe anunciou que já não tinha idade para tal. O reumatismo e a gota, além dos muitos anos, desencorajaram-no de deambular pelo mundo, e, como precisava da mulher para velar por ele noite e dia, esta ficou aprisionada em Havermoor, a fazer-lhe companhia. O que não a impedia de sonhar em regressar a São Francisco mais vezes do que gostaria de admitir; no entanto, havia anos que não satisfazia o seu desejo. Daí que a visita de Kate e dos filhos se tornasse ainda mais importante para si. Quando Rupert acedera, finalmente, em recebê-los na mansão, desde que não fosse para sempre, ficara-lhe muito grata.

O acontecimento fora ainda mais maravilhoso do que Liz esperara. A família não a visitava já há vários anos e ela sentia-se muito feliz. Aquilo por que mais ansiara ao longo de todos aqueles anos de afastamento era os longos passeios, com a irmã, pelos jardins. Em tempos tinham parecido quase gémeas e agora Liz encarava com espanto o facto de Kate ainda ter um ar tão juvenil e estar tão bonita. Também saltava à vista que continuava muito apaixonada por Bert, o que a fez sentir-se ainda mais arrependida por ter desposado Rupert. No decorrer dos anos, muitas vezes se interrogara sobre como seria a sua vida se, em vez de se tornar *Lady* Hickham, tivesse casado com alguém nos Estados Unidos.

Ela e Kate tinham vivido uma mocidade muito despreocupada e feliz, em casa dos pais extremosos. Aos dezoito anos, foram apresentadas à sociedade, como mandavam as boas regras, e durante algum tempo ambas viveram momentos maravilhosos em idas a jantares, bailes e festas, até que, demasiado prematuramente, Rupert aparecera e Liz partira para Inglaterra com ele. No entanto, apesar de já ter passado mais de metade da sua vida em Inglaterra, Liz continuava a sentir-se deslocada. Nunca fora capaz de alterar o curso de decisões que Rupert já tinha imposto na mansão Havermoor antes da sua chegada. Era quase como se não passasse de uma convidada na sua própria casa, uma convidada sem influência, controlo, alguém que nem sequer era muito bem-vindo. Como não gerara nenhum herdeiro, a sua própria presença parecia ter deixado de fazer sentido.

A vida que levava era a antítese total da sua irmã Kate. Como poderia esta compreender, com o seu jovem marido de cabelos escuros e os seis filhos maravilhosos que tinham tido, quais dádivas do céu, a intervalos regulares ao longo de parte dos vinte e dois anos de felicidade conjugal? Eram três rapazes e três raparigas todos muito afáveis e saudáveis, herdeiros da beleza e da inteligência dos progenitores e a transbordar de sentido de humor e de jovialidade. O estranho era que, embora se pudesse ter a impressão de que era sorte a mais para Kate e Bert, quem os conhecia ficava sem a menor dúvida de que a mereciam. Apesar de Liz ter invejado a irmã durante anos, muitas vezes sem o esconder, jamais pudera permitir-se nutrir esse sentimento no mau sentido, pois Kate e Bert eram pessoas intrinsecamente boas e gentis. O casal estava consciente das benesses de que desfrutava e fazia questão em lembrá-lo, com frequência, aos filhos. Liz sentia-se nostálgica diante do que nunca tivera: o amor de um filho... e a relação terna que Kate partilhava com o marido. Viver ao lado de Rupert ao longo de todos aqueles anos retirara-lhe a vivacidade. Parecia haver já pouco de que falar, muito menos alguém com quem fazê-lo. Rupert nunca se interessara em especial por ela. O que lhe importava, sim, eram as suas propriedades, os seus patos, tetrazes e faisões e, quando era mais novo, os seus cavalos e cães; uma esposa de pouco lhe servia, sobretudo naquela altura, com a gota a incomodá-lo quase permanentemente. Kate podia servir-lhe o vinho, tocar a chamar os empregados e ajudá-lo a deitar-se; porém, os seus quartos ficavam bem afastados um do outro, cada qual na sua ponta do corredor, o que acontecia desde há muitos anos, a partir da altura em que Rupert se apercebera de que a mulher não lhe daria filhos. Nada mais partilhavam além do arrependimento, da mesma casa e da solidão gélida ali reinante. Tudo isto fazia com que a visita dos Winfield fosse como escancarar as janelas, deitar os cortinados abaixo e deixar entrar o sol e o ar fresco e puro de uma primavera californiana.

Ouviu-se um pequeno soluço, seguido de uma risadinha abafada no outro lado da mesa, onde Kate e Liz estavam sentadas, ladeando Lorde Rupert, que não deu mostras de ter escutado. As duas mulheres trocaram um sorriso. Liz parecia ter menos dez anos do que no dia da chegada da família. Ver a irmã e os sobrinhos dera-lhe sempre uma alma nova. Kate ficara, mais uma vez, entristecida ao reparar no envelhecimento da irmã e na solidão em que esta vivia naquela região inóspita, numa casa que detestava e com um homem que, via-se bem, não a amava, e que, decerto, nunca deve tê-la amado. Mas naquele momento sentia-se angustiada com a sua partida. Dali a menos de uma hora, já estariam a caminho. E só Deus sabia quando voltariam a Inglaterra. Kate convidara Liz para os acompanhar a São Francisco a fim de poder ajudar a preparar o casamento de Edwina; porém, a irmã achava que não podia deixar Rupert sozinho durante tanto tempo e prometera ir ao casamento, que seria em agosto.

O soluço que chegou do outro lado da mesa foi quase um alívio para Kate, que olhou para a pequena Alexis com quase seis anos. George segredava-lhe algo e a menina estava prestes a desatar às gargalhadas.

— Cchiu... — sussurrou Kate, sorrindo-lhes e olhando de soslaio para Rupert.

Na casa da Califórnia, o habitual era reinar uma barulheira própria de piquenique de 4 de julho[1] na mesa onde se tomava o pequeno-almoço, mas ali as crianças tinham de se comportar bem. Daquela vez respeitaram as regras de Rupert, e este parecia ter-se tornado um pouco mais brando com a idade. Levara o jovem Phillip, de dezasseis anos, à caça consigo várias vezes e, apesar de este ter confessado ao pai que detestava o tio, mostrara-se sempre delicado, agradecera-lhe e acompanhara-o. Mas Phillip era mesmo assim, desejoso de agradar a todos, sempre gentil, cavalheiresco, bem-educado e surpreendentemente bem-comportado para um rapaz da sua idade. Custava a acreditar que tivesse apenas dezasseis anos e era, sem dúvida, o mais responsável de todos os elementos que formavam a prole dos Winfield. Com exceção de Edwina, claro, mas esta já chegara aos vinte anos, era uma mulher feita e, dali a cinco meses, teria a sua casa e um marido. E, um ano depois, contava mesmo com a chegada do seu primeiro bebé. Custava a acreditar, refletia Kate com frequência, que a sua filha mais velha já tivesse idade para casar e formar a sua própria família.

---

[1] Dia em que os Estados Unidos da América comemoram a sua independência. (*N. da T.*)

Chegara a altura de regressar a casa a fim de proceder a todos os preparativos para o casamento, e Charles também os acompanharia. Com vinte e cinco anos, amava Edwina loucamente. Tinham-se conhecido, por acaso, em São Francisco no verão anterior e, desde então, o namoro começara.

O casamento estava marcado para agosto e levavam consigo metros e metros de um requintado tecido, em tom de marfim, que Kate e Edwina haviam comprado em Londres para o vestido de noiva. Este iria ser todo bordado com pérolas minúsculas pela modista de Kate em São Francisco, e o véu estava a ser feito por uma francesa acabada de chegar a Londres, vinda de Paris. *Lady* Fitzgerald levá-lo-ia consigo quando, em fins de julho, fosse a São Francisco. Mas, entretanto, haveria muito que fazer. Bertram Winfield era um dos homens mais importantes da Califórnia. Ele e a família possuíam um dos jornais com maior tiragem em São Francisco e havia centenas de pessoas a convidar para o casamento. Kate e Edwina andavam a tratar da lista há um mês. Já eram bem mais de quinhentas pessoas. Mas, quando Edwina prevenira Charles de que poderiam ser ainda mais, este limitara-se a rir.

— Em Londres teria sido, de longe, bem pior. Há dois anos, quando a minha irmã casou, foram setecentas pessoas. A minha sorte foi ainda estar em Deli.

Passara os últimos quatro anos a viajar. Depois de dois anos na Índia, a cumprir o serviço militar, aventurara-se até ao Quénia, onde permanecera durante dois anos, a passear e a visitar amigos. Edwina adorava ouvi-lo falar das suas aventuras. Implorara-lhe que a levasse a África na lua de mel, mas Charles achava que deveria ser um sítio um pouco mais tranquilo. Planeavam passar o outono em Itália e França, indo depois a Londres passar o Natal. Edwina esperava, secretamente, já estar grávida nessa altura. Muito apaixonada por Charles, desejava uma família numerosa como a sua e uma relação feliz como a que sempre testemunhara entre os pais. Não que de vez em quando não houvesse discussões; e, quando a mãe perdia de facto as estribeiras, até os candelabros da casa em São Francisco estremeciam. Mas por trás da ira havia sempre amor. Seguia-se sempre a ternura, o perdão e a compreensão e nunca ninguém punha em dúvida o amor que existia entre Kate e Bertram, o que Edwina almejava quando casasse com Charles. Nada mais desejava do que isso, não precisava de um homem importante, de um título ou de uma mansão requintada. Não queria nenhuma das futilidades que, em tempos, tinham atraído, ilusoriamente, a sua tia Liz para o tio Rupert. Desejava um homem bondoso, com sentido de humor e uma mente sã, ao lado de quem pudesse rir, conversar e trabalhar. Era certo que não levariam uma vida esforçada e Charles gostava de desporto e de sair com os amigos, sem nunca ter tido necessidade de ganhar o seu sustento; no entanto, defendia os valores certos, e Edwina respeitava-o por isso. Um dia ocuparia o assento do pai na Câmara dos Lordes.

E, tal como Edwina, Charles também queria, pelo menos, meia dúzia de filhos. Os pais tinham tido sete, embora um deles morresse ao nascer, um menino que teria nascido entre ela e Phillip, o que fazia com que este se sentisse ainda mais responsável em relação a tudo. Era como se o facto de agora ser o filho mais velho o levasse a ocupar o lugar de alguém, pelo que tudo o que fazia ou que passava por ele parecia pôr-lhe ainda maiores responsabilidades sobre os ombros. O que facilitava imenso a vida a George que, aos doze anos, achava que a única missão que tinha na vida era divertir quem o rodeava, nunca se deixando dominar pela menor preocupação. Arreliava Alexis e os mais novos sempre que tinha oportunidade e achava que lhe ficava bem atenuar o comportamento mais austero do irmão mais velho, pregando-lhe partidas com os lençóis da cama, metendo-lhe pequenas cobras inofensivas dentro dos sapatos, um rato estrategicamente colocado aqui e ali, e pimenta no café da manhã, para começar bem o dia. Phillip não tinha dúvidas de que George viera ao mundo para atormentar a sua existência. Até durante as suas raras e muito cautelosas iniciativas junto do sexo oposto, George acabava sempre por aparecer, pronto a apresentar os seus préstimos de grande entendido. George não sentia o menor embaraço com as raparigas, ou, para dizer a verdade, fosse com quem fosse. Na viagem de barco, até Liz tivera a impressão de que, por onde quer que Kate e Bertram andassem, eram sempre cumprimentados por encantadores conhecidos do segundo filho...

— Ah, *os senhores é que são* os pais do George!...

Kate encolhia-se sempre por dentro, perguntando a si mesma o que teria o filho aprontado daquela vez, enquanto Bertram ria, divertido com as partidas inofensivas do rapaz e a sua boa disposição. A mais tímida era a pequena Alexis, que nascera a seguir, com os seus caracóis louros muito claros e os olhos azuis enormes. Todos os outros haviam herdado o cabelo escuro e os olhos azuis de Kate e Bert, exceto Alexis, que o tinha tão louro que, quando o sol lhe batia, parecia quase branco. Era como se os anjos tivessem presenteado George com toda a sua travessura e ousadia e

Alexis com algo de muito raro e delicado. E não havia sítio por onde passasse onde não deixasse todos a olhar para ela, embasbacados e a comentar a sua beleza. De repente desaparecia para voltar a surgir, calma, horas depois, como que trazida por asas silenciosas. Era a «bebezinha» de Kate e a «queridinha» de Bert, e raramente falava com outras pessoas. Vivia feliz e contente dentro do círculo da sua família e todos a protegiam. Estava sempre presente, a observar, porém pouco falava. Por vezes passava horas no jardim a fazer grinaldas para o cabelo da mãe. Os pais eram as criaturas que mais amava no mundo, embora também adorasse Edwina. Mas esta sentia-se, na verdade, mais próxima da sua irmã, Frances, de quatro anos. Fannie, como todos lhe chamavam, com as suas lindas bochechinhas, as mãozinhas papudas e as pernas roliças, tinha um sorriso que derretia o coração de todos, em especial do pai e, tal como Edwina, possuía cabelos de um negro brilhante e uns olhos azuis enormes. Era parecidíssima com o pai e herdara a sua boa disposição. Andava sempre contente e sorridente, ao contrário de Teddy, o bebé da família que, aos dois anos, era o ai-jesus da mãe. Com a cabecinha coberta de caracóis, soltava risadas alegres e sonoras e já começara a falar e a descobrir o mundo à sua volta. Adorava afastar-se a correr, com Oona em sua perseguição. Esta era uma irlandesa jovem e muito afável, que fugira do seu país aos catorze anos e que Kate tivera a sorte de «achar» em São Francisco. Tinha dezoito anos e era uma ajuda preciosa que Kate tinha para cuidar de todos eles. Oona costumava dizer a Kate, reprovadora, que esta estragava o pequeno Teddy com mimos. Kate ria, admitindo que sim. Era condescendente com todos eles de tanto os adorar.

Porém, aquilo que maravilhava Kate a cada ano que passava era verificar como todos os seus filhos eram diferentes, as pessoas singulares e individualizadas em que se tinham tornado e a diversidade que caracterizava as suas necessidades. Tudo neles era diferente, das atitudes às aspirações que tinham e às suas reações com ela, da sua vivência ao relacionamento de uns com os outros... desde a timidez e os inúmeros temores de Alexis, ao apurado sentido de responsabilidade de Phillip, à total ausência do mesmo em George e à confiança firme e reservada de Edwina em si própria. Fora sempre tão ponderada e bondosa, preocupando-se muito mais com todos do que com ela que, para Kate, era um alívio vê-la agora tão deliciosamente apaixonada por Charles. Bem o merecia. Edwina fora, durante anos, o braço direito da mãe, e esta achava que chegara a altura de a filha ter a sua própria vida.

Só lhe custava saber que se mudaria para Inglaterra. Era a segunda vez, na sua vida, que uma pessoa querida partia para um país estrangeiro. Só esperava que a filha fosse mais feliz do que a irmã, Liz; no entanto, Charles era diferente de Rupert. Kate considerava-o um homem encantador, inteligente, atraente e educado, que daria um marido maravilhoso.

Iriam encontrar-se com Charles nessa manhã, na doca da White Star, em Southampton. Este concordara em regressar aos Estados Unidos na companhia deles, por um lado porque não suportava a perspetiva de ficar afastado de Edwina durante os quatro meses seguintes, por outro porque Bert fizera questão em que viajasse com eles: seria o seu presente de casamento. Iriam num navio acabado de construir, na sua viagem inaugural pelo oceano. Andavam todos entusiasmadíssimos.

Ainda se encontravam sentados à mesa da sala de jantar da mansão Havermoor e Alexis começara a rir a bom rir quando George disse algo atrevido em voz disfarçada e depois, com o hálito, formou uma enorme nuvem de vapor que ficou a pairar no ar frígido. Bertram estava a começar a rir à socapa com os filhos quando, por fim, Rupert se levantou e todos puderam imitá-lo. Bert deu a volta à mesa e foi dar um aperto de mão, de despedida, ao cunhado. Dessa vez Rupert ficava mesmo com pena por vê-lo partir. Gostava de Bert, com os anos aprendera a apreciar Kate, embora os seus esforços continuassem pouco profícuos em relação aos filhos.

— Foi ótimo estar aqui convosco, Rupert. Vão ver-nos a São Francisco — disse Bertram, quase com sinceridade.

— Receio já não ter forças para tanto — retorquiu Rupert.

Já tinham resolvido que Liz iria até lá, com os pais de Charles, para assistir ao casamento. Sentia-se aliviada por Rupert concordar em deixá-la ir sem ele e estava ansiosa por esse dia. Já escolhera o seu vestido em Londres, na companhia de Kate e Edwina.

— Se estiveres melhor, aparece.

Os dois homens trocaram novo aperto de mão. Rupert estava satisfeito por eles terem aparecido, o que não impedia que os visse partir com um certo alívio.

— Escreve a contar pormenores do navio. Deve ser magnífico. — Pareceu sentir-se invejoso, mas foi apenas durante um breve instante.

Dessa vez, porém, Liz não sentia a menor pena. Ficava enjoada só de pensar em barcos, fossem de que tipo fossem. Encarava a viagem de julho com temor.

— Tencionas escrever sobre ele no jornal?

Bert sorriu. Era muito raro escrever no jornal de que era proprietário, com exceção de algum editorial ou algo sobre o qual não conseguia deixar de se pronunciar. Mas dessa vez, tinha de o admitir, já pensara nessa possibilidade em mais de uma ocasião.

— É possível. Se o fizer, mando-te um exemplar.

Rupert rodeou os ombros de Bert com um braço e acompanhou-o até à porta, enquanto Kate e Edwina reuniam as crianças mais pequenas com a ajuda de Oona, a irlandesa, certificando-se de que todas se serviam dos lavabos antes de partirem para Southampton.

Ainda era muito cedo, o Sol acabara de despontar no horizonte, mas tinham pela frente uma viagem de carro de três horas até Southampton. Rupert delegara no motorista e em dois dos encarregados das cavalariças a tarefa de os levar, mais à pouca bagagem que ainda tinham, até àquela cidade. A maioria das malas seguira no dia anterior e já estaria nos respetivos camarotes quando chegassem.

Momentos depois, já todos se haviam instalado nos três automóveis, Edwina e Phillip com alguma bagagem, George, que teimava em seguir ao lado do cavalariço que conduzia, Oona, Fannie e o pequeno Teddy, mais o resto da bagagem, no outro carro, enquanto Kate e Bertram seguiriam no *Silver Ghost* do próprio Rupert, levando Alexis. Liz quisera acompanhá-las, mas Kate achara que era uma viagem demasiado longa e, de qualquer modo, dali a quatro meses voltariam a estar juntas, além de ser demasiado aborrecido regressar sozinha na pequena caravana. Assim, as duas mulheres uniram-se num abraço que parecia nunca mais acabar, não sem que Liz se admirasse de estar tão sensível naquela manhã.

— Boa viagem... Terei saudades tuas...

Daquela vez era demasiado penoso vê-la partir, como se já não fosse capaz de suportar mais separações. Liz abraçou-a uma vez mais e Kate riu, ajeitando o requintado chapéu que Bertram lhe comprara em Londres.

— Agosto chegará num instante, Liz — sussurrou afetuosa à irmã —, e estarás de novo em casa.

Deu-lhe um beijo na face e depois afastou-a de si, mirando-a. Gostaria de não ver a irmã tão envelhecida e desanimada. Lembrou-se de que Edwina também voltaria para Inglaterra depois de casar com Charles e só esperava que a filha tivesse uma vida mais feliz do que a da irmã. Detestava a ideia de tê-la tão longe e também a de a deixar ali. Rupert, entretanto, instruía os motoristas e incitava todos a que se pusessem a caminho para não perderem o navio, que levantaria amarras dali a cinco horas.

— A partida é ao meio-dia, não é? — perguntou a Bert, tirando o relógio do bolso, enquanto Kate dava um último abraço a Liz e subia para o carro, puxando Alexis para o seu lado.

— Sim, é. Ainda temos muito tempo.

Eram sete e meia da manhã do dia 10 de abril.

— Divirtam-se! É um navio fantástico! Boa viagem! — gritou-lhes Rupert, com Liz ao seu lado, acenando para o primeiro carro que seguiu, fazendo o mesmo ao segundo. Quando, por fim, o último passou, Kate disse-lhes adeus pela janela com um sorriso aberto, levando Alexis de um lado e o marido do outro, este a rodear-lhe os ombros com um braço.

— Gosto muito de vocês!... — gritou Liz, tentando fazer-se ouvir apesar do barulho dos carros, que ganhavam velocidade. — Gosto muito de vocês... — As palavras desvaneceram-se-lhe, enquanto limpava uma lágrima que lhe escapara, sem compreender a razão da angústia que sentia. Era realmente um disparate, estariam de novo juntos em agosto. Sorriu de si para si, voltando para dentro de casa, atrás de Rupert. Este foi fechar-se na biblioteca como era costume acontecer de manhã, e ela voltou à sala de jantar, onde ficou a olhar para os lugares vazios e a ver a mesa ser levantada, com uma terrível solidão a acabrunhá-la. Onde momentos antes houvera tanta vida com pessoas que amava, apenas restava naquele momento o vazio, voltando a ficar sozinha, enquanto os outros iam a caminho de Southampton.

CAPÍTULO 2

Ao chegarem à doca de Southampton, o carro em que Kate e Bertram seguiam, e que liderava a caravana automóvel de Lorde Hickham, dirigiu-se para o local de embarque dos passageiros da primeira classe. No segundo carro, Edwina acabara por insistir para que George, que não parara quieto um instante, passasse para o lado do motorista, antes que ela e Phillip perdessem a paciência.

— Olha, olha para aquele barco, Edwina!

Apontava para as quatro impressionantes chaminés do navio, enquanto Phillip se esforçava para que ele se acalmasse. Este, ao contrário do seu exuberante irmão, lera bastante sobre o navio assim que soubera que iriam participar na sua primeira viagem. Havia um outro idêntico, o *Olympic,* que já entrara em funções no ano anterior; no entanto aquele era, o maior navio jamais construído... O *RMS Titanic* era pouco maior do que o *Olympic,* porém era muitíssimo maior do que qualquer outro navio à tona da água em todo o mundo, e George, ao avistá-lo, ficou de boca aberta. O jornal do pai chamara-lhe o «Navio Maravilha» quando escreveram sobre ele e, em Wall Street, haviam-no designado como o «Barco dos Milionários». Participar na sua viagem inaugural era um privilégio extraordinário. Bert Winfield reservara cinco dos vinte e oito camarotes especiais do Convés B, um dos muitos pontos que diferenciava aquele navio de qualquer outro a navegar. Aqueles camarotes dispunham de janelas em vez de vigias e estavam elegantemente decorados com antiguidades francesas, holandesas e inglesas. A Companhia White Star esmerara-se em todos os aspetos. E os cinco camarotes da família Winfield intercomunicavam entre si, de modo que tinham a impressão de ocupar uma espaçosa suíte em vez de várias dependências contíguas.

George ficaria com Phillip, Edwina com Alexis. Oona tomaria conta dos dois mais pequenos e Bertram e Kate ocupavam o camarote mais espaçoso, ao lado daquele em que ficaria o futuro genro, Charles Fitzgerald. Tudo indicava que a viagem iria ser animadíssima, e George, ao apear-se um instante depois, apressou-se a seguir em direção à rampa de embarque. Mas o irmão antecipou-se-lhe e agarrou-o por um braço, levando-o para junto de Edwina, que ajudava a mãe a reunir o resto dos filhos.

— Onde pensas que vais, meu jovem? — inquiriu Phillip com autoridade, fazendo lembrar mais o pai do que ele próprio, o que levou George a fitá-lo com grande irritação.

— Pareces mesmo o tio Rupert a falar.

— Não interessa. Fica aqui até o pai dizer que podes embarcar. — Olhou para lá de Edwina e viu Alexis encolhida entre as saias da mãe, e a ama a ter dificuldade com os dois mais pequenos, ambos a chorar. — Vai pegar no Teddy. A Oona está a tentar ajudar a mãe a tratar das malas.

Enquanto isso, o pai estava a mandar os motoristas de Lorde Hickham embora. Era o tipo de situação de que George por norma gostava, o caos total, graças ao qual poderia desaparecer e fazer o que lhe apetecesse.

— Tenho *mesmo* de ir? — perguntou, horrorizado perante a perspetiva de fazer de ama-seca quando havia tanta coisa para ver. O casco imponente do *Titanic* erguia-se a seu lado, no cais, e George só pensava em penetrar nele para descobrir todos os segredos que continha. Tinha muito que investigar e mal podia esperar. Não havia um minuto a perder.

— Sim, tens *mesmo* de ajudar — insistiu Phillip, aborrecido, empurrando George em direção aos irmãos mais novos, enquanto ia dar uma mão ao pai. Pelo canto do olho apercebeu-se de que Edwina estava a passar um mau bocado com Alexis.

— Não sejas palerma — dizia Edwina à irmã, ajoelhada no cais com o elegante vestido de lã azul que estreara quando fora conhecer os pais de Charles. — Estás com medo de quê? Olha. — Apontou para o navio. — É apenas uma espécie de cidade flutuante e daqui a alguns dias já estaremos em Nova Iorque, onde apanharemos o comboio para São Francisco.

Edwina bem tentava desdramatizar a situação fazendo-a parecer uma aventura, mas Alexis estava aterrorizada pela magnitude do navio e mergulhou de novo no meio das saias da mãe, afastando-se de Edwina e recomeçando a chorar.

— Que se passa? — perguntou Kate olhando para Edwina e tentando ouvir o que a filha dizia apesar do barulho e do *jazz* que uma orquestra tocava animada no tombadilho. Mas, tirando isso, ainda não se podia dizer que reinasse grande balbúrdia. Tudo indicava que a Companhia White Star achara que demasiada confusão banalizaria a ocasião. — Que aconteceu? — insistiu, tentando acalmar Alexis.

— Está cheia de medo — respondeu Edwina, esboçando, inaudivelmente, as palavras com os lábios, vendo Kate fazer sinal de que entendera. Era sempre a pequena Alexis quem se aterrorizava perante novos acontecimentos, novas pessoas, novos lugares, e quando tinham embarcado no *Mauretania* sucedera o mesmo. Chegara mesmo a perguntar à mãe, repetidas vezes, o que aconteceria se caísse à água.

Kate afagou-lhe os sedosos caracóis dourados com a mão finamente enluvada e inclinou-se para lhe segredar algo ao ouvido. As suas palavras abriram um sorriso nos lábios da menina, pois acabara de lhe recordar que, dali a cinco dias, seria o seu aniversário. Ia fazer seis anos, e a mãe prometera-lhe organizar uma festa no barco e outra quando chegassem a São Francisco.

— Combinado? — sussurrou à criança assustada; porém, Alexis limitou-se a dizer que sim com a cabeça, mas desatou de novo a chorar, agarrada à mãe.

— Não quero ir.

Nesse momento, antes que pudesse proferir mais uma palavra, sentiu-se suavemente envolvida por umas mãos fortes que a levantaram até aos ombros do pai.

— Claro que queres, queridinha. Não gostarias de ficar aqui em Inglaterra sozinha sem nós, pois não? Claro que não, tolinha. Agora vamos todos voltar para casa no navio mais fantástico que alguma vez foi construído. E sabes quem acabei de ver? Uma menina com a mesma idade que tu. Aposto em como antes de chegarmos a Nova Iorque já vocês se tornaram grandes amigas. Agora vamos embarcar e ver que tal são os nossos camarotes, está bem?

Com Alexis ao colo, que, entretanto, deixara de chorar, deu o braço à mulher e subiu a rampa de embarque seguido pelo resto da família. Depois de já se encontrarem a bordo, pousou Alexis no chão e, com ela firmemente agarrada à sua mão, subiram a enorme escadaria que conduzia ao convés superior, aproveitando para espreitar pelas janelas que davam para o ginásio, o qual, segundo diziam, estava equipado com o famoso «camelo elétrico».

Havia pessoas a deambular por todo o lado, admirando a magnífica decoração, os maravilhosos painéis e trabalhos em madeira, os pormenores, os candelabros esplendorosos, os reposteiros e as tapeçarias, os cinco pianos de cauda. Até Alexis ia calada ao caminharem pelo navio, em direção ao convés B, onde ficavam os seus camarotes.

— É um espetáculo, não é? — comentou Bert, dirigindo-se a Kate, que lhe respondeu com um sorriso.

Kate adorara a ideia de viajar de barco com o marido. Parecia-lhe muito romântico estarem ali, no meio de tanto conforto e segurança, suspensos entre dois mundos e rodeados de gente tão agradável. Daquela vez tencionava deixar que Oona se encarregasse dos filhos mais do que o habitual, pois queria desfrutar da companhia de Bert. Reparara que este ficara entusiasmado ao vislumbrar o ginásio e, quando o viu espreitar para o salão dos fumadores, esboçou um sorriso e disse-lhe que não com um dedo.

— Não, senhor! Quero aproveitar esta viagem para passar mais tempo contigo.

Acercou-se um pouco mais de Bert, que sorriu.

— Queres com isso dizer que a Edwina e o Charles não são os únicos jovens apaixonados neste barco? — sussurrou à mulher, continuando de mão dada com Alexis.

— Espero bem que não — retorquiu Kate, sorrindo-lhe intencionalmente e fazendo-lhe uma leve carícia na face.

— Muito bem. Que tal instalarmo-nos nos nossos camarotes, arrumarmos a bagagem e depois partirmos à descoberta do que há para ver?

— Não podemos ir já, pai? — perguntou George com ar implorante.

Estava prestes a rebentar de excitação; Bert, porém, insistiu em que era melhor deixar os mais pequenos verem as suas acomodações e instalarem-se, para depois ele acompanhar, George nas suas explorações. Mas a tentação falou mais alto a este e, antes de chegarem ao convés B, dois pisos abaixo do ginásio, desapareceu, deixando Kate preocupada com o seu paradeiro e pedindo a Phillip que fosse à procura dele.

— Deixa-o estar, Kate. Não pode ir longe. Desde que não saia do navio, não há problema. Além disso, está tão entusiasmado por estar nele que nada no mundo o faria sair daqui. Eu próprio irei à sua procura depois de nos instalarmos.

Kate concordou de imediato, o que não impediu que se sentisse preocupada com as confusões que o filho pudesse armar. Mas, assim que viram as instalações maravilhosas que Bertram lhes reservara, ficaram demasiado felizes e entretidos para pensar noutra coisa, e foi com satisfação que receberam Charles, que apareceu pouco depois.

— É aqui? — perguntou o jovem, metendo a cabeça atraente na entrada da sala de estar principal, com o cabelo impecavelmente penteado e ficando com os olhos a brilhar ao avistar a futura esposa, que se pusera de pé num salto ao vê-lo e atravessara apressada a pequena sala de estar privada, que Kate e Bertram tencionavam utilizar sempre que quisessem dispor de alguma privacidade.

— Charles! — exclamou Edwina, corando violentamente ao lançar-se nos braços do noivo.

Tinha o cabelo do mesmo tom que o dele, o azul dos seus olhos um pouco mais intenso, e tudo nela deixava transparecer a felicidade que sentia quando Charles a ergueu no ar, perante as risadinhas de Alexis e Fannie.

— Escutem aí, vocês duas, onde está a piada? — gracejou Charles, que adorava brincar com as meninas e achava Teddy o bebé mais adorável do mundo. Dava-se muito bem com Phillip e até o travesso George o divertia. Era uma família maravilhosa, e ele sentia-se muito feliz por ter conhecido Edwina. — Já viram os cachorros? — perguntou às miúdas. Fannie sacudiu a cabeça, mas Alexis mostrou uma preocupação súbita. — Depois de dormirem a sesta desta tarde, iremos visitá-los.

Charles era quase uma figura paternal para elas, tal como Edwina em relação à mãe.

— Onde estão? — quis saber Alexis com ar preocupado, já ansiosa por causa dos animais.

— Guardados em jaulas, lá em baixo, mas está descansada que não podem sair — tranquilizou-a Edwina.

Alexis passaria o resto da viagem fechada no camarote se desconfiasse que corria o perigo de deparar com algum cão emboscado num dos corredores.

Edwina encarregou então Oona de cuidar das crianças e foi com Charles conhecer o seu camarote. O pai reservara-lhe um camarote muito agradável, e Charles, mal se viu longe dos olhares curiosos das crianças, puxou a noiva para si e beijou-a docemente na boca, enquanto Edwina sustinha o fôlego, esquecendo tudo menos a presença forte do futuro marido. Havia alturas, como aquela, em que perguntava a si mesma como conseguiriam esperar até agosto. Mas não havia alternativa, nem mesmo naquele navio romântico. Edwina seria incapaz de trair a confiança que os pais depositavam nela, o mesmo se passando com Charles; no entanto, iria ser complicado conterem-se até meados de agosto.

— Gostaria de me acompanhar num passeio, menina Winfield? — convidou Charles, sorrindo à noiva com ternura.

— Com todo o gosto, senhor Fitzgerald.

Charles pousou o sobretudo em cima do beliche e preparou-se para dar uma volta pelo convés com a noiva. Não estava muito frio no porto, e ele sentia-se de tal modo feliz por vê-la que era incapaz de pensar noutra coisa. O afastamento entre ambos apenas durara alguns dias, no entanto, cada hora já lhes era preciosa e Edwina estava satisfeita por ele os acompanhar de volta a São Francisco. Sem ele, teria sido insuportável.

— Tive imensas saudades tuas — sussurrou-lhe Edwina ao voltarem a subir a enorme escadaria que levava ao convés superior.

— Eu também, meu amor. Já falta pouco para que nunca mais tenhamos de nos separar, nem sequer por um instante.

Edwina anuiu com ar feliz, quando passavam, naquele momento, diante da «esplanada francesa», com a sua pequena avenida em frente, chegando-lhes aos ouvidos o tagarelar rápido dos empregados daquela nacionalidade, que olhavam de relance para Edwina com ar de admiração.

Muitos dos passageiros da primeira classe pareciam intrigados com o pequeno *bistro*. Era uma novidade que não existia em nenhum outro navio, tal como muitos outros aspetos do *Titanic*.

Dirigiram-se então até meio do convés superior, equipado com o seu enorme compartimento envidraçado que permitia admirar o oceano mesmo que estivesse mau tempo.

— Tenho a impressão de que iremos encontrar muitos cantinhos confortáveis neste barco, meu amor — murmurou Charles, sorrindo e apertando-lhe mais o braço que tinha enfiado no seu, o que fez Edwina rir.

— E George também. O rapaz parece que não tem emenda. Não percebo por que razão a mãe não o trata com mais firmeza.

Edwina parecia exasperada ao falar do irmão.

— Não o faz porque ele desarma todos com a sua simpatia — defendeu-o Charles. — George sabe quais são os seus limites.

Edwina não podia dizer o contrário, apesar de haver ocasiões em que tinha vontade de o estrangular.

— É possível. É espantoso verificar como é diferente de Phillip, que jamais se atreveria a fazer algo do género.

— Nem eu, quando era miúdo. Talvez por isso agora o admire tanto. Quem me dera ter podido. Mas George nunca terá razões para se lamentar de deixar para trás alguma coisa que «devia ter feito». Tenho a certeza de que não falhará uma.

Riu-se e Edwina ergueu os olhos para ele, sorrindo, feliz. Charles rodeou-lhe os ombros com um braço e ficaram a ver o imponente navio afastar-se devagar do cais. Edwina esperava que o pai tivesse razão e que o irmão não se houvesse escapulido do barco durante a sua breve excursão. Mas algo lhe dizia que o pai não se enganara; havia por ali demasiado que ver para que fosse necessário sair. Foi então que o navio apitou insistentemente, impossibilitando toda e qualquer conversa. Reinava um clima de verdadeiro entusiasmo e Charles voltou a puxar Edwina contra si, beijando-a com ternura, ao mesmo tempo que os apitos sulcavam os ares por cima das suas cabeças.

Assistido por seis rebocadores, o monstruoso navio deslizou pela doca seca e entrou no canal, rumo a Cherburgo, onde receberia mais passageiros antes de prosseguir até Queenstown, fazendo-se então ao alto-mar até chegar a Nova Iorque. Momentos depois, gerou-se um breve interlúdio de excitação, do qual quem se encontrava em baixo não se deu conta; porém, os passageiros no tombadilho viram, estupefactos, o monstruoso navio passar devagar quase rente a um cargueiro americano e a outro inglês, que se encontravam presos ao molhe devido a uma greve recente de mineiros de carvão. O cargueiro americano *New York* atracara ao inglês *Oceanic,* da White Star, e os dois barcos pequenos mantinham-se lado a lado, tornando a passagem do *Titanic* bastante apertada. Ouviu-se um som repentino que fez lembrar quase tiros de pistola e, sem aviso, as cordas que prendiam o *New York* ao *Oceanic* cederam e este flutuou em direção ao *Titanic,* aproximando-se de tal maneira que deu a impressão de ir embater no lado voltado a bombordo. Um dos rebocadores que ajudava o *Titanic* a sair do porto conseguiu, com uma série de manobras rápidas, passar uma corda para dentro do *New York* e interromper a sua marcha com a ajuda dos seus tripulantes, antes que colidisse com o *Titanic.* O *New York* foi então rebocado para longe e o *Titanic* pôde, finalmente, rumar a Cherburgo. Mas o *Titanic* só não fora abalroado por pouco, o que se devera a um conjunto impressionante de manobras. Os passageiros que assistiram a tudo ficaram com a impressão de ter presenciado uma demonstração notável de perícia. O *Titanic,* no entanto, parecia invencível e invulnerável a tudo. Tinha o tamanho de quatro quarteirões urbanos, ou seja, 269 metros de comprimento, tal como Phillip já informara com precisão, e não era nada fácil de manobrar.

— Passou assim tão perto como me pareceu? — inquiriu Edwina, perplexa pelo que acabara de presenciar, e o noivo acenou afirmativamente com a cabeça.

— Acho que sim. Que tal irmos ao Café Parisien beber uma taça de champanhe para celebrar o êxito da nossa partida?

Edwina concordou de bom grado e dirigiram-se para a esplanada onde, minutos depois, George, ofegante e desalinhado, deparou com eles.

— Que estás a fazer aqui, mana? — perguntou, com o boné torto, a fralda da camisa de fora e um dos joelhos das calças sujíssimo. Com ar, porém, de quem nunca na vida estivera tão feliz.

— Podia fazer-te a mesma pergunta. A mãe tem andado à tua procura por todo o lado. O que tens andado a fazer? — perguntou-lhe Edwina com expressão severa.

— Precisava de dar uma vista de olhos por aí, Edwina. — Fitou-a como se a achasse estúpida e, a seguir, lançou um olhar cativante a Charles. — E tu, como estás, Charles?

— Bem, obrigado, George. Que tal é o navio? Seguro? Ficaste satisfeito com o que viste?

— É um espanto! Sabiam que tem quatro elevadores e que cada um sobe nove pisos? Também há um campo de *squash,* uma piscina, e transportam um automóvel novinho em folha, um *Renault,* para Nova Iorque. E a cozinha tem uns aparelhos fantásticos. Não consegui entrar na cabina de comando da proa, mas dei uma vista de olhos pela segunda classe e achei-a razoável. Vi por lá uma rapariga muito gira — acrescentou, perante o ar divertido do futuro cunhado; Edwina, porém, estava horrorizada com o comportamento do irmão mais novo. Achava-o destemperado e sem mostrar o mínimo embaraço com a sua aparência desmazelada.

— Eu bem disse que irias ver como são as coisas por aqui, George. Muito bem — congratulou-o Charles, fazendo o irrequieto rapaz sorrir com orgulho. — Já foste à ponte de comando?

— Não. — O rapaz mostrou-se desiludido. — Ainda não tive muito tempo para ver aquilo como deve ser. Já lá fui acima, mas havia demasiada gente a ver o que se passava. Terá de ficar para mais tarde. Querem ir dar um mergulho depois de almoço?

— Gostaria muito, se a tua irmã não vir nenhum inconveniente.

Edwina, no entanto, estava furiosa.

— O que eu acho é que devias ir dormir a sesta para junto da Fannie e do Teddy. Se pensas que podes andar aqui pelo navio a comportar-te como um pequeno vagabundo, não contes comigo, já para não falar na mãe e no pai.

— Oh, Edwina — queixou-se o rapaz —, não percebes nada. O que eu ando a fazer é muito importante.

— O bom comportamento também. Espera até os pais verem o estado em que estás.

— Que se passa? — ouviu-se a voz do pai perguntar atrás deles, notando-se-lhe um pequeno tom divertido. — Olá, Charles... Viva, George, vejo que tens andado atarefado.

O rapaz chegava mesmo a ter uma pequena mancha de óleo a sujar-lhe a cara, mas o pai, ao olhá-lo de alto a baixo, nitidamente divertido, não pôde deixar de reparar que o filho nunca lhe parecera tão bem-disposto e descontraído.

— Isto é estupendo, papá.

— Ainda bem que gostas.

Nesse preciso momento, Kate aproximou-se e, ao reparar no filho, ficou com uma expressão pouco satisfeita.

— Bertram! Como podes permitir que ele ande com este aspeto! Parece... parece um maltrapilho!

— Estás a ouvir, George? — perguntou-lhe o pai calmo. — Diria que chegou a altura de te ires lavar. Que tal seguires... hum... para o teu camarote e vestires algo um pouco menos... hum... usado... antes que aborreças a tua mãe a sério?

Contudo, o rapazito, ao erguer os olhos para o pai, reparou que este estava com um ar mais divertido do que severo e sorriu alegre para aquele rosto que era o espelho do seu. A mãe, porém, já não lhe parecia tão divertida e ordenou-lhe que fosse tomar banho e mudar de roupa antes de voltar para junto deles.

— Oh, mãe... — murmurou George, fitando Kate com ar implorante, o que não lhe serviu de nada.

A mãe arregaçou uma das mangas, agarrou-lhe na mão e levou-o escadas abaixo, deixando-o depois ao cuidado de

Phillip, que analisava a lista de passageiros na esperança de encontrar alguém conhecido. Os Astor estavam a bordo, evidentemente, assim como o senhor e a senhora Isidor Straus, a família à qual pertencia o Macy's. Os nomes famosos abundavam, assim como os de pessoas novas, mas ninguém conhecido de Phillip, pelo menos até então. No entanto, vira várias jovens que lhe pareceram interessantes e esperava travar conhecimento com elas durante a travessia. Ainda examinava a lista de passageiros quando a mãe entrou no camarote com George e pediu ao filho mais velho que vigiasse a higiene e o comportamento do rapaz. Phillip prometeu fazer o melhor que pudesse. George, porém, já se preparava para se pôr de novo ao fresco. Ainda queria conhecer a casa das caldeiras e a ponte de comando, antes de voltar outra vez à cozinha onde havia vários aparelhos que não o tinham deixado experimentar. Além disso ainda lhe faltava verificar se um dos elevadores ia mais para cima ou para baixo do que os outros.

— É uma pena não enjoares — disse-lhe Phillip melancólico depois de Kate voltar para junto dos outros, que se encontravam no convés superior.

Kate e o marido almoçaram agradavelmente com Edwina e Charles e, em seguida, foram encontrar-se com Phillip, George, Oona e os filhos mais novos, que haviam acabado de dormir a sesta. Nessa altura, já Alexis parecia um pouco menos amedrontada por estar a bordo de um navio. Sentia-se fascinada com as pessoas que passavam, conversando, e já conhecera a outra menina da sua idade de que o pai lhe falara. O seu nome era Lorraine mas, na verdade, a sua idade aproximava-se mais da de Fannie. Tinha três anos e meio, o irmãozinho chamava-se Trevor e vinham de Montreal.

A sua boneca era parecidíssima com a de Alexis. Eram bonecas a imitar senhorinhas e Alexis chamava à sua *Mrs. Thomas*. Recebera-a de presente da tia Liz, no ano anterior, e não se separava dela por um instante. A de Lorraine tinha uma cara quase igual; no entanto, o chapéu e o casaco que exibia não eram tão elegantes como os que a tia Liz enviara; *Mrs. Thomas* apresentava-se agora com um vestido de seda cor-de-rosa que Edwina lhe costurara, e por cima levava o casaco de veludo preto com que viera. Também calçava umas botas de cano alto e, nessa tarde, Alexis levou-a a passear consigo e os pais pelo convés superior.

Nessa noite, na hora de Alexis ir para a cama, o navio acostou em Cherburgo. Os mais pequenos já dormiam, e George desaparecera, como de costume. Kate e Edwina vestiam-se para o jantar enquanto Charles, Phillip e Bertram aguardavam a chegada das senhoras no salão para fumadores.

Jantaram então no salão principal do convés D, os homens todos de casaca branca, evidentemente, e as senhoras em requintados vestidos de noite comprados em Londres, Paris ou Nova Iorque. Kate levava no pescoço a deslumbrante gargantilha de pérolas e diamantes que pertencera à mãe de Bertram. O salão de jantar mostrava-se esplendoroso com a sua madeira trabalhada, os metais brilhantes e os candelabros de cristal, e os trezentos passageiros da primeira classe que ali tomavam a sua refeição da noite faziam lembrar, no recinto bem iluminado, personagens de contos de fadas. Edwina olhou em volta e achou que nunca vira nada de tão belo, sorrindo depois para o futuro marido.

Terminado o jantar, passaram à sala de estar contígua, onde ficaram a ouvir a orquestra de bordo a tocar durante horas, até que Kate bocejou e reconheceu que estava tão fatigada que mal conseguia mexer-se. Fora um dia cansativo, e de bom grado regressou ao seu camarote, acompanhada pelo filho mais velho e pelo marido. Edwina e Charles resolveram ficar mais um pouco, ao que Kate não levantou objeções. Quando Phillip foi ver como estavam os irmãos e encontrou George profundamente adormecido na sua cama, concluíram que podiam estar descansados.

No dia seguinte, pelo meio-dia, fizeram a última paragem, recebendo mais passageiros em Queenstown. De repente Oona, que do topo observava quem subia a bordo, soltou um guincho e agarrou-se, entusiasmada, à balaustrada do convés superior.

— Santo Deus, senhora Winfield! É a minha prima!

— Como podes ter tanta certeza a esta distância? — chamou-lhe a atenção Kate, incrédula. Sabia que Oona era uma rapariga muito emotiva e dona de uma imaginação fértil. — Decerto estás enganada.

— Reconhecê-la-ia em qualquer lado: É dois anos mais velha do que eu e fomos sempre como irmãs. Ela é ruiva e tem uma menina... Senhora Winfield, juro que é ela!... Há anos que sei que anda com vontade de ir para os Estados Unidos... Oh, senhora Winfield. — Tinha os olhos rasos de lágrimas. — Que possibilidades terei eu de a encontrar aqui no barco?

— Se for a tua prima, perguntaremos por ela ao comissário de bordo. Poderá consultar a lista dos passageiros da terceira classe e se ela estiver a bordo, constará nela. Como se chama?

— Alice O'Dare. E a filha é Mary. Agora deve ter uns cinco anos.

Kate registou a informação. Pelas suas contas, se era dois anos mais velha que Oona, teria uns vinte anos... com uma filha de cinco anos... Não pôde deixar de se interrogar se também haveria um marido, mas não queria ofender Oona com a pergunta, pelo que presumiu que não devia haver.

— Posso brincar com a menina? — perguntou Alexis suavemente.

Naquele dia sentia-se melhor. Depois de uma noite passada numa cama confortável, o *Titanic* deixara de lhe meter tanto medo. Além disso, todos os empregados de bordo eram de tal maneira simpáticos consigo que começava a apreciar a situação. E Fannie era da mesma opinião. Nessa manhã, enfiara-se dentro da cama de Edwina e encontrara Alexis já aí. Não tardou que Teddy também se juntasse a ela e, pouco depois, George apareceu, sentou-se na beira do beliche e fez-lhe tantas cócegas que os guinchinhos e as gargalhadas acabaram por acordar Oona. Esta apareceu a correr e, ao deparar com todos eles, limitou-se a sorrir. Da mesma maneira como sorriu ao encontrar o nome da prima na lista de passageiros. Lá estava, preto no branco: Alice O'Dare. Foi contar a Edwina enquanto esta se vestia para o jantar que, nessa noite, seria no restaurante *à la carte,* com Charles e os pais.

— Menina Edwina... Eu tinha razão... A rapariga que vi subir para bordo hoje era mesmo a minha prima. Eu tinha a certeza. Não a vejo há quatro anos, mas está na mesma!

— Como sabes? — perguntou-lhe Edwina, sorrindo-lhe. Achava Oona uma ótima pessoa e tinha a certeza de que gostava sinceramente das crianças.

— Uma das empregadas de bordo ficou-me com os meninos durante uma hora, enquanto dormiam a sesta, e eu fui à procura dela lá abaixo, à terceira classe. O comissário de bordo disse que o nome dela estava na lista de passageiros e eu precisava de a ver.

A seguir, como que a desculpar-se, acrescentou:

— A senhora Winfield sabia. Eu contei-lhe, e ela deu-me autorização para ir.

— Claro que não há problema, Oona.

Havia ocasiões em que Edwina sentia que ocupava uma posição constrangedora por não fazer parte nem dos casados nem das crianças e sabia que tanto Oona como os irmãos às vezes viam nela uma espia capaz de desvendar algum segredo à mãe.

— Tenho a certeza de que a tua prima ficou muito contente por te ver — observou, olhando com afecto para a rapariga e sentindo-se muito mais velha.

Oona, aliviada e feliz, sorriu.

— Ela é uma bela rapariga, e a pequena Mary é uma doçura. Na última vez em que a vi tinha só um ano. E é tal qual a Alice quando criança! Tem o cabelo cor de fogo!

Riu alegre e Edwina sorriu, pondo os brincos de diamantes da mãe.

— Vai para Nova Iorque?

A jovem irlandesa anuiu, sentindo-se abençoada pelo destino.

— Pois vai. Tem uma tia e uns primos por lá, mas, depois de eu lhe dizer que ia para a Califórnia, também quer ir. Diz que vai fazer tudo por tudo. E eu cá estarei para a ajudar no que for preciso.

Edwina sorriu-lhe. A rapariga parecia felicíssima e era agradável que tivesse parentes a bordo, mas de repente lembrou-se de algo que também ocorreria a sua mãe.

— Lavaste bem as mãos depois de vires lá de baixo?

— Lavei.

Parecia algo magoada; no entanto, compreendia a razão da pergunta. Para eles, a terceira classe era como uma doença, um lugar que nunca ninguém via ou desejava conhecer. Mas não a achara tão má como receara. Não havia qualquer semelhança com o seu próprio camarote, claro; lá dentro não encontrara nenhum daqueles luxos, mas havia decência e limpeza e, no fim de contas, o que importava acima de tudo era que os levaria a todos, sãos e salvos, para a América.

— Não acha que nos tem corrido tudo tão bem, menina Edwina? No mesmo navio... imaginem só... Palavra que nunca me passou pela cabeça vir a ter tanta sorte na vida.

Sorriu para Edwina e foi ver como estavam as crianças no outro camarote, enquanto esta seguia para a sala de estar, ao encontro dos pais e de Charles. Nessa noite, jantariam no elegante restaurante *à la carte,* e Edwina, ao sorrir para o noivo, não pôde deixar de dar razão a Oona. Tinham todos muita sorte em relação à vida que levavam, às pessoas que amavam, aos lugares aonde iam e àquele navio maravilhoso que os levaria de regresso aos Estados Unidos na sua viagem inaugural. De mão dada com Charles, envergando um belo vestido de cetim azul-claro, o cabelo elegantemente apanhado no alto da cabeça e o anel de noivado a brilhar-lhe no dedo, Edwina Winfield teve a certeza de que, em toda a sua vida, nunca se sentira com tanta sorte ou tão feliz. Ao caminhar pelo corredor em direção ao salão de jantar, de braço dado com Charles, enquanto Kate e Bertram conversavam serenos um com o outro, compreendeu que a noite iria ser especial e representaria o prelúdio de um futuro maravilhoso.

CAPÍTULO 3

Os dias passados no *Titanic* pareciam deslizar ao sabor da boa disposição e do prazer. Eram numerosos os entretenimentos existentes mas, aparentemente, escasso o tempo para deles desfrutar. Num navio suspenso entre dois mundos, que oferecia a maior diversidade, desde refeições requintadas a jogos de *squash,* piscinas e banhos turcos, tudo era bastante agradável e estava sempre à disposição dos passageiros.

Todas as manhãs Phillip e Charles divertiam-se com vários jogos de *squash,* pedalavam em bicicletas fixas e praticavam exercícios com equipamento de ginástica, enquanto Edwina experimentava o «camelo elétrico», a grande novidade. George preferia andar nos elevadores, travava amizades e não havia dia em que a família inteira não almoçasse junta. Depois, enquanto os mais pequenos dormiam as suas sestas vigiados por Oona, Kate e Bertram davam prolongados passeios no convés superior, conversando sobre assuntos acerca dos quais não tinham tempo de se debruçar há anos. Mas os dias passavam depressa e, sem que o soubessem, não tardariam a chegar ao fim.

As noites eram passadas a jantar ora no salão principal, ora no restaurante *à la carte,* ainda mais requintado, onde, no segundo dia da viagem, os Winfield foram apresentados aos Astor pelo comandante Smith. A nova senhora Astor disse a Kate que achava a sua família encantadora e deu a entender, por meias palavras, que se encontrava grávida. Era consideravelmente mais nova do que o marido e pareciam muito apaixonados. Depois disso, sempre que Kate os via juntos, reparava que andavam sempre a conversar tranquilos ou de mãos dadas, e em certa ocasião apanhou-os a dar um beijo quando iam a caminho do seu camarote. Os Straus eram um casal que Kate apreciava. Nunca vira duas pessoas tão compatíveis entre si e tão apaixonadas, apesar do casamento de muitos anos. Além disso, uma ou duas conversas tidas com a senhora Straus revelaram nela um notável sentido de humor.

Ao todo havia cerca de trezentos e vinte passageiros na primeira classe, muitos deles interessantes, alguns muito conhecidos, e ela gostava, em especial, de se encontrar com uma mulher chamada Helen Churchill Candee. Escritora já com vários livros publicados, parecia interessar-se por uma variedade imensa de questões. Também havia nela variadas «questões» também interessantes. De facto, Kate reparara que a atraente senhora Candee andava sempre rodeada por uma boa meia dúzia de homens, alguns dos mais atraentes que seguiam a bordo, excetuando o próprio marido de Kate.

— Repara no que perdeste se não tivesses casado comigo — brincava Bert quando passavam pela cadeira de convés ocupada pela senhora Candee, onde um grupo de homens aguardava, ansioso, cada palavra sua. As suas gargalhadas elegantes ficavam a tinir nos ouvidos de Kate enquanto se afastava. Mas esta não podia deixar de rir. Era uma situação que Kate Winfield jamais imaginaria para si própria. Só a ideia de ter uma vivência semelhante à da senhora Candee a fazia sorrir. Adorava a sua vida tal como era, com os filhos e o marido.

— Tenho a impressão de que nunca serviria para fazer de mulher fatal, meu amor.

— Porque não? — perguntou Bertram, magoado, imaginando que a mulher punha em causa o seu gosto. — Tu és uma mulher muito bonita.

— Que disparate. — Deu-lhe um beijo no pescoço e depois abanou a cabeça com uma careta travessa. — O mais provável era andar por aí de lenço na mão a consolar alguém. Acho que o meu destino era mesmo ser mãe.

— Que desperdício... Quando poderias ter toda a Europa aos teus pés, assim como a ilustre senhora Candee.

Brincava, mas o certo era que estava muito apaixonado por Kate, tal como esta por ele.

— Prefiro ter-te a ti, Bertram Winfield. Nada daquilo me faz falta.

— Imagino que deva sentir-me grato — observou Bertram, sorrindo à mulher e lembrando-se dos anos partilhados, da felicidade, das alegrias e das tristezas. Tinham uma vida privilegiada; além de amantes também eram bons amigos.

— Espero que Edwina e Charles um dia tenham o mesmo que nós — disse Kate com uma voz suave, fazendo Bertram compreender que daquela vez falava a sério.

— Eu também. — E apesar do ar frio que nessa tarde começara a soprar, inclinou-se, puxou a mulher contra si e beijou-a intensamente. — Quero que saibas o quanto te amo — sussurrou-lhe, fazendo-a sorrir.

Bertram parecia mais sério do que o habitual e Kate, antes de voltar a beijá-lo, fez-lhe uma carícia suave no rosto.

— Estás bem? — perguntou, achando-o muito tenso, o que era pouco habitual.

Bertram acenou em sinal afirmativo com a cabeça.

— Sim, estou... Mas às vezes é melhor dizer as palavras do que apenas pensar nelas.

Caminhavam de mãos dadas. Estava-se no domingo à tarde e nessa manhã tinham ido à missa na capela do comandante Smith, rezando pelos que «estavam no mar». Fazia um dia tranquilo e, como o frio aumentava, quase todos foram para dentro. Detiveram-se em frente do ginásio, onde viram a senhora Candee e o jovem Hugh Woolner. Prosseguiram o seu passeio até que, a certa altura, resolveram entrar para o chá. No exterior, o frio já se tornara demasiado incómodo. Uma vez dentro do salão, viram John Jacob Astor a tomar chá com Madeleine, a jovem esposa e, logo a seguir, avistaram ao fundo, George, acompanhado de Alexis, a lanchar com duas senhoras mais velhas.

— Já reparaste naquele rapaz? — disse Bert sorrindo. — Só Deus sabe o que fará quando for crescido. Às vezes tremo só de pensar.

Deixou Kate sentada na mesa que ocupavam no salão e aproximou-se das duas senhoras que lanchavam com os filhos, apresentando-se. Agradeceu-lhes profusamente a amabilidade e conseguiu trazer as duas crianças para a mesa onde Kate os aguardava.

— Que estavam vocês a fazer ali? — perguntou a caminho da mesa de Kate, olhando, com ar divertido, para Alexis, que parecera estar à vontade com duas desconhecidas, o que, nela, era raro. — E que aconteceu à Oona?

George não teve quaisquer problemas em responder.

— A Oona foi lá abaixo visitar as primas e deixou os mais pequenos com uma empregada de bordo. Eu disse-lhe que ia levar a Alexis ao pai — respondeu, encolhendo os ombros alegre —, e ela acreditou.

— O George levou-me ao ginásio e à piscina — declarou Alexis orgulhosa —, e andámos para cima e para baixo em todos os elevadores. Depois ele disse-me que tínhamos de encontrar alguém que nos oferecesse bolinhos e assim fizemos. As senhoras foram muito simpáticas — anunciou com um ar decidido no rosto angelical, satisfeita com a sua grande aventura. — Já lhes disse que amanhã fazia anos.

O que era verdade. No dia anterior, Kate encomendara um bolo de aniversário enorme e Charles Joughin, o cozinheiro-chefe, prometera fazer um todo enfeitado com cobertura de açúcar e pequenas rosas. Seria uma surpresa para Alexis.

— Ainda bem que os dois passaram um bom bocado — observou Bert, ainda divertido com os filhos e vendo que até Kate ria com a descrição das suas andanças. — Mas da próxima vez prefiro que venham connosco em vez de se fazerem convidados para lanchar com pessoas desconhecidas.

George sorriu para os pais e Alexis aninhou-se contra a mãe, que a beijou com ternura na face, aconchegando-a ao seu colo. Alexis adorava estar assim junto à mãe, sabia-lhe bem o seu calor e meiguice, a sensação do seu cabelo a roçar nela quando virava a cabeça, o odor do seu perfume. Existia um elo especial entre as duas. Saltava bem à vista, mas isso não queria dizer que Kate gostasse menos dos outros filhos. Significava apenas que, em certas ocasiões, Alexis era muito especial.

Kate também adorava todos os outros filhos; porém Alexis tinha uma espécie de necessidade dela que nenhum dos outros demonstrava, o que era normal. Dava a impressão de que a criança não chegara a separar-se verdadeiramente dela ao ponto de, às vezes, Kate achar que tal nunca acontecera nem, viria jamais a suceder. Era frequente Kate pensar que seria bom nunca ter de se separar daquela filha, sobretudo se Edwina fosse viver para Inglaterra.

Um pouco mais tarde, Edwina e Charles entraram no salão, terminado o seu passeio. Ao avistarem Bert e Kate, acenaram. Edwina ainda estava a tentar aquecer as mãos quando se aproximaram.

— Está um frio de gelar lá fora, não está, mamã? — observou Edwina, voltando a sorrir.

Nos últimos tempos, era vê-la a sorrir a toda a hora. Kate achava que nunca vira ninguém tão feliz, talvez exceto ela mesma, quando desposara Bert. Era quase como se tivessem sido feitos um para o outro. Já a senhora Straus referira o facto ao comentar que reparara, em mais de uma ocasião, que formavam um belo casal e que ela fazia votos para que fossem muito felizes.

— Porque fará assim tanto frio? — perguntou Edwina ao pai, mandando vir chá e torradas com manteiga. — Esta manhã não estava assim.

— Claro que já avançámos muito para norte. Se hoje à noite estivermos atentos, poderemos até ver alguns cãezinhos rezingões — retorquiu, referindo-se a icebergues minúsculos.

— Não oferecem perigo? — quis saber Edwina com ar preocupado, na altura em que o seu chá com torradas chegava, mas o pai negou com convicção.

— Não para um navio deste porte. Tens ouvido falar do que dizem sobre o *Titanic*. É insubmersível. Seria preciso muito mais do que um simples icebergue para mandar ao fundo um barco como este, e além disso tenho a certeza de que, se há algum motivo para preocupações, o comandante está a agir com a maior cautela.

Na verdade, haviam viajado, durante todo aquele dia, muito perto dos vinte e três nós, uma velocidade razoável para o *Titanic*. Nessa tarde, porém, enquanto tomavam o seu chá com torradas, o *Titanic* já recebera, de outros navios, o *Caronia*, o *Baltic* e o *Amerika*, três alertas sobre a existência de gelos flutuantes. O comandante Smith, porém, ainda não reduzira a velocidade. Não achara necessário, estava atento a todas as eventualidades que pudessem surgir. Era um dos comandantes mais experientes da White Star. Depois de anos a trabalhar na companhia, tencionava reformar-se terminada aquela sua prestigiada viagem.

Bruce Ismay, o presidente da Companhia White Star, também seguia a bordo. Também ele já vira um dos avisos a alertar sobre os gelos. Depois de ter analisado a questão com o comandante, concluíra que não havia razão para se preocupar.

Nessa noite coube a Kate deitar as crianças, pois Oona voltara à terceira classe para ver a prima, e uma das empregadas de bordo prometera servir de *baby-sitter* até ao seu regresso. Mas Kate não se importava de o fazer. Gostava de cuidar ela mesma dos filhos; na verdade, até preferia ser ela a fazê-lo. No entanto, reparou que fazia ainda mais frio do do que anteriormente, de modo que foi buscar mais cobertores para melhor agasalhar os filhos nos beliches.

Quando, nessa noite, foram jantar ao restaurante *à la carte* e depois deram um saltinho rápido ao exterior só para tomarem um pouco de ar, este estava gelado. A caminho da sala de jantar, foram a conversar sobre a rapariga que Phillip conhecera. Há vários dias que não tirava os olhos dela, do convés de cima. A jovem viajava na segunda classe e era muito bonita, mas ele nunca viria a ter possibilidade de a conhecer. Ela erguera furtivamente o olhar para ele várias vezes e todos os dias Phillip voltava zelosamente ao mesmo local, na esperança de revê-la. Nesse dia, porém, Kate receou que o filho tivesse apanhado uma forte constipação por se expor daquela maneira ao mau tempo. Mas tudo indicava que a rapariga fora muito mais sensata ou então tinham sido os pais a sê-lo. Nem sequer apareceu e Phillip passara a tarde inteira deprimido, recusando-se, no fim, a ir jantar com eles.

— Coitado — comentou Edwina com a mãe quando se sentaram à mesa, cheia de pena do irmão.

O pai fora dar uma palavrinha ao senhor Guggenheim e, a seguir, detivera-se, por breves instantes, a falar com W. T. Stead, o famoso jornalista e escritor. Anos antes escrevera vários artigos para o jornal dos Winfield, em São Francisco. Por fim, a certa altura sentou-se à mesa.

— Quem era aquele senhor com quem falavas? — perguntou-lhe Kate, curiosa, pois reconhecera Stead mas não identificara o outro indivíduo.

— Benjamin Guggenheim. Conheci-o em Nova Iorque há uns anos — explicou, não querendo, no entanto alargar-se muito sobre o assunto.

Kate, que já o conhecia, teve curiosidade em saber se seria por causa da mulher que o acompanhava, uma loura espampanante; porém, algo lhe dizia que não devia tratar-se da esposa e, ao fazer a pergunta ao marido, este não deu mostras de querer falar sobre a questão.

— Aquela senhora é a senhora Guggenheim?

— Não creio que seja.

O assunto estava encerrado e Bert voltou-se para Charles, perguntando-lhe se acertara no cálculo das milhas percorridas naquele dia. Foram quinhentas e quarenta e seis e Bert ainda não acertara, mas Charles era um ás na matéria, o que já o levara a ganhar um dinheiro extra logo no primeiro dia.

Na realidade, a viagem constituíra uma oportunidade excelente para se conhecerem melhor. Até ali, Bert e Kate ainda só tinham gostado do que viam em Charles, restando-lhes a certeza de que a filha iria ser muito feliz naquele casamento.

— Haverá alguém interessado em dar comigo uma volta rápida lá fora? — sugeriu Bert ao saírem da sala de concertos nessa noite. Mas ao porem o pé no exterior, repararam que o frio se tornara insuportável. A temperatura era absolutamente glacial e as estrelas brilhavam vivamente.

— Santo Deus, que frio! — exclamou Kate, estremecendo apesar do casaco de peles que a agasalhava. A noite, porém, estava de uma limpidez cristalina, mas o que nenhum deles sabia era que, durante o jantar, o radiotelegrafista recebera avisos de mais dois navios a alertarem-nos sobre a presença de icebergues na vizinhança. As pessoas responsáveis ficaram, no entanto, com a certeza de que não havia nada a recear.

Eram dez e meia quando Kate e Bert desceram ao convés B, tagarelando em voz baixa enquanto mudavam de roupa para dormir. Edwina e Charles, entretanto, continuavam no salão a conversar e a beber champanhe.

Eram onze da noite quando Kate e Bertram se deitaram e apagaram a luz, mais ou menos na mesma altura em que o *Californian,* nas imediações, contactava via rádio com o *Titanic,* advertindo-o de que acabara de avistar gelo. Mas Phillips, o radiotelegrafista, estava assoberbado de trabalho trocando mensagens pessoais entre os passageiros e a estação recetora de Cape Race, na Terra Nova. Phillips retorquira de forma ríspida ao *Californian* que não o interrompesse. Ainda lhe restavam dezenas de mensagens de passageiros para enviar e já tinha conhecimento da existência do gelo. Daquela vez não considerou necessário informar o comandante. Este também se inteirara dos mesmos alertas e não se deixara impressionar com eles; portanto, o *Californian* desligou sem fornecer a localização daquele icebergue específico. Enquanto a meia-noite se aproximava, Phillips continuou a enviar as suas mensagens para Cape Race, e Kate e Bertram adormeceram tranquilos, enquanto os filhos sonhavam nos seus camarotes contíguos, e Edwina e Charles, aninhados no sofá da sala de estar, traçavam planos para o futuro, cheios de esperança e projetos.

Ainda estavam a falar quando houve como que um pequeno estremecimento no navio, uma espécie de dissonância, como se tivessem embatido em algo. Mas, como não se sentiu nenhum solavanco importante, não deu lugar a nada de dramático. Assim, ambos tiveram a certeza de que, fosse o que fosse, não devia ser nada de importante. Depois disso, continuaram a conversar calmamente durante mais alguns minutos até que, a certa altura, Edwina apercebeu-se de que o ligeiro zunido desaparecera e, com ele, a sensação vibratória a que já se haviam habituado. O navio parara e Charles mostrou-se, pela primeira vez, preocupado.

— Achas que terá havido algum problema? — perguntou Edwina com apreensão.

Charles olhou pela janela que deitava para estibordo, mas não conseguiu ver nada.

— Não me parece. Ainda hoje ouviste o que o teu pai disse. Este navio é insubmersível. Provavelmente estão a dar descanso às máquinas, a mudar de curso ou a reajustar algum pormenor. Certamente não é nada. — O que não o impediu de pegar no casaco e beijar Edwina com doçura nos lábios. — Vou dar uma vista de olhos por aí e daqui a um instante trago-te notícias.

— Eu também vou.

— Está demasiado frio lá fora, Edwina. Espera aqui por mim.

— Não sejas tolo. Em casa do meu tio Rupert, faz mais frio ao pequeno-almoço do que aqui.

Charles sorriu e ajudou-a a vestir o casaco de peles da mãe. Tinha a certeza de que não havia qualquer problema. E, fosse ele qual fosse, estariam a resolvê-lo e não tardaria que se pusessem de novo em marcha.

Depararam, nos corredores, com outros passageiros curiosos como eles, uns com roupa de dormir e casacos de peles, outros ainda de casaca e vestido comprido, havendo mesmo quem aparecesse em roupão de banho e de pernas nuas. Dava a impressão de que muitos passageiros, entre eles John Jacob Astor, sentiram que algo não estava bem e quiseram inteirar-se do que se passava. Mas, ao darem uma volta pelo tombadilho, não ficaram a saber mais nada para além do que já tinham notado, ou seja, que o navio parara e que três ou quatro das chaminés monstruosas expeliam vapor para o céu noturno. Mas não se notava sinal visível de perigo. Não havia grande mistério a deslindar e, a certa altura, apareceu um dos empregados de bordo a explicar que tinham «embatido num bocado de gelo», mas que não havia motivo para preocupações. O senhor Astor voltou para junto da mulher, e Charles e Edwina voltaram a entrar para fugir ao frio, depois de lhes afiançarem de que nada havia a recear. Na verdade, se desejassem ver o que acontecera, podiam ir até ao convés voltado para a popa, de onde alguns passageiros observavam o bocado de gelo que se via na zona de recreio da terceira classe, um bocado mais abaixo, cujos ocupantes se divertiam a atirar bolas de neve e pedaços de gelo uns aos outros no meio de gargalhadas.

Contudo, nem Charles nem Edwina acharam graça à situação e, depois de concluírem que não havia nada de verdadeiramente grave, resolveram seguir para os respetivos camarotes. Faltavam cinco minutos para a meia-noite e, ao entrarem na sala de estar privativa, depararam com Bertram, que tinha uma expressão preocupada.

— Há algum problema com o navio? — perguntou-lhes num sussurro, pois Kate já dormia. Ele, porém, não ficara descansado a partir da altura em que dera pela paragem dos motores.

— Parece não haver nada de especial — respondeu Charles de imediato, atirando o sobretudo grosso para cima de uma poltrona, enquanto Edwina despia o casaco de peles da mãe. — Ao que tudo indica, embatemos num bocado de gelo, mas ninguém parece dar grande importância ao facto.

facto. A tripulação anda a tranquilizar as pessoas e do tombadilho não se vê nada.

Charles parecia descontraído, o que deixou Bertram aliviado. Naquele momento sentia-se até um pouco idiota por se ter preocupado, mas era responsável pela sua família e quisera certificar-se de que estava tudo bem. Deu-lhes as boas-noites, recomendou a Edwina que não ficasse a pé até tarde e ele próprio foi deitar-se quando passavam três minutos da meia-noite, altura precisa em que, bem no fundo, sob os conveses, os fogueiros lutavam desesperadamente para apagar os incêndios que tinham deflagrado nas caldeiras do navio imenso e a água parecia uma torrente no piso onde ficava a sala do correio. O *Titanic* chocara, de facto, contra um icebergue e os seus cinco compartimentos tidos como estanques encontravam-se inundados devido à brecha aberta pelo bloco de gelo. Na ponte, o comandante Smith, Bruce Ismay, o presidente da Companhia White Star e Thomas Andrews, o construtor do navio, mal podiam acreditar no que estava a acontecer e tentavam determinar até que ponto a situação era desesperada.

As conclusões a que Andrews chegou não foram, de modo nenhum, animadoras. Não havia que negar: o facto de o *Titanic* ter cinco dos seus compartimentos inundados não permitiria que se mantivesse a flutuar por muito tempo. O navio insubmersível estava a afundar-se. Achavam que podiam mantê-lo à tona da água durante algum tempo; porém, ninguém podia prever a extensão desse período. Quando Bertram Winfield voltou para a cama, teve a sensação de que o chão, sob os seus pés, se inclinava um pouco; no entanto depressa pôs a ideia de parte, pensando que era imaginação sua.

Foi então que, cinco minutos depois da meia-noite, a pedido urgente de Thomas Andrews, o comandante Smith olhou para os oficiais que se haviam reunido na ponte de comando e ordenou-lhes que destapassem os barcos salva-vidas. Até ali não houvera qualquer exercício de simulação de naufrágio com os barcos salva-vidas, nenhum aviso, a menor preparação para semelhante eventualidade. Era um navio insubmersível, que nunca lhes causaria preocupações, mas o certo é que, naquele momento, os empregados de bordo da primeira classe andavam a bater às portas dos camarotes. Bert já se encontrava no seu quarto, mas ouviu vozes quando Charles abriu a porta que dava para a sala de estar, embora não conseguisse perceber as palavras. Naquela altura, porém, chegavam-lhe com clareza. O empregado sorria e falava-lhes com delicadeza, como se fossem todos umas crianças e ele desejasse que acreditassem nele, mas sem se sobressaltarem ou assustarem. No entanto, também era evidente que queria que fizessem o que lhes pedia, e depressa.

— Todos para o convés com os coletes de salvação vestidos. Imediatamente!

Não se ouviam sinos, sirenes, nenhum alarme geral. Na verdade, reinava um silêncio fantasmagórico, mas o olhar do empregado espelhava a gravidade da situação, e Edwina preparou-se para entrar em ação, como acontecia quando alguma das crianças se magoava, apercebendo-se logo de que tinha de se apressar para ir dar uma ajuda à mãe e aos irmãos.

— Tenho tempo para me vestir? — perguntou ao empregado antes de este passar ao camarote seguinte; porém, o homem negou com a cabeça e ainda lhe respondeu, ao afastar-se:

— Acho que não. Fique como está e vista o colete de salvação. Ele conservá-la-á aquecida. É só uma precaução, mas deve seguir já para cima.

Já desaparecera, e Edwina olhou para Charles durante uma fração de segundo. Este apertou-lhe a mão, enquanto Bert ia acordar Kate e os outros filhos. Oona já regressara e, tal como Kate e os miúdos, dormia profundamente no seu camarote.

— Eu ajudo-a a acordar as crianças — ofereceu-se Charles, indo ter com George e Phillip, entregando-lhes os coletes de salvação e dizendo-lhes que se apressassem, tentando não os assustar muito, o que não era fácil. George foi o único a encarar a situação com algum divertimento, mas o pobre Phillip parecia bastante assustado enquanto colocava o colete de salvação por cima do pijama, com a ajuda de Charles.

A primeira pessoa que Edwina acordou foi Alexis, abanando-a com suavidade e dando-lhe um beijo rápido, a seguir, limitou-se a tirar Fannie da cama e sacudiu brandamente o braço a Oona, mas esta ficou com os olhos esbugalhados, enquanto Edwina lhe tentava explicar a situação sem pôr as crianças em pânico.

— Onde está a mamã? — perguntou Alexis, aterrorizada, correndo a meter-se de novo na cama, enquanto Edwina mandava Oona buscar Teddy. Nessa altura precisa, Kate saiu do seu camarote a vestir o roupão por cima da camisa de dormir, com ar ensonado, mas sereno. Alexis voou de imediato para os seus braços.

— Que se passa? — perguntou Kate, confusa, olhando ora para o marido ora para a filha, até se fixar em Charles. — Ter-me-á escapado algum acontecimento importante enquanto dormia?

Tinha a sensação de ter acordado no meio de um drama, mas não fazia ideia do que acontecera.

— Ainda não sei bem — respondeu-lhe Bertram com sinceridade. — Só nos disseram que chocámos contra um bocado de gelo. Afirmam que não é grave, pelo menos foi o que disseram ao Charles há meia hora, mas agora querem-nos a todos lá em cima, de colete de salvação vestido e junto dos botes salva-vidas do nosso lado.

— Compreendo. — Kate começara já a passar uma vista de olhos em redor quando reparou nos pés de Edwina, que calçava umas sandálias prateadas de tecido fino e delicados saltos altos, e percebeu que, no convés, cinco minutos depois a filha ficaria com os pés congelados. — Edwina, muda de sapatos. Oona, põe o teu casaco e veste já a Fannie e o Teddy.

Charles, porém, começara já a ajudar a ama, enquanto Bertram ia vestir umas calças por cima das do pijama e substituir os chinelos de quarto por meias e sapatos. Envergou um camisolão que ainda não estreara por baixo do casaco e do colete de salvação. Foi levar um vestido quente de lã a Kate, que se encontrava no outro camarote a ajudar Alexis a vestir-se e, no caminho, reparou de repente que o chão, sob os seus pés, estava ainda mais inclinado e, pela primeira vez desde que acordara, ficou intimamente assustado.

— Vamos a despachar, miúdos — urgiu, tentando aparentar uma confiança que não sentia. Phillip e George estavam prontos. Edwina já calçara uns sapatos quentes e vestira o seu casaco por cima do vestido de noite em cetim azul; Charles conseguira colocar os coletes de salvação sobre as roupas de Fannie, Teddy e Alexis. Somente Oona corria de um lado para o outro de pés descalços e em camisa de dormir. Kate estava a enfiar o grosso vestido de viagem que Bert lhe entregara por cima do roupão, ao mesmo tempo que calçava sapatos fechados, finalizando com o seu casaco de peles.

— Temos de nos vestir — sibilou Edwina a Oona, sem querer assustar as crianças mais do que já estavam, mas desejosa de lhes dar a perceber a importância da situação.

— Oh, a Alice... Tenho de ir ter com a minha prima Alice e com a pequena Mary... — dizia, quase a chorar, andando de um lado para o outro no camarote a retorcer as mãos e prestes a descontrolar-se.

— Não farás nada disso, Oona Ryan. Vestes as tuas roupas e vens connosco — disse-lhe Kate em tom ríspido.

Ainda tinha Alexis presa pela mão e, embora estivesse aterrorizada, a filha deixara de protestar. Sabia que, desde que estivesse junto da mãe e do pai, nada tinha a recear. Estavam todos prontos, com exceção de Oona que, de repente, teve medo de os acompanhar.

— Eu não sei nadar... não sei nadar... — queixou-se, choramingando.

— Não sejas tola — disse Kate, agarrando-a por um braço e fazendo sinal a Edwina para que fosse andando com os outros. — Não precisas de nadar. Só tens de vir comigo. Daqui a pouco estamos lá em cima. Mas primeiro tens de te vestir.

Enfiou um vestido de lã seu pela cabeça da rapariga, pôs-se de joelhos para a ajudar a calçar uns sapatos, colocou-lhe um dos seus casacos sobre os ombros, agarrou num colete de salvação e, minutos depois, alcançavam os outros. Naquela altura já os corredores estavam apinhados de gente que se dirigia para o tombadilho em trajes peculiares, com os coletes de salvação vestidos e uma expressão preocupada nos rostos, embora alguns rissem e dissessem achar tudo aquilo um perfeito disparate. Passavam quinze minutos da meia-noite e Phillips, o radiotelegrafista, emitia o seu primeiro pedido de socorro, já o nível das águas por baixo dos conveses subia rapidamente, muito mais depressa do que o comandante Smith imaginara. Afinal de contas, o choque contra o icebergue ainda só ocorrera havia meia hora, mas nesse momento a sala de *squash* já tinha água até ao teto e Fred Wright, o professor daquela modalidade, não referiu o facto ao jovem Phillip quando o encontrou a caminho dos barcos salva-vidas.

— Achas que devia ter trazido algumas das minhas joias? — perguntou, de súbito, Kate a Bertram, com ar preocupado.

Era a primeira vez que se pensava no assunto, mas já não tinha vontade de voltar para trás. Levava apenas a sua aliança de casamento, na verdade a única joia que lhe importava na verdade.

— Não te preocupes com isso — disse-lhe Bertram, sorrindo-lhe e apertando-lhe a mão. — Depois compro-te umas bugigangas, se... perderes estas... — Não quisera dizer «perder», receoso do que tal significava. De repente sentira-se atemorizado com o que iria acontecer à mulher e aos filhos. Subiram até ao convés dos botes e Bert, ao olhar de relance para o ginásio, viu John Jacob Astor e a mulher calmamente sentados nos apetrechos mecânicos. John devia querer a mulher afastada do frio e do medo, não fosse esta perder o bebé. Ambos tinham os coletes de salvação vestidos e via-se um outro sobre os joelhos de John. Enquanto iam conversando, este entretinha-se com o seu canivete.

Os Winfield seguiram depois em frente, deixando o ginásio para trás, e foram ter a bombordo, onde a tripulação se encontrava a destapar os botes salva-vidas de madeira, ao mesmo tempo que a orquestra começava a tocar. A estibordo estavam a pôr mais oito escaleres operacionais, quatro no lado da proa, quatro no da popa, havendo ainda quatro botes salva-vidas de lona desmontáveis. O panorama não era divertido, e Bert, fortemente agarrado à mão da mulher, sentia o coração a martelar-lhe no peito ao vê-los preparar os botes. Tinha Fannie ao colo com a ajuda do outro braço, e Alexis estava colada à mãe, enquanto Phillip levava o pequeno Teddy. Detiveram-se, muito junto uns dos outros, ao frio, incapazes de acreditar que, naquele navio gigantesco e todo-poderoso, estavam, de facto, a destapar os botes salva-vidas e eles ali, a meio da noite, à espera de os ocupar. Pela multidão ali apinhada perpassou um murmúrio de vozes e, pouco depois, Kate viu Phillip a falar com um rapaz com quem travara amizade no início da viagem. Chamava-se Jack Thayer e era de Filadélfia. Os pais tinham ido a um jantar oferecido, nessa noite, pelos Widener, também da mesma localidade, ao comandante. Mas Jack não os acompanhara e naquele momento conversava com Phillip. Os dois rapazes trocaram um sorriso breve e, em seguida, Jack acercou-se de outro grupo, ainda à procura dos pais. Kate também viu os Allison, de Montreal, com a pequena Lorraine agarrada à mão da mãe e segurando na outra a sua adorada boneca. Estavam atrás dos outros. A senhora Allison agarrava-se com força ao braço do marido e a governanta tinha o bebé nos braços, embrulhado num cobertor que o protegia do frio glacial do Atlântico Norte.

O segundo-oficial Lightoller estava encarregado de preencher os lugares dos barcos salva-vidas de bombordo e, à sua volta, a confusão era generalizada, mas comedida. Nunca houvera nenhum exercício de simulação de naufrágio com os botes salva-vidas nem ninguém tinha funções relacionadas com uma situação daquelas além da tripulação, mas nem mesmo esta estava muito certa do que se devia fazer e onde. Pequenos grupos de homens destapavam os botes salva-vidas ao acaso e atiravam para dentro destes lanternas e latas de biscoitos; no entanto, os grupos continuaram a conter-se, enquanto os tripulantes chegaram às serviolas e começaram a dar às manivelas que desalojavam os botes e depois os baixavam até chegar junto do grupo, bastante hesitante, que os observava. A orquestra tocava um *ragtime* e, nessa altura, Alexis começou a chorar; Kate, porém, tinha-a presa pela mão e inclinou-se para a menina recordando-lhe que era o seu aniversário e que, lá mais para o fim do dia, haveria presentes e, quem sabe, um bolo.

— Daqui a umas horas, quando estivermos todos de novo em segurança no navio, daremos uma linda festa de aniversário.

Kate voltou a acomodar Fannie sobre a anca, puxou Alexis para mais perto de si e fitou o marido. Este tentava escutar aquilo que os grupos que os rodeavam diziam, na esperança de se inteirar de alguma informação que lhe tivesse escapado, mas ninguém parecia ter conhecimento do que se passava, exceto que iam, de facto, para dentro dos botes salva-vidas, mulheres e crianças em primeiro lugar e, daquela vez, nenhum homem. Nesse preciso momento, a orquestra começou a tocar ainda mais alto, e Kate sorriu a todos, disfarçando o terror que começava a dominá-la só de olhar para os botes salva-vidas.

— Não deve haver nenhum problema sério, caso contrário a orquestra não estaria a tocar uma música tão bonita, não acham?

Trocou um olhar prolongado com Bertram e apercebeu-se de que, também o marido, estava assustado; no entanto, pouco podiam falar naquele instante, rodeados, como estavam, pelos filhos. Além disso, dava a impressão de que os acontecimentos estavam a decorrer com grande rapidez.

Edwina mantinha-se perto de Charles, que conversava com alguns homens jovens. Estavam de mãos dadas, no ar gélido da noite. Ela esquecera-se de levar as luvas e ele tentava aquecer-lhe os dedos enregelados. Foi então que chamaram as mulheres e as crianças, mas ninguém pareceu mexer-se quando o segundo-oficial Lightoller lhes pediu que avançassem com rapidez. Não havia quem fosse capaz de acreditar que houvesse, de facto, algum perigo. Algumas mulheres pareciam hesitar e foi nessa altura que os maridos tomaram conta da situação. Os senhores Kenyon, Pears e Wick conduziram as esposas até aos botes e ajudaram-nas a instalar-se, enquanto estas lhes imploravam que não as obrigassem a ir sem eles.

— Minhas senhoras, não sejam tolas — declarou o marido de uma delas para todas ouvirem —, estaremos de volta ao barco a tempo do pequeno-almoço. Seja qual for o problema, nessa altura já o terão resolvido e pensem só na aventura que depois terão para contar!

Falava com tanta jovialidade que algumas riram e outras adiantaram-se, timidamente. Muitas levavam as criadas consigo; no entanto, os maridos tinham ordens claras para se manter a bordo. Estavam a receber apenas mulheres e crianças.

Lightoller não queria nem sequer ouvir falar de algum homem a querer acompanhá-las. Apesar de algumas protestarem que os maridos poderiam ajudar a remar, foi em vão. Eram *apenas* as mulheres e as crianças. Quando repetiu as palavras, Oona olhou de repente para Kate e desatou a chorar.

— Não posso, minha senhora... não posso... Não sei nadar... e a Alice... e a Mary...

Começou a afastar-se deles, e Kate viu que estava prestes a fugir dali. Separou-se então de Alexis por breves instantes e tentou confortar Oona acercando-se calma dela. Esta, porém, soltou um guincho agudo e deitou a correr o mais rápido que podia para dentro do navio, entrando pela mesma porta por onde saíra, para ir à procura da prima e da menina.

— Quer que vá atrás dela? — perguntou Phillip à mãe com ar preocupado quando esta voltou para junto dos filhos e olhou, ansiosa, para Bertram.

Nessa altura já a pequena Fannie choramingava e Edwina tinha o pequeno Teddy ao colo. Mas Bertram não deixou nenhum deles ir no encalço de Oona. Se a rapariga era idiota para voltar para trás, teria de seguir num outro salva-vidas que estivesse noutro lado do navio e, mais tarde, voltar a juntar-se a eles. Não queria que se perdessem uns dos outros, era imperativo que permanecessem todos juntos.

Kate hesitou, mas depois voltou-se para o marido.

— Não poderemos esperar? Não quero ir sem ti. Quem sabe se ficarmos mais um pouco eles cancelem a operação e não tenhamos de fazer passar as crianças por tudo isto sem motivo.

Ainda mal proferira as palavras quando sentiu o pavimento do convés inclinar-se mais ainda e Bertram teve a certeza de que não se tratava de nenhum exercício. O caso era sério e qualquer atraso da sua parte poderia ser fatal. O que desconhecia era que, na ponte de comando, Thomas Andrews informara o comandante Smith de que o navio não se manteria à tona de água por muito mais de uma hora e que os botes salva-vidas não chegavam nem sequer para metade dos passageiros a bordo. O radiotelegrafista estava a fazer esforços desesperados para contactar com o *Californian,* apenas a dez milhas de distância, porém, em vão.

— Quero que vás de imediato, Kate — ordenou Bert calmo, ao mesmo tempo que a mulher o fitava nos olhos e ficava assustada com o que lia neles.

Apercebeu-se de que ele estava preocupado e com medo, um medo como nunca lhe vira na vida. O que a fez procurar, instintivamente, Alexis, que, ainda há momentos, estivera a seu lado. Não estava, como de costume, agarrada às saias da mãe e Kate largara-lhe a mão para correr atrás de Oona. Mas a menina não se via em lado nenhum. Kate deu várias voltas e olhou de relance para a multidão, desviando depois o olhar para Edwina na esperança de ver as duas juntas, no entanto, esta falava serena com Charles, enquanto George se mantinha por perto com ar fatigado e de quem tinha frio, bastante menos animado do que hora e meia antes. O que não o impediu de se manifestar alegremente quando uma explosão de foguetes surgiu no ar, iluminando a noite em torno deles. Nessa altura, passavam quarenta e cinco minutos da meia-noite, decorrera pouco mais de uma hora após o embate contra o icebergue, que que todos afirmaram que não podia representar nenhum perigo para o navio.

— Que quer aquilo dizer, Bert? — perguntou Kate num sussurro, continuando a olhar distraída em volta em busca de Alexis. Se calhar estava a falar com a filha dos Allison, ou a comparar as bonecas, como já acontecera antes.

— Quer dizer que a situação é muito grave, Kate — explicou Bert. — Tens de ir já para o salva-vidas com as crianças.

Dessa vez Kate percebeu que o marido falava a sério. Agarrava-lhe na mão com força e tinha os olhos cheios de lágrimas.

— Não sei para onde a Alexis foi — disse Kate com uma entoação de pânico a crescer-lhe na voz, o que fez Bertram olhar ansioso, do cimo da sua estatura, para a multidão, sem no entanto ver a filha. — Deve estar escondida. Tinha-a segura pela mão até ir atrás da Oona... — Os olhos marejaram-se-lhe de lágrimas. — Oh, meu Deus, Bert... Onde estará ela? Aonde poderá ter ido?

— Não te preocupes, hei de encontrá-la. Fica aqui junto dos outros.

Abriu caminho por entre a multidão e foi de grupo em grupo, procurando em cada canto, correndo de um aglomerado de pessoas para outro. Mas Alexis não aparecia em lado nenhum. Voltou apressado para junto de Kate que, com o bebé ao colo e tentando, ao mesmo tempo, não perder George de vista, o fitou com ar ansioso e interrogativo. Bertram limitou-se a sacudir a cabeça em resposta.

— Ainda não apareceu — respondeu calmo —, mas não deve ter ido longe. Nunca se afasta demasiado de ti.

Tinha, porém, uma expressão preocupada e ausente.

— Deve ter-se perdido.

Kate estava prestes a rebentar em lágrimas. Quando os passageiros do *Titanic* começavam a encher os salva-vidas, não era a melhor altura para uma criança de seis anos se perder.

— Com certeza escondeu-se — alvitrou Bert, franzindo a testa de aflição. — Conheces bem o medo que tem da água.

E do pavor que sentira ao embarcar e de como Kate lhe assegurara que nada de mal poderia acontecer. Mas a realidade fora diferente e naquele momento ninguém sabia dela. Nesse momento, Lightoller mandou avançar mais mulheres e crianças, enquanto a orquestra continuava a tocar, ao lado.

— Kate... — disse Bert, fitando a mulher, já certo de que esta não sairia dali sem Alexis, se é que o chegaria a fazer.

— Não posso... — balbuciou Kate, olhando em volta e depois para os foguetes que explodiam, por cima das suas cabeças, como canhões.

— Nesse caso, manda a Edwina. — Naquela noite, que nenhum deles sonhara alguma vez enfrentar, Bert tinha o rosto coberto de transpiração. E, enquanto o piso continuava a inclinar-se sob os seus pés, apercebeu-se de que o barco insubmersível estava a ir ao fundo a grande velocidade. Acercou-se mais da mulher e tirou-lhe Teddy dos braços com muito jeito, beijando-lhe, os caracóis que lhe caíam sobre a testa, saindo da touca de lã que Oona lhe colocara quando o foram acordar ao camarote. — A Edwina pode levar os mais pequenos com ela, e tu segues no próximo barco, com a Alexis.

— E tu? — perguntou Kate com o rosto mortalmente pálido sob o fantasmagórico reflexo branco dos foguetes, enquanto a orquestra passava do *ragtime* para as valsas. — E o George e o Phillip?... E o Charles?

— Por enquanto, não deixam seguir os homens — respondeu-lhe Bert. — Ouviste o que o responsável disse. Mulheres e crianças primeiro.

De facto já havia um grupo de homens ao lado deles, a acenar para as esposas enquanto o salva-vidas descia vagaroso. Passavam cinco minutos da uma da manhã e o ar parecia estar ainda mais gelado. As mulheres continuavam a implorar ao segundo-oficial Lightoller que deixasse ir os maridos para junto delas, mas este mostrava-se irredutível. Com ar severo, de quem não admitiria ousadias, fez sinal aos homens para que se mantivessem na retaguarda.

Kate aproximou-se então rápida de Edwina e transmitiu-lhe o que Bert acabara de dizer.

— O pai quer que vás para o salva-vidas com a Fannie e o Teddy. E o George — acrescentou de súbito.

Ao menos que tentasse ir com os outros. No fim de contas, também não passava de uma criança, tinha apenas doze anos. Kate estava decidida a que seguisse no barco, com Edwina.

— E a mãe? — perguntou Edwina, inquieta, olhando para Kate, chocada diante da perspetiva de deixar o resto da família no navio, levando apenas os mais novos consigo.

— Irei no próximo com a Alexis — retorquiu Kate calma. — Tenho a certeza de que está escondida aqui perto, deve ter apenas medo de se aproximar porque não quer entrar no salva-vidas.

A confiança que Kate aparentava não correspondia bem à realidade; porém, não queria transmitir o pânico que sentia à filha mais velha. Acima de tudo, queria que ela fosse para dentro do salva-vidas com os mais pequenos. A circunstância de Oona os abandonar não viera nada a calhar. Kate gostaria de saber como estaria a rapariga a sair-se na terceira classe, com a prima.

— O George pode ajudar até eu e o pai chegarmos — acrescentou.

Contudo, a perspetiva desagradou a George, que soltou um resmungo. Preferia ficar até ao fim, com os homens; no entanto, Kate não transigiu e levou o grupo até junto de Bert, seguida por Charles e Phillip.

— Já a encontraram? — perguntou Kate ao marido, referindo-se a Alexis, ao mesmo tempo que olhava ansiosa para todos os lados, sem ver, no entanto, a menina. Sentia-se agora ansiosa para que os outros filhos fossem para o salva-vidas, a fim de ajudar Bert a procurar Alexis. Mas naquela altura o marido preocupava-se com os outros. Lightoller estava prestes a baixar o oitavo escaler, as mulheres já se encontravam todas instaladas, embora ainda faltasse preencher quatro lugares. Também haveria espaço suficiente para os homens; no entanto, nenhum se atreveu a desafiar as ordens determinadas pelo segundo-oficial. Corria o boato de que, se os homens tentassem entrar no salva-vidas, seriam reprimidos com a ajuda de armas, pelo que nenhum se dispunha a desafiá-lo a tal.

— Faltam quatro! — gritou-lhe Bert, enquanto Edwina olhava desesperada para os pais e para Charles que, por trás destes, a fitava num silêncio angustiado.

— Mas...

Nem teve tempo para falar, pois o pai empurrou-a em direção ao escaler número oito com Fannie, George e o pequeno Teddy, ao colo.

— Mamã... Espero por vocês?...

As lágrimas saltaram-lhe dos olhos e, por um instante, fez lembrar a criança que um dia fora. A mãe abraçou-a e fitou-a nos olhos. Teddy começou a chorar e estendeu de novo os bracinhos rechonchudos para a mãe.

— Não, amorzinho, tu vais com a Edwina... A mamã gosta muito de ti... — murmurou Kate, encostando a sua face à do bebé e beijando-lhe as mãozinhas; em seguida, rodeou o rosto de Edwina com ambas as mãos e fitou a filha mais velha com ternura. Tinha os olhos cheios de lágrimas, mas daquela vez não eram de medo, mas sim de mágoa.

— Estarei sempre convosco em pensamento. Gosto muito de ti, minha querida filha. Aconteça o que acontecer, cuida bem deles. — Depois, sussurrou-lhe: — Tem cuidado, pois daqui a pouco estaremos de novo todos juntos.

Edwina, no entanto, duvidou que a mãe estivesse a ser sincera e, de repente, não teve a mínima vontade de partir sem ela.

— Oh, mamã... não...

Edwina agarrou-se a Kate, com o pequeno Teddy nos braços, e não tardou que estivessem todos a chorar pela mãe, quando os braços vigorosos dos homens a levaram a ela, a George e a Fannie. Os olhos de Edwina voaram desesperados da mãe para o pai e para Charles. Nem sequer tivera oportunidade de se despedir do noivo, que lhe gritou «amo-te», mandou-lhe um beijo e acenou-lhe com a mão, atirando-lhe, de repente, as suas luvas. Apanhou-as no preciso momento em que se ia a sentar, sem desviar nunca os olhos dele. Charles fitava-a com uma expressão estranha, como se desejasse prendê-la ali com o seu olhar.

— Coragem, meu amor, em breve estaremos todos juntos — gritou-lhe.

Nesse momento, o escaler foi descido e Edwina mal conseguiu manter os olhos postos neles. Olhava ora para a mãe ora para o pai e para Charles, com as lágrimas a escorrerem-lhe pelo rosto, até que, a certa altura, deixou de os ver. Kate ainda ouvia o pequeno Teddy a chorar ao dirigir-lhes o último adeus, reprimindo as suas próprias lágrimas ali, no tombadilho, agarrada à mão do marido. Lightoller insurgira-se quando meteram George no barco; porém, Bert adiantara rapidamente que ele ainda não completara os doze anos. Em seguida, não esperou pela resposta do segundo-oficial para erguer o filho e colocá-lo dentro do escaler. Mentira por dois meses, mas Bert receara que não deixassem o filho partir se admitisse a sua idade exata. O próprio George implorara que o deixassem ficar com o pai e Phillip, mas Bert achou que Edwina poderia precisar da sua ajuda para tomar conta das outras duas crianças.

— Adoro-vos a todos, meus filhos — sussurrou Bert, não desviando o olhar deles enquanto baixavam o escaler, até desaparecerem de vista quando o pousaram na água. Gritou-lhes umas derradeiras palavras. — A mamã e eu iremos ter convosco daqui a pouco.

A seguir afastou-se para que não o vissem chorar.

Quanto a Kate, esta soltou um gemido quase animalesco quando o escaler tocou na água, atrevendo-se, por fim, a espreitar para baixo. Apertou a mão a Bertram. Podia ver Edwina a segurar em Teddy, Fannie agarrada à sua mão disponível, enquanto George, de cabeça levantada, olhava para eles, e o barco ia sendo lentamente descido, a chiar, até à água. Tratava-se de uma manobra delicada e Lightoller fazia lembrar um cirurgião numa operação melindrosa, pois um movimento demasiado rápido ou descuidado poderia virar o barco na descida e atirar com todos os passageiros para a água gelada. E de baixo chegavam até eles vozes gritando uma mistura de palavras de desespero, últimos recados e muitos «amo-te». Então, de repente, quando iam a meio da descida, Kate reconheceu o chamamento de Edwina. Viu-a a acenar frenética, a fazer-lhe sinal com a cabeça e a apontar. Foi então que Kate olhou para a proa do bote salva-vidas e a viu. Tinha os caracóis louros ocultos, mas não havia dúvida de que era Alexis, encolhida a um canto da frente do barco. Kate sentiu uma onda de alívio atravessar-lhe o corpo e gritou a Edwina:

— Estou a vê-la!... Estou a vê-la!...

Alexis estava salva, assim como os outros... Cinco dos seus preciosos filhos encontravam-se no mesmo barco. Agora só lhe restava fazer o mesmo juntamente com o marido, Phillip e Charles. Este tagarelava calmo com outros homens que haviam acabado de meter as esposas no salva-vidas, assegurando uns aos outros que correria tudo bem e que eles próprios não tardariam a abandonar o navio.

— Oh, graças a Deus, Bert, ela encontrou-a. — Kate estava tão aliviada por saber que Alexis estava a salvo que todo o seu corpo se descontraíra, não obstante a tensão permanente. — Como terá ela ido ali parar sem nós?

— Se calhar foi alguém que agarrou nela e a meteu lá dentro quando se afastou de nós. Ficou demasiado assustada para nos dizer alguma coisa. Seja como for, agora está em segurança. A seguir quero-vos a vocês fora daqui. Sem discussões.

Falava com severidade apenas para disfarçar os seus próprios receios, mas Kate não se deixou enganar.

— Não percebo por que motivo eu não posso esperar por ti, pelo Phillip e pelo Charles. As crianças ficarão bem com a Edwina.

Kate não gostara nada da ideia de ter os filhos todos no salva-vidas sem ela, mas, agora que sabia que Alexis se encontrava junto da irmã mais velha, a sua vontade era ficar junto do marido. Estremeceu só de pensar o que teria sido não saber de Alexis e agradeceu de novo a Deus por Edwina ter-lhe podido dizer que tinha Alexis, sã e salva, junto de si.

Em baixo, os salva-vidas começaram a afastar-se do navio e, quando o número oito rumou para as águas gélidas, Edwina aconchegou o pequeno Teddy contra si e tentou colocar Fannie sobre os joelhos; porém, os assentos eram demasiado altos, o que tornou a manobra muito difícil. Tinha vontade de se aproximar da parte da frente do barco, para que Alexis soubesse que ela estava ali, mas era impossível sair do lugar e George ia atarefado a remar, com os outros. O facto fazia-o sentir-se importante e, na verdade, a sua ajuda era preciosa. A certa altura, Edwina pediu a uma das mulheres que avisasse Alexis da sua presença na embarcação e ficou a ver passar a palavra de boca em boca até chegar à menina, que voltou a cabeça, permitindo a Edwina vê-la, o que a fez suspender a respiração. Era uma criança linda e chorava porque deixara a mãe no navio, mas não se tratava de Alexis. Foi então que Edwina se apercebeu de que cometera um erro terrível: dissera à mãe que Alexis estava ali, o que os levaria a deixarem de a procurar. Soltou um soluço incontrolável e a pequena Fannie começou a chorar, abraçando-a.

Nesse preciso instante, Alexis encontrava-se sentada no seu camarote. Quando a mãe lhe largara a mão para correr atrás de Oona, escapulira-se para onde sempre quisera ir. Deixara a sua linda boneca em cima do beliche e não queria sair do navio sem ela. Mal entrara no camarote, este parecera-lhe bem mais sossegado e tranquilo do que o terror que reinava no convés. Assim não precisaria de entrar para aquele salva-vidas ou cair naquela água escura e feia. Só precisaria de ficar ali à espera até tudo passar e todos regressarem. Ficaria ali sentada com a sua boneca, *Mrs. Thomas.* Pelas escotilhas abertas chegava-lhe o som da orquestra a tocar lá em cima, assim como vozes, gritos e murmúrios. Já não se ouviam passos no corredor.

Estavam todos no convés, a dizer adeus aos familiares e a entrarem, apressados, para os salva-vidas, enquanto os foguetes continuavam a explodir no alto e o radiotelegrafista tentava, desesperado, chamar os navios próximos em socorro daquele. O primeiro a responder foi o *Frankfurt,* era meia-noite e dezoito minutos, a seguir o *Mount Temple,* o *Virginian* e o *Birma,* mas do *Californian* não se tinha notícia desde as onze da noite, hora a que os alertara da proximidade do icebergue e Phillips respondera secamente ao radiotelegrafista deles para que não o interrompesse. Desde então, o rádio daquele navio mantivera-se mudo. A verdade é que se encontrava desligado. Mas era o único navio próximo o suficiente para os ajudar, mas não se vislumbrava maneira de o avisar. Nem mesmo os foguetes surtiam efeito. Todos aqueles que, no *Californian,* os avistaram, partiram do princípio de que faziam parte dos festejos a decorrer na tão celebrada viagem de inauguração. E não passou pela cabeça de ninguém que estavam a ir ao fundo. Quem imaginaria semelhante catástrofe?

Passavam vinte e cinco minutos da meia-noite quando o *Carpathia,* apenas a cinquenta e oito milhas de distância, entrou em contacto com eles e prometeu-lhes vir o mais depressa que pudesse. Nessa altura já o *Olympic,* o navio irmão do *Titanic,* estabelecera contacto; no entanto, encontrava-se a quinhentas milhas daquele local, demasiado afastado, portanto, para poder prestar ajuda imediata.

O comandante Smith não fazia naquele momento outra coisa senão entrar e sair da cabina de comunicações, e depois de ver Phillips, o radiotelegrafista, enviar o sinal de pedido de socorro internacional, CQD, incentivou-o a que também emitisse o novo sinal, SOS, na esperança de até mesmo amadores conseguirem recebê-lo. Qualquer tipo de ajuda seria bem-vinda e tornara-se já desesperadamente necessária. Era meia-noite e quarenta e cinco quando o primeiro SOS foi enviado e, nesse momento, Alexis estava, sozinha, calma sentada no seu camarote silencioso, a brincar com a sua boneca e a cantarolar baixinho. Sabia que, mais tarde, quando todos voltassem, troçariam dela, mas também não lhe ralhariam demasiado por ter fugido porque, afinal de contas, era o seu dia de aniversário. Já tinha seis anos e a sua boneca era muito mais velha. Gostava de dizer que *Mrs. Thomas* tinha vinte e quatro anos. Uma adulta.

No convés, Lightoller enchia novo salva-vidas e, a estibordo, vários homens ocupavam, agora, alguns lugares. Mas, a bombordo, Lightoller continuava a limitar-se, rigorosamente, a mulheres e a crianças. Os salva-vidas da segunda classe também estavam a ser ocupados e, na terceira, alguns dos passageiros ultrapassavam barreiras e portas trancadas, na esperança de escaparem e meterem-se nos escaleres da segunda classe ou, até, da primeira, mas não faziam ideia por onde ir e como lá chegar. Havia membros da tripulação a ameaçá-los a tiro se tentassem abrir caminho pelo navio, pois receavam uma situação de saque e danos de propriedade a bordo. Ordenavam a quem avançava que voltasse para trás, enquanto as pessoas choravam e gritavam, implorando que as deixassem chegar aos salva-vidas da primeira classe. Certa rapariga irlandesa, acompanhada por uma outra da sua idade e ainda uma criança, insistia em afirmar que viera da primeira classe, mas o tripulante achou que estavam a querer enganá-lo e nada o convenceu a deixá-las passar.

Enquanto Lightoller enchia mais uma embarcação, Kate e Bert foram para dentro do ginásio para se aquecerem um pouco e fugirem à agonia das lágrimas e das despedidas, e à nítida tensão que pairava no ar. Phillip e Charles permaneceram no convés, junto de Jack Thayer, a ajudar as mulheres e as crianças a entrar nos salva-vidas. Dan Martin acabara de meter a esposa no mesmo salva-vidas em que Edwina seguia e um outro homem mandara a mulher e o bebé com elas. No ginásio, Kate e Bert repararam que os Astor continuavam sentados no mesmo sítio a conversar tranquilos. Ela não parecia ter pressa em partir e ele mandara que a criada se mantivesse no convés, para estar a par da situação.

— Achas que as crianças ficarão bem? — perguntou Kate, fitando Bert ansiosa, ao que este aquiesceu, aliviado por Edwina ter achado Alexis e, deste modo, pelo menos cinco dos seus filhos estarem a salvo. Continuava preocupado com a partida de Kate e Phillip, esperançado em que Lightoller também acabasse por deixar Phillip seguir. Já em relação a Bert e Charles as esperanças eram menores, e ambos estavam cientes do facto.

— Acho que ficarão bem — disse à mulher, para a sossegar. — Será, sem dúvida, uma experiência inesquecível para qualquer deles. Para mim também — acrescentou, olhando com ar grave para Kate. — Estou convencido de que o navio afundará, sabes. — Já se apercebera do facto há cerca de uma hora, apesar de nenhum dos membros da tripulação o admitir e de a orquestra continuar a tocar como se tudo não passasse de uma bela diversão, ainda que um tanto bizarra. Bert fitou a mulher com demora e pegou então numa das suas mãos longas e esguias, beijando-lhe a ponta dos dedos. — Kate, quero que sigas no próximo salva-vidas. Eu vou ver se consigo suborná-los para que deixem o Phillip seguir contigo. Tem só dezasseis anos, têm obrigação de deixá-lo ir. Mal passa de uma criança.

O problema era convencê-la a ela, assim como a Lightoller.

— Não percebo por que razão não haveremos de esperar que comecem a embarcar os homens e nessa altura sigo contigo. Seja como for já não posso ajudar a Edwina pois estaremos em salva-vidas diferentes. Mas ela é uma rapariga muito eficiente.

Dito isto, Kate sorriu, sentindo-se desesperada por não poder estar junto dos filhos naquele momento; no entanto, tinha a certeza de que nada de mal lhes sucederia. Nem podia pensar noutra possibilidade. Além disso, Edwina era como uma segunda mãe para eles. Só lhe restava preocupar-se com a segurança do filho mais velho, do marido e do noivo da filha, Charles. Uma vez todos num salva-vidas, pouco lhe importava que o navio se afundasse, desde que não ficassem pessoas a bordo, não vendo razão para que as coisas não decorressem desse modo. Tudo parecia passar-se calmamente, e os salva-vidas nem sequer iam cheios quando eram baixados, o que significava que havia espaço com fartura para todos, caso contrário não os deixariam seguir sem estarem lotados. Também estava certa de que ainda dispunham de várias horas antes de algo de grave acontecer, se é que se chegaria, de facto, a esse ponto. Havia uma aura de calma que, enganadoramente, a levava a acreditar que nada havia a recear.

Na ponte, porém, o comandante Smith estava a par da verdade. A uma da manhã já passara há muito e a casa das máquinas encontrava-se inundada. Não restavam dúvidas de que o navio iria ao fundo, a única interrogação estava em saber quando. Mas já não lhe restavam dúvidas de que seria em breve. Phillips, o radiotelegrafista, continuava a enviar mensagens desesperadas, enquanto, no *Californian,* o rádio continuava desligado e todos observavam os foguetes que rebentavam bem acima do *Titanic* sem sonharem com o que significavam. Ainda imaginaram que se tratava da celebração. A certa altura, porém, repararam que o navio começara a ter uma aparência muito estranha, e um dos oficiais achou que o ângulo que fazia em relação à superfície do mar não era normal, mas nem por isso lhes passou pela cabeça que se afundava. E o *Olympic* respondeu radiotelegrafando a perguntar se iam ao seu encontro. Ninguém percebeu o que estava a acontecer nem a que velocidade o afundamento estava a ocorrer. Era inconcebível, para todos eles, que o navio «inafundável», a maior embarcação a flutuar à superfície das águas, estivesse, de facto, a naufragar. Na realidade, a tragédia já estava prestes a consumar-se.

Quando Kate e Bert saíram do ginásio, repararam que, dessa vez, o ambiente que reinava era muito diferente. As pessoas já não chamavam umas pelas outras tão descontraidamente, e os maridos imploravam às mulheres que fossem corajosas e embarcassem nos salva-vidas deixando-os para trás. Diante da recusa de algumas, os respetivos maridos empurravam-nas para os braços dos tripulantes e várias foram mesmo atiradas para dentro dos escaleres contra a sua vontade. Lightoller, a bombordo, continuava a fazer respeitar a regra da prioridade das mulheres e das crianças, mas, a estibordo, alguns homens tinham sorte, sobretudo se afirmassem perceber de barcos. Toda a ajuda era pouca para remá-los. Algumas pessoas já choravam e por todo o lado se ouviam despedidas de despedaçar o coração. A maioria das crianças já partira e Kate sentia-se aliviada por as suas também já ali não estarem, exceto Phillip, mas esse seguiria com eles. Nesse momento reparou, pelo canto do olho, na pequena Lorraine agarrada à mão da mãe no convés, o que lhe fez lembrar Alexis, agora em segurança junto dos irmãos no salva-vidas número oito. A senhora Allison mantivera Lorraine consigo, mas pusera Trevor, o filho mais novo, num dos primeiros salva-vidas a sair, com a sua ama. Kate vira já muitas famílias separarem-se e as mulheres e os filhos seguirem à frente, presumindo que os maridos seguiriam nos últimos salva-vidas a abandonar o navio. Só muito perto do fim é que se tornou óbvio que já poucos salva-vidas restavam e ainda havia mais de duas mil pessoas a bordo sem possibilidade de fugir, sem terem como abandonar o navio que se afundava. Começaram a descobrir aquilo que o comandante, os construtores e o responsável da Companhia White Star já sabiam há muito: não havia salva-vidas suficientes para todos. Se o barco fosse ao fundo, a maioria seguiria o mesmo caminho, mas quem imaginara que o *Titanic* afundaria e que precisariam, na verdade, dos salva-vidas para escapar à morte certa?

O comandante ainda continuava na ponte e Thomas Andrews, o diretor comercial da empresa que construíra o enorme navio, continuava a ajudar as pessoas a entrar para os salva-vidas, enquanto Bruce Ismay, presidente da Companhia White Star, puxava a gola do sobretudo bem para o pescoço e entrava num dos escaleres sem que ninguém tivesse coragem de se opor. Foi baixado rumo à segurança com os poucos escolhidos pela sorte, deixando para trás perto de duas mil pessoas, condenadas à morte no navio que naufragava.

— Kate... — disse Bert, olhando para a mulher com firmeza, ao ver o salva-vidas seguinte ser retirado do seu nicho. — Quero que sigas naquele.

Kate, porém, disse-lhe que não com a cabeça e fitou o marido com tranquilidade e determinação. Em nenhuma ocasião lhe desobedecera, mas daquela vez não acataria a sua vontade, independentemente do que ele lhe dissesse.

— Não sairei do teu lado — disse em voz branda. — Quero que o Phillip parta agora. Mas eu fico contigo. Seguiremos juntos quando for possível.

Empertigada, não desviava os olhos dos dele. Nada a faria mudar de ideias, e Bert sabia-o. Kate amara-o e vivera com ele durante vinte e dois anos e não era naquela hora de aflição que o abandonaria. Só faltava salvar um filho, mas ela não arredaria pé de junto do marido.

— E se não pudermos sair daqui? — perguntou-lhe Bert. Depois da partida de quase todos os filhos, o seu próprio terror abrandara um pouco e já se sentia capaz de pronunciar aquelas palavras. Na verdade, já só lhe interessava fazer sair Phillip com Kate e Charles, caso este pudesse. Quanto a ele, não se importava de ir ao fundo com o navio, desde que o resto da família se salvasse. Era um sacrifício que estava disposto a fazer por eles, mas não queria que Kate morresse. Não era justo para os filhos nem para ela. Fazia-lhes falta. Queria que partisse enquanto ainda fosse tempo. — Não quero que fiques aqui, Kate.

— Amo-te — respondeu-lhe Kate, e a palavra dizia tudo.

— Eu também te amo.

Abraçou-a durante um longo momento e, em silêncio, ainda pensou em fazer o mesmo que já vira noutros casos semelhantes, obrigá-la a chegar-se a um tripulante que, a atiraria para dentro de um salva-vidas. Mas não foi capaz de concretizar a ideia. Amava-a demasiado e viviam juntos há muito tempo. Respeitou a sua vontade embora, naquele caso, tal representasse o sacrifício da sua própria vida. Mas o facto de ela estar disposta a morrer a seu lado significava muito para ele. O amor partilhado entre ambos fora sempre assim, uma mistura de ternura e paixão.

— Se tu ficares, eu não sairei do teu lado — declarou Kate com clareza, chegando-se mais ao marido que, apesar de disposto a deixá-la ir, não queria obrigá-la a fazer algo contra a sua vontade. — Se morreres, também quero partir contigo.

— Não podes agir assim, Kate. Não o permitirei. Pensa nas crianças.

Kate já o fizera e tomara uma decisão. Amava-os a todos imensamente, mas também o amava a ele e pertencia-lhe. Ele era seu marido. E Edwina tinha idade suficiente para tomar conta das crianças, caso Kate faltasse. Além disso, bem no seu íntimo, ainda achava que estavam a encarar a situação com demasiado dramatismo. No fim, acabariam por se instalar nos salva-vidas e, por volta da hora do almoço, já estariam de volta ao *Titanic.* Foi o que tentou transmitir a Bert, mas este, dessa vez, sacudiu a cabeça.

— Não creio. Acho que a situação é muito pior do que nos têm dito.

Era bem mais séria do que qualquer dos dois imaginava. À uma e quarenta da manhã, a tripulação que se encontrava na ponte acabara de lançar o último foguete e estavam a encher os últimos salva-vidas enquanto, no camarote, mais baixo, sem que o soubessem, Alexis continuava a brincar com *Mrs. Thomas,* a sua boneca.

— Acho que tens responsabilidades para com as crianças — insistiu Bert. — *Precisas* de abandonar o navio.

Era a sua derradeira e fervorosa tentativa. Mas a mulher recusou-se a dar-lhe ouvidos.

Apertou-lhe as mãos com força e fitou-o nos olhos.

— Bert Winfield, eu *não* te deixarei. Ouviste o que te disse?

Ali perto, a senhora Straus tomara a mesma decisão; porém, era mais velha do que Kate e não tinha filhos pequenos. No entanto, fizera-o e resolvera ficar com o marido e a filha, afundando-se com o navio, como já todos tinham percebido que aconteceria.

— E Phillip? — perguntou Bert, pondo a sua insistência de lado, sem, no entanto, perder por completo a esperança de a fazer mudar de ideias.

— És capaz de fazer o que disseste e suborná-los para que deixem Phillip partir? — perguntou Kate.

No convés dos salva-vidas ainda estavam a encher o último escaler, restando depois só mais um, o número quatro, que balançava do lado de lá da divisória de vidro do convés superior, mais abaixo. Mas, enquanto Lightoller trabalhava em cima, no convés dos salva-vidas, havia outros tripulantes a tratar de abrir as janelas do convés superior, até ali fechadas, para que mais mulheres e crianças pudessem ir para os escaleres. Aquele seria o último salva-vidas regular a deixar o *Titanic*.

Bert aproximou-se do oficial com precaução, falou-lhe com o melhor empenhamento que pôde, enquanto ele continuava a trabalhar frenético no navio já com uma inclinação muito acentuada. Kate viu Lightoller abanar veementemente a cabeça e olhar por cima do ombro de Bert na direção de Phillip, que continuava ao lado do filho dos Thayer, conversando tranquilo com o pai.

— Ele diz que nem pensar, enquanto houver mulheres e crianças a bordo — informou Bert pouco depois.

Agora havia gente da segunda classe a entrar para os salva-vidas, mas todas as crianças da primeira já tinham saído, com exceção da pequena Lorraine Allison que, ao lado da mãe, apertava contra si a boneca que tão parecida era com a que Alexis nunca largava. A lembrança fez com que Kate sorrisse fugidiamente, desviando o olhar logo a seguir. Era como se cada cena avistada fosse demasiado melindrosa, íntima e privada para ser observada por desconhecidos.

Foi então que Phillip, Charles, Bert, e Kate começaram a falar, a sério, sobre a medida a tomar para que os dois jovens partissem e, se possível, também Kate e Bert, apesar das objeções de Lightoller.

— Acho que teremos de esperar mais um pouco — disse Charles calmo, cavalheiro até ao fim. Apesar da situação, nunca perdera a sua elegância de modos e boa disposição. — Mas penso que a senhora Winfield devia entrar já para um daqueles botes. De nada vale continuar aqui ao pé dos homens. — Sorriu com ternura e apercebeu-se, pela primeira vez, de quão parecida ela era com Edwina. — Nós ficaremos bem. Mas é melhor que vá já, com calma, em vez de esperar pela confusão que teremos de enfrentar no fim. Já sabe como os homens são. E eu, no seu lugar, tentaria levar aqui este nosso amigo.

Mas como? O último rapaz da idade de Phillip que tentara passar vestindo-se de mulher fora descoberto e ameaçado com uma arma, embora acabassem por resolver deixá-lo no salva-vidas, pois não havia tempo para retirá-lo. Mas os ânimos já começavam a exaltar-se, e Bert não queria voltar a insistir com Lightoller, que não deixava dúvidas de que não admitiria desvios ao que determinara. Nenhum deles sabia, claro, que a estibordo as coisas se passavam de modo algo diferente. O navio era demasiado grande para que, numa ponta, se soubesse o que se passava na outra. Mas, enquanto discutiam a questão, continuando Kate a insistir com Bertram que não sairia de junto dele, Phillip afastou-se para ir, de novo, falar com Jack Thayer. Charles sentou-se numa das cadeiras do convés e acendeu um cigarro. Não queria meter-se na discussão entre os pais de Edwina nem mesmo naquele momento, pronunciando-se sobre se Kate deveria, ou não, sair do navio. Mas invadiram-no pensamentos de mágoa e saudade da noiva, pois perdera já a esperança de se salvar.

Nos tombadilhos inferiores, a tripulação verificara que todos os camarotes se encontravam vazios, e a água subira já até ao convés C. Quanto a Alexis, continuava entretida com a sua boneca na sala de estar do seu camarote, ouvindo a orquestra a tocar. De vez em quando escutava passos, na altura em que o pessoal da tripulação passava rapidamente ou alguém da segunda classe corria por ali perto, em busca da entrada para o convés dos salva-vidas da primeira classe. E Alexis começava a admirar-se de ninguém voltar. Estava farta de brincar sozinha e, apesar de não querer ir para dentro do salva-vidas, já sentia muitas saudades da mamã e dos outros. Mas tinha a certeza de que acabariam por vir à procura dela. Era o que acontecia sempre quando fugia, em especial com Edwina.

Foi então que lhe chegaram aos ouvidos passos pesados, o que a fez erguer a cabeça na esperança de ser o pai, Charles ou até mesmo Phillip. Mas, ao olhar para a porta na expectativa, viu aparecer a cara de um homem desconhecido que, de repente, ao vê-la, se mostrou chocado. Era o último empregado de bordo a abandonar aquele convés e muito antes disso sabia que já não havia ninguém nos camarotes. Mas resolvera passar-lhes uma última vista de olhos, antes que a água, que já subia pelo convés C, os inundasse. Ficou horrorizado ao ver a criança ali, sozinha, a brincar com a sua boneca.

— Ei, tu aí... — Acercou-se depressa de Alexis que correra para o camarote ao lado e ia a fechar a porta, mas não foi, porém, tão rápida como o corpulento camaroteiro de grandes barbas ruivas. — Um momento, minha menina, que estás tu a fazer aqui? — Admirou-se de aquela criança ter escapado ao controlo e de ninguém ter vindo à sua procura. Estranhou e quis levá-la o mais depressa possível para os salva-vidas. — Anda daí...

A menina não tinha chapéu nem casaco. Deixara-os no seu camarote antes de ir para ali brincar com a boneca a quem chamava *Mrs. Thomas.*

— Mas eu não quero ir! — exclamou Alexis, começando a chorar, enquanto o homenzarrão lhe pegava ao colo e a envolvia, assim como à boneca, num cobertor que puxou de um dos beliches. — Quero esperar aqui!... Quero a minha mãe!

— Vamos já à procura da tua mãe, queridinha. Mas não há tempo a perder.

Correu escadas acima com o pequeno fardo nos braços e, quando ia a passar pelo piso do convés superior, um dos membros da tripulação chamou-o.

— O último está quase a partir. Já não há mais salva-vidas no convés superior, ainda há pouco estavam prestes a baixar o último... anda, homem... despacha-te!

O pesado camaroteiro precipitou-se para o convés superior, a tempo de ver Lightoller e outro homem de pé no peitoril de uma janela, a esforçarem-se por abrir as serviolas do salva-vidas número quatro, que balançava mesmo em frente das janelas abertas.

— Espera, homem! — gritou. — Há mais uma! — Mas Alexis berrava e esperneava, a chamar pela mãe que, alheia a tudo aquilo, imaginava a filha há muito instalada noutro salva-vidas, em segurança. — Esperem! — Lightoller já começara a descer o escaler quando o tripulante correu para a janela aberta com Alexis nos braços. — Tenho aqui mais uma!

O segundo-oficial olhou para trás e já era, demasiado tarde para parar. Fez um gesto com a cabeça enquanto, mesmo por baixo dele, o salva-vidas pairava no ar, oscilante, levando dentro as últimas mulheres dispostas a abandonar o navio, entre elas a jovem senhora Astor e a mãe de Jack Thayer. John Jacob Astor perguntara a Lightoller se podia acompanhá-las visto a esposa se encontrar num «estado delicado», mas este mantivera-se irredutível e Madeleine Astor embarcara com a criada em vez do marido.

O camaroteiro olhou de relance para o escaler que já estava abaixo deles e viu que não havia possibilidade de voltar a içá-lo e, como não queria que Alexis ficasse no navio, fitou-a durante um instante, depositou-lhe um beijo na testa, como faria a uma filha sua, e a seguir atirou-a para dentro do bote pela janela, rezando para que alguém a apanhasse, pois, caso contrário, a queda poderia ser demasiado desastrosa ou provocar várias fraturas. Já havia muitos tornozelos torcidos e pulsos partidos nas pessoas que haviam sido empurradas ou atiradas para dentro das embarcações de salvamento, mas, quando Alexis caiu, um dos marinheiros que remavam apanhou-a no ar e atenuou-lhe a queda, enquanto a menina gritava, envolta no cobertor. A sua mãe, no convés logo abaixo, ignorante em relação ao que se passava, continuava a conversar tranquila com o marido.

O corpulento camaroteiro ficou a ver Alexis ser confortavelmente instalada ao lado de uma mulher com um bebé ao colo e, a seguir, Lightoller e os outros baixaram com cuidado o escaler até este pousar na superfície do mar negro e gelado. Alexis deixou-se ficar sentada, no mais profundo terror, agarrada à boneca, sem saber se alguma vez voltaria a ver a mãe, recomeçando a gritar ao avistar o navio gigantesco mesmo ao lado, quando tocaram na água. Os marinheiros e as mulheres começaram a remar quase de imediato e Alexis, como que pressentindo que algo de terrível estava prestes a acontecer, não desviou o olhar do navio enorme enquanto se afastavam, devagar. À uma e cinquenta e cinco da madrugada, estavam a bordo do último salva-vidas regular a abandonar o *Titanic*.

Às duas da manhã, Lightoller ainda tentava, a todo o custo, soltar os quatro salva-vidas articuláveis, o que não conseguiu fazer em relação a três deles. Mas o D foi, por fim, baixado. Já não restavam dúvidas de que estava nele a derradeira oportunidade de mais alguém abandonar o navio, se é que chegariam a fazê-lo, o que parecia duvidoso. Formou-se um círculo de tripulantes em volta do salva-vidas articulado, para deixar passar apenas mulheres e crianças. No último instante, porém, Bert conseguiu, por fim, convencer Lightoller a deixar Phillip seguir também. Afinal de contas, tinha apenas dezasseis anos. Diante dos olhares de Bert e Kate, o último bote salva-vidas foi descido com dificuldade, indo juntar-se aos outros. Após isso, os esforços de salvamento foram dados como terminados. Não havia para onde ir, para onde fugir, quem não partira nos salva-vidas iria ao fundo com o navio. Bert ainda não se conformara com o facto de Kate não ter querido partir com Phillip.

Bem a tentara empurrar para dentro do bote antes que fosse demasiado tarde; porém, a mulher agarrara-se a ele. Naqueles momentos derradeiros, restava-lhe mantê-la apertada contra si.

Enquanto os Straus passeavam calmamente de braço dado, Benjamim Guggenheim mantinha-se no convés dos salva-vidas, envergando o fraque que usara naquela noite, tendo a seu lado o seu criado pessoal. Quanto a Bert e Kate, beijavam-se e, de mãos dadas, continuavam a falar tranquilamente, acerca de coisas supérfluas, de quando se tinham conhecido... do dia em que tinham casado... e do nascimento dos seus filhos.

— Hoje é o aniversário da Alexis — observou Kate com suavidade, erguendo o olhar para Bert e recordando a ensolarada manhã de domingo em que a filha nascera na sua casa de São Francisco, seis anos antes. Quem teria imaginado, nessa altura, que aquilo alguma vez poderia acontecer? Mas naquele momento só a ideia de saberem que os filhos lhes sobreviveriam, que a irmã mais velha os amaria, protegeria e acabaria de criar, era um alívio. Mas só a certeza de nunca mais voltar a vê-los fez com que os olhos de Bert se inundassem de lágrimas, chegando ainda mais a mulher a si.

— Gostaria que tivesses ido com eles, Kate. Todos precisam muito de ti.

Entristecia-o terem chegado a uma situação daquelas, um fim que jamais previra. Se ao menos tivessem embarcado noutro navio para regressar a casa... se ao menos o *Titanic* não embatesse num icebergue... se ao menos... se ao menos... Era um nunca acabar de possibilidades...

— Não suportaria viver sem ti, Bert — murmurou Kate, abraçando-se ao marido com força e erguendo depois o rosto para o beijar. Fizeram-no demoradamente, e Bert manteve-a bem junto a si quando as pessoas começaram a saltar do navio. Ficaram a observar e viram Charles pular. O convés dos salva-vidas estava a pouco mais de trinta metros da superfície da água e havia quem estivesse a alcançar os salva-vidas em segurança, mas ele estava ciente de que Kate não sabia nadar e que, naquele momento, ainda não valia a pena saltar borda fora. Fá-lo-iam quando fosse preciso, não antes. E ainda tinham esperança de que, sabe-se lá como, quando o navio fosse ao fundo, eles conseguissem chegar aos salva-vidas que o rodeavam e escapar-lhe.

Enquanto conversavam, desenvolviam-se esforços para soltar mais dois botes articuláveis, mas nem mesmo depois de desprenderem o barco B das amarras foi possível tirá-lo do navio devido ao acentuado grau de inclinação que já tinha. Até que, por fim, Jack Thayer saltou para a água, tal como Charles fizera momentos antes, e miraculosamente, foi ter ao articulável D, onde, mais uma vez, se encontrou com Phillip. No entanto, foram obrigados a ficar de pé no meio da embarcação, que estava a meter muita água.

Um pouco mais acima, os pais abraçavam-se estreitamente, enquanto a água submergia rápida o navio. De repente, Kate soltou um grito abafado, apanhada de surpresa pelo frio brutal do seu toque. Enquanto se afundavam, Bert nunca a largou. Tentou mantê-la a flutuar o máximo de tempo que pôde, mas a sucção que os puxava para baixo era demasiado forte. As últimas palavras que dirigiu à mulher, ainda agarrado a ela, enquanto a água subia em seu redor, foram «amo-te». Kate sorriu-lhe e, logo a seguir, desapareceu. Escapou-se-lhe por entre as mãos e, pouco depois,

Bert era atingido pelo cesto de gávea, ao mesmo tempo que, muito perto deles, Charles Fitzgerald era sugado para as profundezas.

Naquela altura, pouco antes da gigantesca proa desaparecer oceano dentro, já o camarote do radiotelegrafista estava debaixo da água e a ponte deixara de se ver, enquanto o salva-vidas articulável A flutuava perto, qual balsa à deriva numa praia de veraneio, e por todo o lado se viam centenas de pessoas a atirar-se à água. O som do *ragtime* tocado pela orquestra já se calara há muito e as últimas notas escutadas foram o que muitos acharam ser os acordes sombrios do hino *Outono,* a seguirem na direção dos salva-vidas, das mulheres e crianças que ali se encontravam, assim como dos homens que tiveram a sorte de chegar até eles a bombordo, longe da vigilância inabalável de Lightoller, a estibordo. O hino ficou a pairar como gelo no ar frígido da noite, um som que todos os sobreviventes jamais esqueceriam durante o resto das suas vidas.

Aqueles que se encontravam nos salva-vidas viram então a proa mergulhar no oceano de forma tão abrupta que a popa ficou a balançar no meio do ar, apontando para o céu como o pico gigantesco de uma montanha negra. Estranhamente, deu a impressão de que as luzes permaneceram acesas durante muito tempo, acabando, por fim, por tremeluzir, acenderem-se de novo e depois darem finalmente lugar a um negrume aterrador. A proa, no entanto, continuava a apontar para o céu qual montanha demoníaca. Do interior do navio, veio um rumorejar hediondo, quando tudo o que se podia desprender se soltou e espatifou, um troar à mistura com gritos de desespero, enquanto a chaminé da frente se despegava e tombava na água, espalhando uma chuva de fagulhas em redor e fazendo um ruído tão retumbante que Alexis, enrolada no seu cobertor ao lado de uma pessoa que nunca vira na vida, se pôs a gritar.

Nesse momento, Edwina viu as três hélices gigantescas, a estibordo, sobressaírem contra o céu e chegou até ela um bramido como nunca ninguém jamais escutara, como se todo o navio estivesse a despedaçar-se. Muitos explicaram, posteriormente, que o som deu a impressão de que a estrutura estava a partir-se ao meio; porém, disseram-lhes que tal teria sido impossível. Mas a Edwina restava a certeza, diante daquela visão pavorosa, de ter ficado sem saber do paradeiro de Charles, Phillip, Alexis e dos pais, até mesmo se algum deles conseguira salvar-se. Agarrou com força na mão de George que, pela primeira vez, ficara sem palavras perante o que se desenrolava diante do olhar de ambos. Edwina puxou o irmão contra si e tapou-lhe os olhos, enquanto choravam, no salva-vidas número oito, pela tragédia que se abatera sobre o insubmersível *Titanic*.

Quando a popa desapareceu e o enorme navio mergulhou, em direção ao leito oceânico, todos arquejaram incrédulos. Estava acabado. Desaparecera. No dia 15 de abril de 1912, às duas horas e vinte minutos da madrugada. Tinham-se passado duas horas e quarenta minutos desde o choque contra o icebergue. Edwina, sentada ao lado de George, assistia ao desenrolar da tragédia apertando Teddy e Fannie contra si e rezava para que os outros tivessem sobrevivido.

CAPÍTULO 4

O *Carpathia* recebeu a última mensagem do *Titanic* à uma e cinquenta da madrugada. Nessa altura já a sala das máquinas tinha água até às caldeiras. Mas, depois disso, nunca mais se soube nada. Rumaram em direção à localização do *Titanic* a todo o vapor, receando encontrá-lo em sérias dificuldades, mas sem que, em nenhum momento lhes passasse pela cabeça que, quando chegassem junto dele, já tivesse ido ao fundo.

Eram quatro da manhã quando chegaram ao local de onde haviam recebido a mensagem radiotelegrafada, e o comandante Rostron olhou em redor com incredulidade. O *Titanic* desaparecera. Não se vislumbrava em nenhum ponto da linha do horizonte. Sumira, pura e simplesmente.

Circularam com cuidado pela área, ansiosos por descobrir o rumo que tomara, mas só mais de dez minutos depois é que se aperceberam dos clarões esverdeados que faiscavam à distância. Estes estavam a ser lançados do salva-vidas número dois, não a grande distância, mas, pelo contrário, bastante próximo deles. Quando o *Carpathia* se acercou da diminuta embarcação que vogava em baixo, Rostron já não teve dúvidas de que o *Titanic* se afundara.

Pouco depois das quatro da manhã, Elizabeth Allen foi a primeira pessoa a subir para bordo do *Carpathia,* enquanto os passageiros do navio se aglomeravam nos conveses e nos corredores para ver. Durante a noite, ao sentirem que o *Carpathia* mudava de rumo e ao aperceberem-se de que a tripulação procedia a preparativos urgentes, compreenderam que algo de muito grave acontecera. A princípio receavam que fossem problemas no próprio navio em que viajavam, mas depois souberam da notícia através de elementos da tripulação e passaram-na de boca em boca... O *Titanic* estava a ir ao fundo... o navio insubmersível encontrava-se em dificuldades... algo relacionado com um icebergue... começara a meter água... Naquele momento, ao olharem em redor, numa extensão de quatro milhas, viam salva-vidas por todo o lado. As pessoas começaram a chamar, viam-se acenos e ouviam-se gritos de socorro vindos de alguns, enquanto de outros não chegava um som, apenas se viam rostos a olharem para cima com uma expressão de choque estampada neles. Não tiveram palavras para contar a ninguém o que acontecera, nenhuma maneira de dizer o que haviam sentido ao verem a enorme popa apontar para o céu antes de mergulhar nas profundezas, levando consigo maridos, irmãos e amigos, desaparecidos para sempre.

Edwina, enquanto via o *Carpathia* aproximar-se lentamente, deixou George pegar um pouco no bebé e acomodou Fannie entre eles. George tinha as mãos demasiado enregeladas para continuar a remar, de modo que ela, ainda com as luvas de Charles calçadas, pegou nos remos e dirigiu o salva-vidas em direção ao navio, sentada ao lado da condessa de Rothes, que há duas horas remava incansavelmente. George também dera uma boa colaboração, mas Edwina passara a maior parte do tempo com o bebé ao colo e a tentar consolar Fannie, que não parara de chamar por Kate desde que tinham saído do navio e perguntara, mais de uma vez, por Alexis. Edwina assegurara-lhe que, assim que fosse possível, não tardariam a juntar-se todos.

Edwina partia do princípio de que, apesar de a mãe lhe ter feito acreditar que Alexis fora colocada dentro do mesmo salva-vidas que eles, naquela altura já a devia ter encontrado. Mas era possível que Alexis tivesse reaparecido e Edwina também tentava supor que o resto da família, incluindo Charles, se encontrava noutro salva-vidas próximo. Precisava de conservar essa esperança viva. Enquanto o *Carpathia* se aproximava, ainda havia pessoas a gritar para os outros salva-vidas próximos, na esperança de terem notícias de maridos e amigos, perguntando quem estava a bordo ou se os haviam visto. Nessa altura, já vários salva-vidas se tinham prendido uns aos outros por cordas, embora o número oito e vários outros continuassem à deriva, deslocando-se devagar por entre os pequenos blocos de gelo que salpicavam a água. Até que, por fim, eram sete da manhã, chegou a vez de se acercarem da escada e da eslinga de corda que o *Carpathia* preparara para os erguer para o convés, onde já eram esperados por outros. A bordo do salva-vidas número oito estavam vinte e quatro mulheres e crianças, assim como quatro tripulantes. Jones, um marinheiro que viera a remar, explicou aos homens que estavam em cima, no navio, que naquele escaler havia várias crianças muito pequenas. Os ajudantes a bordo do *Carpathia* baixaram então um pequeno saco e Edwina ajudou, com as mãos a tremer, o marinheiro Jones a colocar com cuidado Fannie dentro dele, enquanto esta chorava e implorava à irmã que não a obrigasse a ir naquilo.

— Não tenhas medo, querida. Agora vamos todos para dentro daquele navio grande e depois procuraremos a mamã e o papá — disse, mais para se convencer a si própria do que à irmã. Ao ver a cabecinha de cabelos escuros assomar no topo do saco de correio, sentiu as lágrimas inundarem-lhe os olhos só de pensar no que passaram. Sentiu George apertar-lhe a mão e retribuiu o gesto sem olhar para o irmão. Sabia que, se o fizesse, desataria a soluçar. Ainda não se podia dar ao luxo de desabafar. Não sem antes saber que os outros estavam a salvo, e além disso precisava de tomar conta de Fannie, Teddy e George, nada mais se podendo permitir.

Ainda calçava os sapatos fechados e envergava o vestido de noite azul-claro por baixo do casaco grosso que a mãe a obrigara a vestir. Enquanto esperava que voltassem a baixar o saco de lona, sentia a cabeça tão gelada que tinha a impressão de que estavam a enfiar-lhe pregos com um martelo, e as suas mãos pesavam como blocos de mármore. Ajudou então o camaroteiro Hart a colocar Teddy dentro dele. A criança, de tão enregelada, tinha o rosto quase todo azulado. Ao longo da noite, houvera alturas em que chegara a recear que morresse de frio. Fizera tudo ao seu alcance para o manter quente, apertando-o contra si e esfregando-lhe os braços, as pernas e as bochechas. Metera-o entre si e George; porém, o vento gélido açoitara-o implacavelmente, a ele e a Fannie, ao ponto de naquele momento recear pela sua vida, enquanto tentava trepar pela escada de corda, mas vendo que não tinha forças para se segurar, optou por colocar primeiro George no saco e, ao içarem-no para o convés, o irmão pareceu-lhe uma criança muito pequena.

Nunca o vira tão desalentado. A seguir, voltaram a descer o saco para ela, e o camaroteiro ajudou-a, com delicadeza, a instalar-se nele. Ia a fechar os olhos durante a subida, mas, ao olhar para os outros salva-vidas que a suave luz rósea da aurora banhava, só conseguia ver um mar de gelo pontilhado de minúsculos icebergues e, aqui e ali, um salva-vidas cheio de gente ansiosa à espera de ser recolhida. Os salva-vidas não estavam, de modo algum, cheios e ela só esperava encontrar nos outros as pessoas que horas antes deixara no convés dos escaleres do *Titanic*. Mal conseguia pensar no que acontecera e foi com os olhos rasos de lágrimas que tocou com os pés no chão do tombadilho.

— O seu nome? — perguntou-lhe uma camaroteira que a esperava no *Carpathia* com um sorriso gentil, dirigindo-se a Edwina ao mesmo tempo que um marinheiro lhe colocava um cobertor sobre os ombros.

No lado de dentro, havia café, chá e uísque à espera deles e o cirurgião do navio, com os seus assistentes, aguardava-os para os examinar. No corredor, havia macas para quem precisasse de se deitar e alguém já fora buscar uma chávena de leite com chocolate quente para George. Mas não se via em lado nenhum a mãe e o pai... Phillip... Alexis... Charles... De repente mal conseguiu falar, de tal modo se sentia exausta.

— Edwina Winfield — conseguiu responder, enquanto via içarem os outros sobreviventes para o convés, tal como lhe acontecera momentos antes. Como ainda havia mais salva-vidas a chegar, rezou para que os familiares viessem neles.

— E os nomes dos seus filhos, senhora Winfield?

— Os meus... Eu... Oh... — De repente, apercebeu-se do que queriam dizer. — São meus irmãos: George, Frances e Theodore Winfield.

— Viajava com mais alguém?

Uma pessoa entregou-lhe uma caneca de chá fumegante e, ao responder, aquecendo as mãos na cerâmica a escaldar, sentiu dezenas de olhares pousados nela, enquanto o seu vestido de noite azul-claro adejava ao vento.

— Viajava... viajava com os meus pais, o senhor e a senhora Bertram Winfield, de São Francisco, o meu irmão Phillip e a minha irmã Alexis. E também com o senhor Charles Fitzgerald, meu noivo.

— Tem alguma ideia de onde possam estar? — perguntou a camaroteira com ar contristado, levando Edwina para dentro do salão de jantar principal, transformado em hospital e sala de estar para os sobreviventes do *Titanic*.

— Não sei.... — Edwina fitou-a com os olhos cheios de lágrimas. — Acho que devem ter entrado para outro salva-vidas. Quando nós saímos, a minha mãe andava à procura da minha irmã mais nova... mas creio que... havia uma menina no barco onde eu vinha e ao princípio pensei que... — Não foi capaz de continuar e a camaroteira, também com os olhos marejados de lágrimas, tocou-lhe no ombro, num gesto de conforto, e aguardou.

Nessa altura, já havia bastante gente no salão, mulheres que tremiam e vomitavam, ou apenas choravam, com as mãos dilaceradas pelos remos e pelo frio. Quanto às crianças, dava a impressão de se terem todas encolhido a um canto, de olhos arregalados pelo medo, muitas a chorarem em silêncio olhando para as mães e lamentando a perda dos pais.

— Não se importa de me ajudar a tratar delas, pois não?

Edwina fitou de novo a camaroteira com os enormes olhos azuis, sem deixar, no entanto, de olhar para George de relance, mas reparou então que já não havia problema. Teddy estava a ser tratado por uma enfermeira, ainda entorpecido pelo frio, mas já começara a chorar e não tinha a cara tão arroxeada. Quanto à pequena Fannie, agarrava-se agora às saias da irmã, calada e no mais puro terror.

— Quero a mamã... — choramingou em voz baixa quando a enfermeira se afastou para ir cuidar dos outros, depois de prometer voltar assim que pudesse para dizer a Edwina se havia notícia dos seus familiares.

Entretanto, os salva-vidas estavam a ser alcançados, uns após os outros, até mesmo os quatro que se haviam amarrado entre si. Os homens do barco articulado B tinham há muito sido recolhidos pelo salva-vidas número doze e foi aí que Jack Thayer por fim apareceu, mas, quando o tiraram do barco de lona voltado ao contrário e prestes a afundar, estava demasiado exausto para reparar em qualquer das pessoas a bordo. No número quatro, vinha a própria mãe, presa ao salva-vidas mesmo à sua direita, mas nem sequer a viu, ou ela ao filho. Estavam todos exaustos, enregelados e preocupados com a sua própria sobrevivência.

Edwina deixou as duas crianças mais pequenas entregues aos cuidados de George, que ainda bebia o seu leite com chocolate quente, e saiu para o convés para assistir às operações de salvamento. Encontrou várias outras mulheres do *Titanic,* entre elas Madeleine Astor. Esta mostrava-se pouco esperançada de que o marido tivesse conseguido sair a seguir a ela, mas, ainda assim, não conseguia deixar de olhar para os sobreviventes que saíam dos salva-vidas. Não se fosse dar o caso de... Não suportava a ideia de o ter perdido. Tal como Edwina, rezava para ver um rosto familiar emergir de um salva-vidas. Mantinha-se muito direita, junto da balaustrada, vendo os homens subir pela escada de corda, as mulheres virem pela eslinga e as crianças pelo saco de correio, embora alguns dos primeiros estivessem demasiado fatigados para subir e tivessem as mãos excessivamente enregeladas para poderem agarrar-se à corda. Mas aquilo que chamou mais a atenção de Edwina foi o silêncio sepulcral que reinava. Ninguém falava, ninguém emitia um som. Estavam todos demasiado impressionados com o que presenciaram, demasiado gelados, receosos e abalados. Nem as próprias crianças choravam, com exceção dos queixumes de fome de um ou outro bebé. No salão já se encontravam vários bebés por identificar, à espera que as mães os reclamassem. Uma das mulheres do salva-vidas doze disse que lhe tinham atirado uma menina, porém não fazia ideia de quem era, imaginava que fosse de alguma mulher da terceira classe que, tendo conseguido chegar ao convés dos escaleres, a entregara a alguém que a tirasse de bordo do navio. A bebé já fora recolhida e naquele momento chorava, tal como alguns outros.

A cena que se desenrolava no salão de jantar era ao mesmo tempo comovedora e caótica. As mulheres, sentadas em pequenos grupos, choravam em silêncio pelos seus companheiros, enquanto eram interrogadas por camaroteiras, enfermeiras e médicos, também ali se vendo alguns homens, lamentavelmente poucos, facto que tinham a agradecer ao segundo-oficial Lightoller, que impedira a maioria de entrar para os salva-vidas. Apesar disso, alguns conseguiram sobreviver devido a regras menos severas a estibordo e, em alguns casos, a ingenuidade. Mas muitos pereceram nas águas, tentando subir atabalhoados para dentro dos barcos. No entanto, a maioria dos que se atiraram ao mar fora deixada a agonizar por aqueles que tiveram demasiado medo de os recolher, não fossem fazer soçobrar os salva-vidas. A princípio tinham feito um barulho de cortar o coração, mas depois restara apenas um silêncio medonho.

Nesse momento, Edwina viu Jack Thayer entrar no salão e, um instante depois, ouviu a mãe dele soltar um grito ao descobri-lo, precipitando-se para o filho a chorar. Ouviu-a então perguntar-lhe pelo pai. Nessa altura, o rapaz avistou Edwina, dirigiu-lhe um aceno de cabeça e ela aproximou-se devagar dele, receosa do que iria ouvir e, ao mesmo tempo, esperançada de que tivesse boas notícias para lhe dar. Mas Jack sacudiu com tristeza a cabeça quando Edwina chegou junto dele.

— No seu salva-vidas vinha alguém da minha família?

— Receio que não, menina Winfield. A princípio, o seu irmão estava, mas uma onda atirou-o borda fora e não sei se foi recolhido por outro barco. O senhor Fitzgerald saltou ao mesmo tempo que eu, mas nunca mais voltei a vê-lo. E os seus pais ainda estavam no convés na última vez em que os vi. — Não quis dizer-lhe que ficara com a convicção de que haviam decidido permanecer juntos e ir ao fundo com o navio, se fosse caso disso. — Lamento. Não sei o que foi feito deles. — As palavras saíam-lhe entrecortadas e nessa altura alguém lhe entregou um copo de brande. — Lamento muito.

Edwina agradeceu com a cabeça, as lágrimas a escorrerem-lhe pelo rosto. Tinha a impressão de não ser capaz de fazer outra coisa senão chorar.

— Obrigada.

Não queria aceitar nada do que Jack lhe contara. Não podia ser. Quisera ouvi-lo dizer-lhe que estavam todos vivos, a salvo, na sala ao lado, e não que se tinham afogado, ou que não tinha a certeza. Phillip, Charles, Alexis e os pais. Não era possível... Ela não o permitiria. Nessa altura uma das enfermeiras aproximou-se. O médico queria falar com ela por causa do pequeno Teddy. Quando foi vê-lo, encontrou-o deitado, muito quieto, ainda embrulhado num cobertor, com os olhos muito abertos, as mãos frias, o corpinho a tremer, fitando-a. Pegou nele e aconchegou-o contra si, enquanto o médico lhe dizia que as horas seguintes seriam cruciais.

— Não! — exclamou em voz bem alta, com as mãos e o corpo a tremer mais do que a criança. — Não! Ele está bem... Está ótimo... — Não podia permitir que algo lhe acontecesse, não quando... não se... não! Não o suportaria. Tudo fora sempre tão perfeito para eles. Todos se haviam amado tanto, e agora, de repente, desapareciam, pelo menos a maioria, e o médico a dizer-lhe que Teddy talvez não sobrevivesse ao frio que apanhara! Apertou-o bem contra si, transmitindo-lhe o calor do seu próprio corpo e tentando fazê-lo beber o caldo quente que se recusava a engolir. Limitava-se a sacudir a cabeça para trás e para a frente e a agarrar-se a Edwina.

— Ficará bom? — perguntou George, com os grandes olhos erguidos para a irmã, agarrada ao irmãozinho e com as lágrimas a correrem-lhe pela cara, tal como estava a acontecer a ele, ao dar-se conta das implicações de tudo o que acontecera nas últimas horas. — Ele vai ficar bom, Edwina, não vai?

— Oh, Deus queira... Tenho esperança que sim...

Olhou então para George e puxou-o para si, fazendo depois o mesmo a Fannie, que continuava envolta no seu cobertor.

— Quando chega a mamã? — quis a menina saber.

— Em breve, meu amor... Em breve...

Edwina não foi capaz de continuar a falar, ficando a olhar para os sobreviventes que continuavam a entrar no salão grande do *Carpathia,* atarantados pela provação por que passaram nos salva-vidas.

Então, tentando não pensar nas perdas sofridas, pegou no irmão mais pequeno e, abraçando-o, começou a chorar em silêncio pelos outros.

CAPÍTULO 5

Phillip subiu as escadas com as mãos tão geladas que mal conseguia usá-las; no entanto, recusara-se a ser içado na eslinga como uma menina. Depois de abandonar o bote articulado D, fora recolhido pelo número doze, ficando deitado na base do salva-vidas à beira da inconsciência e da exaustão. Naquele momento, porém, vinda algures de dentro dele, sentia a exaltação de estar vivo. O seu salva-vidas fora o último, eram oito e meia da manhã. Subiu as escadas antes da tripulação e logo a seguir deteve-se no convés do *Carpathia* com as lágrimas a deslizarem-lhe pelo rosto, incapaz de acreditar no que acontecera a todos. Mas ele conseguira. Fizera-o sozinho, sem pais, irmãs ou irmãos, mas naquele momento só esperava que também eles se tivessem salvo. Entrou devagar no salão, com as pernas trémulas e enregeladas, deparando com um mar de rostos desconhecidos. Haviam sobrevivido setecentas e cinco pessoas e mais de mil e quinhentas morreram, mas naquele momento preciso, Phillip teve a impressão de ver milhares ali dentro. Não sabia por onde começar a procurar a família e só uma hora depois é que viu Jack Thayer.

— Viste alguém da minha família? — perguntou com ar desesperado, o cabelo ainda húmido, os olhos muito abertos e rodeados de olheiras profundas. Era a pior coisa que jamais acontecera, e provavelmente aconteceria, a qualquer deles. Por todo o lado se viam pessoas meio tapadas com cobertores, vestidos de noite e camisas de dormir. Não pareciam ser capazes de se separar daquelas roupas, nem mesmo naquela altura. Não queriam ir embora, ou mudar-se, ou afastar-se umas das outras, nem mesmo falar. Apenas desejavam encontrar as pessoas que haviam perdido. Andavam desesperadas à procura de rostos conhecidos entre a multidão.

Jack Thayer acenou que sim com ar distraído, ainda à procura do pai.

— A tua irmã está algures por aí. Vi-a não faz muito tempo. — Depois sorriu com tristeza. — Ainda bem que te safaste.

Os dois rapazes abraçaram-se e assim ficaram durante muito tempo, com as lágrimas a engasgá-los, agora que se encontravam a salvo no *Carpathia* e o pesadelo terminara por fim ou quase.

Porém, quando se separaram, Phillip voltou a mostrar--se assustado. Procurar pelos entes queridos não era nada fácil. O medo de descobrir que não haviam sobrevivido deixava-o quase apavorado.

— Algum dos outros estava com ela?

— Não sei... — respondeu Jack com ar vago. — Acho que talvez um bebé.

Devia ser Teddy... Mas, e os outros? Phillip começou a andar por entre a multidão e saiu para o convés, na esperança de encontrar a irmã. Quando, por fim, voltou para o salão, viu de repente a cabeça da irmã ao fundo, com o seu cabelo negro e os ombros esguios, e George ao lado, de cabeça baixa. Phillip soltou uma exclamação abafada e começou a chorar, abrindo apressado caminho por entre as pessoas para chegar junto deles. Então, sem proferir uma palavra, virou-a para ele, olhou bem fundo nos seus olhos e puxou--a para si, enquanto Edwina soltava um arquejo, seguido de um soluço, e começava a chorar.

— Oh, meu Deus... Oh, Phillip... Oh, Phillip...

Não conseguia dizer mais nada. Não se atrevia a perguntar por nenhum dos outros. À volta deles, pessoas menos afortunadas também choravam suavemente. Só muito tempo depois é que Phillip se atreveu a fazer a pergunta.

— Quem tens contigo?

Vira George e reparara em Fannie, escondida no seu cobertor mesmo por trás de Edwina. E Teddy estava no chão, enrolado em cobertores, num berço improvisado.

— O bebé está bem?

Os olhos de Edwina voltaram a marejar-se de lágrimas e, ao olhar para Phillip, disse que não com a cabeça. Teddy ainda estava vivo, mas a criança tinha os lábios tão azulados que naquele momento quase pareciam negros. Phillip despiu o seu casaco e envolveu o bebé com ele, apertando com força a mão de Edwina. Pelo menos cinco deles tinham-se salvo. Mas, quando o dia chegou ao fim, não aparecera mais ninguém.

Nessa noite, Teddy foi para uma cama da enfermaria, ficando submetido a uma vigilância apertada, tal como Fannie. Receavam que a menina pudesse perder dois dos dedos devido ao frio por que passara. George dormia profundamente, numa tarimba colocada no corredor. A noite já ia adiantada, mas Edwina e Phillip permaneciam no convés, encostados à balaustrada, calados e com o olhar perdido no infinito. Nenhum deles conseguira pregar olho, nem tinham vontade de o fazer. Edwina desejava nunca mais voltar a dormir, a pensar, sonhar ou deixar que a sua mente regressasse aos momentos terríveis acabados de viver, momentos nos quais era agora ainda mais difícil acreditar. Tinha a certeza de que, quando a multidão que enchia o salão começasse a dispersar no início da manhã que se aproximava, veria a mãe e o pai sentados a um canto a conversar tranquilamente, com Charles mesmo ao lado. Era impossível aceitar que os pais tivessem desaparecido... e Alexis... e Charles com eles... Em agosto já não haveria casamento. Não conseguia acreditar, ou entender. O tecido para o seu vestido de noiva fora para as profundezas do oceano e... Teria a sua mãe levado Alexis agarrada pela mão... Teria sido horrível... ou rápido... ou doloroso. Eram perspetivas aterrorizadoras que nem mesmo era capaz de transmitir a Phillip, enquanto, ali no convés, continuavam ao lado um do outro, perdidos nos seus próprios pensamentos. Edwina passara o dia todo com Teddy e Fannie, e Phillip estivera atento a George, mas, apesar de tudo, era como se continuassem à espera. À espera de pessoas que nunca apareceriam, pessoas que nunca mais voltariam, pessoas que tanto amaram... O *Carpathia* fizera uma última busca pela área antes de rumar a Nova Iorque, mas não encontrara mais sobreviventes.

— Phillip... — disse em voz branda, no meio da escuridão.

— Sim? — Phillip virou-se para a irmã, fitando-a com olhos que, de repente, pareciam pertencer a uma pessoa com muito mais que dezasseis anos. As horas passadas no salva-vidas haviam-no feito envelhecer muitos anos.

— Que vamos fazer agora? — Que poderiam fazer sem eles? Era uma perspetiva horrorosa. Perderam vários seres amados e agora cabia-lhe a ela responsabilizar-se pelos que tinham ficado. — Acho que iremos para casa — murmurou Edwina com uma voz que soou ténue na noite.

Não havia nada mais a fazer, exceto o facto de Edwina querer levar Teddy a um médico em Nova Iorque... se a criança sobrevivesse até lá. Já a tinham avisado de que a primeira noite seria decisiva. Ela sabia que não seria capaz de suportar mais outra perda. Não podiam deixar Teddy morrer. Não podiam. Não conseguia pensar já noutra coisa senão em salvar o último filho que sua mãe tivera. E quando, mais para o fim dessa noite, o aconchegou contra si, ouvindo a respiração difícil do bebé, pensou nos filhos que nunca teria... filhos de Charles... Todos os seus sonhos desapareceram com ele e a ideia fez com que nova torrente de lágrimas lhe jorrasse dos olhos e sacudisse os ombros, chorando em silêncio aquele luto. Phillip e George dormiam em colchões no corredor, mas, mais para o fim da noite, o irmão mais velho veio inteirar-se da situação com ar fatigado e preocupado. Estivera a pensar na possibilidade de os pais terem saltado do navio para tentar salvar-se e se terem mantido vivos durante mais algum tempo. Talvez tivessem tentado nadar para os salva-vidas e ninguém os recolhesse, acabando por morrer na água gelada. Em volta do salva-vidas em que estivera, centenas de pessoas ficaram na água até se afogarem. Talvez ninguém tivesse querido socorrê-los; portanto, depois de nadarem à toa o máximo de tempo possível, teriam acabado por perecer como os outros. Era um pensamento horrendo que o impedira de adormecer até, por fim, desistir e ir para junto de Edwina. Durante muito tempo, ficou sentado ao lado da irmã sem proferir palavra. A situação não parecia diferir do que se passava em todo o navio. Os sobreviventes mal falavam, em todo o lado se viam pessoas sozinhas ou em pequenos grupos, olhando para o mar em silêncio.

— Não consigo deixar de pensar no que lhes pode ter acontecido... — Tinha dificuldade em encontrar as palavras certas na enfermaria mergulhada na penumbra. Nela também se encontravam mais algumas pessoas e, na sala ao lado, estava cerca de uma dúzia de crianças para identificar. — Não me sai da cabeça o fim que podem ter tido...

A voz embargou-se-lhe e desviou o rosto para o lado, enquanto Edwina estendia o braço para lhe tocar.

— Não penses nisso... Não mudará nada.

Contudo, também na cabeça dela passava a mesma ideia... Os pais... e a razão que levara a sua mãe a preferir ficar... E Charles... E Alexis... Afinal, o que lhe acontecera? Tê-la-iam encontrado? Ou morrera afogada com eles? Quando soubera que a pequenita não estava com Edwina, Phillip ficara aterrorizado. Os pais não tinham chegado a saber que ela não partira no salva-vidas número oito com os outros filhos.

Respirou fundo e olhou para o pequeno Teddy, adormecido, com os seus caracóis sedosos de bebé. Estava mortalmente pálido e de vez em quando atacava-o uma tosse violenta. Phillip também tossia muito, mas nem sequer parecia dar por isso. Insistira que já a tinha na véspera e de repente recordou-se de algo que a mãe lhe dissera ao apanhá-lo a olhar para a rapariga desconhecida da segunda classe. Também essa devia ter morrido, como tantos outros.

— Como está ele? — perguntou Phillip, baixando os olhos para o irmão mais novo.

— Não piorou... — respondeu Edwina, sorrindo carinhosamente, passando-lhe a mão pelo cabelo e depois inclinando-se para lhe dar um beijo. — Tenho a impressão de que até melhorou bastante.

Desde que não se fosse abaixo com uma pneumonia.

— Deixa que eu fico com ele enquanto dormes um pouco — ofereceu-se Phillip.

Edwina negou com um suspiro.

— Não vale a pena, pois não conseguiria dormir.

A cuidadosa volta que o navio dera pela zona onde o *Titanic* se afundara ao princípio daquela manhã não lhe saía do pensamento. O comandante Rostron quisera certificar-se de que não deixavam nenhum sobrevivente para trás; porém, nada mais viram do que cadeiras de convés a boiar, assim como pedaços de madeira, alguns coletes salva-vidas, um tapete que parecia igual ao que tinha no seu camarote, e um marinheiro morto, que passara por eles a flutuar. A simples lembrança fez Edwina estremecer. Era tudo demasiado inverosímil para acreditar. Na noite anterior, os Widener deram um jantar em honra do comandante Smith e agora, apenas vinte e quatro horas depois, o navio desaparecera e, com ele, o comandante Smith, o senhor Widener, o seu filho Harry e mais de mil e quinhentas pessoas. Edwina sentia-se incapaz de imaginar como semelhante catástrofe fora possível. Lembrou-se, mais uma vez, de Charles e de quanto o amara. Ainda na noite anterior lhe dissera que adorava vê-la com aquele vestido comprido de cetim azul... da cor dos olhos dela, que gostava do seu penteado.

Edwina prendera o lustroso cabelo liso no alto da cabeça, num estilo muito parecido com o da senhora Astor. Ainda não despira esse mesmo vestido, agora todo rasgado. Nessa tarde, alguém lhe oferecera um outro, em lã preta, mas ela andara tão atarefada com as crianças que nem tivera tempo para mudar de roupa. Além disso, que importava agora? Charles fora-se para sempre, e ela e os irmãos ficaram órfãos.

Nessa noite, ela e Phillip ficaram sentados ao lado um do outro durante muito tempo, a refletir no passado e a tentar descortinar como iria ser o futuro, até que, por fim, Edwina disse a Phillip que se fosse deitar outra vez, pois George ficaria preocupado se acordasse e não o visse.

— Pobre miúdo, para ele também não deve ter sido nada fácil.

George, porém, ultrapassara tudo com coragem e, nas últimas vinte e quatro horas, revelara-se um conforto e uma ajuda para Edwina. Estivesse ela um pouco menos cansada e ter-se-ia preocupado por achá-lo tão dócil. A pequena Fannie dormiu a noite toda, mesmo ao seu lado. Depois de Phillip se ir embora, Edwina ficou calmamente sentada no mesmo lugar, atenta a Teddy e a Fannie, afagando-lhes as faces, afastando-lhes o cabelo da cara, dando um gole de água ao pequenino quando este acordou uma vez, cheio de sede, e abraçando Fannie quando a ouviu gritar enquanto dormia. Edwina ficou ali sentada e rezou, tal como fizera naquela manhã, durante a missa celebrada pelo comandante Rostron. Nem todos os sobreviventes tinham comparecido, mas ela e Phillip haviam estado presentes. A maioria, porém, encontrava-se muito fatigada ou doente, ou achava a cerimónia demasiado penosa. De um só golpe mortal, mais de trinta e sete das mulheres sobreviventes tinham enviuvado. Mil quinhentos e vinte e três homens, mulheres e crianças haviam perecido. Os sobreviventes não ultrapassavam o número de setecentos e cinco.

Por fim, Edwina dormitou um pouco, acordando só quando Teddy se mexeu e a fitou com uns olhos que eram tão parecidos com os da mãe.

— Onde está a mamã? — perguntou, fazendo beicinho, embora já mais recomposto. Quando Edwina se inclinou para lhe dar um beijo, sorriu e depois voltou a perguntar pela mãe.

— A mamã não está aqui, queridinho.

Não sabia que dizer-lhe. A criança era demasiado pequena para compreender; no entanto, não desejava mentir-lhe, dizendo-lhe que apareceria mais tarde.

— Eu também quero a mamã — choramingou Fannie com ar abatido, quando sentiu Teddy acordar e perguntar pela mãe.

— Vá, porta-te bem — incitou-a Edwina com um beijinho e um abraço.

Levantou-se e lavou a cara a Teddy, deixando-o, contrariado, com uma enfermeira, enquanto ia à casa de banho com Fannie. Foi então que se viu ao espelho e se apercebeu dos efeitos devastadores que a catástrofe tivera em si. Envelhecera mil anos num único dia, parecia e sentia-se uma velha, pelo menos assim achava. Mas uma escova emprestada e um pouco de água quente ajudaram. No entanto, não havia nada de belo no aspeto que apresentava nem no modo como se sentia e quando, mais tarde, entrou no salão de jantar à procura dos rapazes, reparou que todos estavam com o mesmo ar espectral. Ainda envergavam uma miscelânea de fatos estranhos e, nalguns casos, um tanto ousados, agora acrescentados com peças de roupa emprestadas que destoavam do resto e contribuíam para dar às pessoas uma aparência esquisita, aumentando a confusão geral. Havia gente a deambular por todo o lado e, nos casos em que fora possível, tinham-nas apinhado em camarotes aos grupos, ou em catres colocados no corredor, mas havia centenas a dormir em colchões no salão grande, nas acomodações da tripulação, em sofás ou até mesmo no chão. Mas, para eles, não importava. Estavam vivos, embora muitos desejassem não o estar ao darem-se conta de quantos se haviam perdido.

— Como vai o Teddy? — perguntou George assim que viu a irmã mais velha, sentindo-se aliviado ao vê-la sorrir. Nenhum deles conseguiria suportar mais desgraças.

— Penso que melhorou. Prometi-lhe que não demorava.

Trouxera Fannie consigo e queria dar-lhe algo a comer antes de se apressar a voltar para junto do irmãozinho mais novo.

— Se quiseres, ficarei junto dele — ofereceu-se George quando, de repente, o sorriso lhe ficou parado nos lábios e o olhar se deteve em algo por detrás da irmã. Parecia ter visto um fantasma, e Edwina ficou a fitá-lo, tocando-lhe no braço e inclinando-se para ele.

— O que foi, George?

O irmão, porém, limitava-se a olhar numa direção, apontando pouco depois. Era algo que estava no chão, ao lado de um colchão. Então, sem proferir palavra, pôs-se de pé num pulo e correu a pegar no objeto, voltando para junto de Edwina. Era, de certeza, a boneca de Alexis, *Mrs. Thomas;* no entanto, não se via nenhuma criança por perto e as perguntas feitas a quem estava ali redundaram em nada. Ninguém se lembrava de ter visto a boneca anteriormente, tão-pouco a criança que a tivera consigo.

— Ela deve estar aqui! — exclamou Edwina, olhando frenética em volta, mas nenhuma das crianças que se via por ali era Alexis. Edwina tinha a boneca apertada contra si quando, de repente, o coração lhe caiu aos pés. Lembrou-se de que a filha dos Allison também possuía uma boneca igual e disse-o a Phillip; porém, este negou com a cabeça. Teria reconhecido aquela em qualquer lado, o que foi corroborado por George e também por Fannie.

— Então não te lembras, Edwina? Tu própria lhe fizeste um vestido com um tecido igual a um dos teus.

Edwina lembrou-se de imediato, e as lágrimas vieram-lhe aos olhos. Como seria cruel que a boneca tivesse sobrevivido e Alexis não.

— Onde está a Alexis? — perguntou Fannie, levantando os olhos enormes para a irmã, com aquele seu pequeno rosto tão parecido com o do pai, o que tanto prazer lhe dera enquanto vivo. Até mesmo ele fora capaz de reparar na espantosa semelhança que havia entre os dois.

— Não sei — respondeu-lhe Edwina com sinceridade. Segurando na boneca com mãos trémulas, continuou a procurar pela irmã em redor, mas em vão.

— Estará escondida? — perguntou Fannie, que a conhecia bem; porém, dessa vez Edwina não lhe sorriu.

— Não faço ideia, Fannie, mas espero que não.

— A mamã e o papá também estarão escondidos? — insistiu a menina com uma expressão tão confusa que os olhos de Edwina se encheram de lágrimas, abanando a cabeça e continuando à procura.

Uma hora mais tarde, no entanto, ainda não a tinham encontrado e Edwina tinha de voltar para junto de Teddy, que continuava na enfermaria. Levou a boneca consigo, deixando Fannie entregue aos cuidados de Phillip e George. Quando Teddy viu a boneca, olhou para a irmã com ar desconfiado.

— A Lexie? — perguntou. — A Lexie?

Também ele se recordava da boneca. Alexis raramente se separava dela. Uma das enfermeiras, quando ia a passar, sorriu. Era de facto uma bela criança e, vê-los juntos, comoveu-a. Mas nesse instante Edwina ergueu a cabeça e deteve-a de imediato para lhe fazer uma pergunta.

— Haverá alguma possibilidade de eu... Andava à procura de... — Não sabia bem como formular a frase. — Ainda não conseguimos encontrar a nossa irmã de seis anos e eu pensei... Ela estava com a nossa mãe...

Não conseguiu dizer as palavras, mas a enfermeira compreendeu. Tocou com afecto no braço de Edwina e entregou-lhe uma lista.

— Temos aqui o nome de todas as pessoas que recolhemos, incluindo as crianças. É provável que, no meio da confusão de ontem, não tenha dado por ela. O que a leva a pensar que está a bordo? Viu-a em algum salva-vidas antes de abandonar o barco?

— Não — retorquiu Edwina, sacudindo a cabeça, mas mostrando de repente a boneca. — Pertencia-lhe... nunca se separava dela.

Edwina, agora com uma expressão ainda mais desanimada, passou uma vista de olhos rápida pela lista, mas não encontrou o nome de Alexis.

— Tem a certeza que é dela?

— Absoluta. Eu mesma fiz o vestido.

— Poderia alguma outra criança ter pegado nela?

— Possivelmente. — Edwina nem queria pensar nessa possibilidade. — Mas não estão aí umas crianças sem pais?

Sabia que havia várias por identificar na ala da enfermaria, mas Alexis tinha idade suficiente para se identificar, se quisesse... ou não estivesse demasiado traumatizada... De repente, Edwina imaginou-a a vaguear, sem ninguém saber quem era, perdida e desconhecendo que também tinha os irmãos no navio. Foi o que disse à enfermeira, que lhe respondeu ser muito improvável.

Foi no fim dessa tarde, quando passeava pelo convés, tentando não relembrar o perfil hediondo do *Titanic* recortado contra o céu noturno, no horizonte, pouco antes de o abandonar com a quilha a apontar para o alto, que viu a criada da senhora Carter, Serepeca, a dar um passeio com as crianças. Lucille e o pequeno William pareciam tão assustados como o resto das crianças a bordo, mas a terceira criança deixava-se ficar mais para trás, agarrada à mão da criada, horrorizada por estar no convés, até que, de repente, virou-se para trás. Edwina viu-lhe o rosto, arquejou e no instante seguinte corria para ela e erguia-a no ar e abraçava-a com todo o seu amor e energia, chorando convulsivamente. Encontrara-a! Era Alexis!

Enquanto Edwina mantinha a criança assustada agarrada a si e lhe afagava o cabelo sem parar, Serepeca explicou, o melhor que soube, o que acontecera. Quando Alexis fora atirada para o salva-vidas número quatro, a senhora Carter apercebera-se imediatamente de que não tinha familiares consigo e, uma vez no *Carpathia,* resolvera responsabilizar-se por ela até chegarem a Nova Iorque. Acrescentou ainda, em voz baixa, que desde que a criança vira o navio afundar, dois dias antes, nunca mais voltara a dizer uma palavra. Não sabiam o seu nome próprio nem o apelido, ela recusava-se a falar com elas ou a dizer de onde era, a senhora Carter estava esperançada de que algum membro da sua família a reclamasse ao chegarem a Nova Iorque. Fora um grande alívio para ela, disse ainda, saber que a menina afinal tinha a mãe a bordo. Mal proferira as últimas palavras, Alexis virou a cabeça instintivamente, à procura de Kate, mas Edwina sacudiu a cabeça, abraçando a criança ainda mais estreitamente.

— Não, querida, ela não está aqui connosco.

Eram as palavras mais duras que alguma vez lhe dissera. Alexis tentou libertar-se, baixando a cabeça e recusando-se a escutar o que a irmã dizia. Mas esta não permitiria que voltasse a afastar-se. Fora assim que, já uma vez, por pouco não a tinham perdido. Edwina agradeceu a Serepeca e prometeu ir ter com a senhora Carter para lhe exprimir o seu apreço por ter cuidado de Alexis. Mas quando Edwina se encaminhou para o abrigo do salão grande, com Alexis ao colo, esta fitava-a com ar angustiado e continuava a não dizer uma única palavra.

— Gosto muito de ti, queridinha... Oh, gosto tanto, tanto... Andávamos todos tão preocupados contigo...

Levava a menina nos braços e as lágrimas escorriam-lhe pelo rosto. Reencontrá-la era uma dádiva dos céus, mas Edwina desejaria ter voltado a ver todos eles, ter descoberto os pais e Charles num canto qualquer. Sentia-se incapaz de acreditar no seu desaparecimento. Não podia ter acontecido assim, num abrir e fechar de olhos; no entanto, era o que tudo indicava... restando apenas Alexis, qual pequeno fantasma vindo do passado. Um passado que existira apenas por um curto período e que agora se fora, como um sonho do qual nunca mais se esqueceria.

Quando Edwina lhe estendeu a boneca adorada, Alexis arrancou-lha das mãos e apertou-a contra o rosto, continuando, no entanto, sem falar, nem mesmo quando Phillip soltou um grito ao vê-la. Porém, foi para George, que a fitava estupefacto, que a seguir se voltou.

— Pensei que tinhas desaparecido, Lexie — disse George calmo. — Corremos tudo à tua procura.

Alexis não lhe respondeu, mas os seus olhos não se desviaram dos dele e, nessa noite, dormiu ao lado do irmão, agarrada à sua mão e apertando a boneca contra si com a outra, enquanto Phillip os vigiava de perto. Edwina voltou a passar a noite na enfermaria, junto de Teddy e Fannie, apesar de esta estar ótima e Teddy muito melhor. Mas era mais seguro dormir ao pé das duas crianças que tão delicadas eram, além de Teddy continuar a tossir com violência à noite. Convidara Alexis a dormir ali com eles, mas esta dissera que não com a cabeça e fora com George para o salão grande, deitando-se ao lado dele no colchão estreito. Antes de adormecerem, o irmão ficou atento à menina. Era como voltar a ver a mãe, reencontrá-la, pois as duas tinham andado juntas durante a maior parte do tempo. Nessa noite sonhou com os pais. Ainda o sonho não terminara quando acordou, a meio da noite, ao ouvir o choro de Alexis. Reconfortou a irmã abraçando-a, mas a menina não parava de chorar.

— Que foi, Lexie? — perguntou-lhe a certa altura, ansioso por saber se ela finalmente falaria ou se, tal como todos eles, estava apenas muito triste e nada mais podia fazer do que chorar. — Dói-te alguma coisa?... Estás maldisposta? Queres que chame a Edwina?

Alexis sacudiu a cabeça, sentando-se e olhando para o irmão com a boneca agarrada a si.

— Quero a mamã... — sussurrou, perscrutando o rosto do irmão com os enormes olhos azuis, enquanto este desatava a chorar ao ouvi-la, abraçando-a.

— Eu também, Lexie... Eu também.

Aqueles dois filhos de Kate, o legado que esta deixara ao optar por não abandonar o marido, dormiram o resto da noite de mãos dadas.

Todos recordavam o amor imenso que ela tivera por eles, assim como o amor e a ternura que existiram entre os pais, mas tudo isso partira para sempre, para outro lugar, outro tempo. Restava apenas a família que tinham criado, seis pessoas, seis vidas, seis almas, seis dos preciosos escassos sobreviventes do *Titanic.* Kate, Bert e Charles partiram sem esperança de regresso, tal como tantos outros. Perdidos para sempre.

CAPÍTULO

6

Quando o *Carpathia* passou pela Estátua da Liberdade e entrou no porto de Nova Iorque na noite de terça-feira, Edwina e Phillip encontravam-se no convés e caía uma chuva triste e miudinha. Estavam de regresso a casa, pelo menos à sua terra. Naquele momento, porém, tinham a impressão de que já nada lhes restava. Haviam perdido tudo, pelo menos era o que sentiam, ao ponto de Edwina ter de fazer um esforço para se relembrar de que, apesar de tudo, ainda se tinham uns aos outros. Mas a vida nunca mais voltaria a ser a mesma. Os pais desapareceram e ela perdera o futuro marido. Dentro de apenas quatro meses, ela e Charles iriam casar e agora ele deixara de existir... A sua natureza meiga, a sua mente arguta, o rosto atraente, a bondade que ela tanto amava, a inclinação da sua cabeça quando lhe sorria... tudo isso e, com ele, o futuro brilhante e feliz que a aguardara.

A certa altura, Phillip voltou-se para a irmã e viu que esta chorava, enquanto o *Carpathia* entrava devagar no porto, auxiliado por dois rebocadores; porém, não se ouviam sirenes, cornetas, a menor fanfarra, reinando apenas tristeza e um silêncio enlutado.

Na noite anterior, o comandante Rostron assegurara-lhes que a imprensa seria mantida à distância o máximo de tempo possível e que ele faria tudo o que estava ao seu alcance para que tivessem uma chegada tranquila a Nova Iorque. Avisara-os de que o rádio do navio estivera a ser bombardeado com telegramas da imprensa desde a manhã do dia 15, mas ele não respondera a nenhum deles e não admitiria a entrada de nenhum jornalista a bordo. Os sobreviventes do *Titanic* tinham conquistado o direito de viver a sua tristeza em paz, e ele assumira a responsabilidade de fazê-los chegar todos a casa com tranquilidade e em segurança.

Edwina, porém, só conseguia pensar no que deixara para trás, algures nas profundezas do oceano. Phillip pegou-lhe na mão sem dizer uma palavra e deixou-se ficar a seu lado, enquanto as lágrimas também lhe deslizavam pelas faces, pensando no quão diferente seria tudo se o destino tivesse sido um pouco mais generoso.

— Win?

Já não a tratava por aquele diminutivo desde os seus tempos de criança, e Edwina, ao ouvi-lo, sorriu-lhe por entre as lágrimas.

— Sim?

— Que vamos fazer agora?

Já tinham conversado uma ou outra vez sobre o assunto, mas o certo é que Edwina não tivera tempo para refletir muito por Teddy estar tão doente, Alexis tão alheada, sendo agora necessário que também se preocupasse com os outros. George mal falara nos últimos dois dias e ela dera consigo a sentir saudades de uma amostra da sua rebeldia e travessura. Além disso, a pobre Fannie punha-se a chorar sempre que Edwina se afastava dela, mesmo que fosse só por um instante. O mundo de responsabilidades que, de repente, desabara sobre os seus ombros dificultava-lhe o raciocínio. Só lhe restava a certeza de que, a partir dali, teria de ser ela a tomar conta deles, e de Phillip também. Já só a tinham a ela.

— Não sei bem, Phillip. Acho que iremos para casa, assim que o Teddy estiver curado.

A criança continuava a tossir terrivelmente e no dia anterior ainda tinha tido febre. Além disso, nenhum deles se sentia em condições para a longa viagem de comboio que os levaria para a Califórnia.

— Antes de voltarmos para casa, teremos de ficar em Nova Iorque durante algum tempo — acrescentou.

Mas... E a casa... E o jornal? Nem se atrevia a pensar nisso. Naquele momento só desejava olhar para trás e recordar... só por um momento... alguns dias... a última noite em que dançara com Charles o animado *ragtime*. Como tudo era simples nessa altura, quando ele a fazia rodopiar pela pista, arrastando-a depois nas valsas maravilhosas que eram as suas preferidas. Tinham dançado tanto em quatro dias passados no navio que os seus sapatos prateados estavam quase inutilizados. Dali em diante, no entanto, achava que nunca mais voltaria a dançar, nem de tal tinha vontade.

— Win?

Phillip percebera que a irmã tinha o pensamento muito longe dali. Estava sempre a acontecer-lhe. Era o mesmo com todos eles.

— Hum?... Desculpa...

Espraiou o olhar pelo porto de Nova Iorque, reparando na chuva, reprimindo as lágrimas e desejando que a realidade fosse diferente. Todos os que vinham no *Carpathia* sentiam o mesmo. As viúvas alinhavam-se junto da balaustrada chorando os homens e as vidas que tinham perdido nem sequer há quatro dias. Quatro dias que pareciam agora uma vida inteira.

Muitas delas eram aguardadas por parentes e amigos, mas os Winfield não tinham ninguém à sua espera em Nova Iorque. Antes da viagem, Bert fizera reservas no Ritz-Carlton, onde ficariam antes de regressar à Califórnia. Mas havia pormenores simples que lhes pareciam agora complicados. Não tinham dinheiro, roupa, Alexis arranjara maneira de perder os sapatos e Edwina só dispunha do vestido de noite azul-claro rasgado e de um outro, em lã, que alguém lhe dera na noite em que tinham sido recolhidos dos salva-vidas.

Era um problema para todos eles e, de repente, Edwina deu consigo a imaginar como iria pagar o hotel. Teria de mandar um telegrama para o escritório do pai em São Francisco. De repente, via-se obrigada a resolver problemas que, ainda uma semana antes, nem lhe passariam sequer pela cabeça. Tinham radiotelegrafado do barco para os escritórios da Companhia White Star, em Londres, pedindo que avisassem o tio Rupert e a tia Liz de que todos os filhos do casal Winfield haviam sobrevivido, mas Edwina sabia que a tia devia ter ficado abalada ao saber da morte da sua única irmã. Também enviara a mesma notícia para os escritórios do pai. De súbito, havia muito em que pensar. Estava ela com o olhar perdido na névoa que envolvia o porto de Nova Iorque quando, de repente, surgiu uma flotilha de rebocadores, ouviu-se um apito agudo e irromperam saudações de todos os barcos ancorados no porto. O feitiço do silêncio em que todos eles tinham mergulhado nos quatro dias estava prestes a quebrar-se. Edwina e Phillip nunca se haviam lembrado de que a tragédia por eles vivida seria encarada como um grande acontecimento pelos órgãos de comunicação social. Só quando repararam que os rebocadores, iates e barcos de transporte que se viam em baixo estavam apinhados de jornalistas e fotógrafos, é que os dois se deram conta de que a situação não iria ser nada fácil.

Como o comandante Rostron era um homem de palavra, ninguém, com exceção do piloto, subiu a bordo do *Carpathia* antes de este acostar ao cais. E os fotógrafos tiveram de se contentar com as fotografias que conseguiram obter à distância. O único fotógrafo que conseguira introduzir-se no navio à socapa fora apanhado, e o comandante confinara-o à cabina de comando da ponte.

Chegaram ao cais número 54 às nove e trinta e cinco da noite e no navio reinou, por momentos, o mais profundo silêncio. A viagem terrível estava prestes a chegar ao fim. Os salva-vidas do *Titanic* foram os primeiros a sair, as serviolas recolhidas e os botes descidos tal como acontecera ao abandonarem o navio que se afundava quatro dias antes; porém, daquela vez levavam apenas um marinheiro cada um, enquanto os sobreviventes se mantinham junto da balaustrada a ver os foguetes iluminarem o céu noturno, em explosões estrondosas. O céu parecia chorar sobre os barcos vazios, perante o olhar dos enlutados, e até mesmo a multidão que enchia o cais assistia a tudo, horrorizada e em silêncio, enquanto eram presos com cordas e ficavam a balouçar na água. Poucas horas depois, saqueadores reduzi-los-iam a tiras.

Alexis e George tinham ido para junto de Edwina e de Phillip na altura em que os botes salva-vidas eram descidos, passando em frente do convés, visão que fez com que Alexis começasse a chorar, agarrada às saias de Edwina. Todos aqueles estrondos e luzes a assustavam e via os salva-vidas baixar com os olhos dilatados de pavor. Edwina mantinha-a muito chegada a si, como Kate sempre fizera. Nos últimos dias, porém, tomara consciência de que dificilmente poderia substituir a mãe.

— Vamos... vamos entrar outra vez para dentro deles? — perguntou Alexis, aterrorizada, mal conseguindo falar, enquanto Edwina se esforçava por tranquilizá-la. Mas nada mais conseguia fazer do que abanar a cabeça. Chorava demasiado para responder... Aqueles botes... Aquelas conchas minúsculas... No entanto, tão preciosas para todos eles... Se tivessem sido em maior número, os outros poderiam estar vivos...

— Não chores, Lexie... Por favor não chores...

Era tudo quanto conseguia dizer, apertando a cabecinha da irmã contra si. Nem sequer podia prometer-lhe que tudo voltaria a ficar bem. Ela própria já não acreditava nisso; portanto, como poderia fazer promessas vãs às crianças? Sentiu o coração inundar-se de uma tristeza imensa.

Edwina viu, ao olhar para o cais, que havia centenas, se não mesmo milhares, de pessoas a esperá-los. De início faziam lembrar um mar de rostos. Foi então, quando novo foguete iluminou o céu escuro, que viu que eram muitos mais. Havia gente por todo o lado. Os jornais informaram, mais tarde, que no cais se encontravam cerca de trinta mil pessoas e umas dez mil ao longo das margens do rio. Mas Edwina não se apercebia da maioria delas. Que importava tudo aquilo naquele momento? Aqueles que amava haviam desaparecido, os seus pais e Charles. Não tinham ninguém à sua espera. Já não havia ninguém no mundo que se importasse com eles. A partir dali, repousava tudo sobre os seus ombros, e sobre os do pobre Phillip também. Aos dezasseis anos, este deixara de ser criança para se tornar um homem, fardo que assumira a partir do momento em que foram salvos; porém, ao olhar para ele, que dizia a George para vestir o casaco e manter-se ao lado de Alexis, Edwina achava que era muitíssimo injusto. Só a visão dos irmãos com as suas roupas rasgadas e os rostos devastados entristeceu de novo Edwina. De repente, todos aparentavam a sua nova condição. Todos os filhos do casal Winfield eram agora órfãos.

Os passageiros do *Carpathia* desembarcaram em primeiro lugar. Seguiu-se uma longa espera, durante a qual o comandante reuniu todos os outros no salão de jantar onde dormiam há três dias e orou pelos que tinham ficado no mar e pelos que haviam sobrevivido, pelos seus filhos e suas vidas. Fez-se então um momento de silêncio, apenas interrompido pelos soluços dos que não se continham. Em seguida, as pessoas despediram-se umas das outras, uma festa num braço, um abraço, um último olhar, um aceno de cabeça, um toque sentido na mão e, por fim, um aperto de mão ao comandante Rostron. As pessoas pouco tinham a dizer umas às outras, e o grupo dispersou-se em silêncio. Nunca mais voltariam a estar juntos; no entanto, jamais esqueceriam.

Quem primeiro chegou à rampa de desembarque foram duas mulheres, que hesitaram, fizeram menção de voltar para trás, mas depois desceram devagar, com as lágrimas a escorrerem-lhes pelo rosto. Eram amigas de Filadélfia e ambas perderam os maridos. A meio da descida, ao escutarem o bramido que se elevou da multidão, pararam. Era um bramido de pena, comiseração, simpatia e fascinação; no entanto, tamanho barulho atemorizava, tanto que a pequena Alexis voltou a mergulhar no meio das saias de Edwina com as mãos sobre os ouvidos e os olhos fechados e Fannie irrompeu num choro violento, enquanto Phillip a segurava ao colo.

— Está tudo bem... está tudo bem, pequenos... — tentou Edwina confortar, mas o barulho era tão grande que não conseguiram ouvi-la. Foi com horror que viu os jornalistas precipitarem-se para as sobreviventes exaustas, rodeando-as por completo. Os clarões das máquinas fotográficas explodiam por todo o lado, enquanto a chuva caía e os relâmpagos continuavam a faiscar nos céus. Estava uma noite terrível, porém não mais do que aquela que, não ainda há quatro dias, os trouxera até àquele final. Essa fora a pior noite de toda a sua vida... aquela era apenas mais uma. Edwina, ao reunir os irmãos, orientando-os em direção à rampa do navio, achava que, a partir dali, já nada de pior lhes poderia acontecer. Não tinha chapéu e estava ensopada até aos ossos, levando Alexis ao colo, a tremer e desesperadamente agarrada ao seu pescoço. Phillip levava os outros dois irmãos mais novos em cada um dos braços, e George ia ao lado, com ar esmorecido e bastante assustado. A multidão era tão grande que era difícil prever o que iria acontecer. A certa altura, quando chegaram ao fim da escadaria, Edwina apercebeu-se de que as pessoas lhes gritavam nomes.

— Chandler!... Harrison!... Gates? Gates!... Viram-nos?...

Eram familiares e amigos procurando, desesperadamente, sobreviventes; no entanto, Edwina ia negando com a cabeça ao ouvir cada apelido... não conhecia nenhum deles... À distância, viu os Thayer a serem abraçados por amigos de Filadélfia. Havia ambulâncias e automóveis por tudo o que era sítio e o faiscar das máquinas fotográficas não parava. Do meio da multidão, saía o som de soluços e de choros, sempre que os sobreviventes abanavam a cabeça ao perguntarem-lhes pelos nomes de pessoas. Até então não fora publicada nenhuma lista de sobreviventes e havia sempre esperança de que as notícias estivessem erradas, que algum ente amado tivesse, de facto, sobrevivido ao desastre. O *Carpathia* recusava-se a comunicar com a imprensa, mantendo uma barreira de silêncio em torno dos sobreviventes, para proteção destes. A partir de certa altura, contudo, o comandante Rostron deixou de poder fazer algo para os proteger.

— Minha senhora... Minha senhora! — chamou um jornalista, precipitando-se para Edwina e gritando-lhe no rosto, o que, por pouco, não fez com que Alexis saltasse dos braços da irmã. — São os seus filhos? Estiveram no *Titanic?*

Era um indivíduo ousado, impetuoso e espalhafatoso e Edwina viu que não poderia escapar-lhe dado o frenesim que a rodeava.

— Não... sim... eu... Por favor... por favor...

Começou a chorar, saudosa de Charles e dos pais, enquanto os odiosos flaches lhe embatiam no rosto, enquanto Phillip tentava escudá-la; pouco conseguia ajudá-la, pois os dois irmãos mais pequenos embaraçavam-lhe os movimentos. De repente, foram rodeados por um mar de jornalistas, que empurraram George para longe deles, enquanto Edwina lhe gritava para que não se perdesse deles.

— Por favor... por favor... deixem-nos!...

Fizeram o mesmo com Madeleine Astor quando esta saíra com a criada; porém, Vincent Astor, com a ajuda de seu pai, o senhor Force, tinha-a arrebanhado do meio da multidão e levado para a ambulância que os aguardava. Edwina e Phillip não teriam tanta sorte, mas afastaram-se o mais depressa que puderam. Phillip levou-os para dentro de um carro enviado pelo Ritz-Carlton, que os esperava. Foram conduzidos pela Quinta Avenida e o grupo entrou, com ar maltrapilho e sem bagagem, lentamente no hotel. Mas depararam com mais jornalistas à sua espera, e um rececionista solícito acompanhou-os lesto aos seus aposentos, onde Edwina teve de conter um acesso de histerismo. Era como se nunca tivessem partido. As acomodações elegantemente decoradas eram as mesmas em que tinham estado apenas há mês e meio. Agora, de volta, tudo mudara de forma radical. Haviam-lhes dado os mesmos aposentos que ocuparam aquando da sua chegada de São Francisco, antes de embarcarem no *Mauretania* para a Europa, ao encontro dos Fitzgerald, para oficializarem o noivado de Edwina.

— Win... estás bem?

Por um instante não foi capaz de responder, limitando--se a acenar com a cabeça, mortalmente pálida. Continuava com o vestido de noite azul rasgado, o casaco ensopado pela chuva e os sapatões, a mesma indumentária com que saíra do *Titanic.*

— Estou bem — sussurrou com pouca convicção. Não conseguia pensar noutra coisa senão na última vez em que estivera naquele lugar, poucas semanas antes, com Charles e os pais.

— Queres que peça outros quartos? — perguntou-lhe Phillip, com um ar desesperado e preocupado.

Se a irmã se fosse abaixo naquela altura, que seria deles? A quem recorreriam? Só a tinham a ela... Mas, no entanto, Edwina abanou a cabeça devagar, limpou os olhos e fez um esforço para sossegar as crianças. Tinha a noção exata de que, naquele momento, tudo dependia dela.

— George, vai ver o cardápio. Temos de comer alguma coisa. E tu, Phillip, ajuda a Fannie e a Alexis a enfiar os pijamas.

Lembrou-se então de que nada tinham para vestir. Porém, quando entraram nos outros quartos, depararam com uma iniciativa tomada pelos proprietários do Ritz-Carlton. Tinham arranjado uma série de roupas de senhora e de criança, e também algumas peças para os rapazes, camisolas e calças, alguns pares de peúgas quentes e uns quantos sapatos; dispostas em cima da cama, estavam duas camisas de dormir para as meninas, assim como duas bonecas novas e, para Teddy, um pijama e um ursinho de pelúcia. Tamanha gentileza comoveu de tal modo Edwina que a pôs de novo a chorar. Ao entrar no quarto principal da suíte, susteve a respiração. Ali, sobre a cama, viam-se roupas cuidadosamente arrumadas para os pais, assim como uma garrafa de champanhe. Também teve a certeza de que, no último quarto, encontraria o mesmo, destinado a Charles. Reprimindo um soluço e lançando um último olhar em redor, apagou as luzes e fechou a porta, voltando-se para as crianças que a aguardavam.

Parecia agora mais calma e depois de enfiar os mais pequenos na cama, sentou-se no sofá, ao lado de Phillip e de

George e ficou a vê-los devorar uma pratada de frango assado, seguida de uns quantos bolos; porém, a simples ideia de comer fatigava-a. Alexis voltara a apresentar o mesmo ar ausente antes de se deitar, e Edwina apenas lhe pudera dizer que ficasse com *Mrs. Thomas,* a sua boneca, bem agarrada a ela e que aconchegasse também a nova. Fannie fora instalar-se na cama espaçosa e confortável ao lado da sua e o pequeno Teddy já dormia profundamente, no seu pijama novo, num elegante berço.

— Amanhã de manhã temos de ligar para o tio Rupert e para a tia Liz — disse aos rapazes.

Haviam radiotelegrafado, do navio, para eles e para os pais de Charles através da White Star, mas achava-se na obrigação de os avisar de que chegaram bem. Havia muito que fazer e em que pensar. Já não podiam ter nenhuma certeza. Edwina precisava de lhes arranjar roupas antes de irem para a Califórnia, precisava de ir a um banco e de levar os mais pequenos ao médico. Acima de tudo, queria certificar-se de que Teddy estava bem e que Fannie não perdera os dedinhos afetados pelo frio. Estavam já com melhor aspeto e, apesar da chegada tempestuosa, Teddy não ficara com febre. Na verdade quem, de entre eles todos, parecia mais afetado era Alexis; o trauma de ter perdido a mãe parecia tê-la desinteressado de tudo o que a rodeava. Mostrava-se apática e entrava em pânico sempre que Edwina se afastava dela um instante que fosse. Mas, depois de tudo por que passaram, não era de admirar. O choque provocado pela situação vivida não passaria tão depressa, e Edwina sentia as próprias mãos a tremer sempre que tentava escrever algo, até o seu nome, ou abotoar a roupa às crianças. Mas só lhe restava reunir as forças e continuar em frente. Sabia que tinha de ser assim.

Pouco depois, desceu até à receção e falou na possibilidade de alugarem um carro com motorista no dia seguinte ou, pelo menos, uma carruagem, caso não houvesse nenhuma viatura disponível; no entanto, asseguraram-lhe que teria um carro e um motorista à sua disposição. Agradeceu a todos as roupas que lhes tinham arranjado e os presentes para as crianças. O gerente do hotel limitou-se a apertar-lhe a mão com ar grave e a dar-lhe os pêsames pela perda dos pais. Eram velhos clientes do hotel e ficara arrasado ao saber, quando o grupo chegara, que não tinham sobrevivido ao desastre.

Edwina agradeceu-lhe calmamente e voltou a subir a escadaria que a levaria de volta aos seus aposentos. Vislumbrara dois ou três rostos conhecidos do navio, mas andavam todos muito atarefados e exaustos com a tarefa de sobreviverem.

Era quase uma da manhã quando encontrou os dois irmãos a jogar às cartas na sala de estar da suíte. Estavam a beber água gaseificada e a acabar com os bolos, e ela deteve-se à entrada da porta um instante, sorrindo-lhes. Entristecia-a aperceber-se de que a vida continuava apesar de tudo, como se nada tivesse acontecido e, no entanto, compreendia também que essa era a única salvação que lhes restava. Era imperioso que continuassem em frente, esperava-os toda uma vida. Os irmãos ainda eram umas crianças... Mas Edwina sabia que, para ela, a falta de Charles faria com que nunca mais a vida voltasse a ser a mesma. Jamais haveria outro homem como ele, tinha a certeza. Dedicaria a vida a cuidar dos irmãos e nada mais.

— Os senhores tencionam deitar-se esta noite? — perguntou-lhes, reprimindo as lágrimas ao olhar para eles.

Os irmãos sorriram-lhe, e George, de repente, ao ver a irmã com aquela fatiota ridícula, fez uma careta. Era a primeira vez que mostrava um pouco da sua maneira de ser desde que saíra do *Titanic*.

— Estás um horror, Edwina — observou, rindo.

Até Phillip sorriu. Era verdade, o que fez com que, de súbito, no meio daquele espaço requintadamente decorado, a sua fatiota improvisada parecesse menos adequada e apenas extravagante.

— Obrigada, George — disse Edwina sorrindo. — Amanhã de manhã farei os possíveis por vestir algo decente, que não te envergonhe.

— Vê lá se o fazes — retorquiu o irmão com altivez, concentrando-se de novo nas suas cartas.

— Façam o favor de ir para a cama, vocês os dois — ralhou Edwina, indo em seguida tomar um banho de imersão na sumptuosa banheira. Ao despir o vestido minutos mais tarde, ficou a olhar para ele durante muito tempo. De início pensou em deitá-lo fora, nunca mais queria vê-lo, mas outra parte de si desejava conservá-lo. Era o vestido que tinha quando vira Charles pela última vez... na última noite em que estivera com os pais... Era uma relíquia que simbolizava uma vida perdida, um momento no tempo em que tudo mudara, em que tudo desaparecera para sempre. Dobrou-o então, com cuidado, e guardou-o dentro de uma gaveta. Ainda não sabia bem o que fazer com ele, no entanto, parecia-lhe tudo o que lhe restara, um vestido de noite rasgado. Dava-lhe a impressão de que pertencia a uma outra pessoa, alguém que ela fora e nunca mais voltaria a ser e de quem naquele momento mal conseguia lembrar-se.

CAPÍTULO

7

Na manhã a seguir à sua chegada, Edwina envergou o vestido preto que lhe tinham dado no navio que os salvara e levou Fannie, Teddy e Alexis ao médico que o gerente do hotel lhe recomendara. Quando o médico viu as crianças, mostrou-se verdadeiramente surpreendido pelas boas condições físicas em que se encontravam depois das provações por que haviam passado no *Titanic*. Os dois dedos mais pequenos da mão esquerda de Fannie decerto não voltariam a ser os mesmos, ficariam um pouco menos sensíveis e flexíveis; no entanto, duvidava que pudesse perdê-los. Quanto a Teddy, verificou que também recuperara de modo espetacular. Disse a Edwina que considerava extraordinário que a criança tivesse sobrevivido à exposição ao frio e a tudo o mais, acrescentando, em voz mais baixa, que achava toda a experiência trágica e espantosa. Tentou indagar sobre a noite em que o *Titanic* afundara, mas Edwina mostrou relutância em falar, sobretudo na frente das crianças.

Pediu-lhe que também examinasse Alexis, mas, para além de uma série de escoriações sofridas na altura em que fora atirada para dentro do salva-vidas, parecia surpreendentemente intacta e saudável. O problema residia nos danos que, em Alexis, se tinham refletido muito mais no seu espírito do que no seu corpo. Edwina achava, desde que a tinham encontrado no *Carpathia,* que a menina já não era a mesma. Raramente falava e, quando o fazia, mostrava-se sempre ausente e distante.

— É possível que fique assim por algum tempo — alertou ele Edwina ao ficarem a sós por instantes, enquanto uma enfermeira ajudava as crianças a vestir-se. — É provável que nunca mais volte a ser a mesma. Há pessoas que não conseguem suplantar um choque demasiado grande.

No entanto, Edwina recusava-se a aceitar essa possibilidade. Tinha a certeza de que, com o tempo, Alexis voltaria a ser a mesma, embora fosse sempre uma criança tímida e, em determinados aspetos, excessivamente ligada à mãe. Mas prometeu a si mesma, naquele momento, não permitir que a tragédia destruísse as suas vidas, pelo menos as dos irmãos. Além disso, enquanto andasse ocupada com eles, não teria tempo para pensar em si mesma, o que era uma bênção. O médico foi de opinião de que, dali a uma semana, estariam em condições para empreender a viagem de regresso a São Francisco. Precisavam de se recompor um pouco antes da partida, o que também era verdadeiro para Edwina.

Quando regressaram ao hotel, encontraram Phillip e George a ler a notícia nos jornais. O *New York Times* dedicara quinze páginas a entrevistas e reportagens sobre a grande tragédia. E George quis ler tudo a Edwina, mas esta recusou-se. Ela própria já recebera três recados do *New York Times* para si, de jornalistas que desejavam falar-lhe; no entanto, deitara-os fora, pois não tencionava perder o seu tempo com eles. Sabia que o jornal do pai se debruçaria sobre a história da sua morte e das circunstâncias que tinham levado o navio gigantesco a ir ao fundo e, se quisessem falar com ela quando chegasse a casa, sabia que teria de o fazer. Mas não queria ter nada a ver com o sensacionalismo com que o assunto era tratado nos jornais nova-iorquinos. Ao ver uma fotografia sua e dos irmãos, tirada por um fotógrafo à saída do navio, resmungou.

Quando chegara ao hotel, nessa manhã, também tinha uma outra mensagem à sua espera. Uma subcomissão do Senado iria reunir no dia seguinte, no Waldorf-Astoria Hotel, e convidavam-na a participar e a falar-lhes, num dos dias seguintes, sobre o *Titanic*. Queriam que todos os sobreviventes dispostos a falar lhes contassem pormenores. Era importante que a comissão compreendesse o que acontecera, quem devia ser responsabilizado, caso houvesse motivos para isso, e como poderiam evitar, no futuro, desastres semelhantes. Falara com Phillip sobre o assunto, mostrando-se nervosa em aparecer; no entanto, achava que era obrigação sua e ele tentou tranquilizá-la.

Almoçaram nos seus aposentos do hotel e, em seguida, Edwina anunciou que precisava de realizar umas tarefas. Não podiam continuar a vestir roupas emprestadas; portanto, iria fazer algumas compras.

— Eu tenho de ir? — quis saber George, receoso, enquanto Phillip voltava a fixar a atenção nos jornais, mas Edwina sorriu-lhes. Por um instante, George fizera lembrar imenso o pai.

— Não, não é preciso, desde que fiques aqui e ajudes o Phillip a tomar conta dos nossos irmãos.

O que a fez lembrar que precisaria de contratar alguém que a ajudasse quando voltassem para casa. Mas até mesmo a ideia lhe trouxe a pobre Oona à lembrança. Todos os pensamentos que tinha levavam-na de volta às recordações dolorosas do naufrágio.

Primeiro foi ao banco, depois ao Altman's, na esquina da Quinta Avenida com a Thirty-forth Street, comprando o máximo que pôde para todos eles. Em seguida, dirigiu-se ao Oppenheim Collins e adquiriu o resto que lhe faltava. Tinham-lhe enviado, do escritório do pai, uma soma bastante considerável; portanto, dinheiro para ela e para as crianças não faltava.

Eram quatro da tarde quando voltou ao hotel, envergando um vestido discreto comprado no Altman's. Ficou espantada ao encontrar, de novo, Phillip e George a jogarem às cartas.

— Onde estão os outros? — perguntou, mal acabando de pousar os embrulhos sobre a alcatifa da sala de estar, enquanto o motorista entrava, carregando os restantes com dificuldade. De repente, dera-se conta de que eram precisas muitas peças para vestir adequadamente cinco crianças. Para si mesma comprara cinco vestidos pretos de aspeto severo. Sabia que os usaria por muito tempo e ao prová-los, na loja, percebera, com um baque no coração, até que ponto a tornavam parecida com a mãe.

Foi então que, ao olhar à sua volta na suíte, não viu nenhuma das crianças mais novas, apenas os dois rapazes, embrenhados no seu jogo de cartas.

— Onde estão eles?

Phillip sorriu e apontou para o quarto. Edwina apressou-se a atravessar a sala e ficou de boca aberta diante do que viu. As duas meninas e o irmãozinho de dois anos brincavam com uma das criadas e com o que devia ser, no mínimo, uma dúzia de bonecas novas, além de um cavalinho de baloiço e um comboio destinado expressamente a Teddy.

— Santo Deus! — exclamou Edwina olhando, estupefacta, em seu redor. Havia caixas, ainda por desembrulhar, que chegavam quase até ao teto. — De onde veio tudo isto?

George limitou-se a encolher os ombros e pousou uma carta que enfureceu o irmão. Phillip olhou então de relance para Edwina, que continuava especada a olhar em volta.

— Não sei bem. Acho que a maior parte veio das pessoas que estão aqui no hotel... Umas coisas foram entregues pelo *New York Times*... A Companhia White Star também mandou outras. Não sei o que é, imagino que também sejam presentes.

As crianças estavam a divertir-se imenso a rasgar os embrulhos que continham as prendas. Até Alexis ergueu o rosto para a irmã com ar feliz e sorriu-lhe. Era a festa de aniversário que lhe fora negada no dia do naufrágio, uma festa que valia por duas. Que valia por dez aniversários e um Natal.

Edwina passeou no meio de tudo com ar estupefacto, enquanto Teddy, todo contente no dorso do seu cavalo novo, acenava à irmã mais velha.

— Que faremos nós com tudo isto?

— Teremos de levar as coisas para casa, é claro — respondeu George sem sombra de dúvida.

— Arranjaste tudo o que era preciso? — perguntou Phillip, enquanto a irmã tentava arrumar minimamente o quarto e separar as compras segundo as pessoas a quem se destinavam. Ao olhar bem para ela, franziu o sobrolho.

— Não gosto muito desse vestido. Tem um ar antiquado, não achas?

— É possível — retorquiu Edwina calma; no entanto, a ela parecera apropriado. Já não se sentia jovem e não sabia se algum dia voltaria ao normal. — Nas duas lojas aonde fui, tinham poucas peças em preto.

Edwina era tão alta e esbelta que não fora fácil encontrar o que pretendia. A mãe também tivera o mesmo problema e, em certas ocasiões, tinham chegado a vestir a roupa uma da outra. Mas isso acabara. Nunca mais partilhariam nada... nem a estima, nem o afeto, nem as gargalhadas. Tal como a adolescência de Edwina, estava tudo acabado.

Phillip voltou a erguer os olhos para a irmã e apercebeu-se então do motivo por que vestia de preto. Ainda não pensara no problema e não sabia mesmo se ele e George teriam de usar gravata preta e a faixa de pano da mesma cor numa das mangas do casaco. Haviam-no feito aquando da morte dos avós. A mãe dissera que era um gesto de respeito, mas o pai respondera que achava uma tolice. O que lhe trouxe à lembrança algo que se esquecera de lhe dizer.

— Hoje recebemos um telegrama do tio Rupert e da tia Liz.

— Meu Deus! — exclamou, com ar preocupado. — Tencionava enviar-lhes um telegrama esta manhã mas esqueci-me com toda a confusão da ida ao médico. Onde o puseste?

Phillip apontou para a escrivaninha e Edwina foi buscá-lo, sentando-se com um suspiro. Não eram as novas por que esperara, embora apreciasse a boa intenção dos tios. O tio iria pôr a tia Liz no *Olympic* dali a dois dias e eles deveriam esperar por ela em Nova Iorque, de onde os levaria de regresso a Inglaterra. Edwina sentiu-se desanimada ao ler esta passagem e lamentou a vinda da tia, ainda por cima sabendo como ela enjoava horrivelmente no mar. Além disso, só a ideia de voltarem a atravessar o oceano fazia-a sentir-se doente. Sabia que nunca mais poria um pé num navio enquanto fosse viva. Jamais esqueceria a visão da proa do *Titanic* a apontar para o céu de dentro de água, recortada contra o horizonte banhado pela escuridão da noite, enquanto eles assistiam ao consumar da tragédia sentados no salva-vidas.

Mais tarde, enviou-lhes um telegrama a pedir à tia Liz que não viesse e a informá-los de que seguiriam para São Francisco. Na manhã seguinte, porém, receberam nova resposta.

Dizia o seguinte: «Nada de discussões. Voltarão a Inglaterra com a vossa tia Elizabeth. *Stop*. Lamento circunstâncias por todos vós. Faremos o possível por resolver tudo por aqui. Até breve. Rupert Hickham.»

Só a perspetiva de voltar para a mansão Havermoor para ali viver fez Edwina estremecer.

— Temos mesmo de ir, Edwina? — perguntou George, erguendo o olhar para ela com uma expressão de indisfarçado horror, enquanto Fannie começava a chorar e a dizer que lá estava sempre muito frio e a comida era horrível.

— Também eu passei frio, portanto acaba com isso, patetinha. Daqui só vamos para casa. Entendido?

Cinco cabeças acenaram e cinco rostos sérios esperavam que Edwina estivesse a falar a sério. Mas convencer o tio Rupert iria ser um pouco mais difícil. Edwina enviou-lhe de imediato um telegrama em resposta. Seguiu-se uma batalha que durou dois dias, culminando com a tia Liz atacada por uma constipação terrível que a obrigou a adiar a viagem. Entretanto, Edwina, para acabar com as dúvidas, enviou uma mensagem bem clara ao tio: «Não vale a pena a tia vir a Nova Iorque. Seguimos para São Francisco. Há muito que resolver, muito que organizar. Ficaremos ótimos. Por favor venham visitar-nos. Estaremos em casa a partir do dia 1 de maio. Beijos para si e para a tia Liz. Edwina.»

A última coisa que qualquer deles desejava agora era voltar para Inglaterra para ir viver com os tios. Edwina nem sequer queria pensar nessa hipótese.

— Tens a certeza de que não virão a São Francisco para nos buscar? — inquiriu George com os olhos muito abertos de nítida apreensão, o que fez Edwina sorrir.

— Claro que não. Não são nenhuns raptores, apenas nossos tios e a intenção deles é boa. Penso apenas que ficaremos melhor em São Francisco.

Era uma declaração corajosa da sua parte e que ainda lhe faltava provar; no entanto, estava decidida a fazê-lo. O jornal era dirigido por pessoal experiente, muito bem selecionado pelo seu pai e eficientemente orientado por ele ao longo dos anos. Nem mesmo a ausência de Bert Winfield ao leme obrigava a que houvesse alguma razão para a situação se alterar. Ele sempre dissera que, se alguma coisa lhe sucedesse, nunca ninguém daria por isso. A partir dali essa afirmação iria ser colocada à prova, pois Edwina não tencionava vender o jornal. O rendimento fazia-lhes falta, e apesar de não ser um jornal com a dimensão de um *The New York Times* ou qualquer dos outros grandes jornais, não deixava de ser um empreendimento considerável, e tanto ela como os irmãos precisariam do dinheiro que desse para sobreviverem, juntos, na casa em São Francisco. Além disso, não fazia tenção de deixar que Rupert ou Liz, ou qualquer outra pessoa, a forçasse a vender o jornal, a casa ou o que quer que tivesse pertencido aos pais. Estava ansiosa por voltar para casa a fim de ver se tudo corria bem e ninguém tomava decisões que a afetassem ou que fossem contra a sua vontade. Decidira que regressariam ao lar. Mas o que ignorava era que o seu tio Rupert já tomara medidas para os ter em sua companhia e pôr o jornal à venda. Na sua opinião, a prole Winfield não regressaria a São Francisco e, mesmo que o fizesse, não seria por muito tempo. O facto é que não se apercebera da maneira de ser de Edwina e da sua determinação em manter a família no sítio onde pertencia, ou seja, junta, na sua casa em São Francisco.

A prole Winfield passou a semana seguinte em Nova Iorque, dando longos passeios no parque. Foram de novo ao médico e ficaram satisfeitos ao inteirar-se das notícias sobre a saúde de Teddy e dos dois dedos de Fannie. Almoçaram no Plaza e foram de novo às compras, pois George jurara a Edwina que preferia morrer a verem-no com o casaco que esta lhe comprara. Foi um período de descanso, lazer e recuperação lenta, mas à noite ainda continuavam estranhamente calados, perseguidos pelos seus próprios pensamentos e medos, e pelo navio que lhes dera origem. Alexis continuava a ter pesadelos e agora dormia na cama de Edwina, ficando Fannie na outra cama ao lado e Teddy no berço, mesmo junto delas.

Na última noite, jantaram nos seus aposentos, depois de passarem uma tarde tranquila a jogar às cartas, a conversar, enquanto George os fazia rir com imitações, embaraçosamente parecidas, do tio Rupert.

— Não é justo — tentou Edwina troçar, mas o certo é que também não podia deixar de rir. — O pobre homem sofre de gota, mas tem boas intenções.

Não deixava de ter piada, o que o tornava uma presa fácil, portanto, para o malicioso sentido de humor de George. Alexis era a única a não rir, já não esboçava um sorriso há dias e, quanto muito, tornara-se ainda mais calada, sofrendo em silêncio o desaparecimento dos pais.

— Não quero ir para casa — sussurrou a menina a Edwina, já a noite ia adiantada e elas estavam deitadas, muito aconchegadas uma à outra na cama, enquanto a respiração, suavemente compassada, dos outros irmãos chegava até elas.

— Porque não? — perguntou-lhe Edwina baixinho, mas Alexis limitou-se a sacudir a cabeça e a enterrar o rosto, banhado de lágrimas, no ombro da irmã. — Tens medo de quê, querida? Lá em casa não há nada que possa fazer-nos mal...

Nada poderia magoá-los mais do que a perda sofrida no *Titanic*. Mas houvera alturas em que até Edwina desejara que a sua vida também tivesse desaparecido, em que não quisera continuar a viver sem Charles ou os pais. Sobrava-lhe muito pouco tempo para pensar nele, para o chorar, para, deixar os pensamentos fluir até aos momentos de felicidade vividos juntos. E, no entanto, o simples facto de recordar Charles era tão penoso que mal conseguia aguentar. Contudo, a circunstância de os irmãos mais novos dependerem dela fazia com que ganhasse forças. Só podia permitir-se pensar neles, em mais ninguém.

— Voltarás a ficar em sossego no teu quarto de sempre — murmurou a Alexis —, e podes ir para a escola com os teus amigos...

Alexis sacudiu veemente a cabeça e depois fitou a irmã com ar desesperado.

— Quando voltarmos para casa, a mamã não estará lá.

Todos tinham consciência desse facto triste, e Edwina também sabia que uma parte de si esperava, infantilmente, encontrá-los lá, junto de Charles, que tudo não passara de uma brincadeira cruel e nada acontecera. Mas Alexis estava consciente da realidade e, não queria ser obrigada a encará-la quando voltassem para a casa em São Francisco.

— Não, não estará lá. Mas nunca sairá dos nossos corações, onde ficará para sempre. Todos eles... a mamã, o papá e o Charles. E quando estivermos em casa, até pode ser que nos sintamos ainda mais próximos da mamã. — A casa em California Street fora uma parte tão importante da sua pessoa, ela pusera nela tanto de si para a alindar para eles, com exceção do jardim, cuja magia era fruto exclusivo das suas mãos. — Não tens vontade de ver as roseiras do jardim secreto da mamã?

Alexis apenas abanou a cabeça, abraçando-se ao pescoço de Edwina num desespero mudo.

— Não tenhas medo, querida... não tenhas medo... eu estou aqui... estarei sempre...

Ao apertar a menina de encontro a si, teve a certeza de que jamais os abandonaria. Pensou nas vezes em que, no passado, ouvira a mãe falar do amor que tinha pelos filhos. Edwina refletiu nessas recordações enquanto se deixava deslizar para o sono, agarrada à irmãzinha... Era verdade, ela tinha bem presente o muito que a mãe a amara... Não haveria amor maior do que o que ela teria de ter pelos irmãos. No limiar da inconsciência, ainda abraçada a Alexis, recordou Charles e o pai, relembrou o rosto da mãe e sentiu que encharcava a almofada com as lágrimas.

CAPÍTULO

8

Os Winfield saíram de Nova Iorque no dia 26 de abril, estava uma manhã tempestuosa, onze dias depois do naufrágio do *Titanic*. Uma das viaturas do Ritz-Carlton conduziu-os até à estação e o motorista ajudou Edwina a despachar a bagagem. Naquela altura, esta era muito pouca: levavam consigo apenas o que tinham comprado em Nova Iorque. Os brinquedos e presentes oferecidos pelas pessoas solidárias já haviam sido emalados e seguido noutro comboio. A partir dali já nada lhes restava senão voltarem para casa e prosseguirem as suas vidas sem os pais. Para os mais pequenos nada mudara, mas Phillip sentia agora uma responsabilidade imensa para com todos eles, o que, para um rapaz que ainda não completara os dezassete anos, era bastante pesado. George também se sentia diferente. Não se atrevia a manifestar os aspetos mais tempestuosos do seu temperamento com Edwina, pois esta mostrava-se mais rígida com ele do que os próprios pais o tinham sido, mas também sentia pena da irmã. Não tinha mãos a medir nos cuidados a ter com as crianças. Dava a impressão de ter sempre uma ao colo. Fannie chorava constantemente, Teddy andava sempre a precisar de ser mudado e Alexis ou se agarrava às suas saias ou escondia-se das pessoas num canto atrás das cortinas. Dali em diante, Edwina precisaria de ser como um polvo e George, apesar de ainda gostar de pregar partidas, já não se atrevia a fazê-lo à irmã mais velha.

Na realidade, os dois rapazes tiveram um comportamento enternecedor em relação a Edwina, ajudando-a a meter tudo no comboio e a instalar as crianças em duas cabinas adjacentes; depois de passarem três noites a dormir em colchões colocados no chão do *Carpathia,* ninguém se atrevia a queixar-se das acomodações. Estavam gratos por se sentirem sãos e salvos e irem a caminho de casa e, quando o comboio arrancou lentamente da estação, Edwina sentiu-se invadir por uma onda de alívio. Regressavam a casa, a um sítio conhecido, onde ficariam bem e nada de terrível voltaria a ameaçá-los, pelo menos Edwina assim esperava. Em certas alturas, andara tão ocupada com todos eles que nem tempo tivera para pensar ou recordar; noutras, sobretudo à noite, na cama com Alexis e Fannie, Charles não lhe saía da cabeça, os últimos beijos trocados, a carícia da sua mão... a última dança... e o bom humor com que o vira pela última vez, antes de abandonarem o *Titanic.* Ele fora um jovem elegante, bondoso, e Edwina tinha a certeza de que teria dado um marido maravilhoso. Não que isso tivesse agora alguma importância. No entanto, torturava-se a pensar no assunto, o que voltou a acontecer no comboio, ouvindo o seu nome repetido vezes sem conta, ao ritmo do rolar das rodas do comboio nos carris... Charles... Charles... Charles... amo-te... amo-te... amo-te... Porém, a certeza de nunca mais voltar a ouvi-lo dizer aquelas palavras dava-lhe vontade de gritar. Por fim, cerrou as pálpebras, numa tentativa de afastar a visão daquele rosto que tão real lhe parecia no meio da escuridão. Tinha a certeza de que nunca o esqueceria. Chegava a invejar os pais por ficarem juntos até ao fim. Às vezes, desejava ter ido ao fundo com Charles, obrigando-se então a pensar nas crianças.

Durante a travessia de comboio, Edwina e os irmãos foram lendo os jornais, que não falavam de outra coisa senão do *Titanic*. Os inquéritos conduzidos pela subcomissão do Senado ainda decorriam. Edwina comparecera, brevemente, diante dela, em Nova Iorque. Fora desgastante e doloroso sob o ponto de vista emocional, mas ela achara seu dever fazê-lo. Até ali haviam concluído que o afundamento do navio se devera a um rombo de cerca de trezentos metros a estibordo. Agora já não importava; no entanto, as pessoas pareciam ansiosas por descobrir uma razão, uma causa, como se isso resolvesse a situação, mas Edwina sabia que tudo era em vão. O que parecia ainda mais importante era que todos se mostravam revoltados com a perda de vidas e com o facto de haver a bordo menos de metade do número de salva-vidas necessários. A subcomissão perguntara-lhe com que impressão ficara dos oficiais que conduziram a operação de salvamento a bordo e de como as pessoas haviam reagido nos salva-vidas. Havia uma revolta generalizada por os passageiros não terem tido manobras de treino para situações simuladas de emergência, além de nem mesmo a tripulação ter conhecimento das funções a desempenhar em caso de necessidade. O facto mais apavorante de todos foi os salva-vidas terem sido colocados na água com metade dos lugares ocupados, havendo recusa em recolher pessoas que ficaram à tona da água, depois de o navio se afundar, com receio de que os mesmos se virassem. Todo o episódio ficaria registado na história como uma das grandes catástrofes da humanidade. As declarações prestadas haviam-na deixado exaurida de forças e desolada, como se a ida até lá pudesse ter mudado as coisas, o que não aconteceu. As pessoas que amara tinham desaparecido e nada as traria, jamais, de volta. Falar sobre a tragédia tornara-a, de certo modo, ainda mais sofredora. Esse sentimento foi ainda mais forte ao lerem nos jornais, quando iam no comboio, que recuperaram trezentos e vinte e oito corpos, mas Edwina já sabia, antes de sair de Nova Iorque, que nenhum deles era o dos pais ou de Charles.

Recebera um comovente telegrama de condolências dos Fitzgerald, em Londres, onde lhe asseguravam que, no seu coração, ela seria sempre uma filha, o que lhe trouxe à lembrança o lindo véu de noiva que estava a ser feito e que *Lady* Fitzgerald ficara de lhe levar em agosto. Que lhe aconteceria agora? Quem o usaria? E porque se ralava ela com isso? Não tinha o direito de chorar as pequenas coisas, disse de si para si, ou de se preocupar com pormenores como aquele. O seu véu de noiva deixara de ter importância. À noite, no comboio, ficou acordada a olhar pela janela, esforçando-se por não pensar em nada daquilo. Ainda tinha na mala as luvas que Charles lhe atirara quando saíra do barco, para que mantivesse as mãos aquecidas. Mas ainda não suportava olhar para elas. A sua própria visão era dolorosa. Saber, no entanto, que continuavam em seu poder era uma consolação.

Ainda não pregara olho quando, no último dia de viagem, as Montanhas Rochosas apareceram, recortadas bem alto no céu, banhadas pelos primeiros fulgores róseos da aurora e, pela primeira vez em duas semanas completas, sentiu-se um pouco melhor. Raramente dispunha de tempo para refletir no sucedido, o que até era bom, mas nessa manhã acordou todos para que fossem apreciar a esplendorosa visão das montanhas.

— Já chegámos a casa? — inquiriu Fannie com os olhos muito abertos.

Estava ansiosa por voltar para o seu lar e já dissera a Edwina várias vezes que nunca mais quereria sair dele e que a primeira coisa que faria quando lá chegasse seria um bolo de chocolate igual aos da mãe. Fora um dos mimos com que Kate os presenteara muitas vezes, e Edwina respondeu que a ajudaria a fazê-lo. George já declarara que não iria à escola, tentando convencer Edwina de que o trauma fora demasiado grande e precisaria de ficar em casa durante algum tempo antes de retomar os estudos. Mas, para mal dos seus pecados, a irmã conhecia-o demasiado bem para acreditar na desculpa. Quanto ao pobre Phillip, este sentia-se preocupado com os estudos. Só lhe faltava um ano para ir para Harvard, no Leste, seguindo o mesmo caminho do pai. Esse fora, pelo menos, o planeado, mas depois do sucedido não era fácil cumprir metas já estabelecidas. Quem sabe, pensou Phillip, enquanto seguiam para casa de comboio, se ele teria sequer possibilidades de ir para a faculdade. Mas a sua perda parecia-lhe mesquinha diante de todas as outras, bem maiores, que haviam recaído sobre eles.

— Winnie — chamou Fannie, utilizando o diminutivo que despertava sempre o riso em Edwina.

— Diz, Frances? — retorquiu Edwina, tentando aparentar grande compostura.

— Por favor, não me trates por esse nome — pediu Fannie, fitando a irmã reprovadora, antes de prosseguir. — Agora és tu que passas a dormir no quarto da mamã?

Olhou com ar muito sério para a irmã mais velha e Edwina sentiu como que um soco no estômago.

— Não, não creio — respondeu. Não seria capaz de dormir naquele quarto. Não era o seu. Era o dos pais; portanto, não tinha nada que o ocupar. — Dormirei no meu quarto.

— Mas tu agora não és a nossa mamã?

Fannie parecia confusa e Edwina reparou que Phillip se virara para a janela com os olhos rasos de lágrimas.

— Não, não sou. — Abanou a cabeça tristemente. — Sou apenas a Winnie, a vossa irmã mais velha. — E sorriu.

— Mas então quem é que agora há de ser a nossa mamã?

Que dizer? Como explicar? Até George desviou o olhar, tão dolorosa era a questão para todos eles.

— A mamã continua a ser a nossa mamã. Será sempre.

Não lhe ocorria nenhuma outra resposta. Mas sabia que os outros compreendiam, mesmo que tal não acontecesse com Fannie.

— Mas agora ela não está aqui. E tu disseste que tomavas conta de nós — insistiu Fannie, prestes a rebentar em lágrimas, enquanto Edwina tentava tranquilizá-la.

— Eu tomarei conta de ti — prometeu, puxando a criança para o seu colo, olhando de relance para Alexis que estava sentada no extremo do banco, de olhos postos no chão, esforçando-se por não ouvir a conversa. — Farei tudo o que a mamã costumava fazer, o melhor que puder. Mas ela continuará sempre a ser a nossa mamã. Nunca poderei substituí-la, por muito que me esforce.

Além disso, jamais desejaria tentar ocupar o seu lugar.

— Está bem — concordou Fannie, acenando com a cabeça, por fim satisfeita, lembrando-se então de uma última dúvida que queria esclarecer antes de chegarem a casa. — Então podes dormir na minha cama todas as noites?

Edwina limitou-se a sorrir-lhe.

— Bem sabes que a tua cama poderia partir-se. Não achas que sou um bocadinho grande de mais para ela? — A irmã dormia numa linda cama de madeira que o pai fizera anos antes. — Mas vamos combinar uma coisa: de vez em quando podes ir ter comigo à minha. Que tal?

Reparou então que Alexis a observava com ar soturno e não devia estar a gostar de ouvir falar no desaparecimento da mãe.

— E tu também, Alexis. Quando quiseres podes dormir na minha cama.

— Então e eu? — brincou George, dando em seguida um pequeno apertão no nariz de Fannie e atirando um rebuçado a Alexis. Edwina já reparara no quanto aquele seu irmão mudara nas últimas duas semanas e no desânimo que naquele momento parecia dominá-lo ainda mais. Começavam a estar todos preocupados com a perspetiva do regresso a casa. Entrarem nela sabendo que os pais nunca mais voltariam iria ser muito penoso.

Era esse o pensamento que não saía da cabeça de todos naquela última noite passada no comboio, embora ninguém tocasse no assunto durante as horas em que estiveram acordados. Edwina não chegou a dormir duas horas quando, por fim, se levantou às seis da manhã, passou o rosto por água e envergou um dos seus vestidos pretos mais elegantes. Estava previsto chegarem pouco depois das oito da manhã e, apesar da preocupação que a dominara em relação ao regresso a casa, ver a paisagem conhecida, de certo modo, reconfortou-a. Acordou as crianças mais pequenas e bateu à porta da cabina adjacente, onde George e Phillip dormiam. Às sete horas estavam todos na carruagem-restaurante, a tomar o pequeno-almoço. Os rapazes comeram substancialmente, Fannie entreteve-se com um ovo mexido, enquanto Edwina preparava as papas de Teddy e Fannie. Quando chegaram ao fim, já o comboio entrava devagar na estação; lavou-lhes a cara e ajeitou-lhes as roupas. Cuidara para que todos estivessem bem-vestidos com as suas roupas novas, os cabelos limpos e penteados, e atara as fitas nos cabelos de Fannie e Alexis com um primor especial. Não sabia quem encontrariam à sua espera na estação, mas tinha a certeza de que seriam interrogados, e até mesmo fotografados, por profissionais do jornal de seu pai. Gostaria que ele se tivesse sentido orgulhoso das crianças, caso pudesse vê-las. Achava que devia isso aos pais. Ao sentir as rodas a pararem com um solavanco, ergueu o rosto e susteve a respiração, olhando em seguida de relance para os outros. Não disseram uma palavra; no entanto, todos eles sentiam a angústia agridoce do regresso a casa. Estavam de volta, porém, radicalmente diferentes de quando tinham partido, modificados, entregues a si próprios mas, apesar de tudo, mais unidos do que nunca.

CAPÍTULO

9

As flores e as árvores estavam todas em flor quando Edwina e as crianças se apearam do comboio sob o sol matinal de maio. Esperara, de certa maneira, encontrar tudo tal qual como quando partira, mas não era assim. À semelhança da sua própria vida, tudo se modificara de repente. Saíra de casa como uma rapariga alegre e despreocupada, acompanhada pelos irmãos e pelos pais. Charles fora com eles e tinham conversado longamente, durante a travessia, sobre o que desejavam construir a dois, as suas leituras preferidas, o que pensavam e até o número de filhos que achavam que iriam ter. Naquele momento, porém, tudo mudara, até a própria Edwina, que se transformara numa pessoa enlutada e órfã. Levava um vestido preto que a fazia parecer mais alta e magra, e muito mais velha. Complementava-o um austero chapéu preto com véu, que comprara em Nova Iorque; e, ao descer do comboio e ao olhar em volta, viu jornalistas à sua espera, tal como suspeitara. Uns eram do jornal do pai, outros de publicações concorrentes. De repente, teve a impressão de que metade da cidade fora recebê-los. Olhava para eles quando um jornalista se adiantou e, com uma explosão de luz da sua máquina, lhe tirou a fotografia. Esta apareceu, mais uma vez, na primeira página da edição do dia seguinte, mas ela afastara-se dele e tentara fazer de conta que não reparava na multidão embasbacada e nos fotógrafos. Ajudou as crianças a descer do comboio. Phillip trouxe Alexis e Fannie ao colo e Edwina pegou em Teddy, enquanto George ia à procura de um carregador. Tinham chegado a casa. Apesar da aglomeração de curiosos, sentiam-se em segurança ali, apesar de, no entanto, recearem o regresso ao lar, cientes do que não encontrariam lá.

Estava Edwina a debater-se com alguns sacos que levava quando um homem se precipitou para ela; ao voltar-se, reconheceu Ben Jones, o advogado do pai. Eram amigos de longa data, da mesma idade e, vinte e cinco anos antes, tinham sido companheiros de quarto em Harvard. Ben era um homem alto e atraente, tinha um sorriso afetuoso e o cabelo, em tempos cor de areia, tornara-se grisalho. Conhecia Edwina desde pequena; porém, já não via nela a mesma menina de outrora, mas sim uma mulher imensamente triste, que se esforçava por levar os irmãos em segurança para casa. Afastou as pessoas ao acercar-se dela, e estas afastaram-se sem um murmúrio.

— Olá, Edwina. — Tinha os olhos inundados de uma tristeza que, apesar de tudo, não igualava a dela. — Lamento muito.

Proferiu as palavras com rapidez, para ele próprio não desatar a chorar. Bert Winfield fora o seu melhor amigo e, ao saber do que acontecera ao *Titanic,* ficara horrorizado. Fora logo ao jornal para se inteirar de alguma notícia que pudessem ter. Nessa altura, já sabiam que Edwina vinha a caminho de Nova Iorque a bordo do *Carpathia,* com os irmãos, porém sem o noivo nem os pais. Ben chorara então pela perda do amigo e da mulher deste, e também pela dor terrível que os filhos estariam a sofrer.

As crianças ficaram contentes por o verem na estação, e George sorria como já não fazia há semanas. Até Phillip pareceu aliviado. Era o primeiro amigo que encontravam depois da tragédia a que sobreviveram. Mas nenhum deles estava com vontade de falar no assunto, e Ben foi mantendo os jornalistas à distância. George, à laia de conversa, anunciou-lhe uma novidade:

— No caminho para casa, aprendi a fazer dois truques novos com as cartas.

Ben reparou que, apesar de tudo, o rapazito tinha um ar fatigado e empalidecido, nada do que costumava acontecer; no entanto, esforçava-se por distrair as pessoas.

— Quando chegarmos a casa hás de mostrar-me esses truques novos. Ainda fazes batota? — perguntou Ben.

George respondeu-lhe com uma enorme gargalhada, mas Ben, ao olhar para os outros, reparou no rosto inexpressivo de Alexis. Também notou que as crianças mais novas estavam pálidas e cansadas e que Edwina estava muito mais magra do que quando haviam partido da Califórnia, ainda não fazia muito tempo. Na verdade, ela não fizera outra coisa senão emagrecer desde que deixara o *Titanic*.

— A mamã morreu — anunciou Fannie. Estavam ao sol, à espera de que lhes trouxessem a bagagem, e Edwina sentiu as palavras da irmã atingirem-na como um soco no estômago.

— Eu sei — retorquiu Ben calmo, enquanto todos sustinham a respiração, aguardando o que a menina diria a seguir. — Tive muita pena quando me contaram. — Olhou de relance para Edwina, muito pálida sob o véu. O que, na realidade, se notava em todos eles. Cortava-lhe o coração reparar nos sinais evidentes que cada um apresentava depois do pesadelo vivido. — Mas estou contente por te ver bem, Fannie. Estávamos todos muito preocupados contigo.

A menina acenou com a cabeça, satisfeita por ouvir aquelas palavras, mas depois também lhe falou dos perigos por que ela própria passara.

— O senhor gelo mordeu-me os dedos. — Exibiu os dois dedos que por pouco não perdera e Ben acenou com a cabeça com ar grave, grato por todos estarem vivos. — E o Teddy apanhou uma constipação, mas agora já está bom.

Edwina sorriu ao escutar o relato e, a seguir, entraram no automóvel do jornal do pai que Ben trouxera. Costumavam utilizá-lo em viagens. Fizera-o acompanhar de um atrelado para a bagagem, que até nem era muita. Ele não tivera meios de saber se traziam muita coisa ou, até, se se dava o caso de voltarem para casa de mãos vazias.

— Foi muito simpático da sua parte vir-nos buscar — agradeceu Edwina durante o caminho.

Ben sabia bem como iria ser penoso, pois perdera a mulher e o filho no terramoto de 1906. O desgosto fora indescritível e nunca mais voltara a casar. O filho teria, naquela altura, a mesma idade que George, o que fizera com que este ocupasse sempre um lugar especial no seu coração.

Ben tagarelou com ele durante o percurso até casa, mas os outros mantiveram-se silenciosos e pensativos. Todos iam a pensar no mesmo: no vazio que iriam encontrar em casa, agora sem os pais. Mas foi ainda pior do que Edwina imaginara. As flores que a mãe plantara antes de partir já tinham desabrochado por completo e destacavam-se, com as suas cores vivas, oferecendo-lhes umas boas-vindas simultaneamente doces e amargas.

— Vamos, entremos todos — disse Edwina em voz suave, ao ver que hesitavam durante muito tempo ao chegarem ao jardim.

Dava a impressão de que lhes custava andar, e os esforços de Ben para conversarem e facilitar-lhes a chegada foram infrutíferos, pois ninguém tinha vontade de falar. Depois de entrarem, ficaram a olhar em volta como se não fosse a casa deles, mas sim a de desconhecidos. A própria Edwina deu consigo a escutar sons que sabia já não serem possíveis: o roçagar das saias da mãe... o tinir das suas pulseiras... a voz do pai ao subir as escadas... Mas apenas havia silêncio. Quanto a Alexis, esta teve a impressão de escutar vozes. Prestou atenção, como se pudesse ouvir algo, mas ficou-se pela vontade, enquanto aos outros não restavam dúvidas de que nada poderiam ouvir. Todos olhavam em redor, e a tensão tornou-se insustentável. Edwina teve a impressão de que estavam à espera, quando Teddy lhe puxou pela manga com uma expressão curiosa.

— A mamã? — perguntou, como se tivesse a certeza de que havia alguma explicação razoável. Apesar de a ter visto pela última vez no navio, a sua mente de dois anos deduzia que o lugar dela era ali.

— Ela não está aqui, Teddy — respondeu Edwina, ajoelhando-se ao lado do irmão para lhe explicar a situação.

— Adeus?...

— Isso mesmo — admitiu, tirando o chapéu e colocando-o sobre a mesa do vestíbulo. Sem ele, voltou a parecer jovem. Levantou-se, incapaz de acrescentar mais alguma explicação. Limitou-se a ficar com a mãozinha do irmão agarrada à sua, olhando tristemente para os outros.

— Custa muito voltar para aqui, não é?

Falava com voz enrouquecida, e os dois rapazes concordaram com um aceno de cabeça, mas Alexis começou a subir devagar as escadas. Edwina sabia para onde se dirigia e desejaria poder evitá-lo. Ia até ao quarto da mãe... mas quem sabe se até não seria bom. Talvez assim pudesse encarar melhor a realidade. Phillip fitou Edwina interrogativo e esta fez-lhe sinal para que a deixasse ir.

— Deixa-a ir... ficará bem.

Estavam todos tristes mas, pelo menos, ali encontravam-se a salvo.

O motorista do jornal trouxe as bagagens para dentro, e a senhora Barnes, a empregada doméstica mais antiga, apareceu a limpar as mãos ao avental branco engomado. Era uma mulher afável e adorava Kate. Desatou em prantos e abraçou-se a Edwina e às crianças. Edwina percebeu então que não iria ser fácil. Teriam uma infinidade de pessoas a dar-lhes os pêsames e a pedir descrições e explicações penosas. A simples ideia era de arrasar.

Meia hora mais tarde, Ben acabou por se ir embora. Edwina acompanhou-o até à porta e ele perguntou-lhe quando estaria disponível para falarem de negócios.

— Quando tem de ser? — perguntou a jovem, com uma expressão preocupada.

— Assim que puder — respondeu Ben em voz baixa, sem querer assustá-la a ela ou às crianças; porém, estas já não os ouviam. George já subira, para ir desarrumar o seu quarto, Phillip ficara a ver o correio e a mexer nos seus livros, enquanto a pequena Fannie ia à cozinha buscar umas bolachas acompanhada pela senhora Barnes, levando Teddy no seu encalço mas ainda a olhar para trás, como que à espera de ver aparecer a mãe e o pai a qualquer momento.

— Tem muitas decisões a tomar — continuou Ben, detendo-se no corredor, junto de Edwina.

— Sobre o quê?

Precisava de saber. Há uma semana que se preocupava com a questão. E se eles não dispusessem de dinheiro suficiente para viver? Sempre achara que sim, mas o que aconteceria se assim não fosse?

— Tem de tomar decisões sobre o que deseja fazer com o jornal, esta casa, alguns investimentos feitos pelo seu pai. Acho-me na obrigação de lhe dizer que o seu tio é de opinião de que deve vender tudo e ir viver para junto deles, em Inglaterra, mas podemos falar nisso mais tarde.

Ben não quisera aborrecê-la, mas Edwina, ao ouvi-lo, corou de repente e os seus olhos ficaram cada vez mais brilhantes e irados.

— Que tem o meu tio a ver com tudo isto? Será que se considera meu guardião?

Parecia horrorizada; aquela possibilidade nem sequer lhe passara pela cabeça. Ben, porém, tranquilizou-a.

— Não. A sua tia é que o é, segundo o testamento da sua mãe. Mas só até chegar aos vinte e um anos.

— Graças a Deus — exclamou Edwina, sorrindo. — Isso já será daqui a três semanas. Posso esperar até lá.

Ben sorriu-lhe em resposta. Achava-a uma rapariga inteligente que vingaria na vida; só era lamentável que lhe tivesse sucedido semelhante desgraça.

— Devo vender o jornal?

Edwina voltou a mostrar preocupação, mas Ben abanou a cabeça.

— Um dia talvez tenha vontade de o fazer, mas por agora há gente competente a dirigi-lo e é dele que sairão os rendimentos de que precisa. Mas se o Phillip não lhe deitar a mão daqui a alguns anos, é provável que tenha de o vender. A não ser que a própria Edwina queira experimentar. Que me diz?

Ambos sorriram. Era a última coisa que ela desejava.

— Poderemos falar sobre o assunto na próxima semana, mas desde já lhe digo, Ben, que não tenciono sair daqui. Tão-pouco vender o que quer que seja. Manterei tudo como está agora... por causa das crianças.

— É uma grande responsabilidade para si.

— Talvez. — Dirigiu-se para a porta com determinação. — Mas para já fica tudo como está. Farei os possíveis por manter as coisas tal como eram quando os meus pais estavam vivos.

Ben não ficou com a menor dúvida de que falava a sério. Admirava-a por tentar, mas uma parte de si achava que não conseguiria. Criar cinco crianças não era tarefa fácil para uma jovem de vinte anos. No entanto, também sabia que possuía a inteligência do pai e o coração terno e a coragem da mãe, atributos que tencionava utilizar, fosse a que preço fosse. Talvez até tivesse razão. Quem sabe se não conseguiria...

Depois de Ben se retirar, Edwina fechou a porta com um suspiro e olhou em volta. A casa parecia que não era habitada há muito tempo. As jarras não tinham flores, no ar não pairavam odores frescos e perfumados, não se ouviam sons alegres, nenhum indício das pessoas que se amam, o que fez com que Edwina percebesse que não iria ter mãos a medir. Mas primeiro tinha de ir ver como estavam as crianças. Ouvia as duas mais pequenas a brincar na cozinha com a senhora Barnes e, no piso de cima, Phillip e George a discutir acaloradamente sobre a propriedade de uma tal raquete de ténis que, ao que parecia, George partira. Alexis não estava no seu quarto. Era fácil perceber porquê, e Edwina, depois de passar pelo seu quarto, subiu devagar ao terceiro andar, onde ficavam os aposentos ensolarados dos pais.

Naquele momento, o simples ato de subir aquelas escadas era doloroso, pois sabia que não iria encontrá-los ali em cima. Estava quente e abafado, como se as janelas já não fossem abertas há meses. O Sol, porém, entrava a rodos e havia uma bela vista para East Bay.

— Alexis? — chamou com suavidade. Sabia que a irmã estava ali. Sentia-a. — Querida... Onde te meteste?... Anda lá para baixo... Sentimos todos a tua falta.

Edwina, contudo, sabia que ela sentia ainda mais a ausência materna. Foi com grande dor que entrou no lindo vestiário da mãe, todo forrado a cetim cor-de-rosa, com os perfumes alinhados, os chapéus dispostos sobre a prateleira e os sapatos muito bem arrumados... os sapatos que ela nunca mais usaria. Edwina esforçou-se por não olhar para eles, sentindo os olhos encherem-se de lágrimas. Por sua vontade, não teria subido ali ainda, mas tivera de o fazer, quanto mais não fosse para procurar Alexis.

— Lexie?... Anda, querida... Vem lá para baixo... — No entanto, à sua volta só havia silêncio, muito sol e o odor dos perfumes da mãe. — Alex...

A voz morreu-lhe na garganta ao avistar a irmã, agarrada à sua boneca adorada e a chorar em silêncio, sentada dentro do roupeiro da mãe. Apertava contra si as saias penduradas, cheirando o seu perfume, ali, sozinha, sob o sol de maio. Edwina aproximou-se lentamente dela e depois ajoelhou-se no chão. Agarrando no rosto da menina com as mãos, beijou-lhe as faces, enquanto as lágrimas de ambas se misturavam.

— Gosto muito de ti, minha queridinha... Muito, muito, muito... talvez não da mesma maneira que ela... mas podes contar comigo, Alexis... Confia em mim.

Mal conseguia falar ao sentir a fragrância que se evolava das roupas da mãe, partindo-se-lhe o coração com as lembranças que evocava. O desaparecimento de Kate fazia com que estar ali fosse quase insuportável. Do outro lado, no vestiário, via as roupas do pai penduradas. Pela primeira vez na vida, achou que nem ela nem Alexis pertenciam àquele lugar.

— Quero a mamã — choramingou a menina, abraçando-se a Edwina.

— Eu também — retorquiu Edwina por entre lágrimas, voltando a beijá-la, ainda ajoelhada —, mas ela já cá não está, querida... Foi-se embora... mas eu estou aqui... e prometo nunca te deixar...

— Mas ela foi... embora...

— Não nos deixou por vontade sua... não pôde fazer nada para o evitar. Aconteceu.

Todavia, não fora bem o caso, e há dias que Edwina andava a tentar reprimir esse pensamento, desde o momento em que tinham abandonado o *Titanic* sem a mãe. Porque não viera no salva-vidas com ela e os irmãos? Ou mais tarde, depois de lhe parecer que vira Alexis no salva-vidas? Haviam saído outros barcos... os últimos... num deles poderia ter-se instalado... Mas, em vez disso, preferira ficar no navio, junto do marido. Phillip falara-lhe da sua decisão em não sair do seu lado. Como pudera fazer semelhante coisa a todos eles?... a Alexis... Teddy... Fannie... aos rapazes... Bem no seu íntimo, Edwina sentiu-se ressentida com a mãe pela escolha que fizera. Mas não era altura de o admitir perante Alexis.

— Não sei por que motivo aconteceu, Lexie, mas o certo é que assim foi. A partir de agora temos de tomar conta uns dos outros. Sentiremos todos muitas saudades dela, mas a vida continua... e seria assim que a mamã gostaria que pensássemos.

Alexis hesitou durante muito tempo, mas a certa altura deixou Edwina levantá-la, mostrando-se, no entanto, relutante em sair do roupeiro da mãe.

— Não quero ir lá para baixo...

Quando Edwina tentou levá-la para fora do quarto, estacou, olhou em redor como que em pânico, como que receando nunca mais voltar a ver aquele quarto, tocar nas roupas da mãe ou sentir o seu perfume delicado.

— Não podemos continuar aqui por mais tempo, Lexie... Só servirá para ficarmos mais tristes. Sei que ela está aqui, tu também, está em todo o lado... Andaremos sempre com ela no coração. Senti-la-ei sempre ao meu lado, e contigo acontecerá o mesmo, se pensares nela.

Alexis pareceu hesitar, mas deixou que Edwina pegasse suavemente nela e a levasse para o seu quarto, no piso de baixo. Nessa altura já a menina perdera parte do ar assustado e triste. Tinham, por fim, voltado para casa, aquilo que todos mais haviam desejado e receado. O pai e a mãe já não existiam. A recordação dos dois, no entanto, perduraria, tal como as flores do jardim da mãe. Nessa noite, sem fazer qualquer comentário, Edwina deixou um frasco do perfume da mãe em cima da mesinha de cabeceira de Alexis. A partir dali sentiu sempre aquele odor na boneca da irmãzita, *Mrs. Thomas.* Era um cheiro suave que lembrava o que a mãe fora, uma recordação difusa da mulher que tinham amado e preferira morrer ao lado do marido.

CAPÍTULO
10

— Não... Nem pensar! — declarou Edwina, olhando ferozmente para Ben Jones. — Eu não venderei o jornal!

— O seu tio acha que devia fazê-lo. Ontem recebi uma extensa carta dele, Edwina. Ao menos pense no que ele diz. É de opinião que, sem ninguém da família para geri-lo, acabará, a pouco e pouco, por ir por água abaixo. Além disso, não tem dúvida nenhuma de que tanto Edwina como os seus irmãos devem ir viver para Inglaterra.

Ben parecia contristado; porém, não podia deixar de transmitir as opiniões do tio de Edwina.

— Isso é um disparate. Com o tempo haverá alguém para dirigir o jornal. Será Phillip, daqui a cinco anos.

Ben suspirou. Compreendia o que Edwina pretendia, mas tanto ela como o tio poderiam ter razão.

— Um rapaz de vinte e um anos não tem capacidade para dirigir um jornal.

Era essa a idade que Phillip teria dali a cinco anos. Além de, entretanto, não saber se uma rapariga de vinte e um anos conseguiria responsabilizar-se por cinco irmãos mais novos. Era um fardo demasiado pesado para ela, pelo que talvez a mudança para Inglaterra simplificasse as coisas.

— Neste momento, o jornal está a ser dirigido por pessoas competentes. O próprio Ben o disse — insistiu Edwina. — E um dia o negócio passará para as mãos de Phillip.

— E se ele não quiser? Que acontecerá então?

Edwina achou que, naquele momento, a pergunta era um absurdo.

— Quando isso acontecer, então se verá. Mas entretanto tenho outras coisas para fazer. Preciso de pensar nas crianças, não de me preocupar com os negócios.

Edwina aparentava fadiga, a paciência era pouca e tinha muito que aprender a partir dali. O pai possuía algumas ações e obrigações, assim como a mãe. Também havia uma pequena propriedade latifundiária na Califórnia. Decidira vendê-la. E conservar a casa paterna. Depois havia o jornal. Era tudo muito complicado, ainda por cima estando as crianças tão perturbadas. George não ia bem na escola e, de repente, os dois rapazes tinham dado em implicar um com o outro. Phillip receava não passar nos exames, de modo que ela o ajudava a estudar à noite. Depois também havia os gritos... as lágrimas a meio da noite... e os pesadelos constantes. Dava-lhe a sensação de andar num carrossel do qual não conseguia escapar. Não lhe restava outro remédio senão continuar a girar continuamente, satisfazer as necessidades de outros, aprender coisas novas e tomar decisões. Não havia qualquer espaço para si e para as suas necessidades... Nada a consolava das recordações penosas de Charles... Já não tinha ninguém que cuidasse de si, sentia mesmo que nunca mais teria.

— Edwina, não acha que seria mais fácil para si ir para Inglaterra morar algum tempo com os Hickham? Deixe-os ajudá-la.

Edwina mostrou-se insultada com a ideia.

— Não preciso de ajuda. Nós estamos ótimos.

— Eu sei — desculpou-se Ben —, mas não é justo que toda a responsabilidade recaia sobre si, e eles querem ajudá-la.

Edwina, porém, não via a situação do mesmo modo.

— Eles não me querem ajudar, mas sim tirar-nos tudo. — Os olhos encheram-se-lhe de lágrimas enquanto falava... — A nossa casa, os nossos amigos, a escola das crianças, o nosso estilo de vida. Não percebe? — Fitou-o pesarosa. — Isto é tudo o que nos resta agora.

— Não acho. — Ben abanou a cabeça calmo, desejando poder convencê-la. — Vocês têm-se uns aos outros.

Não voltou a falar nos Hickham, e Edwina acompanhou-o até ao jornal, decidida a levar a sua vontade por diante, independentemente do que os outros pensassem. Conservaria o jornal para os irmãos e a casa para todos eles.

— Posso dar-me ao luxo de conservar tudo isto, Ben?

Naquela altura, tudo parecia depender disso, daí que se visse obrigada a fazer uma pergunta que jamais lhe ocorrera, mas, Ben era uma pessoa honesta.

— Sim, pode. Por enquanto nada mudou. Mas um dia poderá não ser rentável. Mas, por enquanto, o jornal está a dar-lhe um rendimento muito razoável e a casa não representa nenhum problema.

— Nesse caso ficaremos com os dois. Há mais algum aspeto?

Às vezes conseguia mostrar-se prosaica, capaz, mesmo, de o chocar. Talvez tivesse razão em conservar tudo como estava. De momento, era o maior presente que podia oferecer aos irmãos.

Acabou por explicar a situação ao tio Rupert pela décima milionésima vez, e dessa vez ele compreendeu-a. Na verdade, ficou até aliviado. Liz é que lhe implorara que os deixasse vir e ele quisera cumprir o seu dever. Edwina disse-lhe que estavam todos muito agradecidos com a oferta, mas as crianças ainda andavam demasiado perturbadas com tudo o que acontecera, assim como ela. Naquele momento, precisavam apenas de ficar na sua casa, no ambiente tranquilo e alegre em que tinham crescido. E, apesar de gostarem muito dele e da tia Liz, não era altura para abandonarem a Califórnia. O tio respondeu-lhes que seriam sempre bem-vindos se por acaso mudassem de ideias, e a partir dessa altura uma chuva de cartas da tia Liz começou a chegar, prometendo visitá-los assim que pudesse sair de junto do tio Rupert. Mas Edwina sempre achou as cartas deprimentes, embora não partilhasse a ideia com os irmãos mais novos.

— Nós não vamos — declarou a Ben, por fim. — Para dizer a verdade... — Fitou-o com gravidade do lado oposto da secretária que ele ocupava no escritório de advogados em que era sócio. — Duvido muito que alguma vez eu volte a pôr o pé num navio. Acho que não seria capaz. Não faz ideia do que foi — acrescentou suavemente.

Ainda tinha pesadelos em que via a proa do navio gigantesco a apontar para o céu, com as hélices a escorrer água, e sabia que, com os irmãos, acontecia o mesmo. Nada naquele mundo a faria submetê-los a semelhante provação, mesmo que Rupert Hickham achasse que era a melhor solução para todos ou que pensasse ser essa a obrigação dele.

— Compreendo — admitiu Ben com brandura.

Achava-a extremamente corajosa por tentar resolver a sua vida sozinha. Mas, para grande espanto seu, tudo indicava que estava a sair-se muito bem.

Houvera ocasiões em que duvidara de que Edwina fosse capaz de arcar com todas aquelas responsabilidades. Mas via-a tão determinada em levar por diante os empreendimentos dos pais que não podia deixar de a admirar muito por isso. Qualquer outra rapariga da sua idade fechar-se-ia no quarto a chorar a perda do noivo, mas Edwina não era assim: continuava em frente o melhor que podia, sem uma queixa, apenas com uma expressão de mágoa no olhar que nunca deixava de o comover.

— Lamento ser obrigado a tocar de novo neste assunto — observou um dia —, mas recebi outra carta da White Star. Querem saber se deseja apresentar queixa pela perda dos seus pais, e eu preciso de saber o que lhes devo responder. Por um lado acho que sim, pois terá de suportar despesas decorrentes da ausência do seu pai. No entanto, isso não os trará de volta. Não gosto nem de mencionar a questão, mas tenho de me inteirar do que pretende neste caso. Farei conforme desejar, Edwina...

A voz terminou-lhe num sussurro ao fitá-la nos olhos. Achava-a linda e, a cada dia que passava, sentia-se cada vez mais atraído por ela. Edwina crescera muito depressa e já deixara de ser uma adolescente. Transformara-se numa mulher muito bela.

— Não faça nada — respondeu em voz suave, voltando-se e caminhando devagar até à janela. Pensava em tudo o que se passara... Como poderia alguém pagar-lhe pelo que acontecera, por quase terem ficado sem Alexis quando esta fugira... pela brutal exposição do pequeno Teddy à temperatura enregelante, e pelos dois dedinhos que Fannie por pouco não perdera e que tinham ficado hirtos... Pelos seus pais... por Charles... por todos os pesadelos e tristezas, pelo véu de noiva que nunca usaria... pelas luvas que o noivo lhe atirara e que ela mantinha guardadas numa pequena caixa de couro, dentro da cómoda. Ela própria já mal conseguia olhar para a baía e, só de ver um navio, fazia com que se sentisse mal... Como poderiam pagar por isso? Quanto custaria a perda de uma mãe? De um pai?... De um marido?... De uma vida arruinada?... Qual o preço que as pessoas imputavam a todas essas desgraças? — Nada do que nos paguem poderá compensar as perdas que sofremos.

Ben, no seu lugar à secretária, concordou tristemente com um aceno de cabeça.

— Consta que as outras pessoas também foram mais ou menos da mesma opinião. Os Astor, os Widener, os Straus, nenhum deles quer indemnizações... Acho que alguns estão a processá-los pelas bagagens perdidas. Se quiser também o faço. Basta-nos apresentar queixa.

Edwina limitou-se a abanar a cabeça de novo e voltou a aproximar-se de Ben, duvidando que alguma vez fossem capazes de esquecer, que alguma vez as lembranças se desvanecessem, que a vida voltasse a ser parecida com a que existia antes do *Titanic.*

— Quando parará isto, Ben? — perguntou com tristeza. — Quando deixaremos de pensar noite e dia no que aconteceu e faremos de conta de que não é assim? Quando é que a Alexis deixará de se escapulir sorrateira lá para cima para sentir os casacos de pele da mamã e o cetim das suas camisas de dormir... Quando é que o Phillip perderá aquele ar de quem carrega o mundo sobre os ombros... e o pequeno Teddy parará de procurar a mãe?...

As lágrimas tinham começado a escorrer-lhe pelas faces quando Ben contornou a secretária e lhe rodeou os ombros com um braço. Edwina ergueu então os olhos para ele como se tivesse ali o pai que perdera e enterrou o rosto no seu ombro.

— Quando deixarei de os ver sempre que fecho os olhos? Quando pararei de imaginar o Charles de regresso de Inglaterra?... Oh, meu Deus...

Ben manteve Edwina abraçada a si durante muito tempo, enquanto chorava, e desejou ter as respostas. A certa altura, a jovem acabou por se afastar a fim de se assoar, reparando então que o lenço que trouxera pertencera à mãe e que nada do que ele pudesse dizer mudaria o que acontecera ou o que tinham perdido, tão-pouco o que todos sentiam.

— Dê tempo ao tempo, Edwina. Ainda mal passaram dois meses.

— Desculpe.

Sorriu com tristeza, voltou a levantar-se, deu-lhe um beijo na face e, com ar ausente, endireitou o chapéu. Era uma peça elegantíssima que a mãe comprara em Paris. Ben voltou a acompanhá-la até ao exterior do seu escritório e ficou a vê-la descer as escadas, em direção à carruagem que a esperava. E quando Edwina se voltou para lhe dizer adeus com a mão, ao afastar-se, não pôde deixar de pensar na rapariga notável que era. Depois, corrigiu-se intimamente. Não era uma rapariga, mas sim uma mulher. Uma jovem e extraordinária mulher.

CAPÍTULO

11

O verão passou preguiçosamente para todos eles, ocupando-os em pequenas tarefas ou levando-os a que ficassem apenas juntos. Em julho, porém, como sempre tinham feito no tempo em que os pais eram vivos, Edwina levou-os a acampar na beira do lago, uma zona que uns amigos do pai sempre lhes haviam cedido. Parte do verão era sempre passada no lago Tahoe, e Edwina desejava, tanto quanto possível, conservar esse costume. Os rapazes pescavam e andavam a pé, ficando instalados num aglomerado de lindas cabanas rústicas. Ao fim da tarde, preparava o jantar para todos, e durante o dia entretinha-se a tomar banho com Teddy e as meninas, enquanto Phillip e George davam grandes passeios. Era uma vida simples e fácil e foi ali que, por fim, Edwina sentiu que todos começavam a recuperar. Era o que estava a fazer-lhes falta, e até ela deixara de ter os mesmos pesadelos angustiados e perturbadores com a terrível noite de abril. Depois de todos se deitarem, deixava-se ficar na sua cama a pensar no que tinham feito durante o dia e só de vez em quando é que se permitia recordar a estada com Charles ali, no verão anterior. Por mais que se esforçasse no sentido contrário, os seus pensamentos acabavam sempre por fluir para Charles, e as recordações eram sempre ternas e penosas.

Em tempos, tudo fora diferente. O pai organizara aventuras com os rapazes, e ela dera longos passeios com a mãe à volta do lago, colhendo flores. Falavam da vida, dos homens, dos filhos que viriam, do que era estar casada, e fora ali que ela admitira, pela primeira vez, a sua paixão por Charles. Nessa altura, já não era segredo para ninguém, e George tornara-se implacável com as suas provocações, mas Edwina não se importara. Estava disposta a admiti-lo perante o mundo inteiro. De modo que ficara radiante quando Charles chegara de São Francisco para passar uns dias com eles. Trouxera presentes para as meninas, uma bicicleta para George e vários livros, lindamente encadernados, para Phillip. As suas prendas encantaram todos, e ele e Edwina deram longos passeios pelos bosques. De vez em quando lembrava-se e era difícil não chorar, obrigando-se a retornar ao presente. No entanto, aquele verão foi um desafio para ela, tentando ocupar o lugar da mãe, apesar de se sentir muitas vezes uma simples sombra do que ela fora. Ajudou Alexis a aprender a boiar, sempre observando Fannie, que ficava a brincar na margem do lago com as bonecas. O pequeno Teddy já ia para todo o lado sem ela, e Phillip conversava longamente com a irmã sobre a ida para Harvard. Naquele momento, Edwina tinha de representar todos os papéis para os irmãos: mãe, pai, amiga, mentora, professora e conselheira.

Estavam no lago há uma semana quando Ben chegou da cidade, fazendo-lhes uma surpresa. Tal como já acontecera em anos anteriores, levou presentes para todos e alguns livros, de publicação recente, para Edwina. Era uma pessoa interessante e divertida, e as crianças consideravam-no uma espécie de tio preferido, sentindo-se muito contentes com a sua presença.

Até Alexis rira alegre, correndo ao seu encontro. Os seus caracóis louros voavam, soltos, e trazia os pés e as pernas nuas, pois acabara de chegar do lago com Edwina. Fazia lembrar um pequeno potro, e Teddy, nos braços da irmã mais velha, parecia um ursinho, visão que por pouco não encheu os olhos de Ben de lágrimas. Lembrou-se do amor imenso que o seu velho e grande amigo tivera por todos eles, do quanto a família de Bert significara para si e, assim que os viu, a sensação de perda já experimentada voltou a atormentá-lo.

— Estão todos com um aspeto esplêndido! — exclamou, sorrindo, feliz em vê-los, enquanto Edwina punha Teddy no chão e ele ria alegre, tentando apanhar Alexis.

Edwina sorriu com ar feliz, afastando do rosto um caracol do seu cabelo escuro e brilhante.

— As crianças têm-se divertido imenso.

— Está com aspeto de que também está a fazer-lhe bem — observou, satisfeito por vê-la tão saudável e bronzeada. Mas, antes de poder acrescentar mais alguma palavra, foi rodeado pelas crianças.

Brincaram juntos durante horas e, ao cair da noite, Edwina e Ben ficaram sentados a conversar tranquilos sob a luz das estrelas.

— É maravilhoso estar aqui de novo — observou Edwina, abstendo-se de acrescentar que tudo aquilo lhe recordava os pais.

No entanto, ambos sabiam que assim era; Edwina conseguia contar coisas a Ben que não diria a mais ninguém, por ele ter sido tão chegado aos pais. E o facto de voltar aos lugares aonde sempre fora com eles proporcionava-lhe uma sensação de estranheza. Era como se esperasse encontrá-los ali, mas, ao visitarem os seus cantos preferidos, a pouco e pouco tanto ela como os irmãos começavam a interiorizar o seu desaparecimento definitivo. Em relação a Charles, passava-se o mesmo. Custava a acreditar que nunca mais voltaria de Inglaterra... que não se ausentara por uns tempos para em breve estar de volta. Nenhum regressaria jamais. Mas ela e as crianças tinham de viver com as suas recordações e, pela primeira vez desde há muito tempo, começavam a divertir-se e a descontrair-se. Então, ali sentada em plena montanha, sob a luz das estrelas, deu consigo a falar dos pais a Ben. E até a rir de algumas das aventuras vividas em verões anteriores. Ben também ria, lembrando-se de, em certa ocasião, Bert ter fingido que era um urso, pregando um susto enorme a Kate e a Edwina ao entrar-lhes pela cabana envolto numa pele daquele animal.

Falaram das idas à pesca nuns riachos escondidos e dos dias inteiros passados no meio do lago, no bote que tinham alugado. Falaram de insignificâncias, de momentos partilhados por todos e das recordações que tão caras eram a ambos. Pela primeira vez em meses, aquilo representou mais uma fonte de consolo do que de dor. Com Ben, Edwina conseguia rir das recordações que tinha dos familiares queridos desaparecidos; eles reassumiam a sua condição humana e deixavam de ser criaturas endeusadas pela sua ausência definitiva. Já a noite ia alta quando se apercebeu, no meio das risadas, que aquilo era algo que queria partilhar com os irmãos.

— Está a fazer um trabalho magnífico com eles — observou Ben, o que a comoveu. Às vezes Edwina duvidava dessa possibilidade.

— Estou a tentar — retorquiu com um suspiro. Mas Alexis continuava com medo de tudo e Phillip andava deprimido. E os dois mais pequenos tinham pesadelos. — Nem sempre é fácil.

— A educação de crianças nunca é fácil. Mas é um trabalho maravilhoso — observou Ben, que resolveu, por fim, confessar algo a Edwina em que já andava a pensar há meses, mas ainda não se atrevera a dizer. — No entanto deve almejar algo mais para si, tal como fizeram os seus pais. Eles não se limitaram a criar-vos. Viajaram, fizeram amigos, a sua mãe andava metida numa série de iniciativas e o seu pai colaborava muito no jornal.

— Está a sugerir que arranje um emprego? — Edwina sorriu, desafiando-o, vendo-o abanar a cabeça ao fitá-la.

Ela achava-o um homem bem-parecido, mas nunca pensara nele noutros termos que não os de um amigo do pai e seu tio adotivo.

— Não. O que eu queria dizer era que devia sair, conviver com amigos. — Sabia que Edwina saíra muito com Charles, durante o tempo de noivado. Quando ia jantar lá a casa, Ben adorava vê-la depois sair, com os seus lindos vestidos de noite e, nos olhos, o brilho despertado pela perspetiva de ir dançar, saindo porta fora de braço dado com Charles. Ela fora feita para aquilo, não para levar uma vida de reclusa ou de mãe viúva. Tinha toda uma vida pela frente, talvez algo alterada, mas, sem dúvida, não terminada. — Que aconteceu a todas aquelas festas... a que costumava ir?

De repente, tivera receio em mencionar o nome de Charles, temendo que fosse demasiado penoso, mas Edwina baixou os olhos ao responder.

— Agora não é altura para nada disso.

Era demasiado cedo e essas saídas só lhe fariam lembrar Charles, tornando a sua ausência infinitamente mais difícil de suportar. Nunca mais queria voltar a sair, pelo menos era o que achava naquele momento. De qualquer modo, recordou a Ben, ainda estava de luto pelos pais. Usava apenas preto e não tinha vontade de ir a lado nenhum, exceto com os irmãos.

— Edwina — disse Ben com firmeza —, precisa de sair mais.

— Qualquer dia — retorquiu Edwina com uma expressão pouco convicta.

Ben teve esperança de que assim fosse e em breve. Ela tinha vinte e um anos e levava uma vida de velha. Nesse ano, o seu aniversário passara quase despercebido, excetuando o facto de ter atingido a idade adulta e já poder assinar toda a sua documentação.

Nessa noite, Ben dormiu na cabana dos rapazes, que adoraram a sua companhia. Às cinco da manhã levou-os à pesca e, quando regressaram, vitoriosos e muito malcheirosos, Edwina já estava a preparar o pequeno-almoço. Trouxera com eles Sheilagh, a nova empregada irlandesa, muito simpática, mas a quem ninguém dava a impressão de se ter habituado ainda. Sentiam muitas saudades de Oona. Mas Sheilagh encantou os pescadores ao dispor-se a arranjar-lhes o peixe que Edwina, contrariada, cozinhou para o pequeno-almoço. Daquela vez estavam todos impressionados por terem, de facto, conseguido pescar alguns exemplares, em vez de se limitarem a explicar por que razão não o faziam.

Os poucos dias ali passados com Ben foram de franca harmonia e boa disposição e era com pena que o viam partir. Já tinham almoçado e ele despedira-se, mas, a certa altura, Edwina apercebeu-se de que já não via os rapazes há muito tempo. Informaram-na de que sairiam para dar um passeio e, a seguir, um mergulho. Estavam, ela e Ben, a conversar quando Phillip apareceu de súbito na clareira.

— Sabem o que aquele malandro fez? — gritou à irmã, descontrolado. Mostrava-se furioso, ofegante e nitidamente assustado, o que fez com que Edwina se sobressaltasse, temendo o que pudesse ter acontecido. — Apanhou-me a dormir, estávamos ao pé do sítio onde pescámos, ao fundo do ribeiro... e foi não sei para onde. Quando acordei, vi os sapatos, o chapéu e a camisa ali ao pé... Andei a escavar com um pau por tudo quanto é sítio... Mergulhei até ao fundo pela zona toda...

Enquanto falava, Edwina reparou que tinha os braços todos arranhados, as roupas molhadas e rasgadas, as mãos cobertas de lama e as unhas partidas.

— Pensei que ele se tinha *afogado!* — gritou-lhe, engasgando-se com as lágrimas e a fúria. — Pensei...

Voltou-lhes as costas para que não o vissem chorar. Todo o corpo lhe tremia e, quando George entrou na clareira, nesse momento, atirou-se a ele. Apertou-lhe uma orelha, agarrou-lhe nos ombros e depois voltou a sacudi-lo.

— Nunca mais voltes a repetir a gracinha... Na próxima vez em que fores a algum lado, avisas-me primeiro! — gritou-lhe, dando-lhe violentos safanões, enquanto George também se esforçava por conter as lágrimas.

— Se estivesses acordado, dizia-te. Andas sempre a dormir ou a ler... Nem sequer sabes pescar! — gritou-lhe George por sua vez, dizendo o que lhe veio à cabeça, enquanto Phillip continuava a sacudi-lo.

— Sabes o que o pai disse no ano passado! *Ninguém* vai a lado nenhum sem avisar. Percebeste?

Naquela altura o problema não estava só aí. Tudo assumira maiores proporções devido à agonia provocada pela morte dos pais e ao facto de já só se terem uns aos outros. Mas George não se deixou intimidar pelo irmão.

— Não sou obrigado a dizer-te *o que quer que seja!* Tu não és meu pai!

— Agora é a mim que tens de dar explicações! — Phillip estava cada vez mais furibundo, mas George também já não lhe ficava muito atrás. Atirou-se a ele; Phillip baixou-se e o soco falhou.

— Não tenho de dar explicações a ninguém! — gritou George, com as lágrimas a escorrerem-lhe pelo rosto. — Tu não és meu pai nem nunca serás! Odeio-te!

Estavam ambos a chorar até que, por fim, Ben decidiu intervir e acabar com aquilo. Separou os dois irmãos, enquanto Edwina chorava em silêncio. Custava-lhe imenso ver os irmãos a brigar.

— Muito bem, rapazes, chega!

Agarrou em George pelo braço e afastou-o, ainda a espernear, enquanto Phillip se acalmava. Este olhou, furioso, para Edwina e a seguir entrou na cabana, atirando com a porta. Uma vez lá dentro, caiu em cima da cama a soluçar, pois imaginara George morto e sentia desesperadamente a falta do pai.

Foi um incidente muito esclarecedor do estado em que todos ainda se encontravam e da tensão em que os rapazes viviam devido à ausência de um pai. Mas acabaram por se acalmar e, mais uma vez, Ben despediu-se deles e de Edwina. O episódio só lhe trouxe à ideia o que pensara no princípio, ou seja, que aquela família representava um fardo demasiado pesado para os ombros de Edwina, levando-o a duvidar, por um instante, se não teria feito mal em não voltar a insistir na ida dela para Inglaterra com os irmãos. Mas bastou-lhe reparar na expressão da jovem para ter a certeza de que teria detestado. Era aquilo que queria, a sua família e os lugares conhecidos em que tinham passado a vida, mesmo que às vezes não fosse fácil.

— Eles ficarão bem — assegurou-lhe Edwina. — Ao Phillip faz bem desabafar e, quanto a George, é bom que saiba que não pode estar sempre a pregar as suas partidas. Para a próxima pensará duas vezes.

— E quanto a si? — perguntou Ben.

Como podia ela tomar conta deles sozinha? Dois adolescentes, quase uns homens e três outros irmãos, muito pequenos. A verdade era que não havia ninguém para a ajudar. Mas era obrigado a reconhecer que Edwina não dava mostras de estar preocupada.

— Eu adoro isto — observou Edwina calma, saltando à vista que era sincera. — Eu adoro-os a todos.

— Eu também. O que não me impede de estar preocupado consigo. Edwina, se precisar de alguma coisa, basta assobiar que eu venho a correr.

Ela deu-lhe um beijo de agradecimento na face e ele não desviou o olhar dela, durante muito tempo, dizendo-lhe adeus e afastando-se a caminho da estação.

CAPÍTULO

12

Foi com grande pesar que todos se foram embora do lago. Edwina, porém, tinha assuntos a tratar em São Francisco. Passara a comparecer a uma reunião mensal no jornal, acompanhada por Ben, para mostrar a todos que estava interessada em se manter a par da situação, e precisava de aprovar certas decisões da administração, o que lhe despertava interesse. Mas ainda não ocupava o lugar do pai com à-vontade, e mesmo aquele seu pequeno envolvimento exigia que adquirisse muitos conhecimentos. Não desejava ser ela a dirigir o jornal sozinha, mas queria preservá-lo, durante os anos seguintes, para Phillip. Daí que se sentisse muito grata a Ben pelos conselhos que lhe ia dando nas reuniões.

No entanto, o dia a seguir à reunião de agosto foi muito doloroso. Encontrava-se no jardim a arrancar as ervas daninhas quando o homem do correio chegou, trazendo um embrulho enorme, vindo de Inglaterra. Calculou que era algo enviado pela tia Liz, mas não foi capaz de imaginar o que seria. Pediu à senhora Barnes que o deixasse no vestíbulo da frente e quando, mais tarde, voltou para dentro de casa, levando as mãos sujas de terra e bocadinhos de relva e ervas agarradas ao vestido preto, olhou para o volume de relance e sentiu um sobressalto no coração. O apelido que se lia no lugar do remetente não era Kickham mas sim Fitzgerald. Edwina reconheceu então a letra cuidadosa e elaborada da mãe de Charles.

Foi à cozinha lavar as mãos e depois acercou-se do embrulho, pegando nele com mãos trémulas. Levou-o para o seu quarto, não fazendo ideia do que *Lady* Fitzgerald lhe poderia ter enviado, sentindo-se receosa de que pudesse deparar com algo que tivesse pertencido a Charles.

Quando subiu as escadas, a casa estava em silêncio, os rapazes haviam saído com amigos e Sheilagh levara as três crianças ao Golden Gate Park, para verem o carrossel novo. Saíram de casa muito bem-dispostas. Não havia, portanto, ninguém que a interrompesse, de modo que Edwina abriu com cuidado o embrulho enviado por *Lady* Fitzgerald. Este levara um mês a chegar de Inglaterra, vindo primeiro por barco a vapor, depois por comboio. Edwina reparou que o pacote era muito leve. Dava quase a impressão de nada conter.

Afastados os últimos bocados de papel, deparou com uma caixa branca lisa, na qual estava presa uma carta em papel azul com o brasão de família dos Fitzgerald gravado no canto superior esquerdo. Mas não leu a carta, sentia-se demasiado curiosa em ver qual era o conteúdo da caixa. Desatou a fita e levantou a tampa, sustendo a respiração diante do que apareceu. Eram metros e metros de tule branco e uma minúscula coroa de cetim elaboradamente bordada com pérolas brancas do tamanho de sementes. Era o seu véu de noiva, o mesmo que *Lady* Fitzgerald ficara de lhe trazer quando viesse. Edwina apercebeu-se de imediato, fazendo umas contas rápidas de cabeça, que o seu casamento ter-se-ia realizado no dia seguinte. Esforçara-se por afastar esse pensamento, mas em vão. Naquele momento, só lhe restava o véu que segurava nas mãos trémulas e os metros e metros de tule que esvoaçaram pelo quarto, qual sonho longínquo. Colocou-o na cabeça, sentindo todo o corpo a doer e as lágrimas a escorrerem-lhe solenes pelo rosto, olhando-se depois ao espelho. Era como o imaginara, e tentou calcular como teria sido o vestido de noiva. Sem dúvida também belo, mas já ninguém chegaria a vê-lo. O tecido que traziam para os Estados Unidos fora ao fundo com o *Titanic*. Só naquele momento se permitiu pensar no facto, de tal forma lhe parecera sem sentido. O certo é que, de repente, via-se com o véu, quando tudo aquilo que fora a sua razão de ser desaparecera para sempre.

Sentou-se na beira da cama a chorar baixinho, ainda com o véu posto, e abriu a carta de *Lady* Fitzgerald.

«Minha querida Edwina», principiava. Era como se ouvisse de novo a sua voz, o que a fez chorar ainda mais. Ela e Charles eram muito parecidos, ambos altos e aristocráticos, muito ingleses. «Estás sempre presente no nosso pensamento e falamos muito em ti. Custa a acreditar que saíste de Londres ainda só há quatro meses... e lembrar tudo o que aconteceu entretanto.

Tremo de dor e mágoa ao enviar-te o véu neste momento. Receio que a sua chegada seja muito dolorosa para ti, mas, como já há algum tempo que está pronto, o pai de Charles e eu, depois de refletirmos muito no assunto, resolvemos enviar-to. Simboliza uma época muito bonita e o amor que Charles teve por ti até morrer. Eras aquilo que ele mais adorava na vida e eu tenho a certeza de que vocês os dois teriam sido muito felizes. Guarda-o, querida filha, não penses demasiado nele... Olha-o apenas de vez em quando e recorda o nosso Charles, que tanto te amou.

Esperamos ver-te por cá um dia. Entretanto, dá beijinhos nossos aos teus irmãos e para ti vai um muito especial, Edwina querida... muitos e muitos abraços e a certeza de que estarás sempre no nosso coração.»

Assinara «Margaret Fitzgerald», mas Edwina, cega pelas lágrimas ao chegar ao fim da carta, mal conseguiu ler o nome. Ali ficou, sentada na beira da cama, de véu na cabeça, até que ouviu a porta da frente bater e as vozes das crianças nas escadas, à sua procura. Tinham andado no carrossel e voltado para casa enquanto ela ficara a tarde toda ali sentada, de véu posto, a pensar em Charles e no casamento que teria tido lugar no dia seguinte.

Tirou o véu com cuidado e voltou a guardá-lo na caixa, cuja fita acabara de atar quando Fannie irrompeu pelo quarto dentro com um sorriso esfuziante, atirando-se para os braços da irmã. Não reparou nas lágrimas nem no ar devastado do seu rosto. Era demasiado pequena para perceber o que acontecera. Edwina guardou a caixa e ouviu a irmãzita tagarelar sobre o carrossel do parque. Tinha cavalos, rodas de metal, estrelas douradas e muita música, e havia até trenós pintados para quem preferisse, embora os cavalos fossem muito melhores.

— E também havia barcos! — continuou, franzindo, de repente, as sobrancelhas. — Mas nós não gostamos de barcos, pois não, Teddy?

O irmãozito, que acabara de entrar no quarto trazendo Alexis no seu encalço, disse que não com a cabeça. Esta olhou então para Edwina com estranheza, como se achasse que havia algo esquisito, mas sem saber o que era. Apenas Phillip se deu conta disso mais tarde, depois de as crianças se deitarem; ao subirem juntos as escadas, interrogou cautelosamente Edwina.

— Há algum problema? — Andava sempre preocupado com ela, sempre angustiado, sempre ansioso por desempenhar o papel de pai com os outros. — Estás bem, Win?

Edwina acenou com a cabeça, quase tentada a falar-lhe do véu, mas depois não conseguiu proferir as palavras. Nem sequer sabia se ele se recordava do dia em que estavam.

— Estou bem. — E logo a seguir: — Hoje recebi uma carta de *Lady* Fitzgerald, a mãe de Charles.

— Ah... — Ao contrário de George, que ainda era muito novo e não teria entendido as implicações do facto, Phillip apercebeu-se de imediato dos sentimentos da irmã. — Como vai a senhora?

— Bem, suponho.

Olhou então triste para o irmão. Tinha de partilhar aquilo com alguém, mesmo que fosse apenas o seu irmão de dezassete anos, e foi com voz baixa e enrouquecida que falou.

— Amanhã era... teria sido... — Não conseguiu continuar a falar e, ao chegarem ao patamar do segundo piso, afastou-se. Mas Phillip tocou-lhe com meiguice no braço e Edwina virou-se para ele com o rosto banhado em lágrimas. — Não interessa... Desculpa...

— Oh, Winnie! — exclamou Phillip, abraçando a irmã, também com lágrimas nos olhos.

— Porque tudo aquilo aconteceu? — sussurrou-lhe. — Porquê?... Porque não levaram salva-vidas em número suficiente?

Não seria nada de especial... Salva-vidas para todos a bordo... e a situação teria sido diferente. Mas também havia mais duas dúvidas... como a da razão que levara o *Californian* a desligar o rádio quando ouvira os seus apelos desesperados, quando avistara os sinais de perigo que tinham sido lançados para alertar todos os navios em circulação pelo Atlântico. Estavam a poucas milhas de distância e, se os escutassem, poderiam ter salvo todos... Muitas eram as dúvidas e os «se», porém já nada daquilo importava, enquanto Edwina chorava agarrada ao irmão, na noite da véspera do dia que fora marcado para o seu casamento.

CAPÍTULO 13

Como era previsível, nesse ano o Natal foi doloroso para todos. Pelo menos para os mais velhos. Edwina manteve os mais pequenos tão atarefados a fazer doces e outras coisas que mal tiveram tempo para pensar no que estava diferente. Ben apareceu de visita e levou os rapazes a uma exposição de veículos motorizados novos, depois acompanhou-os a todos a ver as iluminações natalícias no Hotel Fairmont, ajudando-os assim a passar a quadra festiva. Também chegaram convites de outros amigos e familiares, mas por vezes eram feitos de forma tão penosa que os fazia sentirem-se ainda mais como órfãos.

Alexis continuava a ser a mais retraída de todos, mas Edwina não se poupava a esforços para a ajudar a voltar ao normal. De vez em quando ia dar com ela no último piso, onde ficava o quadro da mãe, mas não mostrava grande aborrecimento com o facto. Ficavam algum tempo a conversar, sentadas no pequeno sofá rosa do quarto de vestir da mãe, ou na cama, até a menina aceder a voltar para junto dos irmãos.

As idas ao último piso proporcionavam sempre uma sensação de estranheza a Edwina; era como se tivesse passado a ser um lugar sagrado e, para todos os irmãos, tornara-se uma espécie de santuário em memória dos pais.

A roupa de Kate e Bert continuava pendurada nos respetivos guarda-fatos, de onde Edwina não tinha coragem de a tirar. As escovas de cabelo e o conjunto de toucador da mãe, em ouro maciço, encontravam-se no mesmo sítio onde ela os pousara pela última vez. A senhora Barnes limpava o pó mas nem mesmo ela gostava já de ir àquele quarto. Dizia que costumava dar-lhe vontade de chorar. Quanto a Sheilagh, esta recusava-se terminantemente a pôr os pés ali, nem mesmo para ir buscar Alexis.

Quanto a Edwina, jamais se referia ao assunto embora, de tempos a tempos, fosse até aos aposentos dos pais. Era uma maneira de ficar próxima deles, de relembrá-los. Custava a acreditar que ainda só tinham passado oito meses desde a sua morte. Em certas alturas parecia terem decorrido apenas alguns segundos, noutras, uma eternidade. Na noite de Natal, depois das crianças se irem deitar, confessou-o a Phillip.

Tinham sobrevivido à celebração natalícia, a primeira que passavam sozinhos e que, para Edwina, fora exaustiva. Mas ela cuidara de tudo com calma e ponderação, e os mais pequenos tinham pendurado as suas meias como de costume, cantando as músicas de Natal, feito bolos e ido à igreja. Tal como a mãe sempre fizera, Edwina passara os dias anteriores a embrulhar presentes. Nessa noite, Phillip agradeceu-lhe, em nome de todos, tudo o que fora preparado para aquela ocasião, tal como Bert costumava fazer com Kate, bocejando sonolenta, lembrança que comoveu Edwina.

Ben foi visitá-los no dia de Natal e todos ficaram contentes em vê-lo. Não houve ninguém que ficasse sem presentes: Teddy, um magnífico cavalinho de pau, as meninas, lindas bonecas, um belo relógio de bolso para Phillip, um sofisticado conjunto de truques de magia, para George, que o adorou, e um requintado xaile de caxemira para Edwina. Era de um azul suave e ela sentiu uma vontade enorme de o usar, mal terminasse o luto, em abril. Ben ainda pensara em comprá-lo em preto para que pudesse pô-lo na altura, mas a ideia deprimira-o.

— Estou ansioso por voltar a vê-la usar roupas coloridas — confessou afetuoso a Edwina quando esta abriu o presente e lhe agradeceu.

Todas as crianças tinham preparado presentes para Ben. Até George engendrara uma pequena pintura a óleo do cão de Ben, e Phillip fizera-lhe um lindo suporte de madeira para canetas. Quanto a Edwina, esta escolhera, com todo o cuidado, o par de botões de punho com safiras preferido do pai. Sabia que Ben ficaria contentíssimo, mas fizera-o com a permissão de Phillip e George. Não queria dar nada que algum deles fizesse muita questão em ter para si, mas ambos os rapazes apreciavam a ideia de Ben ficar com aquele objeto de *toilette* do pai. Era o melhor amigo que tinham e fora muito bondoso com eles depois do falecimento dos pais, até mesmo muito antes disso.

Foi um dia agradável para todos. Mas o Natal também não era fácil para Ben. Trazia-lhe à memória a família que tivera ainda há seis anos, antes do terramoto. Mas juntos, ampararam-se uns aos outros e passaram muitos momentos de ternura recheados de risos e sorrisos. No fim, Teddy adormeceu ao colo de Ben, que o levou para cima e meteu na cama, sob o olhar atento de Edwina. A verdade é que foi maravilhoso com todos, e as raparigas gostaram tanto dele como os rapazes. Fannie implorou-lhe que também a fosse deitar. Pouco antes de se ir embora, não pôde deixar de ir aconchegar Alexis entre os lençóis.

Antes de sair, tomou um último cálice de vinho do Porto com os mais velhos e regressou a casa com uma sensação de contentamento e satisfação. O Natal, que se adivinhara difícil, acabara por ser passado no meio da maior tranquilidade e bem-estar.

Ao contrário do Ano Novo, que pareceu repleto apenas de lágrimas e suspiros. A tia Liz chegara na véspera do Ano Novo e não parara um momento de chorar desde então. O vestido negro que usava tinha um ar tão austero e lúgubre que Edwina, quando a viu, temeu, de repente, que o tio Rupert tivesse falecido sem ela saber. Mas Liz apressou-se a assegurar-lhe que o tio Rupert nunca estivera pior da sua péssima saúde e com um humor excecionalmente execrável. Desde o outono que a gota o fazia sofrer horrores e Liz afirmou que a dor e o mau génio o punham absolutamente fora de si.

— Mas envia-vos muitos abraços e beijos, claro — acrescentou de imediato, limpando os olhos, sem parar de chorar diante de cada objeto e fotografia que encontrava ao dar uma volta pela casa pelo braço de Edwina. E sempre que via as crianças chorava ainda com mais força, o que as enervava por completo. Porém, não era capaz de suportar a ideia de que a sua adorada irmã desaparecera para sempre e deixara os filhos órfãos. Mas Edwina tinha dificuldade em escutá-la pois nos últimos oito meses não fizera outra coisa senão lutar não só para sobreviver como também para ultrapassar a dor da perda, o que a tia se recusava, em absoluto, a compreender. Dizia que achava as crianças magras e empalidecidas e não descansou enquanto não perguntou a Edwina quem cozinhava, ou mesmo se tinham alguém que o fizesse.

— Temos a mesma pessoa de sempre, tia Liz. Certamente se recorda da senhora Barnes.

Liz, porém, limitou-se a chorar mais e a dizer que era horrível, mesmo *perigoso,* que Phillip e George fossem educados só pela irmã mais velha, embora não especificasse a natureza exata do perigo. Mas tudo indicava que ela própria se afundara, no decorrer dos últimos oito meses, numa depressão terrível. Quando entrou no quarto de vestir da irmã e viu as suas roupas ainda ali, por pouco não desmaiou, mas ao chegar ao quarto de dormir gritou.

— Não aguento... Eu não aguento... Oh, Edwina, como pudeste fazer uma coisa destas!

Edwina não sabia bem o que fizera, mas a tia apressou-se a esclarecê-la.

— Como pudeste deixar tudo na mesma, como se tivessem saído só hoje de manhã — declarou, soluçando histérica, sacudindo a cabeça e fitando a sobrinha com ar acusador.

Contudo, era de certo modo reconfortante para eles continuar a ter ali as coisas dos pais, os fatos do pai, os vestidos da mãe, a velha escova de esmalte rosado que sempre usara.

— Tens de empacotar tudo *imediatamente!* — choramingou, ao que Edwina se limitou a dizer que não com a cabeça. Não iria ser fácil.

— Ainda não nos sentimos prontos para dar esse passo, tia — explicou Edwina com calma, entregando-lhe o copo de água que Phillip trouxera discretamente. — Além disso, tia Liz, tem de fazer um esforço para não ficar tão perturbada. Torna-se muito complicado para as crianças.

— Oh, como podes dizer semelhante coisa, rapariga insensível! — exclamou, irrompendo de novo em soluços que parecia reverberarem por todo o lado, enquanto Edwina mandava os irmãos mais novos dar um passeio com Sheilagh. — Se soubesses o que chorei por ela todos estes meses... O que a morte dela significou para mim... a minha única irmã.

Também ela fora a única mãe que Edwina e os outros filhos tinham tido. Já para não falar em Bert... e em Charles... até na pobre Oona... e em todos os outros... Liz, porém, dava a impressão de só se preocupar com a sua própria dor e não com a de todos os outros.

— Devias ter ido para Inglaterra quando o tio Rupert te pediu — disse, em tom queixoso, à sobrinha mais velha. — Eu podia ter cuidado de todos vocês.

No entanto, em vez disso, Edwina, egoistamente, privara-a da última oportunidade de fazer de mãe. Recusara-se a ir, insistindo em permanecer em São Francisco. Depois Rupert dissera que o advogado escrevera a informar que a vida lhes estava a correr bem e que naquela altura era ele o primeiro a não se sentir em condições para os receber. A sua teimosia deitara tudo a perder. Via-se bem que saíra ao pai.

— Foi uma grande maldade tua não teres levado todos para lá quando te disseram que o fizesses — acrescentou, e foi nessa altura que Phillip começou a ficar mesmo furioso.

— A tia desculpe mas a minha irmã não fez nenhuma maldade — declarou zangado, o que levou Edwina a incitá-lo a descer para ir ver o que George andava a fazer.

A tia Liz permaneceu vinte e seis dias com eles e houve alturas em que Edwina achou que enlouqueceria se a situação se prolongasse por um pouco mais de tempo que fosse. Enervava as crianças e não parou de chorar todo o tempo. No fim, chegou mesmo a obrigar Edwina a empacotar pelo menos parte das coisas que os pais tinham deixado no quarto. Guardaram a maior parte das roupas que, no entanto, Edwina se recusou a dar. Conservou-as todas, e Liz emalou alguns objetos pessoais da irmã, sobretudo recordações da sua juventude que pouco significado tinham para Edwina ou os irmãos mais novos.

Até que, por fim, chegou o dia de a acompanharem ao *ferry* que a levaria até à estação de caminhos de ferro, em Oakland. Edwina ficou com a impressão de que a tia não parara de chorar um só instante. Além disso, mostrou-se ressentida com ela até ao fim. Estava furiosa com todos e com o que o destino lhe reservara. Sentia-se zangada por a irmã ter morrido, zangada por Edwina e as crianças se terem recusado a ir para junto dela, zangada por a sua própria vida parecer ter acabado. E zangada, por fim, com Rupert pela vida infeliz que levara com ele em Inglaterra. Era como se, nos últimos nove meses, tivesse desistido de tudo, havendo ocasiões em que Edwina não sabia se a tia lamentava a morte da irmã se as suas próprias frustrações. Até Ben começou a evitá-la e, na manhã em que a foram levar ao *ferry,* Edwina deixou-se afundar num sofá mal chegou a casa com os irmãos, exausta. As crianças também estavam caladas. Não tinham sabido muito bem como lidar com a tia, mas uma coisa era já certa: não gostavam dela. A tia passara a vida a implicar com Edwina, pelo menos assim parecera, queixava-se de tudo e passava o resto do tempo a chorar.

— Detesto-a! — exclamou Alexis no caminho de regresso a casa, enquanto Edwina a mandava calar suavemente.

— É claro que não a detestas.

— Detesto, sim. — E os seus olhos não mentiam. — Ela obrigou-te a deitar fora as roupas da mamã e não tinha esse direito.

— Elas não foram deitadas fora — retorquiu Edwina calma. — E se calhar quem tinha razão era a tua tia, talvez fosse chegado o momento, apesar de não ser fácil. — Além disso, a mamã nunca sairá daqui. Sabes que estará sempre connosco.

Fizera o resto do caminho para casa em silêncio, refletindo sobre as palavras de Edwina, no facto de terem sempre a mãe presente nos seus pensamentos e no quão esta fora diferente da sua irmã.

CAPÍTULO 14

O aniversário da morte dos pais foi um dia difícil para todos. No entanto, a cerimónia que Edwina mandou celebrar na igreja frequentada pela família foi calorosa, nobre e repleta de humanidade. Recordou a todos os presentes o quanto os seus pais tinham sido bons, interessados no seu próximo, como a sua vida fora rica e inserida na comunidade e como Deus os abençoara com os filhos que lhes dera. A prole Winfield ficara sentada, toda junta, escutando e limpando os olhos de vez em quando; no entanto representavam um legado digno da memória de Kate e Bertram Winfield.

Edwina convidara alguns amigos dos pais para um almoço no jardim depois da cerimónia, a primeira vez que recebiam alguém socialmente após a viagem fatal a bordo do *Titanic*. Estava uma bela tarde de abril e também era o dia de anos de Alexis. A senhora Barnes fizera um lindo bolo e o dia acabou por se revelar uma ocasião cordial e festiva. Edwina gostou de rever pessoas em quem mal pusera os olhos o ano inteiro e que agora, terminado o seu período de luto, lhe ofereceram os mais variados convites. Houve quem reparasse que continuava a usar o seu anel de noivado na mão esquerda e que o sacerdote também se referira a Charles, mas a jovem era bonita, ainda não completara os vinte e dois anos e tornara-se, sem dúvida, um belíssimo partido para quem quer que fosse. Ben reparou que vários homens jovens a olhavam disfarçadamente depois do almoço e ficou surpreendido ao sentir necessidade de protegê-la.

— Foi uma tarde muito agradável — comentou calmo ao encontrá-la sentada no baloiço do jardim, com os irmãos mais pequenos ao pé.

— Foi, não foi? — Parecia contente. Tratara-se de um tributo digno dos pais. Depois ergueu o rosto para Ben e sorriu-lhe, acrescentando: — Eles teriam adorado.

Ben retribuiu o sorriso e concordou.

— Sem dúvida. Teriam muito orgulho em vocês todos. — Em especial na filha mais velha, que provara ser uma mulher espantosa. Não uma criança, não uma adolescente, mas sim uma mulher. — Tem feito um trabalho magnífico ao longo de todo este último ano.

Edwina sorriu, lisonjeada, mas sabia que ainda lhe faltava fazer muito. Cada um dos irmãos precisava de apoio específico, e Phillip andava ansioso com a sua ida para Harvard.

— Às vezes gostaria de poder fazer algo mais por eles — confessou a Ben. — Pela Alexis, em especial.

— Não vejo como poderia ajudar ainda mais — comentou Ben.

As pessoas iam e vinham, parando para lhe agradecer. Contavam graças acerca dos pais, histórias, sobretudo, sobre o pai, e quando o último dos convidados saiu, Edwina estava exausta. Os irmãos foram para a cozinha petiscar o que sobrara, sob o olhar vigilante de Sheilagh e da senhora Barnes, e Edwina seguiu para a biblioteca com Ben, onde continuaram a tagarelar sobre o convívio.

— Tive a impressão de que recebeu muitos convites — observou Ben, satisfeito por ela, mas, para grande surpresa sua, com ciúmes. Era como se, de facto, preferisse vê-la embrenhada no seu luto pesado e falando só com ele. Mas Edwina limitou-se a sorrir-lhe em resposta.

— É verdade. As pessoas estão a ser muito gentis comigo. Mas, apesar de já ter decorrido um ano, pouco mudará. Já tenho o meu tempo todo preenchido. A maioria não entende essa realidade.

Alívio? Estaria ele aliviado, perguntou a si mesmo, incapaz de acreditar no que sentia. Ela não passava de uma miúda, não era? A filha do seu melhor amigo... mal saída da adolescência. No entanto, tinha consciência de que nada disso era verdade e foi com uma expressão preocupada que recebeu o cálice de xerez que Edwina lhe ofereceu com uma risada.

— Não esteja tão preocupado. — Ela conhecia-o bem, pelo menos assim pensavam ambos.

— Não estou — mentiu.

— Olhe que está. Faz-me lembrar a tia Liz. Qual é o seu receio? Que eu me desgrace ou envergonhe o nome dos Winfield? — brincou.

— Claro que não. — Bebeu um gole de xerez e pousou o cálice, fitando-a atento. — Edwina, que pensa fazer da sua vida? — Olhou de relance para o anel que lhe via na mão esquerda, receando que ela o achasse louco. Ele próprio começava a ter dúvidas. — Estou a falar a sério. — Pressionou-a para que respondesse, o que a surpreendeu. — Agora que este ano chegou ao fim... que pensa fazer?

Edwina já refletira sobre a questão, mas já tomara uma decisão desde abril.

— Nada que seja diferente do que faço agora. Pretendo tomar conta dos meus irmãos. — Não sentia dúvidas sobre a decisão tomada. Já não havia outro caminho a seguir, apenas lhe restava amá-los e protegê-los, conforme a promessa feita aos pais ao entrar para o salva-vidas. — Não preciso de mais do que isso, Ben.

Para ele, no entanto, semelhante afirmação vinda de uma pessoa que ainda não completara os vinte e dois anos, parecia uma loucura.

— Edwina, um dia virá a arrepender-se. É demasiado jovem para abdicar de vida própria em prol dos seus irmãos.

— Será que é isso o que estou a fazer? — perguntou-lhe Edwina sorrindo, emocionada pela nítida preocupação do amigo com ela. — Estará assim tão errado?

— Não se trata de estar errado — retorquiu Ben em voz branda, sem desviar os olhos dos dela —, mas sim de ser um desperdício terrível, Edwina. Precisa de algo mais na vida do que isso. Os seus pais eram um bom exemplo do que quero dizer. Tinham-se um ao outro.

Ambos pensaram no que o padre dissera, ainda naquela manhã, sobre Kate e Bert. Edwina pensou então na vida que não chegara a ter com Charles porque o perdera. Por isso não queria mais ninguém... apenas Charles... Mas Ben fitava-a com grande intensidade.

— Não sabe do que eu estou a falar, pois não, Edwina? — perguntou-lhe ele, sorrindo-lhe com ternura e e deixando-a momentaneamente confusa.

— Sei, sim — respondeu Edwina calma. — O Ben quer que eu seja feliz, mas eu sou-o. A vida que levo aqui com os meus irmãos satisfaz-me plenamente.

— Portanto não deseja mais nada, Edwina... — Ben hesitou por um instante. — Pois eu... eu quero oferecer-lhe mais do que isso.

Edwina fitou-o de olhos muito abertos, estupefacta.

— Quer? O Ben...

Nunca tal lhe passara pela cabeça, jamais imaginara que ele a amasse. Ele também não, ao princípio, mas nos últimos meses dera-se conta de que a jovem não lhe saía da cabeça desde o Natal. Prometera a si mesmo não lhe dar o menor indício, pelo menos até abril... até ter passado um ano. De repente, receou ter agido demasiado cedo... Talvez aquela precipitação viesse a custar-lhe caro.

— Nunca imaginei... — continuou Edwina, corando e desviando o olhar dele, como se a simples ideia de a desejar fosse embaraçosa, quase penosa.

— Desculpe — disse Ben, aproximando-se dela e pegando-lhe nas mãos. — Acha que deveria ter-me calado, Edwina? Amo-a... já há muito tempo... mas, acima de tudo, não quero perder a sua amizade. A Edwina é muito importante para mim... e as crianças também... Por favor, Edwina... não quero correr o risco de alguma vez a perder.

— Não perderá — sussurrou Edwina, obrigando-se então a fitá-lo. Devia-lhe, pelo menos, isso. Além do mais, também gostava muito dele, mas como o melhor amigo do pai, nada mais. Apenas não era capaz de experimentar outro sentimento em relação a ele. Seria incapaz de pôr o seu véu de noiva por ele... Ela ainda amava Charles. No seu íntimo, continuava a ser sua noiva e tinha a certeza de que o seria para sempre. — Não posso, Ben... gosto muito de si... mas não posso.

Não queria magoá-lo, mas não podia deixar de ser sincera.

— O problema está nos seus irmãos?

Ben também adorava os miúdos; porém, Edwina disse que não com a cabeça, enquanto ele a observava, sofrendo horrores com o medo de a perder. E se ela nunca mais voltasse a falar com ele? Fora um louco em confessar-lhe o seu amor.

— Não, o problema não está nos meus irmãos, Ben, e em si também não... — Sorriu, enquanto as lágrimas lhe saltavam dos olhos, prometendo a si mesma ser sincera com ele. — Penso que se trata do Charles... Sentir-me-ia uma infiel para com ele se...

Não foi capaz de proferir o resto das palavras e as lágrimas rolaram-lhe pelas faces, enquanto Ben se censurava por ter tocado no assunto demasiado cedo. Quem sabe se com o tempo... Mas agora ficara a saber. Arriscara tudo e perdera, ficando a ganhar o noivo que o *Titanic* lhe levara.

— Até as viúvas voltam a casar. A Edwina tem direito à felicidade.

— Talvez — retorquiu ela, porém com pouca convicção. — Quem sabe se ainda é demasiado cedo. — Mas tinha a certeza, lá bem no íntimo, de que nunca casaria. — Para ser franca consigo, acho que jamais chegarei, sequer, a arranjar marido.

— Mas isso é absurdo!

— Talvez seja. — Sorriu-lhe. — Mas parece mais fácil assim, por causa dos meus irmãos. Ben, eu nunca proporcionaria a um marido aquilo que merece, andaria demasiado ocupada com eles e, mais cedo ou mais tarde, qualquer homem decente acabaria por se ressentir.

— Acha que isso aconteceria comigo? — perguntou Ben com ar magoado, o que a fez sorrir.

— Provavelmente. Merece a atenção completa da companheira que vier a ter. A minha não estaria disponível pelo menos nos próximos quinze anos, até o pequeno Teddy ir para a universidade. É uma espera muito longa.

Sorriu-lhe com meiguice, comovida com as suas intenções.

Ben retribuiu-lhe o sorriso, sacudindo a cabeça. Estava derrotado e tinha consciência disso. Edwina era uma rapariga teimosa e ele sabia que levava a peito as afirmações que fazia. Já a conhecia bem, o que também contribuía para o seu amor. Adorava os objetivos a que se propunha, a sua coragem, a sua força inquebrantável e a capacidade maravilhosa de rir... Adorava o seu cabelo, os seus olhos e o seu delicioso sentido de humor. E sabia que, de certo modo, ela também o amava, embora não da maneira que ele desejaria.

— Quinze anos pode ser demasiado tempo para mim, Edwina, pois nessa altura já terei sessenta e um e decerto não me quererá.

— Se calhar ainda estará mais bem conservado do que eu, pois nessa altura já os miúdos devem ter dado cabo de mim. — Compôs uma expressão séria e estendeu-lhe a mão. — Faz tudo parte do mesmo, Ben. A minha vida agora pertence-lhes.

Prometera à mãe tomar conta deles, fosse a que preço fosse. Já não podia pensar em si. Em primeiro lugar, estavam as crianças. E, por muito que gostasse de Ben, sabia que não o queria, ou a qualquer outro homem, como marido. Ben, porém, mostrava-se seriamente preocupado, franzindo o sobrolho. Tinha um medo terrível de a perder.

— Poderemos continuar a ser amigos?

Os olhos de Edwina encheram-se de lágrimas ao sorrir-lhe e acenar-lhe com a cabeça.

— Claro que sim. — Levantou-se e abraçou-o. Ele era o seu grande amigo, o amigo do seu coração, não apenas o melhor amigo do pai. — Eu não poderia passar sem si.

— Não me parece que esteja a precisar muito — observou Ben com uma careta, mas, ao mesmo tempo, apertando-a bem contra si e mantendo-a assim por um instante.

Não tentou beijá-la ou apresentar mais argumentos. Sentia-se grato por não ter perdido o seu afeto e a sua amizade e, vistas bem as coisas, se calhar até fizera bem em falar, pois assim deixava de ter ilusões e sabia com que contar. No entanto, ainda estava acabrunhado quando, nessa noite, se foi embora, virando-se para olhar para ela ao entrar no carro e acenando-lhe, para depois se afastar, desejando que as coisas pudessem ser diferentes.

O telegrama da tia Liz chegou no dia seguinte. O tio Rupert falecera no dia em que fazia um ano desde que Kate e Bert tinham partido. Edwina comunicou o acontecido aos irmãos durante o jantar, mostrando-se contristada. Andara o dia todo calada, a pensar no que Ben lhe dissera na noite anterior. Ainda se sentia perturbada, mas tinha a certeza de que tomara a decisão certa.

Os irmãos não se mostraram muito contristados com a notícia que Edwina lhes transmitiu da parte da tia Liz, mas depois do jantar Phillip ajudou-a a escrever um telegrama onde lhe expressavam o seu pesar mais sentido; porém, Edwina fez questão em não acrescentar que esperavam vê-la em breve. Chegara à conclusão de que, de facto, não suportaria. A visita da tia, três meses antes, deixara-os a todos demasiado abalados.

Edwina ainda pensou em pôr luto de novo, mas depois concluiu que não tinha sentido fazê-lo por um tio que mal conhecia e de quem nunca gostara muito. Vestiu de cinzento durante uma semana e depois voltou às cores que recomeçara a usar dias antes, as cores das quais se abstivera desde abril do ano anterior. Chegou mesmo a colocar o lindo xaile de caxemira que Ben lhe oferecera e continuou a vê-lo quase com a mesma frequência de outrora, embora com uma pequena diferença. Ele parecia agora um pouco mais cauteloso com ela e embaraçado, embora Edwina agisse sempre como se nada tivesse acontecido entre os dois. As crianças, essas então é que não deram por nada, apesar de Edwina ter a impressão de ter visto Phillip a olhar para eles, uma ou duas vezes, de maneira estranha, nada detetando, porém, além de uma amizade antiga e firme.

Em maio, Edwina aceitou, pela primeira vez, um convite para sair. Foi a uma festa em casa de uns velhos amigos dos pais, o que lhe deu uma sensação de estranheza, acabando por descobrir, no fim, que até passara um serão agradável. O único aspeto que não apreciara fora a ligeira suspeita de ter sido convidada para fazer de par com o filho do casal, ficando com essa certeza aquando do segundo convite. Era um belo homem de vinte e quatro anos, com uma grande fortuna, mas uma inteligência limitada, porém com uma bela propriedade nos arredores de Santa Barbara. Mas não lhe despertara o menor interesse, tal como viria a suceder com outros homens jovens que lhe arranjavam como par sem ela esperar, sempre que aceitava convites de amigos dos pais. As suas próprias amigas estavam quase todas casadas e a maioria andava atarefada a criar os seus bebés. Quando passava demasiado tempo com elas, só se lembrava de Charles e da vida que nunca partilhariam, o que a deixava deprimida. Era mais fácil estar com os amigos dos pais. De certo modo tinha mais em comum com eles, já que estava a criar crianças mais ou menos da mesma idade que as deles, além de não ser encarada com a tensão acrescida do interesse sexual. Não se interessava por homens jovens, facto que tornava claro perante eles, quando, eventualmente, a pressionavam. Continuava a usar o seu anel de noivado e a considerar-se ligada a Charles. Nada mais desejava além das recordações que lhe ficaram dele e da sua vida atarefada com os irmãos. Quando agosto chegou, foi com alívio que saíram da cidade e foram para o lago Tahoe. Foi um verão especial para todos. Phillip fora aceite em Harvard e partiria para Cambridge em princípios de setembro. Era-lhes difícil acreditar que iriam ficar sem ele, mas Edwina sabia que, apesar de as saudades passarem a ser muitas, era o melhor caminho para o irmão. Phillip oferecera-se para ficar em casa e ajudá-la a cuidar dos mais novos e do exuberante George, mas Edwina recusara-se, sequer, a discutir o assunto. Ele ia e não se falava mais nisso, declarou. A seguir fez as malas à família toda e apanharam o comboio para o lago Tahoe.

Depois de se instalarem, Phillip, em certa noite de luar, decidiu-se, por fim, a esclarecer uma dúvida que tinha e que o preocupava seriamente há já algum tempo.

— Alguma vez estiveste apaixonada pelo Ben? — perguntou-lhe baixinho.

Edwina sobressaltou-se não só com a pergunta como também com o ar com que a mesma fora feita. Era uma expressão que dizia que ela lhe pertencia e aos outros irmãos, o que fez com que, de repente, não soubesse bem o que responder.

— Não.

— E ele por ti?

— Não me parece que isso seja muito importante — respondeu Edwina calma.

O pobre rapaz parecia mesmo preocupado.

Contudo, não tinha nada a recear e ela sorriu-lhe, tranquilizando-o. Respirou fundo, pensando no véu escondido no seu armário.

— Continuo a amar o Charles... — Em seguida acrescentou, sussurrando na noite: — Talvez seja para sempre...

— Ainda bem! — exclamou Phillip, corando logo a seguir com ar culpado. — Quero dizer... não era minha intenção...

Mas Edwina calou-o com um sorriso.

— Era, sim.

Ela pertencia-lhes... Eles eram agora os seus senhores... Não queriam que casasse com ninguém. Ela pertencia-lhes. Para o bem e para o mal, até que a morte os separasse ou os seus préstimos deixassem de ser necessários. Aceitava o facto e, de certo modo, até se sentia grata.

Era estranho, pensou... Os pais tinham usufruído do direito de se terem um ao outro, mas os irmãos achavam que ela só devia amá-los a eles. A sua obrigação era para com eles, mesmo aos olhos de Phillip. Este tinha o direito de ir para fora estudar, desde que ela permanecesse ali à sua espera, cuidando dos outros.

— Se eu o amasse faria alguma diferença? Não significaria que gostava menos de vocês — tentou explicar, mas o irmão mostrou-se sentido, como se ela o tivesse traído.

— Mas... amas?

Edwina voltou a sorrir e abanou a cabeça, chegando-se a ele para lhe dar um beijo. Ainda era um menino, reparou, apesar de já ir para Harvard.

— Não estejas tão preocupado. Eu estarei sempre aqui. — Fora o que sempre dissera a todos desde a morte da mãe. — Gosto muito de ti... Não penses mais nisso... Jamais vos abandonarei. Boa noite, Phillip — sussurrou ao irmão ao regressarem às cabanas.

Este fitou-a com um sorriso bem-disposto, aliviado com o que acabara de ouvir. Adorava aquela irmã. Todos eles. Ela agora vivia para eles, como acontecera com os pais. E ela tinha-os a eles... do mesmo modo que ficara com o véu de noiva que nunca utilizaria, escondido numa prateleira... e o anel de noivado de Charles ainda a brilhar no seu dedo.

— Boa noite, Edwina — sussurrou-lhe ele.

Edwina sorriu e fechou a porta, tentando lembrar-se de alguma vez ter sido diferente.

CAPÍTULO

15

O comboio encontrava-se na estação, com todos os Winfield no compartimento de Phillip. Ben também aparecera, assim como a senhora Barnes e uma série de amigos de Phillip, além de dois dos seus professores preferidos. Era um dia grande para si. Ia para Harvard.

— Não te esqueces de escrever, pois não?

Edwina sentia-se uma mãe-galinha. A seguir perguntou-lhe, em voz baixa, se guardara o dinheiro todo no cinto próprio para o efeito que ela lhe oferecera. Phillip sorriu e despenteou-lhe o cabelo arranjado com elegância.

— Para com isso! — ralhou-lhe a irmã.

Phillip foi então falar com dois dos seus amigos, enquanto ela ficava a conversar com Ben e tentava impedir que George saísse pela janela. Não viu Alexis e sentiu um ligeiro assomo de pânico que lhe trouxe à memória a outra ocasião em que desaparecera, mas pouco depois avistou-a junto da senhora Barnes, de olhos tristes pousados no irmão que estava prestes a deixá-los. Fannie chorara copiosamente na noite anterior e, às três e meia, até Teddy ficou a saber que ia ser abandonado.

— Também posso ir? — perguntou esperançoso, mas Phillip disse que não com a cabeça e colocou-o às cavalitas.

O menino pôde, assim, tocar no teto do compartimento, ficando a dar risadinhas de contentamento, enquanto Edwina puxava Fannie para mais perto de si. Todos se sentiam tristes por se aperceberem de que o grupo lá de casa iria ficar mais pequeno. Para Edwina era como se fosse o princípio do fim; no entanto, nessa manhã lembrara a Phillip o orgulho que o pai teria sentido. Era um momento muito importante na sua vida, do qual sempre se deveria orgulhar.

— Nunca mais voltarás a ser o mesmo — tentou explicar-lhe, sem que ele, no entanto, compreendesse ainda o significado das suas palavras. — O mundo expandir-se-á e, quando voltares para casa, olharás para nós de maneira diferente. Pareceremos muito insignificantes e provincianos.

Edwina era ponderada de mais para a idade que tinha, mas as longas conversas com o pai durante anos haviam-na dotado de uma perspicácia rara numa mulher. Algo que Charles adorara desde que a conhecera e que Phillip admirava imenso na irmã.

— Terei imensas saudades tuas — repetiu ao irmão, embora tivesse prometido a si mesma não chorar para não dificultar ainda mais a partida.

Phillip oferecera-se, mais de uma vez, para ficar e ajudá-la a tomar conta dos irmãos. Mas Edwina não queria que desperdiçasse aquela oportunidade. Fazia-lhe falta, era algo a que tinha direito, tal como acontecera com o seu pai e, antes deste, com o avô.

— Boa sorte, filho — desejou Ben, apertando-lhe a mão quando ouviu o chefe de estação começar a avisar os passageiros da partida.

Edwina sentiu uma tristeza imensa no coração, ficando a vê-lo despedir-se dos amigos, apertar a mão aos professores e depois voltar-se para dar um abraço aos irmãos.

— Porta-te bem — recomendou com ar sério à pequena Fannie —, sê boa menina e obedece à Edwina.

— Está bem — concordou Fannie com ar grave, ao mesmo tempo que duas lágrimas enormes lhe rolavam pelas bochechas. Há mais de um ano que Phillip era um pai para ela, não apenas um irmão. — Mas não demores a voltar.

Aos cinco anos e meio perdera dois dentes de leite e possuía os olhos mais rasgados que alguma vez se vira. Era uma criança meiga e nada mais desejava no mundo do que estar na sua casa junto dos irmãos. Dizia apenas que um dia gostaria de ser mamã. Queria cozinhar, coser e ter catorze filhos. Mas, na realidade, nada mais desejava do que sentir-se segura, confortável e protegida para toda a vida.

— Voltarei em breve, Fannie... prometo...

Phillip deu-lhe mais um beijo e depois voltou-se para Alexis. Entre os dois não foram necessárias palavras. Ele sabia muito bem como a irmã o amava. Ela era o pequeno fantasma que se esgueirava para dentro e para fora do seu quarto, que lhe levava, em passinhos silenciosos, leite e bolachas quando ficava a estudar até tarde, que, de tanto o amar, dividia tudo o que tinha com ele.

— Cuida de ti, Lexie... gosto muito de ti... Voltarei, prometo.

Porém, todos sabiam que, para Alexis, aquelas promessas de nada valiam. Às vezes ainda ia até ao quarto dos pais, onde ficava como que à espera de os ver aparecer. Já completara os sete anos, mas a dor que sofrera ao perdê-los continuava tão viva como há um ano. Edwina receava, pois, que o afastamento de Phillip naquela altura pudesse abalá-la bem mais profundamente do que aos outros.

— E tu, «ursinho» Teddy, porta-te como deve ser e não comas demasiados chocolates. — Ainda na semana anterior devorara uma caixa inteira, o que lhe provocara uma dor de barriga terrível. O menino riu-se com ar travesso, enquanto Phillip o tirava cuidadosamente de cima dos ombros e punha no chão.

— Sai-me daqui, garoto malvado — exclamou para George com um sorriso malicioso quando o chefe de estação avisou, pela última vez, que o comboio ia partir e lhes acenou com a mão para que se apeassem.

Edwina mal teve tempo para dar um último abraço ao irmão e olhar para ele pela última vez.

— Gosto muito de ti, mano querido. Volta depressa... e diverte-te o mais que puderes. Nós estaremos sempre aqui, mas chegou a altura de tu fazeres algo por ti...

— Obrigado, Winnie... obrigado por me deixares partir... Se precisares, volto para casa.

Edwina tinha os olhos rasos de lágrimas e mal conseguiu falar, acenando com a cabeça.

— Eu sei... — Abraçou-o uma última vez, o que a fez recordar as despedidas que não tinham tido tempo de fazer no navio, as despedidas que deviam ter feito mas não fizeram. — Gosto muito de ti.

Chorava quando Ben a ajudou a apear-se e lhe rodeou os ombros com um braço para a confortar, enquanto o comboio arrancava da estação. Ficaram a ver Phillip acenar-lhes com um lenço durante muito, muito tempo, e Fannie e Alexis choraram durante todo o caminho de regresso a casa, a primeira em soluços sonoros e devastadores de desgosto, a segunda em lágrimas copiosas que lhe desciam, silenciosas, pelo rosto, dilacerando o seu coração e o de Edwina quando olhava para ela. Nenhum suportava bem aquele desgosto, nenhum se conformava facilmente nem se sentia feliz diante da perspetiva de já não terem Phillip junto de si.

Sem ele, a casa fez-lhes lembrar um túmulo. Ben deixou-os em frente do portão de entrada e Edwina acompanhou os irmãos até casa com expressão entristecida. Era difícil imaginar a vida sem Phillip.

Nessa noite, Fannie ajudou-a a pôr a mesa, enquanto Alexis ficava sentada em frente da janela, de olhar perdido no lado de fora. Não dissera uma palavra. Limitara-se a ficar ali, pensando em Phillip. George levou Teddy para brincar no jardim, até Edwina os chamar para dentro. O grupo a quem, naquela noite, Edwina serviu o frango assado, um dos pratos preferidos da família, mostrou pouca ou nenhuma animação. O que lhe parecia estranho naquele momento era nunca ter pensado em ocupar o lugar da mãe. Tratava-se de algo que já nem sequer lhe passava pela cabeça. Ano e meio depois, tinha a sensação de que nunca fizera outra coisa na vida. Aos vinte e dois anos, era uma mulher com cinco filhos. Mas o vazio agora deixado por Phillip fê-la recordar uma dor quase esquecida. Todos se mantiveram sossegados enquanto proferia a oração habitual, antes de George trinchar o frango.

— Agora és o homem da casa — observou Edwina para o impressionar, enquanto ele cortava a ave assada como se estivesse a esgrimir uma adaga. Aos treze anos, nem amadurecera nem perdera a sua paixão pelas partidas e pelo que considerava humor. — Obrigada, George, mas se é para fazeres isso mais vale ser eu.

— Deixa-te disso, Edwina...

Fez saltar a outra asa e as duas pernas, qual mercenário a saquear os despojos, ao mesmo tempo que o molho do frango se espalhava por todo o lado e as crianças riam. Edwina, apesar de contrariada, também acabou por desatar a rir, até as lágrimas lhe subirem aos olhos e rolarem pelas faces. Tentou compor um ar sério e admoestá-lo, mas foi em vão.

— George, para! — O irmão continuou a manejar a faca como se fosse uma espada, partindo a carcaça ao meio. — Já te disse para acabares com isso!... És um horror... — ralhou Edwina.

Por fim, George deu o trabalho por terminado, fez uma vénia acentuada ao passar à irmã o prato que lhe competia e sentou-se com um sorriso de satisfação nos lábios.

Na verdade, o facto de passar a ser o irmão mais velho presente, em vez de Phillip, de longe mais adulto e responsável, iria modificar um pouco a situação lá em casa.

— Depois de jantar vamos escrever uma carta ao Phillip — sugeriu Fannie com ar sério, recebendo logo a concordância de Teddy.

Edwina virou-se para dizer algo a George, apanhando-o em flagrante a atirar ervilhas a Alexis. Mas antes de poder intervir, duas delas acertaram em cheio no nariz da pequenita, fazendo-a rir a bandeiras despregadas.

— Acaba com isso! — ordenou Edwina com pouca convicção, perguntando a si mesma porque seria que, de repente, ela própria se sentia uma criança... Deixa de nos fazer rir!... Para de nos fazer sentir melhor!... De nos impedir de chorar!...

Ficou a pensar por uns instantes, e logo a seguir ela mesma colocou três ervilhas no garfo e, sem avisar, atirou-as a George, que estava no outro lado da mesa, recebendo em troca um olhar de esguelha, ao qual se seguiu mais uma troca de ervilhas, perante os gritinhos de excitação das crianças. Enquanto isso, longe, muito longe... Phillip seguia, inexoravelmente, em direção a Harvard.

CAPÍTULO 16

Os primeiros dias que se seguiram à partida de Phillip foram muito penosos para todos; a dor da perda era-lhes demasiado familiar. Era um sentimento pesado e, uma semana depois, Edwina começou a ver sinais evidentes de tensão em Alexis. Começou a gaguejar, como já acontecera antes, durante um curto período de tempo após a morte dos pais. Nessa altura, a gaguez não demorara muito a desaparecer, mas daquela vez parecia ser mais persistente. Os pesadelos também recomeçaram e Edwina sentia-se preocupada.

Ainda nesse dia falara do assunto a Ben, durante uma reunião de administração no jornal e, quando voltara para casa, a dedicada senhora Barnes contou-lhe que Alexis passara a tarde toda no jardim. Fora para lá assim que chegara da escola e ainda não aparecera. Mas, como estava um dia muito bonito e quente, Edwina desconfiou que a irmã se tivesse ido esconder no pequeno labirinto a que a mãe sempre chamara o seu «jardim secreto».

Edwina deixou-a ficar sozinha mais algum tempo, mas, um pouco antes do jantar, ao ver que ela não regressava, foi à sua procura. Chamou-a e, como muitas vezes acontecia com aquela criança, não obteve resposta.

— Anda daí, tolinha, não te escondas. Aparece e conta-me o que fizeste hoje. Recebemos uma carta do Phillip.

Encontrara-a no vestíbulo de entrada, com uma outra, da tia Liz, esta a dizer que não se encontrava muito bem de saúde e que torcera o tornozelo numa ida a Londres para consultar o médico. Era uma daquelas pessoas que estavam sempre a sofrer pequenos dissabores. E voltara a perguntar à sobrinha se já esvaziara o quarto da mãe, o que a deixou muito aborrecida. O certo é que não, mas também ainda não se sentia com coragem para tal nem desejava, ainda, fazer com que Alexis passasse por semelhante provação.

— Vá, querida, onde te meteste? — chamou, olhando para as roseiras que ficavam ao fundo, certa de que a irmã estaria escondida ali. Mas ao percorrer o jardim todo, espreitando para todos os cantinhos conhecidos, não a viu em lado nenhum.

Procurou mais um pouco, chegou mesmo a subir até ao velho esconderijo na árvore que George lá deixara e rasgou a saia ao saltar para o chão; porém, não encontrou Alexis.

Edwina voltou para casa e perguntou à senhora Barnes se tinha a certeza de a ter visto no jardim, e a velha senhora afiançou-lhe que vira a menina lá sentada, durante horas. Mas Edwina sabia bem que a senhora Barnes pouca atenção prestava às crianças. Quem costumava fazê-lo era Sheilagh, mas esta fora-se embora pouco depois da Páscoa e quem agora cuidava das crianças era a própria Edwina.

— Terá ido lá para cima? — perguntou Edwina prontamente, ao que a senhora Barnes respondeu que não se lembrava. Passara a tarde toda a fazer concentrado de tomate e não prestara grande atenção a Alexis.

Edwina foi ver ao quarto de Alexis, ao seu, até que, por fim, subiu devagar ao último piso, lembrando-se do que lera na carta da tia Liz ainda naquele dia... «É mais que tempo de resolveres esse problema e esvaziares aqueles quartos. Eu já o fiz em relação às coisas do Rupert...» Mas Edwina sabia que ali a situação era diferente; no entanto, naquele momento só queria encontrar Alexis e resolver qualquer problema que porventura a tivesse levado a ter aquele comportamento.

— Lexie?... — chamou, afastando cortinados, remexendo por entre as saias da mãe, reparando então que havia um cheiro a mofo no quarto. Já decorrera muito tempo, mais precisamente um ano e meio. Espreitou mesmo por baixo da cama, mas, de Alexis, nem sinais.

Edwina desceu e pediu a George que a ajudasse a procurar Alexis na casa até que, uma hora depois, começou a entrar em pânico.

— Terá acontecido alguma coisa hoje na escola? — perguntou.

Nem George nem Fannie sabiam de nada, e Teddy fora com Edwina para o jornal. As secretárias gostavam sempre de tomar conta do menino enquanto ela estava nas suas reuniões. Além disso, aos três anos e meio, ele era um encanto.

— Onde imaginas que possa estar? — perguntou a George.

Não acontecera nada de especial e ninguém parecia fazer a menor ideia de onde a menina se metera. A hora de jantar passou, e Edwina e George fizeram nova busca no jardim, até que, por fim, chegaram à conclusão de que a menina não se encontrava nem em casa nem nas proximidades. Edwina foi então à cozinha e, depois de alguma hesitação, resolveu telefonar a Ben. Não sabia o que fazer mais e o amigo prometeu seguir de imediato para lá a fim de a ajudar a procurar Alexis. Dez minutos depois, tocava insistentemente à campainha da porta.

— Que aconteceu? — perguntou, fazendo lembrar a Edwina, por um instante bizarro, o falecido pai. Mas não era altura de se pôr com tais pensamentos, afastando da cara o cabelo desalinhado. Quando andara à procura de Alexis por entre os arbustos do jardim, desmanchara o penteado.

— Não faço ideia do que aconteceu, Ben. Não sou capaz de imaginar. As crianças disseram que hoje na escola não aconteceu nada de especial e a senhora Barnes afirmou que ela passou a tarde toda no jardim, o que não é verdade. Pelo menos quando fui buscá-la, já lá não estava. Procurámos dentro de casa em tudo o que é sítio, mas em vão. Não sei para onde possa ter ido.

Alexis tinha poucas amigas na escola e nunca queria ir brincar para casa delas. E na família todos sabiam da sua extrema sensibilidade e que nunca recuperara da morte da mãe. Tanto era costume desaparecer como ficar dias a fio sem falar. Não havia nada a fazer e todos a aceitavam como era. Mas, se fugira, só Deus sabia para onde ou o que isso significava e o que poderia acontecer-lhe. Era uma menina muito bonita e, se caísse nas mãos erradas, tudo era possível.

— Já ligou para a polícia? — perguntou Ben, tentando aparentar calma mas sentindo-se tão preocupado como ela. Ficara satisfeito por Edwina lhe ter telefonado.

— Ainda não. Falei primeiro para si.

— E não faz a menor ideia de onde possa estar?

Edwina disse que não com a cabeça e, pouco depois, Ben entrou na cozinha e ligou para a polícia. A senhora

Barnes já fora deitar Fannie e Teddy, e dissera-lhes que era muito, muito feio fugir de casa. Fannie chorara e perguntara se alguma vez chegariam a encontrá-la.

George estava junto de Ben quando este telefonou para a polícia e, meia hora mais tarde, tocaram à porta e Edwina foi atender. Explicou que não fazia ideia do sítio para onde a irmã poderia ter ido, e o sargento destacado para aquele serviço perguntou, algo confuso, quem eram os pais da criança. Edwina esclareceu que era a tutora da irmã e o homem prometeu passar a vizinhança a pente-fino e dar-lhe notícias dali a uma hora.

— Acha que devemos ir? — perguntou Edwina preocupada, olhando de soslaio para Ben.

— Não, minha senhora. Encontrá-la-emos. A senhora e o seu marido ficam aqui à espera, mais o menino.

Sorriu-lhes encorajadoramente, e George olhou para Ben com espanto. Gostava dele como amigo, mas já não lhe agradava que se lhe referissem como «marido» de Edwina. Tal como Phillip, era possessivo em relação à irmã.

— Porque não lhe disseste? — perguntou à irmã com indignação, depois de o polícia sair.

— Não lhe disse o quê? — retorquiu Edwina distraída, pois só pensava em Alexis.

— Que Ben não é teu marido.

— Ora, por amor de Deus... Fazes o favor de te concentrar em descobrir o paradeiro da tua irmã em vez deste disparate?

Contudo, Ben também ouvira. O facto de Edwina ter passado um ano e meio a tratar deles em regime de exclusividade levava-os a imaginarem-se seus donos. Não era uma maneira de estar saudável para nenhum deles, pensou, mas também sabia que não era da sua conta. Edwina quisera dirigir a sua família por opção e, malogradamente, ele não tivera motivos para interferir no sentido contrário. Voltou a fitá-la com ar preocupado e passaram em revista as possibilidades da localização de Alexis e da provável companhia com que estaria. Ofereceu-se então para ir de carro, com Edwina, a casa das várias amigas da criança, proposta que a jovem aceitou de imediato, pondo-se de pé com ar esperançado e recomendando a George que esperasse ali pelo polícia.

Porém, a volta que deram por três quarteirões revelou-se infrutífera. Disseram-lhes que Alexis já não aparecia há semanas, e Edwina voltou a lembrar-se da perturbação que acometera a irmã desde que Phillip partira para Cambridge.

— Acha que ela cometeria a loucura de entrar às escondidas para um comboio, Ben?

Era uma possibilidade, mas Ben achava-a improvável.

— Ela tem medo da própria sombra, não deve estar longe daqui — retorquiu ao voltarem a subir as escadas da frente.

Quando Edwina perguntou o mesmo a George, este ficou com uma expressão pensativa.

— A semana passada ela perguntou-me quanto tempo se leva a ir daqui a Boston — confessou com o sobrolho franzido de pesar —, mas não me parece que tenha alguma coisa a ver com isso. Santo Deus, Win, e se ela tenta mesmo meter-se num comboio? Nem mesmo saberá para onde vai.

E podia magoar-se... tropeçar nos carris, cair ao tentar subir para uma das carruagens de carga... As possibilidades eram tão aterradoras que Edwina começou a mostrar-se em pânico. Já eram dez da noite e não restavam dúvidas de que algo de terrível acontecera.

— Se quiserem, levo-os lá abaixo à estação, mas tenho a certeza de que ela não faria nada do género — disse Ben calmo, tentando sossegá-los aos dois, mas George respondeu-lhe com azedume. A lembrança de o polícia ter pensado que Ben era marido de Edwina ainda não lhe saíra da cabeça.

— Como o senhor pode ter tanta certeza disso?

Para George, Ben deixara de ser um amigo chegado da família para se transformar numa ameaça inesperada. Os ciúmes que Phillip deixara sobressair antes de ir para a universidade também não lhe tinham passado desapercebidos. E, apesar de Edwina por norma os orientar com mão firme, daquela vez estava demasiado preocupada com a irmã mais nova para prestar muita atenção ao que George dizia.

— Vamos — disse, pegando no xaile que estava em cima da mesa do vestíbulo e correndo porta fora, no preciso momento em que o polícia chegava; porém, este limitou-se a abanar a cabeça em sinal negativo.

— Não há sinais da menina em lado nenhum.

Ben levou Edwina até à estação de comboios e George instalou-se no banco de trás. Edwina ia olhando ansiosamente pela janela, mas de Alexis nem sinal. Às dez e meia da noite, a estação estava quase deserta. Havia comboios para São José, um trajeto alternativo para quem seguia para leste, em vez de ir apanhar o *ferry* a Oakland.

— Que ideia mais tola — começou Ben, mas nessa altura George desapareceu, atravessando a estação a correr em direção aos carris que ficavam por trás.

— Lexie!... — chamou. — Lexie!...

Rodeou a boca com as mãos e gritou, fazendo ecoar as palavras no meio do silêncio que reinava. De vez em quando ouvia-se o guinchar que um maquinista provocava ao mudar alguma locomotiva ou carruagem de via aqui e ali, mas, no geral, não se vislumbrava nada nem ninguém, muito menos Alexis.

Edwina acabara por ir atrás do irmão pois, sem que percebesse muito bem porquê, confiava nos instintos de George. Ele conhecia Alexis melhor que ninguém em certos aspetos, até mesmo melhor do que a própria Edwina ou Phillip.

— Lexie... — gritava repetidamente.

A certa altura, Ben, ao ouvir o apito de um comboio à distância, tentou fazê-los voltar para trás. Era o comboio de carga do Pacífico Sul que todas as noites chegava pouco antes da meia-noite. Viu-se um longo feixe de luz vindo de longe, e Ben e Edwina ficaram a vê-lo aproximar-se colocando-se em segurança, por trás de uma cancela. De repente, a luz permitiu-lhes aperceberem-se, por um breve instante, de um movimento rápido, de um minúsculo vulto, algo, quase nada. Antes que Edwina pudesse suster George, este desatou a correr por cima dos carris. Foi então que se apercebeu do que o irmão vira. Era Alexis, aninhada entre duas carruagens, assustada e sozinha, agarrada a algo que, apesar da distância, ela reparou que era a boneca salva do *Titanic.*

— Oh, meu Deus...

Agarrou no braço de Ben e logo a seguir fez menção de passar por baixo da cancela para ir atrás do irmão, mas Ben puxou-a para trás.

— Não... Edwina... Não pode...

George parecia uma seta a atravessar os carris, correndo em linha reta para aqueles por onde vinha o comboio, em direção à criança agachada. Se esta não se desviasse, seria atingida, e George vira-o claramente.

— George! Não!... — gritou Edwina, libertando-se de Ben e correndo para os carris, no encalço do irmão. Mas as suas palavras foram abafadas pelo som estridente do apito do comboio que entrava na estação. Ben olhou desesperado em volta, à procura de um botão, de um alarme que pudesse acionar para parar tudo, mas não viu nada, sentindo então as lágrimas a sulcar-lhe o rosto enquanto acenava frenética ao maquinista, que não o viu.

Durante todo esse tempo, George corria que nem uma seta em direção a Alexis, levando Edwina no seu encalço; Edwina que tropeçava e caía nos carris, de saia nas mãos, sem parar de gritar por ele, até o comboio passar na sua frente com a força de um furacão. A espera que se seguiu pareceu interminável. Mas, assim que se afastou, correu em frente à procura dos irmãos, a soluçar incontrolavelmente, certa de que iria encontrá-los mortos. Mas em vez disso o que viu foi Alexis, toda suja e com o cabelo louro empapado em poeira, deitada debaixo de uma carruagem, rodeada pelos braços do irmão, no lugar para onde a empurrara. Alcançara-a mesmo a tempo, e a força do seu corpo ao chocar contra o dela, muito mais pequeno, projetara-os aos dois para fora de perigo. A quietude súbita da noite foi interrompida pelo choro de Alexis, enquanto o comboio chiava, à distância, e Edwina deixava-se cair sobre os joelhos, olhando para os dois e abraçando-os. Ben, que entretanto viera a correr, olhava para eles sem conseguir suster as lágrimas. Sentia-se incapaz de dizer o que quer que fosse a algum deles, nem mesmo a Edwina. Depois ajudou-a a pôr-se de pé, enquanto George tirava a menina de debaixo da carruagem. Ben pegou nela ao colo e levou-a para o carro, enquanto George seguia atrás deles, com um braço em torno de Edwina. Antes de chegarem ao automóvel, esta deteve-se e baixou o olhar para o irmão. Aos treze anos, não havia dúvida de que se tornara um homem, tão certo quanto seu pai o fora. Não um rapaz, um palhaço ou ainda uma criança, mas um homem. Abraçou-se a ele, chorando.

— Gosto tanto de ti... Oh, meu Deus, como gosto de ti... Pensei que vocês tinham...

Começou de novo a soluçar e não foi capaz de terminar a frase. Ainda tinha os joelhos a tremer quando se dirigiram, lentamente, para o carro. Durante o caminho para casa, Alexis disse-lhes aquilo de que já desconfiavam: ia ter com Phillip.

— Nunca mais voltes a fazer uma coisa dessas! — disse-lhe Edwina quando lhe deu banho em casa, deitando-a em seguida entre os lençóis da sua própria cama. — Nunca mais! Podia ter-te acontecido uma coisa horrível.

Com aquela vez e a do *Titanic,* era a segunda ocasião em que a menina por pouco não perdia a vida por fugir, e Edwina não sabia se, da próxima, poderia ter a mesma sorte. Se George não a tivesse empurrado para longe do caminho do comboio... Mal conseguia pensar nessa possibilidade, mas Alexis prometeu nunca mais repetir semelhante proeza. Apenas sentia saudades de Phillip...

— Ele voltará para casa — disse-lhe Edwina com ar pensativo. Também ela sentia a sua falta; porém, o irmão tinha o direito de estar a seguir o percurso escolhido.

— O papá e a mamã nunca mais voltaram — queixou-se Alexis em voz baixa.

— Isso foi diferente. O Phillip voltará. Na primavera já aqui estará. Agora, dorme.

Apagou a luz e desceu até à sala, onde Ben a esperava. George fora à cozinha petiscar, e ela, ao reparar em si mesma, viu que estava coberta com a poeira dos carris, tinha a saia rasgada, a blusa imunda e o cabelo até pior que o de Alexis.

— Como está ela? — perguntou Ben.

— Está bem.

Tão bem como alguma vez poderia estar. Nunca mais confiaria verdadeiramente em ninguém para o resto da vida... Jamais acreditaria que alguém voltaria e, sem a mãe, parte de si andaria sempre perdida.

— Sabe o que eu penso, não sabe? — perguntou Ben, que naquela noite, depois de tudo por que haviam passado, tinha um ar infeliz, infeliz e quase zangado. Ele ligara para a polícia, enquanto Edwina deitava Alexis, e sentira os olhos de George pousados nele com ar interrogativo ao voltarem da estação. — Acho que isto já foi bastante longe. Não me parece que seja capaz de lidar com eles sozinha, Edwina. É demasiado. Sê-lo-ia para qualquer pessoa. Os seus pais ao menos tinham-se um ao outro.

— Nós estamos ótimos — observou Edwina com calma. Também ela reparara na hostilidade de George para com o amigo.

— Está a querer dizer-me que tenciona continuar assim até eles crescerem?

O receio que ele mesmo sentira por causa da menina, ainda há pouco, transformara-se em irritação com Edwina, mas esta sentia-se demasiado exausta e abalada para discutir.

— Que sugere que faça? — perguntou-lhe asperamente. — Que os entregue a alguém?

— Pode casar-se.

Naquela noite, ela chamara-o apenas para a ajudar, nada mais. Ele, porém, ficara de repente esperançoso.

— Isso não é razão para casar com uma pessoa. Não tenciono juntar-me a uma pessoa só por não conseguir cuidar das crianças. É raro saírem fora do meu controlo. E, se não puder, contratarei alguém que me ajude nessa tarefa. Mas quando casar com alguém será por amor, o mesmo amor que tinha por Charles. Não o farei por menos. Não quero arranjar marido porque «não consigo cuidar deles sozinha». — Pensava no que os pais tinham sentido um pelo outro, no quanto ela amara Charles e que esses sentimentos não tinham nada a ver com o que ela experimentava em relação a Ben, que estava certa de nunca chegar a amar daquela maneira, por muito que isso o magoasse naquela noite e ela valorizasse a amizade entre ambos. — Além disso, não creio que as crianças se encontrem preparadas para aceitar o meu casamento.

Edwina não reparara mas George entrara na sala, vindo da cozinha, e escutava-os. A noite fora difícil e estavam a falar com uma certa estridência.

— Se é disso que está à espera, engana-se redondamente. Eles nunca estarão preparados para aceitar alguém na sua vida. Querem-na em exclusivo, todos eles... São egoístas e só pensam em si próprios... Phillip... George... Alexis... os mais pequenos... não querem que tenha vida própria. Desejam que esteja disponível para eles o dia inteiro, como se fosse uma ama. E, quando eles crescerem e já não precisarem de si, ficará só e eu já serei demasiado velho para a ajudar...

Começou a dirigir-se para a porta e Edwina não proferiu uma palavra. A certa altura voltou-se, devagar, para ela.

— Está a abdicar da sua vida por eles, Edwina. Tem consciência disso, não tem?

Edwina fitou-o e acenou que sim com a cabeça.

— Tenho sim, Ben. É uma escolha minha... a minha obrigação... É o que eles teriam querido que eu fizesse.

— Não, não é. — Fitou-a com tristeza. — Eles teriam querido que fosse feliz. Que seguisse o seu exemplo.

«Mas eu não posso», apeteceu-lhe gritar... «Nada disso é para mim... com eles tudo desapareceu...»

— Lamento...

Ficou parada no mesmo sítio, calada, enquanto George a observava, de certo modo aliviado por saber que ela não casaria com Ben. Não queria que o fizesse. E o seu instinto dizia-lhe que Phillip também não.

— Também lamento, Edwina — disse Ben com suavidade, fechando a porta depois de sair. Edwina voltou-se então e viu George a olhar para ela, o que a fez sentir-se de súbito embaraçada. Não sabia se teria escutado a conversa toda, mas desconfiava que sim.

— Estás bem, mana? — perguntou, aproximando-se dela com expressão preocupada, todo coberto de fuligem.

— Sim — respondeu Edwina, sorrindo —, estou.

— Tens pena de não casar com o Ben?

Queria saber o que ela sentia e sabia que a irmã era, quase sempre, sincera com ele.

— Não, nem por isso. Se realmente o amasse, teria casado com ele quando mo propôs pela primeira vez.

George mostrou-se muito admirado, o que a fez sorrir.

— Achas que alguma vez chegarás a casar?

Fez a pergunta com um ar preocupado, e Edwina, de repente, desatou a rir. Acabara de ter a certeza de que nunca o faria. Quanto mais não fosse, por não ter tempo para isso. Ocupava-o a ir a correr tirar crianças de debaixo do comboio, levá-las à escola e fazer biscoitos com Fannie, pelo que era improvável que viesse a ter um homem na sua vida além de, lá bem no seu íntimo, também ser algo que não desejava.

— Duvido.

— Porque não? — inquiriu George com curiosidade, enquanto subiam as escadas para o andar de cima.

— Olha... por muitas razões... Se calhar só porque gosto demasiado de vocês todos.

Suspirou e sentiu de novo uma dor intensa no coração. E talvez também por ter amado Charles. E quem sabe porque amar assim tanto alguém significa que parte de uma pessoa morreu... que se desistiu de tudo e se foi ao fundo ao seu lado, como a mãe fez, por opção, com o seu marido. Edwina dera tudo a Charles e aos irmãos e agora já não restava mais nada.

Fez companhia a George enquanto este se livrava da sujidade na casa de banho, e a seguir meteu-o na cama como se fosse o pequeno Teddy. Apagou a luz, aconchegou-lhe os lençóis e deu-lhe um beijo de boas-noites. Foi ver se Fannie e Teddy estavam a dormir nos seus quartos, passou pelo de Phillip, vazio, ao dirigir-se para o seu, onde Alexis ressonava levemente debaixo dos lençóis, com a cabecinha de cabelos louros pousada na almofada. Depois, sentou-se na beira da cama, olhou para a irmã e, pela primeira vez em muito tempo, foi à parte de cima do seu armário. Sabia que a caixa que viera de Inglaterra, cuidadosamente atada com fitas de cetim azul, ainda ali estava. Tirou-a para baixo, pousou-a no chão, retirou-lhe a tampa, e a pequena coroa de cetim branco bordado a pérolas minúsculas brilhou sob a luz do luar. Ao segurar no seu véu de noiva, com o seu mar de tule a esvoaçar à volta quais sonhos esmaecidos, teve a certeza de que, naquela noite, o que dissera a George era verdade... Nunca usaria um véu como aquele, nunca mais haveria outro homem na sua vida... Viveria apenas para Phillip, George, Alexis e os outros irmãos... Para Edwina não haveria mais ninguém. Era demasiado perigoso, desgastante e penoso... Para Edwina não haveria nenhum marido.

Voltou a guardar o véu de noiva na caixa sem sequer dar pelas lágrimas que lhe escaparam enquanto atava as fitas. Tudo o que aquilo representava deixara de existir para ela... por causa de uma noite passada no mar há muito tempo, junto do homem amado, o homem que deixara de existir... Amara Charles intensamente e tinha a certeza absoluta de que, para ela, nunca mais haveria outro.

CAPÍTULO

17

No dia 14 de julho de 1914, o comboio entrou na estação trazendo Phillip, sorridente, pendurado na janela do seu compartimento, enquanto Edwina, atrás de George, lhe acenava o mais que podia. Dava a impressão de ter decorrido um milhar de anos desde que partira, não os nove meses que acabara de completar, como caloiro, em Harvard.

Foi o primeiro a chegar à plataforma, rodeando todos com os braços. Edwina não conteve as lágrimas, George deixou escapar um grito estridente de alegria e os mais pequenos não paravam de pular de excitação. Alexis, que se mantinha um pouco à parte, fitava o irmão com a incredulidade estampada no rosto, como se tivesse a certeza de que ele nunca mais voltaria apesar de tudo o que Edwina lhe dissera e da garantia de que o irmão chegaria a tempo de passar o verão com eles.

— Ora viva, amorzinho! — exclamou Phillip, voltando-se calmo para Alexis e apertando-a contra si, enquanto a menina fechava os olhos e sorria de contentamento. Phillip estava de novo em casa, de modo que já não precisavam de mais nada. Parecia um sonho tornado realidade, e George dava-lhe socos no peito e puxava-lhe os cabelos, mas Phillip sorria-lhe e aturava-lhe tudo. Mal cabia em si de tão contente por estar em casa.

Quando voltou a subir para o comboio a fim de passar as malas a George através da janela do compartimento, Edwina apercebeu-se de que, no decorrer daquele ano, ficara muito mais alto e encorpado. Tinha um ar sofisticado, equilibrado e muito adulto. Não restavam dúvidas de que se tornara um homem. À beira dos dezanove, parecia ainda mais velho.

— Para que estás tu a olhar, mana? — perguntou a Edwina, que assomava atrás da cabeça de George, dizendo-lhe adeus, sorridente.

— Parece que cresceste um bocado durante esta ausência. Estás com bom aspeto.

Os olhos de ambos tinham a mesma tonalidade de azul e ela sabia que eram os dois muito parecidos com a mãe.

— Tu também não estás nada mal — reconheceu Phillip evasivamente, abstendo-se de lhe contar que quase não se passara uma só noite em que não sonhasse com o seu regresso a casa. O que não o impedia de gostar de Harvard. Ben Jones estava certo quando lhe dissera que era maravilhoso estar ali, apesar de, em muitas ocasiões, ter a impressão de se encontrar noutro planeta. Era muito diferente da Califórnia. Além disso, ficava muito longe, eram quatro dias de comboio. Chegar ali parecia levar uma eternidade. Nesse ano passara o Natal com a família do seu colega de quarto, em Nova Iorque, e tivera umas saudades terríveis de Edwina e dos outros irmãos, embora não tantas quantas as que estes tinham sentido dele. Edwina chegara a duvidar de que Alexis sobrevivesse sem ele por perto.

Phillip reparou que Ben não aparecera, o que o fez perguntar por ele, com expressão intrigada, quando iam a caminho do carro estacionado mesmo em frente da estação.

— Que é feito do Ben?

— Está longe. Em Los Angeles — respondeu Edwina com um sorriso. — Mas mandou-te um abraço. É provável que um dia destes queira almoçar contigo, para falarem sobre Harvard.

Ela também se sentia muito curiosa. As cartas em que ele lhe falara das pessoas com quem travara conhecimento, as cadeiras tiradas e os professores com quem estudava tinham-na fascinado. Houvera ocasiões em que chegara mesmo a causar-lhe inveja. Teria adorado ir para um lugar como Harvard. Semelhante hipótese nem sequer lhe passara pela cabeça antes da morte de Charles e dos pais. Nesses tempos, nada mais desejara do que casar e ter filhos. Mas depois passara a ter tantas responsabilidades, precisara de estar tão bem informada quando começara a participar nas reuniões da administração do jornal, que achava que devia estar a ensinar algo mais às crianças do que fazer bolos e plantar margaridas no jardim.

— Quem foi que te conduziu até aqui? — quis saber Phillip, tentando evitar que George deitasse ao chão os livros que trouxera para casa dentro de uma caixa grande, segurando, ao mesmo tempo, na mão de Alexis e mantendo-se atento a Fannie e Teddy. Era a ginástica do costume, de modo que Edwina respondeu a rir.

— Eu mesma.

Parecia muito orgulhosa consigo própria e Phillip começou a rir, achando que era brincadeira da irmã.

— Vá, a sério.

— É verdade. Ora essa, por que razão não poderia conduzir?

Deteve-se, sorridente, ao lado do *Packard* que comprara para a família, à laia de prenda para eles e para si mesma por ocasião do seu vigésimo segundo aniversário.

— Edwina, não podes estar a falar a sério.

— Claro que estou. Vá, coloque essa tralha toda aqui que, em seguida, terei muito gosto em conduzi-lo a casa, senhor Phillip.

Enfiaram tudo no porta-bagagem e o resto no tejadilho do elegante automóvel azul-escuro que ela comprara, e Phillip ficou impressionadíssimo por vê-la guiar até casa com tanta segurança. As crianças iam todas a tagarelar e George estava tão excitado que mal conseguia fazer tanta pergunta. A confusão era de tal ordem que Phillip, ao chegarem a casa, disse, a brincar, que estava com dores de cabeça.

— Bem, vejo que aqui nada mudou.

Depois fitou a irmã com atenção. Parecia-lhe bem e ainda mais bonita do se lembrava antes. Era um bela rapariga e custava a acreditar que aquela mulher extraordinária, que tão extremosa era com todos eles, não fosse sua mãe mas sim sua irmã, e que tivesse optado por aquela vida estranha e solitária que era tê-los ao seu encargo, embora parecesse ser essa a sua vontade.

— Estás bem? — perguntou-lhe, serenamente, ao entrarem em casa atrás dos outros irmãos.

— Estou ótima, Phillip. — Deteve-se então a olhar para o irmão. Crescera imenso durante aqueles meses de ausência e, para o fitar, ela era agora obrigada a olhar para cima, o que a levava a crer que se tornara ainda mais alto do que o pai. — Gostas de lá estar? Quero dizer, a sério...

Phillip assentiu com convicção.

— Sei que é muito longe de casa, mas estou a aprender coisas maravilhosas e a conhecer pessoas de quem gosto. Só preferia que ficasse um pouco mais perto.

— Não será para sempre — observou Edwina com otimismo. — Mais três anos e estarás de volta para dirigir o jornal.

— Mal posso esperar — retorquiu ele, sorrindo.

— Eu também. Estou a ficar terrivelmente farta daquelas reuniões.

Além do mais, às vezes era complicado lidar com Ben, pois este apanhara uma grande desilusão na última vez em que recusara a sua proposta, na noite em que Alexis por pouco não fora apanhada pelo comboio. No entanto, continuavam amigos. Mantinham apenas um pouco mais de distância entre si do que até então.

— Quando vamos para o lago Tahoe, Win? — perguntou Phillip, olhando em torno de si como se tivesse estado ausente muitos anos, absorvendo o que via, tocando nos objetos. A irmã nem imaginava o quanto ele sentira saudades de tudo aquilo.

— Só daqui a umas semanas. Pensei em irmos em julho, como de costume. Não sabia que planos tinhas para agosto.

Além disso, em setembro, Phillip teria de voltar para Cambridge, mas antes disso dispunha de dois meses e meio para desfrutar da companhia dos irmãos.

Durante a primeira semana, Phillip fez com os irmãos tudo aquilo que programara. Foram jantar aos restaurantes preferidos, visitaram os amigos chegados, e Edwina reparou, no início de julho, que surgira até uma certa jovem na vida sentimental do irmão. Era uma rapariga muito bonita, loura e delicada, que ficava nitidamente embevecida com Phillip sempre que ia jantar com eles. Tinha apenas dezoito anos e fazia com que Edwina se sentisse um milénio mais velha. Tratava-a com a deferência que era devida a uma mulher com o dobro da sua idade, levando-a a sentir curiosidade sobre o que a rapariga acharia dela. Mas quando, no dia seguinte, fez essa observação a Phillip, este limitou-se a rir e a dizer-lhe que era apenas a jovem a querer impressioná-la. Chamava-se Becky Hancock e os pais tinham uma casa perto do lago Tahoe, próxima do local onde Edwina e os irmãos ficavam, o que vinha mesmo a calhar.

Foi visita assídua da casa durante o mês de julho e chegou mesmo a convidar Phillip, Edwina e George para irem jogar ténis. Edwina era boa jogadora daquela modalidade e, quando Phillip e Becky saíam do recinto, ela e George divertiam-se a jogar durante algum tempo, ficando contentíssima sempre que conseguia ganhar ao irmão mais novo.

— Para uma rapariga tão velha até nem estás nada mal — provocava-a George, que a seguir recebia com uma bolada em cheio.

— Vais ver se te deixo guiar o meu carro.

— Está bem, está bem, peço desculpa.

Phillip utilizava o carro para andar com Becky, mas, sempre que este estava livre, Edwina aproveitava para ensinar George a guiar. Este, então com catorze anos, mostrava uma habilidade fora do comum e, nos últimos tempos, deixara um pouco de parte a sua traquinice, reparando Edwina que começara mesmo a olhar para as raparigas.

— O Phillip é parvo em se prender àquela miúda — observou George um dia, quando seguiam no automóvel, com ele ao volante, enquanto Phillip ficava no acampamento a tomar conta dos irmãos mais novos.

— Porque dizes isso?

Não sabia se concordava; no entanto, sentia curiosidade em conhecer as razões que levavam o irmão a fazer tal declaração.

— Ela gosta dele por todas as razões erradas.

Era uma observação interessante.

— Tais como?

Mantendo um ar pensativo, fez uma curva com perícia, que a irmã elogiou.

— Obrigado, mana. — Depois os seus pensamentos voltaram-se de novo para Becky. — Às vezes penso que ela só gosta dele por causa do jornal do papá.

O pai de Becky era dono de um restaurante e de dois hotéis; portanto, não se poderia dizer que fosse pobre... Mas o jornal dos Winfield tornara-se muito importante e possuía muito mais prestígio. Um dia, Phillip seria um homem importante, tal como seu pai o fora. Ela era uma rapariga esperta, se andava à procura de marido. Phillip, porém, ainda era muito jovem para pensar em casamento, o que não parecia acontecer aos olhos de Edwina, pelo menos assim o esperava, e por muito tempo.

— Talvez tenhas razão. Por outro lado, o teu irmão não deixa de ser um tipo muitíssimo atraente.

Sorriu a George, que encolheu os ombros com desdém, fitando-a em seguida com atenção, enquanto se aproximavam de casa.

— Edwina, achas que será horrível da minha parte não trabalhar no jornal quando for crescido?

Edwina ficou espantada e pensativa com as palavras do irmão, mas disse que não com a cabeça.

— Horrível não diria... mas tu não gostarias?

— Não sei... Acho apenas que seria uma chatice. É mais do género de Phillip do que do meu.

Falava com tanta seriedade que Edwina não pôde deixar de lhe sorrir. Ainda era tão novo, além disso, ainda há poucos meses atrás, mostrara-se incontrolável. Mas nos últimos tempos começara a parecer-lhe mais maduro, até, naquele momento, lhe dizer que tinha dúvidas em trabalhar no jornal.

— Então qual é o «teu» género de trabalho?

— Não sei... — Pareceu hesitante, depois olhou-a de relance, preparando-se para ser sincero. — Acho que um dia gostaria de fazer cinema.

A irmã fitou-o atónita, apercebendo-se então de que ele falava a sério. A ideia era tão inimaginável que a fez rir; no entanto, George continuou a explicar que achava aquele mundo fascinante, falando-lhe depois de um filme que vira, recentemente, com Mary Pickford.

— E quando foi que o viste? — quis saber Edwina, que não se recordava de o deixar ir ao cinema há uns tempos. Mas George sorriu-lhe esfuziante e não se fez rogado.

— Quando, no mês passado, fiz gazeta às aulas.

Edwina ficou de boca aberta, mas depois desataram ambos às gargalhadas.

— És um malandro incorrigível.

— Pois sou — concordou George com boa disposição —, mas admite... mesmo assim gostas de mim, não é?

— Deixa-te disso.

Fê-lo parar o carro e sentou-se ela ao volante, continuando em direção a casa a tagarelar sobre a vida, a família, os filmes de que ele tanto gostava e o jornal. Quando chegaram ao acampamento e ela desligou o motor, Edwina virou-se para George com a surpresa estampada no rosto.

— Estás a falar a sério, não estás?

Mas como poderia ele estar a pensar seriamente em semelhante coisa? Para ela, não passavam de sonhos de adolescente.

— Sim, estou. Um dia será o que farei. — Sorriu-lhe com ar feliz. Gostava muito daquela irmã, que considerava a sua melhor amiga. — Fá-lo-ei, enquanto o Phillip dirige o jornal. Verás.

— Seja como for, espero que um de vocês se encarregue do jornal. Detestaria estar a aguentá-lo em vão.

— Sempre poderias vendê-lo e fazer uma data de massa — sugeriu-lhe ele com otimismo, mas Edwina sabia que a questão não era assim tão fácil de resolver. O jornal vinha a sofrer alguns problemas laborais nos últimos tempos, assim como algumas dificuldades financeiras. As coisas passavam-se de maneira um pouco diferente de quando era o próprio proprietário a dirigi-lo. E ela precisava de o conservar ativo durante os três anos seguintes, até Phillip terminar Harvard. Naquele momento, três anos pareciam, aos olhos de Edwina, uma eternidade.

— Vocês dois gostaram do passeio? — perguntou Phillip sorridente, ao chegarem.

Teddy estava a dormir na rede atada debaixo das árvores, e Phillip tinha tido uma conversa longa e séria com Fannie e Alexis.

— De que falavam? — quis saber Edwina, sorrindo, bem-disposta, ao sentar-se ao lado dos irmãos, enquanto George ia mudar de roupa. Combinara ir pescar trutas com uma das suas vizinhas.

— Estávamos a falar de como a nossa mãe era bonita — respondeu Phillip sereno.

Notava-se que Alexis aparentava uma felicidade que há muito não se via. Adorava ouvir falar da mãe e havia ocasiões, quando dormia na cama de Edwina, em que fazia com que esta falasse, durante horas, sobre a mãe. Às vezes tornava-se penoso para os mais velhos; porém, aquilo significava para os mais pequenos manter a recordação da mãe viva. Teddy, esse adorava ouvir histórias acerca do pai.

— Porque foi que eles morreram? — perguntara um dia a Edwina, que lhe dera a única resposta que lhe ocorrera na altura.

— Porque Deus amava-os tanto que os quis levar para junto dele.

Teddy acenou com a cabeça com ar de compreensão, mas logo a seguir fitou a irmã com ar preocupado.

— Ele também gosta muito de ti, Edwina?

— Não assim tanto, queridinho.

— Ainda bem.

O menino dera-se por satisfeito, e a conversa prosseguira noutro sentido. Edwina verificava, entristecida, que o irmãozito era tão pequeno aquando da morte dos pais que jamais saberia como haviam sido. Mas Alexis ainda se recordava deles e Fannie também, embora menos. Já tinham decorrido dois anos desde a sua morte e a dor atenuara-se um pouco para todos eles. Até mesmo para Edwina.

— Hoje trouxeste o jornal? — perguntou Phillip a Edwina com ar casual, mas a irmã respondeu-lhe que não tivera tempo, pelo que ele disse que o compraria quando fosse visitar Becky.

Sentira-se preocupado, semanas antes, com o assassínio do herdeiro do trono austríaco, e insistira, várias vezes, com Edwina, que o facto teria consequências mais vastas do que aquelas que as pessoas imaginavam. Começara a envolver-se mais a sério na política no último ano e falava em optar pela licenciatura em Ciências Políticas ao voltar para Harvard. Quando, nessa tarde, leu o jornal, ficou estupefacto ao verificar que tivera razão. Era um exemplar do jornal dos Winfield, o *Telegraph Sun,* e na primeira página lia-se, em letras gordas, o seguinte cabeçalho: EUROPA EM GUERRA. O assassínio do arquiduque Francisco Fernando e de sua mulher, em Sarajevo, dera aos austríacos a desculpa de que precisavam para declarar guerra à Sérvia, e a seguir à Alemanha para fazer o mesmo à Rússia e, dois dias depois, à França, invadindo também a Bélgica neutral. No dia seguinte, os ingleses retribuíam na mesma moeda aos alemães. Parecia uma loucura completa, mas o certo é que, no espaço de uma semana, quase todos os Estados da Europa tinham entrado em guerra uns com os outros.

— Que significado pode esta situação ter para nós? — perguntou-lhe Edwina alguns dias depois, quando vinham a caminho de São Francisco. — Achas que também iremos entrar no conflito?

Olhou para Phillip com ar preocupado, mas este sorriu e apressou-se a tranquilizá-la.

— Não há razão para que isso aconteça.

Sentia-se fascinado com toda aquela situação e devorava tudo o que conseguia encontrar sobre o assunto. Assim que chegaram à cidade, dirigiu-se de imediato ao jornal do pai. Quando Becky também ali apareceu, passaram horas a analisar e a conversar sobre as notícias chegadas da Europa.

Durante o resto do mês, as notícias da guerra foram o ponto fulcral de todas as conversas, prevendo-se que o Japão entrasse na guerra, contra a Alemanha, e sabendo-se já dos ataques aéreos dos caças alemães a Paris. No período de um mês, a guerra assumira uma escala aterradora e o mundo assistia, estupefacto, ao desenrolar da tragédia.

Quando Phillip partiu para Harvard no princípio de setembro, ainda não se libertara do fascínio que a situação exercia sobre ele e, durante o caminho, comprava um jornal em cada estação e comentava a situação com as pessoas que seguiam no comboio. Mostrava um zelo juvenil com tudo aquilo; porém, o seu interesse pela guerra fez com que Edwina também ganhasse maior consciência da mesma. Lia tudo o que aparecia, para assim, nas suas reuniões mensais no jornal, poder pronunciar-se sobre os acontecimentos. Mas também ela passava pelos seus próprios problemas no jornal, devido às reivindicações sindicais. Havia alturas em que duvidava de que chegasse a aguentar a empresa por mais dois anos e meio. Esperar que Phillip terminasse os seus estudos parecia-lhe nunca mais chegar ao fim. Daí que as decisões que tomava nas reuniões fossem cautelosas. Não queria correr quaisquer riscos e deitar tudo a perder e, por muito que a criticassem pelas suas posições conservadoras, sabia que, na altura, nada mais podia fazer.

Em 1915, enquanto Phillip se esforçava por levar o seu segundo ano a bom termo em Harvard, a Grande Guerra ganhou maior intensidade e os submarinos alemães bloquearam a Grã-Bretanha. De vez em quando ainda conseguia receber correio da tia Liz, mas cada vez era mais difícil. As suas cartas eram dominadas por uma nota triste e queixosa. Afastara-se muito de Edwina e dos seus irmãos.

Recordavam-na como alguém que já não viam há muito tempo e a quem mal conheciam. Continuava a aborrecer Edwina para se ver livre das roupas dos pais, coisa que ela acabara por fazer já há muito tempo, para que vendesse a casa e o jornal e fosse viver com ela para Havermoor, ao que Edwina nem sequer se dera ao trabalho de responder nas suas cartas.

Não obstante a guerra, a Exposição Panamá-Pacífico foi inaugurada em São Francisco em fevereiro, e Edwina levou os irmãos a visitá-la. Passaram um belo bocado e depois insistiram em ir aí todas as semanas. Mas o mais excitante de tudo foi o estabelecimento de ligações telefónicas, em janeiro, entre Nova Iorque e São Francisco. Quando Phillip foi à primeira cidade visitar uns amigos, pediu licença para fazer um telefonema para São Francisco, pagando ele os custos da chamada.

Na noite em que o telefone tocou, encontravam-se todos a jantar, e Edwina não imaginou nada de especial quando pegou no auscultador. A telefonista estabeleceu a ligação, disse-lhe que aguardasse e, de repente, estava a falar com Phillip. Não se ouvia grande coisa e havia muito ruído na linha, mas ela conseguia ouvir o irmão e fez sinal às crianças para que se aproximassem a fim de também falarem com ele. Cinco cabeças juntas foram gritando, cada uma, a sua mensagem para o bocal do aparelho, enquanto Phillip escutava e depois mandava um grande beijo para todos e dizia que tinha de desligar. Foi uma mudança que os deixou entusiasmados e fez com que aquele irmão parecesse ficar menos afastado, enquanto esperavam que regressasse de Harvard.

Em Harvard, Phillip foi convidado para participar numa cerimónia que lhe avivou recordações penosas que tinham começado a desvanecer-se. A senhora Widener solicitara a sua presença na sessão de inauguração da Biblioteca Harry Elkins Widener, fundada em memória do filho. A última vez em que tinham estado juntos fora no *Titanic,* e Phillip lembrava-se muito bem dele. Fora ao fundo com o pai e também era amigo de Jack Thayer. Quando todos se reuniram para a inauguração, a atmosfera que reinava era de tristeza, e Phillip e Jack conversaram durante algum tempo, antes de se retirarem. Era estranho pensarem que tinham, um dia, estado no mesmo salva-vidas, o que levou a que um ou dois dos jornais locais quisessem entrevistar Phillip na sua qualidade de um dos sobreviventes; no entanto, acabaram por esquecê-lo, para grande alívio seu. A perda fora demasiado grande para todos e já se passara demasiado tempo para voltarem a falar no assunto. Escreveu a Edwina a contar que voltara a encontrar Jack Thayer; porém, esta não fez qualquer referência ao facto quando lhe respondeu. Ele sabia que, também para a irmã, o tema era doloroso. Já mal falavam na tragédia vivida, embora ele tivesse a certeza de que Edwina continuava a lembrar-se de Charles, apesar de quase nunca se lhe referir. Ainda era uma agonia para ela, situação que, a seu ver, se manteria para sempre. Fora nessa noite que a sua vida de adolescente terminara para sempre.

No entanto, o verdadeiro golpe veio em maio. Phillip ia a caminho da universidade quando a notícia lhe chegou aos ouvidos, fazendo-o parar a pensar na noite gélida que vivera há quase três anos.

O *Lusitania* fora afundado por torpedos alemães e o mundo estava em pânico. Ao que tudo indicava, o inocente navio de passageiros fora atacado e afundara em dezoito minutos, levando consigo mil duzentas e uma pessoas. Foi um golpe brutal cujas consequências ninguém, melhor do que Phillip, compreendeu. Passou a manhã toda a relembrar a tragédia e a forma como ela seria sentida pela irmã quando chegasse ao seu conhecimento. Ainda era um acontecimento demasiado recente para todos eles. E teve razão. Quando Edwina soube, fechou os olhos e depois percorreu toda a California Street a pé, de regresso do jornal do pai. Ben, quando a viu sair, ofereceu-lhe boleia, mas ela limitou-se a acenar-lhe negativamente com a cabeça. Não conseguia falar e era como se nem sequer o visse.

Caminhou devagar em direção a casa a pensar, tal como Phillip fizera, na noite terrível de há três anos e nas mudanças ocorridas nas suas vidas desde então. Quisera esquecer-se de tudo e conseguira, mas a perda do *Lusitania* trouxe, tudo de novo à superfície. No caminho para casa, as recordações voltaram a ganhar nitidez e fizeram-na pensar nos pais e em Charles. Era como se estivesse a ver de novo o rosto deles por entre as lágrimas que lhe turvavam a vista, rezando, ao mesmo tempo, pelos mortos do *Lusitania.*

Ao recordar a situação vivida há três anos, quase juraria que escutava de novo o hino dramático que a orquestra do *Titanic* tocara pouco antes do afundamento. Lembrava-se do vento gelado no rosto, do som horrendo de algo a rebentar, a troar, a dilacerar-se... e de nunca mais ter voltado a ver pessoas que amara e perdera tão rapidamente.

— Edwina, que foi? — exclamou Alexis, assustada ao ver a cara da irmã quando esta entrou em casa e levantou cuidadosamente o véu antes de tirar o chapéu.

A irmãzita já fizera nove anos, mas Edwina não queria recordar-lhe a sua própria perda; por isso, fez-lhe uma festa no rosto e abanou a cabeça, mas os seus olhos não souberam mentir.

— Não foi nada, querida.

A criança voltou para dentro e foi brincar, e Edwina ficou a observá-la durante muito tempo, a pensar nas pessoas que eles tinham perdido e naqueles que o *Lusitania* levara para as profundezas do mar.

Edwina passou o dia todo muito calada e, nessa noite, Phillip telefonou-lhe, ciente do que a irmã estaria a sentir depois de receber a notícia.

— É uma guerra muito feia, não achas, Win?

— Como puderam cometer semelhante crime?... Um navio de passageiros...

A simples ideia fê-la estremecer com uma dor já conhecida.

— Não penses mais nisso.

Mas era impossível não pensar. As lembranças do *Titanic* não paravam de lhe atormentar a mente... A noite em que o navio fora ao fundo... o chiar dos salva-vidas a serem descidos... os gritos de agonia das pessoas que se iam afogando. Como era possível uma pessoa deitar para trás das costas recordações como aquelas? Quando se desvaneceriam? Naquela noite, deitada na sua cama a pensar nos pais e em Charles, na vida que desfrutara junto deles e que contrastava profundamente com a que levava naquela altura, sozinha com as crianças, começou a achar que tal jamais poderia ter acontecido.

CAPÍTULO

18

Pouco depois de o *Lusitania* ser afundado, a Itália rompeu a sua aliança com a Alemanha e também declarou guerra à Áustria. Em setembro desse mesmo ano, a Rússia perdeu toda a Polónia, a Lituânia e o Curdistão, assim como um milhão de homens. A Grande Guerra estava a ter um preço chocante e os Estados Unidos mantinham o seu papel de observador imparcial.

No ano seguinte, em 1916, os alemães e os franceses perderam perto de setecentos mil homens só na batalha de Verdun, e a de Somme vitimou mais de um milhão de homens. Os alemães continuavam a atacar impiedosamente com os seus submarinos, não poupando nem navios de mercadorias nem de passageiros, além dos de guerra. O facto levantou um vasto coro de protestos e, nessa altura, já Portugal também fora arrastado para a guerra e os ataques aéreos a Londres prosseguiam. Em novembro, Wilson foi reeleito, sobretudo por manter os Estados Unidos afastados da guerra. Mas todas as atenções se fixavam na Europa, onde a carnificina continuava.

A 31 de janeiro de 1916, Berlim informou Washington de que a utilização não restrita dos submarinos na guerra fora reatada e, dois meses depois, anunciava que os mesmos seriam utilizados para afundar qualquer embarcação que transportasse abastecimentos para os países aliados. Dias depois, Wilson tomou, por fim, uma posição e, apesar de ter afirmado que havia nações, como os Estados Unidos, «demasiado orgulhosas para se meterem em guerras», anunciou que defenderia o tipo de liberdade de que os americanos sempre tinham usufruído e da qual não podiam prescindir.

Edwina continuou a receber notícias da tia Liz, embora as cartas fossem raras e muito espaçadas, vindas da Europa através de circuitos alternativos; porém, a velha senhora parecia estar bem, apesar do tempo horrível e da tremenda escassez de combustíveis e alimentos. Desejava, acima de tudo, que a vida corresse bem a Edwina e aos irmãos, afirmando que estava ansiosa por voltar a vê-los a todos. Esperava que, terminada a guerra, eles fossem visitá-la, mas a simples perspetiva fazia Edwina estremecer. Nunca mais fora capaz, sequer, de apanhar o *ferry* para Oakland.

No entanto, ia frequentemente ao jornal e era sempre com interesse que ouvia os homens a falar sobre a guerra. Nessa altura, já fizera as pazes com Ben e continuavam a ser bons amigos. Este aceitara o facto de Edwina não pretender casar com ninguém e de a vida que levava com os irmãos lhe bastar. Edwina desfrutava da sua amizade, dos seus pontos de vista masculinos e conversavam interminavelmente acerca da guerra e dos problemas que estavam a ter no jornal. Nessa altura, Phillip já se encontrava no seu último ano em Harvard, o que representava um alívio para Edwina, pois esta tinha consciência de que a publicação necessitava de ser gerida por um membro da família. A concorrência era renhida e todos os outros jornais eram dirigidos por pessoas e famílias entendedoras na matéria, sobretudo no caso dos Young, proprietários de um dos jornais mais importantes de São Francisco. Além disso, o poderoso império que o pai edificara durante anos fora fortemente abalado pela sua ausência. Cinco anos era muito tempo e chegara a altura de Phillip tomar conta dele. Edwina também sabia que só dali a um ano ou dois é que o irmão ficaria a par de toda a orgânica do jornal, mas tinha esperança de que ele fosse capaz de voltar a colocá-la no lugar em que sempre estivera. Até mesmo o seu rendimento diminuíra um pouco durante os últimos dois anos; porém, o estilo de vida da família ainda não fora afetado. Edwina sentia-se satisfeita com o regresso, para breve, do irmão. No outono, George iniciaria o seu curso de quatro anos em Harvard.

No entanto, a 6 de abril, os Estados Unidos entraram na guerra, e Edwina regressou da sua reunião mensal no jornal com ar sombrio. Estava preocupada com os rapazes, conversara longamente com Ben sobre o que aquela mudança política poderia significar para eles, mas haviam concluído que não haveria qualquer possibilidade de Phillip e George serem afetados. Phillip andava na universidade e George era demasiado novo, de modo que Edwina ficou mais descansada. Não conseguia esquecer-se das notícias terríveis que lera no jornal do pai sobre as imensas baixas verificadas no decurso das batalhas.

Quando chegou a casa, Alexis disse-lhe que Phillip telefonara e que voltaria a fazê-lo à noite, o que não chegou a acontecer, levando a que Edwina nunca mais se lembrasse do facto. Às vezes, o irmão gostava de ligar para ela apenas para falarem sobre factos relacionados com a situação mundial e, embora ela desencorajasse semelhante tipo de extravagância, sentia-se lisonjeada. Estava tão habituada a passar o dia a apanhar brinquedos do chão, a atar fitinhas em tranças e a ralhar com Teddy por deixar ficar os seus soldadinhos por tudo quanto era sítio, que era revigorante conversar sobre assuntos importantes com os irmãos mais velhos. George também se interessava pela guerra; porém, a sua grande motivação ia para os filmes que, na altura, estavam a ser feitos sobre a matéria. Ia vê-los sempre que podia, acompanhado por uma das incontáveis namoradas que faziam parte da sua lista. Edwina encarava aquela maneira de estar com complacência, pois fazia-lhe recordar a sua própria juventude, tempos idos em que só lhe importavam as festas e os bailes. De vez em quando ainda os frequentava, mas a sua situação mudara com o desaparecimento de Charles e com o seu desinteresse por qualquer outra pessoa. À beira dos vinte e seis anos, contentava-se com a vida que levava e não se preocupava em arranjar marido.

Ocasionalmente, George incitava-a a sair. Na sua opinião, a irmã devia conviver mais. Ainda se lembrava de como fora «antes», com os pais vestidos a rigor para sair e Edwina envergando lindos vestidos compridos quando, à noite, acompanhava Charles. Mas, sempre que tocava no assunto, isso apenas servia para entristecer a irmã, e os mais novos começavam a pedinchar para ver os vestidos que usara. Os mais bonitos, no entanto, já tinham sido guardados, ainda que não esquecidos. Nos últimos tempos, passara a usar roupa mais conservadora, chegando mesmo a servir-se de alguns dos vestidos que haviam pertencido à mãe, o que a fazia parecer uma jovem matrona.

George perguntara-lhe porque não saía mais, ao que ela respondera que já convivia o suficiente. Ainda nem há uma semana estivera num concerto com Ben e a nova namorada deste.

«Sabes ao que me refiro», retorquira-lhe George, aborrecido, pois na sua pergunta estavam implícitos os homens, assunto que Edwina se escusava a discutir com o irmão. Os sentimentos da família em relação ao facto eram, no entanto, contraditórios. Por um lado, achavam que ela devia divertir-se mais, por outro, eram muito possessivos em relação à sua pessoa. Mas, fosse como fosse, Edwina não queria nenhum homem na sua vida. Ainda sonhava com Charles, apesar de, cinco anos decorridos, as recordações já se terem diluído um pouco. Mas sentia, no seu íntimo, como se lhe pertencesse ainda, e detestava os sussurros e os comentários que ouvia as pessoas fazerem sobre ela: «... uma tragédia... terrível... coitada... rapariga tão bonita... o noivo afundou com o *Titanic,* sabes... os pais também... ficou a criar os irmãos». Era demasiado orgulhosa para lhes dar a entender que ficava magoada e demasiado sensível para se manter indiferente quando alguém lhe chamava solteirona. Mas tinha consciência de que era essa a realidade. Aos vinte e cinco anos, não se permitia preocupar-se com essa questão, insistindo que não lhe interessava. Essa porta fechara-se para ela, essa parte da vida terminara para sempre. Há anos que nem sequer olhava para o seu véu de noiva. Já não suportava a dor que tal lhe causava. Duvidava que voltasse a vê-lo de novo; no entanto, continuava lá...

por pouco não o utilizara... Era quanto lhe bastava... Quem sabe se um dia não seria usado por Alexis ou Fannie no dia do seu casamento... em memória de um amor que nunca morrera, de uma vida que nunca se concretizara. Mas de nada servia continuar a pensar no assunto. Tinha demasiadas tarefas entre mãos. Perguntou a si mesma se Phillip chegaria a telefonar-lhe para falarem sobre a entrada dos Estados Unidos na guerra, mas, apesar de o ter prometido a Alexis no dia anterior, não o fez.

George, porém, quando chegou a casa não falou de outra coisa e afirmou, várias vezes, que lamentava não ter idade suficiente para ir, para grande desgosto de Edwina, que lho disse apesar de ele considerar a sua posição extremamente antipatriótica.

— Eles andam à procura de voluntários, Win! — exclamou, de sobrolho franzido para a irmã, reparando, contrariado consigo mesmo como sempre acontecia, que a irmã se tornara ainda mais bonita do que a mãe. Era alta, graciosa e esbelta, com os longos cabelos negros e reluzentes que usava soltos pelas costas quando ficava em casa, o que a fazia parecer uma rapariga, em contraste com os penteados austeros que fazia sempre que ia até à cidade, às reuniões no jornal do pai ou a alguma festa à noite.

— Não me interessa que andem à procura de voluntários — declarou Edwina, fitando-o com firmeza. — Não metas ideias nessa tua cabeça. És demasiado novo. Quanto ao Phillip, tem um jornal para dirigir. Deixa que outros vão para a guerra. De qualquer maneira, não tardará a chegar ao fim.

No entanto, ainda não havia indícios de tal, e milhões de vidas continuavam a ser ceifadas nas trincheiras escavadas na Europa.

Cinco dias depois de o congresso declarar a entrada do país na guerra, quando Edwina ia a entrar, vinda do jardim carregada com uma braçada das rosas da mãe, ao erguer o olhar ficou mortalmente pálida. À entrada da cozinha, alto e bem-parecido, com uma expressão dolorosamente grave, estava o seu irmão Phillip. Edwina parou onde estava e depois aproximou-se, devagar, dele, receosa de lhe perguntar porque se encontrava ali, vindo de Boston, que ficava tão longe. Deixou cair as rosas em cima da relva e correu a abraçar o irmão, assim ficando durante muito tempo. Como ele crescera, verificou com estranheza. Então com vinte anos, ao contrário de Edwina, parecia muito mais velho. As responsabilidades que assumira nos últimos cinco anos tinham deixado marca nele, tal com em Edwina que, embora as sentisse, não as exteriorizava.

— Que aconteceu? — perguntou Edwina com lentidão ao afastar-se do irmão, mas sentindo uma dor intensa no coração por já pressentir qual seria a resposta.

— Vim a casa falar contigo.

Não o imaginava capaz de ter tomado uma decisão tão importante sem primeiro a consultar. Respeitava-a e gostava demasiado dela para não lhe pedir a opinião, se não mesmo a permissão.

— Como conseguiste afastar-te da faculdade? Ainda não estás de férias, pois não?

Mas ela já sabia, apenas se recusava a admitir aquilo que receava. Preferia que ele lhe dissesse que se tratava de outra coisa qualquer, até mesmo que fora expulso de Harvard.

— Deixaram-me tirar uns dias.

— Ah! — Sentou-se, com movimentos lentos, à mesa da cozinha e, por um instante, nenhum deles se mexeu. — Quantos?

Phillip não se atreveu a responder-lhe. Ainda era muito cedo... Antes disso tinha muito para lhe dizer.

— Edwina, preciso de falar contigo... Vamos antes para outra sala, está bem?

Ainda estavam na cozinha e a senhora Barnes andava a cirandar por perto, na despensa. Ainda não vira Phillip, mas este sabia que, assim que isso acontecesse, a confusão seria enorme e ele não teria oportunidade de falar com Edwina.

Sem proferir palavra, Edwina caminhou solene em direção à sala de estar da frente. Era uma divisão onde raramente se instalavam, exceto quando tinham visitas, o que era raro.

— Devias ter telefonado antes de vir — observou ela, com reprovação.

Ter-lhe-ia dito então que não pensasse em ir a casa. Não gostava de o ver ali, sobretudo com aquele ar tão adulto e como se tivesse algo de terrível a comunicar-lhe.

— Cheguei a telefonar, mas tinhas saído. A Alexis não te disse?

— Disse, mas não chegaste a ligar outra vez.

Edwina olhava para o irmão e sentia as lágrimas a quererem subir-lhe aos olhos. Era ainda muito inocente e jovem, apesar do ar grave e dos seus modos quase de adulto e do refinamento adquirido em Harvard.

— Foi nessa noite que me meti no comboio, Edwina. — Respirou fundo. Não podia fugir ao inevitável por mais tempo. — Alistei-me. Daqui a dez dias parto para a Europa. Quis ver-te antes disso, explicar-te...

Mal ele proferira as palavras, Edwina pusera-se imediatamente de pé e começara a andar, nervosa, pela sala, torcendo as mãos, até se voltar por fim para o fitar com ar irado.

— Phillip, como pudeste fazer semelhante coisa? Com que direito, depois de tudo aquilo por que passámos? As crianças precisam imenso de ti... e eu também... e o George partirá em setembro... — Eram mil as razões pelas quais ela achava que ele não deveria partir, mas a mais simples de todas era o medo de ficar sem ele. E se fosse ferido, ou morresse? A simples perspetiva quase a fez desfalecer. — Não podes fazer isso! Todos nós dependemos de ti... Nós... Eu... — Não conseguiu continuar a falar e fitou-o com os olhos rasos de lágrimas, acabando por lhe virar as costas. — Phillip, por favor, não vás... — acrescentou em tom abafado, enquanto o irmão se acercava dela e lhe tocava suavemente no ombro, desejoso de se explicar mas ainda não convencido de que conseguiria fazê-lo.

— Edwina, não posso deixar de ir. Não sou capaz de me deixar ficar aqui a ler o relato de batalhas nos jornais e continuar a sentir-me um homem. Agora que o meu país entrou na guerra, tenho obrigação de cumprir o meu dever.

— Que disparate! — exclamou Edwina, virando-se de rompante para Phillip e encarando-o com os olhos a faiscar, como sua mãe teria feito anos antes. — A tua obrigação é para com dois irmãos e três irmãs! Temos todos estado à espera que cresças e agora não tens o direito de nos defraudar.

— Não estou a defraudar-vos, Win. Voltarei. Depois, prometo compensar-vos. Juro!

A irmã despertara nele um sentimento de culpa por os abandonar, o que não o impedia de achar que tinha um dever a cumprir para com o seu país. Além disso sabia, no seu íntimo, que o pai teria aprovado a sua decisão. Tratava-se de algo ao qual não podia fugir, por muito que Edwina se zangasse com ele. Em Harvard até os professores tinham compreendido a sua posição. Para eles, era apenas a sua obrigação de homem. Mas, para Edwina, era uma espécie de traição. Quando George irrompeu pela porta da frente, pouco depois, ela ainda chorava e olhava para o irmão com raiva.

Ia a passar em frente da entrada da sala, como sempre fazia, quando vira a irmã de relance, de cabeça baixa, o longo cabelo a cair-lhe em cascata pelas costas, tal como estivera no jardim quando atirara as rosas para o chão, mas de onde estava, à entrada, não podia ver o irmão.

— Ei, Win... que se passa?... Algum problema?

Parecia espantado e Edwina voltou-se devagar para ele. George trazia uma pilha de livros nos braços, tinha o cabelo escuro despenteado e uma aparência jovem e saudável, destacando-se as faces quentes e rosadas devido ao ar primaveril que reinava no exterior. Olhava para a irmã com preocupação quando Phillip se aproximou dele. Foi então que George o viu e ficou ainda mais preocupado com o que lhe leu no olhar.

— Ei... O que aconteceu?...

— O teu irmão alistou-se no exército — respondeu Edwina como se Phillip tivesse assassinado alguém, deixando George a olhar para ele sem saber o que dizer.

Logo a seguir, porém, os seus olhos iluminaram-se e esqueceu Edwina por um momento, chegando-se ao irmão e dando-lhe uma palmada nos ombros.

— Ainda bem que o fizeste, meu velho. Dá-me cabo deles!

Depois lembrou-se da irmã, que se aproximara rapidamente, atirando o cabelo para trás das costas com um gesto de raiva.

— E se são eles a dar cabo dele, George? Se são eles a fazer-lhe isso? E se o matam? Como é? Depois será assim tão glorioso? Ficarás com essa mesma cara de contentamento? Que farás tu então, irás enfrentá-los e «darás cabo deles»? Pensem nisso, os dois. Reflitam no que estão a fazer. Lembrem-se desta família antes de tomarem alguma decisão e no que será dela quando isso acontecer.

Passou por eles e, voltando-se para trás, lançou um último olhar angustiado a Phillip e declarou em voz firme como aço:

— Eu não te deixarei ir, Phillip. Diz-lhes que mudaste de ideias. Nem penses que permitirei que vás.

Dito isto, atirou com a porta e subiu as escadas a correr, rumo ao seu quarto.

CAPÍTULO

19

— Porque veio o Phillip a casa? — quis saber Alexis com curiosidade, enquanto penteava o cabelo da sua boneca. — Fez gazeta às aulas?

Estava cheia de curiosidade, tal como Fannie e Teddy, mas Edwina recusou-se a discutir o assunto quando, na manhã do dia seguinte, lhes serviu o pequeno-almoço.

Na noite anterior, os dois rapazes tinham ido jantar ao clube ao qual o pai pertencera e ela sabia que encontraram Ben, mas ainda não voltara a falar com Phillip.

— O Phillip chegou à conclusão de que tinha muitas saudades nossas, nada mais.

Falou com ar muito sério e não deu mais explicações. Mas os irmãos, até mesmo Teddy, ao observar a sua expressão, aperceberam-se de que havia algum problema.

Deu um beijo a todos antes de partirem para a escola, após o pequeno-almoço, e só depois foi ao jardim e apanhou as rosas que deixara na véspera espalhadas sobre o relvado, ao deparar com Phillip. Esquecera-as e encontrou-as já bastante murchas, mas mesmo elas pareciam ter perdido a importância. A situação era a mesma em relação a tudo, depois do que Phillip lhe anunciara. Não sabia como agir, mas tinha a certeza de que recorreria a todos os meios à sua disposição para o impedir de partir. O irmão não tinha o direito de se ir embora e de os abandonar a todos e, o que era ainda mais importante, de arriscar a sua vida. Levou as rosas para dentro de casa e estava a pensar em telefonar a Ben para falar do assunto quando George entrou. Chegaria atrasado ao liceu, como já era costume, e Edwina preparou-se para o admoestar, mas, ao reparar no seu olhar, verificou que era demasiado tarde para isso. Tal como Phillip, já se tornara um homem.

— Tencionas mesmo impedi-lo de partir, Win?

A pergunta foi proferida com calma, acompanhada por um olhar de tristeza. Era como se soubesse que ela já perdera aquela causa, mas que ele compreendia tudo melhor por ser homem e ela não.

— Sim, vou tentar impedir que parta. — Colocou as rosas dentro de um jarro com movimentos algo bruscos e depois fitou o irmão com pesar e ira. — Ele não tinha o direito de fazer o que fez sem primeiro me consultar.

Edwina queria ter a certeza de que George também entendia a mensagem. Ela não toleraria que nenhum dos dois cometesse aquela imprudência, e George era suficientemente impulsivo para tentar seguir o irmão mais velho e participar na guerra que se travava na Europa.

— Não devias proceder assim, Win. O papá não concordaria com essa atitude. Ele achava que uma pessoa deve defender os seus ideais.

Edwina fitou com dureza o irmão e não poupou palavras.

— O teu pai já aqui não está — declarou com aspereza a George, que se apercebeu de que nunca a irmã falara da situação com tanta crueza. — O papá também não quereria que ele nos deixasse sozinhos. As coisas agora são diferentes.

— Têm-me a mim — disse George com brandura; porém, a irmã limitou-se a sacudir a cabeça.

— Tu vais para Harvard no ano que vem.

A sua candidatura já fora aceite e seguiria a tradição da família. Não que Edwina estivesse a tentar conservá-los eternamente junto de si, o que não queria era que fossem mortos.

— Não te metas nisto, George — advertiu-o. — É só entre mim e o Phillip.

— Não, não é — observou George —, é entre ele e ele próprio. Cabe ao Phillip decidir se deve bater-se por aquilo em que acredita. Tu não quererias que ele procedesse de outro modo, Win. Ele tem de fazer aquilo que acha certo, mesmo que nos magoe. Eu compreendo a sua posição e tu também tens de a compreender.

— Não tenho de compreender o que quer que seja. — Edwina deu meia-volta para que ele não lhe visse os olhos cheios de lágrimas e falou-lhe sobre o ombro: — Vá, agora segue para o liceu, senão ainda chegas atrasado.

George saiu com relutância, na altura em que o irmão vinha a descer as escadas, perguntando-lhe num sussurro ao cruzarem-se no vestíbulo:

— Como está ela?

Haviam conversado sobre o assunto até altas horas da noite e a Phillip não restava nenhuma dúvida: tinha de ir.

— Acho que está a chorar — segredou-lhe George em resposta, sorrindo depois e fazendo a continência ao irmão antes de correr porta fora. Iria chegar atrasado, como já era costume, mas isso deixara de o preocupar. Estava quase no fim das aulas. Estas terminariam dali a mês e meio e, em setembro, partiria para Harvard. Além disso, o liceu, para ele, não passava de um lugar onde se faziam amigos, se arranjavam namoradas e se passava um bom bocado antes de voltar para junto da família, em casa, e jantar. Sempre gostara das aulas; porém, jamais se parecera com o estudante aplicado que Phillip fora. Claro que também se sentia entristecido com a ida do irmão para a guerra; no entanto, achava que tinha razão e Edwina estava errada. Se o pai estivesse vivo, ele próprio lhe teria dito o mesmo, mas infelizmente não estava. Além disso, Phillip já não era um rapazinho.

Foi o que Phillip tentou transmitir, mais tarde, a Edwina no jardim, mas ela continuou a arrancar, furiosa, as ervas daninhas e fez de conta que não o ouvia, até, a certa altura, se voltar para ele com as faces banhadas de lágrimas, afastando o cabelo do rosto com as costas da mão.

— Se já não és nenhuma criança, então age como um homem e fica ao nosso lado. Há cinco anos que ando a aguentar aquele malfadado jornal para ti, e agora o que queres que faça? Que feche as portas?

O jornal nada tinha a ver com a questão e ambos o sabiam. Ela apenas queria mostrar-lhe o quanto se sentia assustada. Tão assustada que não era capaz de admitir a ideia de vê-lo partir e faria tudo ao seu alcance para impedir a sua ida para a guerra na Europa.

— O jornal esperará por mim. O problema não é esse e tu sabes.

— O problema é... — Ia a justificar-se, mas depois não conseguiu continuar a falar.

Ao voltar-se, viu a expressão no rosto de Phillip. Este parecia muito forte, determinado e, ao mesmo tempo, imensamente jovem e esperançoso. As suas convicções eram muito firmes e gostaria que a irmã também encarasse a situação da mesma maneira, o que lhe era completamente impossível.

— O problema é... — sussurrou Edwina, chegando-se ao irmão, que também se aproximou dela. — O problema é que gosto muito de ti — acrescentou por entre soluços. — Oh, por favor, Phillip... não vás...

— Edwina, não posso deixar de ir.

— Não deves...

Pensava em si mesma, em Fannie, Teddy e Alexis. Todos precisavam muito daquele irmão. Se ele partisse, ficariam apenas com George. O bobo do George das partidas constantes, das latas atadas atrás dos cavalos, das manivelas «emprestadas» de automóveis, dos ratinhos soltos na sala de aulas... do rosto meigo que lhe dava um beijo de boas-noites, dos braços que aconchegavam sempre Fannie... da sua meninice que ficara para trás... e depois, quando o outono chegasse, também ele partiria. De repente tudo mudava como já acontecera uma vez, exceto que, daquela vez, os irmãos eram tudo o que lhe restava, daí que ela não quisesse perdê-los.

— Phillip, por favor...

Fitou-o com olhar implorante, mas o irmão mostrou-se pesaroso. Viera de propósito à Califórnia para lhe dar a notícia e esperara mais ou menos aquela reação, mas era muito doloroso para todos eles.

— Não irei sem a tua bênção. Não sei como voltar com a palavra atrás, mas, se realmente falas a sério, se afirmas que não podem passar sem mim, terei de lhes dizer que me dispensem.

Parecia destroçado ao proferir aquelas palavras e a expressão que Edwina lhe viu nos olhos fê-la compreender que não havia alternativa. Teria de deixá-lo ir.

— E se não fores?

— Não sei... — Olhou triste para o jardim da mãe, que o rodeava, recordando-a a ela e ao pai adorado, voltando depois a fitar a irmã nos olhos. — Creio que acharei sempre que os traí. Não tenho o direito de deixar que outros se batam nesta guerra por mim. Edwina, eu quero lá estar.

Parecia tão seguro e calmo que Edwina, só de vê-lo, ficou com o coração destroçado. Apesar de não entender a atração que os homens sentiam pela guerra, achava que não podia impedi-lo de ir.

— Porquê? Porque terás de ser tu?

— Porque, apesar de para ti ainda ser uma criança, Edwina, eu já sou um homem. Mana... o meu lugar é lá.

Edwina anuiu em silêncio e pôs-se de pé, sacudindo o pó da saia e das mãos. Só passado um longo momento é que olhou de novo para o irmão.

— Então, avança.

Falava com solenidade e a sua voz tremia; no entanto, tomara uma decisão e sentia-se grata por Phillip ter ido a casa falar com ela. Se não o tivesse feito, jamais teria compreendido a sua decisão. Apesar de ainda não estar bem segura disso, o certo é que o respeitava. E dava-lhe razão. Phillip já não era um menino, mas sim um homem. Tinha, pois, o direito de se reger pelos seus próprios princípios e opiniões.

— Avanço para onde? — perguntou Phillip confuso quando, de repente, um sorriso surpreendentemente infantil se abriu no seu rosto.

— Tens a minha bênção, palerminha. Por minha vontade não ias, mas reconheço que tens o direito de agir de acordo com a tua consciência. — Dito isto, os olhos voltaram a ensombrar-se-lhe. — Mas vê se voltas...

— Prometo-te que sim... Voltarei...

Abraçou a irmã com força e ficaram assim durante muito tempo enquanto, de uma das janelas de cima, o pequeno Teddy os observava.

CAPÍTULO

20

Na noite anterior, os dois rapazes mais velhos tinham estado a conversar durante horas, e Phillip, enquanto emalava alguns dos seus objetos pessoais, disse a George para ficar com o que quisesse para depois levar para Harvard. Já passava há muito da meia-noite quando decidiram descer para comer alguma coisa na cozinha.

George falava animado, com uma perna de galinha na mão, desejando boa sorte ao irmão e brincando com ele sobre as raparigas que iria conhecer em França; porém, nada poderia estar mais afastado das preocupações de Phillip que esse aspeto.

— Não dificultes a vida à Edwina — recomendou, lembrando ainda a George que deveria comportar-se adequadamente em Harvard.

— Não sejas parvo — retorquiu George, deitando cerveja num copo para o irmão e depois servindo-se a si.

Já tinha as malas prontas e não lhes restava mais nada para fazer até de manhã. Se quisessem, podiam ficar a conversar noite fora e George sabia que Edwina não se importaria de que não chegassem a deitar-se e, até mesmo, de que se embebedassem. Segundo o seu ponto de vista, tinham esse direito.

— Agora a sério — insistiu Phillip —, olha que não tem sido nada fácil para ela cuidar de nós durante todos estes anos.

Fazia cinco anos que os pais tinham morrido.

— Não temos sido assim tão maus de aturar.

George sorriu e bebeu mais um gole de cerveja, imaginando como o irmão ficaria em uniforme militar. Quando pensava nisso, invejava-o e tinha vontade de ir com ele.

— Se não fôssemos nós, ela já teria casado com alguém — disse Phillip com ar pensativo. — Ou, quem sabe, não. Não creio que tenha esquecido o Charles, talvez isso nunca chegue a acontecer sequer.

— Não me parece preocupada com o assunto — contrapôs George, que conhecia bem a irmã mais velha. Phillip concordou.

— Mas porta-te bem com ela — recomendou, olhando com afeto para o irmão mais novo ao pousar o copo, despenteando-o a seguir. — Irei ter saudades tuas, rapaz. Aproveita bem o próximo ano.

— Tu também — retorquiu George, sorrindo e pensando nas aventuras que o irmão iria viver em França. — Talvez nos encontremos por lá.

Phillip, porém, ao escutar aquelas palavras, sacudiu a cabeça com ar reprovador.

— Nem penses. É aqui que fazes falta.

Falava a sério, o que fez George suspirar fundo, de tanta inveja.

— Eu sei. — A seguir, fitou o irmão com ar excecionalmente grave e acrescentou: — Mas vê se voltas.

Fora o que Edwina dissera, e Phillip assentiu em silêncio.

Pouco depois das duas da manhã, os dois irmãos subiram, abraçados, para os respetivos quartos e, de manhã, quando desceram para o pequeno-almoço, já estavam todos à sua espera. Edwina, que preparara a primeira refeição do dia pessoalmente, olhou para os dois rapazes com um sorriso nos lábios, reconhecendo os sinais evidentes de cansaço devido à noite anterior e às longas horas passadas a conversar na cozinha.

— Ontem à noite deitaram-se tarde? — perguntou, enquanto Fannie não tirava os olhos de Phillip. Esta sabia que o irmão iria deixá-los de novo e daquela vez sentia que Edwina não estava nada satisfeita.

Todos foram à estação despedir-se de Phillip e, durante o caminho, quando Edwina os conduziu até à cidade no *Packard,* reinou um ambiente de falsa alegria.

Na estação havia outros rapazes, nas mesmas condições que ele, à espera do comboio. Haviam-se alistado nos últimos dias. Ainda só tinham decorrido seis dias desde a entrada dos Estados Unidos na guerra. Para Alexis era um dia triste e especial, pois fazia onze anos. Um dia que a partida de Phillip tornava duplamente mau para si.

— Tem cuidado contigo — recomendou Edwina com suavidade, enquanto aguardavam pelo comboio e George gracejava, contando, sem parar, velhas anedotas. O certo era que ia mantendo as crianças mais novas distraídas, mas, quando o apito do comboio se ouviu à distância, Edwina sentiu, de repente, o coração trespassado por uma dor intensa.

Pouco depois entrava na estação, e George ajudou Phillip a carregar as malas, enquanto os irmãos mais novos aguardavam com uma expressão de tristeza estampada no rosto.

— Quando voltas? — perguntou Teddy com ar infeliz e uma lágrima que lhe tremelicou ao canto do olho, antes de deslizar bochecha abaixo.

— Em breve... Portem-se bem... Não se esqueçam de escrever... — As palavras de Phillip foram interrompidas pelo apito do comboio, que se preparava para arrancar. Tudo estava a acontecer rapidamente enquanto Phillip beijava os irmãos e, por fim, abraçava fortemente Edwina. — Cuida de ti... eu ficarei bem... Não tarda que esteja de volta, Win... Oh, meu Deus... as saudades que irei ter de vocês...

Não foi capaz de continuar a falar.

— Não arrisques a vida — sussurrou-lhe a irmã mais velha —, não demores a voltar para casa... gostamos muito de ti...

A seguir apressaram-se a ir para a plataforma, ouvindo o maquinista gritar «Todos a bordo.» Edwina pegou no pequeno Teddy, e George estava de mãos dadas com Alexis e Fannie enquanto, o comboio começava a sair da estação.

Edwina, com o coração apertado, rezou para que o irmão regressasse a casa são e salvo. Depois todos acenaram em despedida e não viram as lágrimas que rolavam pela cara de Phillip quando o comboio ganhou velocidade. Ele ia cumprir o seu dever..., mas só Deus sabia as saudades que iria ter dos irmãos...

CAPÍTULO

21

Para Phillip, a espera pareceu interminável. De vez em quando escrevia a Edwina e aos irmãos, mas, quando o inverno chegou, já se encontrava em França, a participar na batalha de Cambrai. A sua unidade lutou ao lado dos ingleses e, durante algum tempo, tudo pareceu correr bem, melhor do que para o meio milhão que morrera na batalha de Passchendaele. Dez dias após a batalha de Cambrai, no entanto, os alemães contra-atacaram e os ingleses e os americanos foram obrigados a recuar quase até ao ponto de partida.

A perda de homens foi devastadora, e Edwina, quando lia o relato das batalhas que se iam desenrolando na zona, sentia-se desfalecer só de pensar no irmão. Nas suas cartas, este falava de lama e neve, do desconforto que passava a todos os níveis, mas nunca lhes confessava o medo que tinha ou o desânimo que o acometia quando via milhares de homens tombarem dia após dia, rezando, entretanto, para que Deus o poupasse.

Nos Estados Unidos viam-se cartazes apelando ao alistamento em tudo o que era sítio. Na Rússia, o czar fora derrubado nesse ano e a família imperial exilada.

— George também vai ser um herói? — perguntou Fannie um dia, nas vésperas do Dia de Ação de Graças, deixando Edwina a tremer só de pensar que aquele irmão pudesse seguir o exemplo do outro.

— Não, não vai — respondeu-lhe Edwina com ar sombrio.

Já tinha razões de sobra para se preocupar, dia e noite, com Phillip, mas George felizmente fora para Harvard no princípio do outono. Era raro telefonar e, nas raras cartas que mandava, afirmava que se sentia feliz por lá estar, apesar de não abordar nenhum dos assuntos de que Phillip costumava falar no seu tempo. Comentava sobre as pessoas que conhecia, os amigos que fizera, as festas a que ia quando se deslocava a Nova Iorque e as raparigas com quem saía constantemente. Mas também surpreendia Edwina ao dizer que sentia saudades da Califórnia. A certa altura escreveu uma carta divertidíssima sobre dois dos últimos filmes a que assistira, mais um filme com Charlie Chaplin com o título de *Charlot nas Termas,* e um outro qualquer com Gloria Swanson, *Teddy at the Throttle.* O seu fascínio pelo cinema mantinha-se aceso e escrevera uma exposição técnica sobre ambos os filmes, onde dava a sua opinião sobre o modo como deviam ter sido feitos. Tudo isso levava Edwina a refletir que era possível que, um dia, o irmão pensasse mesmo em ir para Hollywood fazer cinema. Mas o mundo de Hollywood parecia muito, muito longe de Harvard.

Quanto a Phillip, continuava em França, com os dedos enregelados pelo frio e homens a morrer à sua volta.

Felizmente Edwina não tinha consciência do facto ao dizer a oração que antecedeu a refeição no Dia de Ação de Graças.

— ... e que Deus também abençoe o George.

Teddy acrescentou solene:

— Que não vai ser herói porque a minha irmã Edwina não deixará — acrescentou, à laia de explicação, sorrindo para o irmão. Aos sete anos, continuava a ser um pequeno traquinas rechonchudo e mimado, com uma ligação muito especial a Edwina. Esta era a única mãe que se lembrava de alguma vez ter tido.

Passaram um dia sossegado e, depois do almoço, foram para o jardim. Estava uma tarde quente e bonita. Fannie e Alexis sentaram-se no baloiço, enquanto Teddy ia passando uma bola ora para uma, ora para outra. Era estranho ter agora os rapazes mais velhos fora de casa, e ficar apenas com os mais pequenos. Nessa noite, Edwina sugeriu que escrevessem a Phillip. Também estava esperançada de que George, a comemorar a data festiva com uns amigos em Boston, telefonasse.

Nessa noite ainda estavam todos eufóricos quando se foram deitar, mas Edwina ainda não adormecera quando ouviu a campainha da porta. Sentou-se, sobressaltada, e depois apressou-se a descer antes que os toques insistentes acordassem as crianças.

Ainda tentava enfiar o roupão quando chegou à porta da frente, descalça e com o cabelo entrançado. Abriu-a com precaução, à espera de ver um dos amigos de George, embriagado e à procura dele, esquecido da sua ida para Harvard.

— Sim? — perguntou, parecendo muito jovem no vestíbulo obscurecido, o rosto banhado pelo luar.

Deparou com um homem desconhecido que trazia um telegrama na mão. Fitou-o com surpresa.

— A sua mãe está em casa? — perguntou-lhe, o que ainda aumentou mais a sua confusão.

— Eu... não... Acho que está a referir-se a mim. — Franziu o sobrolho. — Para quem é o telegrama?

No entanto, o seu coração já fora rodeado por uma sensação de medo quando o ouviu ler o seu nome com clareza. O homem entregou-lhe então a mensagem e apressou-se a descer as escadas qual rato fugidio num pesadelo, enquanto Edwina fechava a porta e se encostava a ela por um instante. Dali não havia que esperar nada de bom... As boas notícias não chegam em telegramas entregues pouco depois da meia-noite.

Edwina dirigiu-se para a sala de estar, acendeu um candeeiro e sentou-se, com lentidão, a ler. O envelope rasgou-se com facilidade nas suas mãos e passou rápida os olhos por ele, sustendo a respiração e sentindo o coração contrair-se dentro do peito. Não podia ser... Não era possível... Cinco anos... Ele salvara-se do afundamento do *Titanic*... para agora desaparecer.

«Lamentamos informar que hoje, dia 28 de novembro de 1917, o seu irmão, o soldado Phillip Bertram Winfield, morreu honrosamente no campo de batalha de Cambrai. O Departamento do Exército apresenta as suas condolências a toda a família...» Vinha assinado com o nome de alguém de quem nunca ouvira falar. Leu e releu a notícia uma dúzia de vezes, enquanto um soluço lhe rasgava a garganta, antes de se levantar em silêncio e apagar a luz.

Subiu as escadas com o rosto banhado de lágrimas e deteve-se no corredor onde ficava o quarto onde o irmão vivera e crescera, ciente de que ele nunca mais voltaria para casa... como os outros... Cinco anos roubados que vivera por eles, o suficiente para se tornar um homem, antes de ser morto por soldados alemães.

Foi então que, ali parada a chorar silenciosamente com o telegrama na mão, reparou no pequeno rosto que espreitava no meio da escuridão. Era Alexis. A menina mantivera-se no mesmo sítio, a olhar para a irmã durante muito tempo, certa de que algo de terrível acontecera, mas sem se atrever a aproximar. Por fim, Edwina viu-a e abriu-lhe os braços. Alexis compreendeu, por instinto, que o irmão morrera. Ficaram ali abraçadas, no corredor, durante muito tempo, até Edwina secar os olhos e levar a irmãzinha para a sua cama, onde ficaram, agarradas uma à outra como duas crianças perdidas, até a manhã raiar.

CAPÍTULO 22

— Está?... Está! — gritou Edwina através dos cerca de cinco mil quilómetros de linha.

A ligação estava péssima mas era impreterível que falasse com George. Já esperara dois dias, dando-lhe assim tempo para que chegasse a Harvard depois do fim de semana do Dia de Ação de Graças. Por fim, alguém atendeu do outro lado.

— Queria falar com o senhor Winfield, por favor — gritou para o bocal do auscultador, seguindo-se de novo uma sucessão de ruídos intermitentes, enquanto alguém ia à procura da pessoa referida. A certa altura, porém, George apareceu na linha, mas não lhe chegou nenhum som do outro lado.

— Está! — gritou ele por sua vez. — Está!... Quem fala?

Tinha a certeza de que a ligação caíra, mas, a certa altura, Edwina respirou fundo e falou, sem saber muito bem como começar. Dar-lhe a notícia já era difícil, quanto mais ter de lha gritar através dos cabos que se estendiam ao longo de toda aquela extensão. No entanto, não queria dar-lhe o choque de um telegrama ou passar dias à espera de que ele recebesse uma carta. George tinha o direito de saber, tal como o resto dos irmãos. As crianças choravam há dois dias. As lágrimas eram algo a que se tinham habituado, lágrimas que já haviam chorado uma vez, mesmo que a lembrança disso fosse agora um pouco vaga.

— George, consegues ouvir-me? — perguntou, fazendo-se escutar dificilmente do outro lado.

— Consigo!... Estão todos bem?

A resposta era dura e os olhos de Edwina encheram-se de lágrimas antes de a dar, pois, de repente ficara com a sensação de que telefonar-lhe fora um erro.

— O Phillip.... — principiou, mas, antes que pudesse proferir mais uma palavra, ele compreendeu e sentiu o sangue gelar-lhe nas veias, ficando a escutar a irmã que lhe falava para Boston.

— Recebemos um telegrama há dois dias — disse Edwina, começando a chorar, algo que George estranhou nela. — Foi morto em França... ele... — De repente, pareceu-lhe importante contar-lhe todos os pormenores. — Morreu com honra e dignidade...

Edwina sentiu-se, de repente, incapaz de continuar. Não conseguia dizer mais uma palavra, vendo as crianças nas escadas, a observá-la.

— Vou a casa — limitou-se a dizer George, com as lágrimas a correrem-lhe pela cara. — Vou aí, Win...

Estavam os dois a chorar. Alexis subiu as escadas, mesmo até ao último piso, aonde já não ia há muito tempo. Mas naquele momento precisava de o fazer, para poder ficar sozinha a pensar no irmão mais velho.

— George — tentou Edwina continuar —, não precisas de vir... Nós estamos... bem...

Dessa vez, porém, falava sem convicção.

— Gosto muito de vocês todos... — Continuava a chorar abertamente, pensando em Phillip e em Edwina, em todos eles e na injustiça daquela situação. Edwina tivera razão. Nunca devia tê-lo deixado ir. Só naquele momento se dava conta disso. Demasiado tarde, para Phillip. — Daqui a quatro dias estou aí.

— George, não faças isso... — insistiu Edwina, receando que o irmão arranjasse algum problema em Harvard.

— Até breve... Espera... Os mais pequenos estão bem?

Iam suportando o desgosto com maior ou menor força, exceto Alexis, que parecia seriamente abalada. Os outros agarravam-se a Edwina, receando que também ela morresse e os deixasse.

— Há de passar. — Respirou fundo e tentou não imaginar como Phillip morrera, sozinho, na lama gelada. Pobre irmãozinho... Se ao menos pudesse tê-lo embalado nos seus braços... — Então, até daqui a quatro dias.

Ainda esteve para lhe repetir que não viesse a casa, mas nessa altura já George desligara, de modo que Edwina pousou o auscultador com lentidão, voltando-se para Fannie e Teddy que, sentados nas escadas, um pouco mais acima, choravam baixinho.

Vieram aninhar-se junto dela, que depois os levou para os respetivos quartos, no piso de cima; porém, nessa noite dormiram na sua cama, e Alexis, que pouco depois saiu do quarto dos pais, foi juntar-se a eles. Edwina não fora buscá-la ao sítio onde sabia estar pois compreendera que a irmã precisava de ficar sozinha com as suas recordações de Phillip. De certo modo, tal como todos eles.

Nessa noite ficaram a falar, até altas horas, no irmão e em todos os aspetos que tinham amado nele: como era alto e elegante, generoso, a seriedade com que encarava a vida, o seu sentido de responsabilidade, a sua ternura e gentileza. Relembraram uma longa lista de atributos, e Edwina, ao pensar no irmão, apercebeu-se, com um novo acesso de dor, que iria sentir terrivelmente a sua falta.

Ficaram abraçados uns aos outros até tarde, o que deu a Edwina a sensação de que se encontravam, de novo, no salva-vidas, aterrorizados, sozinhos, agarrados uns aos outros no meio das águas tenebrosas, sem saber se chegariam a reencontrar-se. A diferença estava no facto de ela saber que, daquela vez, tal não iria acontecer.

Foram quatro dias intermináveis de pensamentos não exteriorizados, lágrimas, raiva reprimida, enquanto aguardavam a vinda de George, mas, quando este chegou, a casa ganhou nova vida com ele a subir e a descer as escadas a correr, a atirar com as portas ou a entrar que nem um furacão na cozinha. Edwina sorriu só de o ver e George, quando entrou em casa, apressou-se a ir até ao jardim à sua procura. Encaminhou-se para a irmã a passos largos e abraçou-a, ficando assim durante muito tempo, a chorar pelo irmão desaparecido.

— Ainda bem que vieste — admitiu Edwina mais tarde, depois de os mais pequenos irem para a cama. Em seguida olhou para George triste e acrescentou: — Isto aqui é tão solitário sem ele. Sabermos que ele... se foi... que nunca mais voltará... de repente torna tudo diferente. Agora detesto entrar no seu quarto.

George compreendeu. Na tarde em que chegara a casa, também fora até lá e sentara-se na beira da cama do irmão a chorar. Uma parte de si esperara encontrá-lo lá.

— É tão estranho, não achas? — observou. — É como se ele ainda estivesse vivo algures por aí e um dia voltasse...

embora sabendo que isso nunca acontecerá, Edwina... Não é?

Edwina abanou a cabeça, pensando de novo em Phillip, na seriedade com que encarava todas as questões, no seu sentido de responsabilidade e no quanto a ajudara em relação às crianças. Ao contrário de George, que andara sempre atarefado a meter sapos na cama das pessoas. Naquele momento, no entanto, era-lhe grato ter ali aquele irmão.

— Era o que eu costumava sentir em relação à mãe... ao pai... e a Charles... — admitiu Edwina. — Que um dia voltariam para casa. O que nunca passou de uma ilusão.

— Creio que, na altura, eu era demasiado novo para me aperceber disso — observou George com desalento, começando, por fim, a conhecer melhor aquela irmã. — Deve ter sido terrível para ti, Win... inclusive em relação ao Charles. — E logo a seguir: — Nunca mais quiseste outra pessoa na tua vida, pois não? Quero dizer, depois dele...

Sabia que a irmã tinha rejeitado Ben, mas também não ignorava que Edwina jamais se apaixonara por ele. Além disso, achava que depois nunca mais aparecera nenhum pretendente sério.

Edwina sorriu e abanou a cabeça.

— Acho que nunca mais amarei nenhum outro homem. Talvez o amor que já tive seja suficiente para toda uma vida. O Charles foi o único...

A voz sumiu-se-lhe, pensando nele.

— Não me parece justo... Mereces mais do que isso. — Logo a seguir: — Não gostarias de ter filhos teus um dia?

Ao ouvir a pergunta, Edwina riu-se, limpando do rosto as lágrimas que chorava pelo irmão.

— Acho que já tive que chegue. Não achas cinco o suficiente?

— Mas repara que não é a mesma coisa.

George continuava sério, apesar de a irmã insistir em rir.

— Diria que é quanto basta. Prometi à nossa mãe que cuidaria de vocês, o que tenho feito. Não creio que sinta a falta de mais do que isso. Seja como for, já estou demasiado velha.

Saltava à vista, porém, que não se arrependera da resolução tomada. Apenas lamentava ter perdido tantos seres amados, o que tornava os que restavam ainda mais preciosos.

— Quando tens de voltar para Harvard?

George fitou-a por momentos antes de responder.

— Quero falar contigo acerca desse assunto... mas esta noite não... talvez amanhã...

Sabia que a irmã iria ficar preocupadíssima; no entanto, tratava-se de uma decisão que tomara antes de voltar para a Califórnia.

— Há algum problema? Arranjaste algum sarilho, George?

Não seria de todo surpreendente, tratando-se de George, mas ele sorriu-lhe com ternura. Ainda era um rapazinho, tão cheio de vida apesar do ar grave que aparentava. Mas Edwina viu-o abanar a cabeça, como que algo ofendido.

— Não, não arranjei nenhum sarilho, Win. Mas também não voltarei mais para lá.

— O quê? — exclamou Edwina, em estado de choque. Todos os homens da família tinham-se licenciado naquela universidade, já fazia três gerações. E a seguir a George seria a vez de Teddy e, um dia, dos filhos deste.

— Não tenciono voltar.

Tomara aquela decisão, do mesmo modo que Phillip resolvera ir para a guerra, e Edwina pressentiu-o.

— Porquê?

— Porque agora o meu lugar é aqui. E, para ser sincero contigo, nunca me senti muito bem por lá. É certo que me diverti, mas não é aquilo o que eu quero, Win. Desejo algo muito diferente. Quero o mundo real... algo de novo, excitante e vivo... Não me interessam os ensaios gregos nem as traduções mitológicas. Isso era bom para o Phillip... não para mim. Nunca foi. Quero algo mais. Preferia ficar a trabalhar por aqui.

A ideia escandalizou a irmã; porém, Edwina sabia que não valeria a pena tentar dissuadi-lo. Quem sabe se, naquele momento lhe fizesse a vontade, um dia ele não regressaria a Harvard de sua livre vontade, para finalizar os estudos. Detestava a ideia de o irmão não obter o seu diploma. Até Phillip tencionara voltar e terminar o curso.

Falaram sobre o assunto durante vários dias, Edwina chegou mesmo a conversar com Ben sobre ele, mas, duas semanas mais tarde, George iniciou a sua aprendizagem no jornal do pai. Edwina foi obrigada a reconhecer que, agora que Phillip desaparecera e não havia mais ninguém para dirigir o jornal, fazia mais sentido George ficar a desempenhar esse papel. Embora este estivesse ainda muito longe de poder assumir aquele cargo na íntegra, era possível que, dali a um ano ou dois, já tivesse aprendido o suficiente para tentar. É que, de facto, não havia mais ninguém, para o fazer.

Era com um sorriso nos lábios que Edwina o via sair, todas as manhãs para o jornal. Fazia lembrar um menino a tentar imitar o pai. De início, deitava-se normalmente tarde e de vez em quando sentava-se à mesa do pequeno-almoço com a roupa ainda desalinhada, a tempo de distrair um pouco as crianças. Então, depois de beber três copos de leite bem cheios e de dar os seus flocos de aveia a comer ao gato, agarrava em duas peças de fruta e voava porta fora, dizendo que lhe telefonaria à hora do almoço. Telefonava-lhe, religiosamente, todos os dias, de um modo geral para lhe contar uma anedota e perguntar-lhe se não se importava de que ele fosse jantar fora, ao que ela não levantava objeções.

Os romances de George eram famosos em toda a cidade e, assim que souberam do seu regresso, os convites começaram a chover quase diariamente. Os Crocker, os Young e os Spreckles, todos requisitavam a sua presença, tal como sempre tinham feito em relação a Edwina que, quase sempre, preferia não sair. De vez em quando acompanhava o irmão, e os dois formavam um par muito elegante; porém, Edwina cada vez sentia menos vontade de ir a festas. George, contudo, apreciava muito mais essas mundanidades do que a sua aprendizagem no jornal.

Durante vários meses, Edwina obrigou-o a ir com ela às reuniões mensais, mas a certa altura descobriu que faltava muitas tardes, e uma investigação cuidadosa mostrou-lhe que era para ir ao cinema.

— Por amor de Deus, George, tem juízo! Um dia este negócio será teu — admoestou-o em junho, ao que ele apresentou desculpas; porém, no mês seguinte a situação não se alterou e Edwina viu-se obrigada a ameaçá-lo de que não lhe pagaria o salário se não passasse mais tempo no jornal e fizesse por merecê-lo.

— Edwina, é superior a mim. Aquilo não tem nada a ver comigo. Toda aquela gente com mesuras e rapapés, a tratar-me por senhor Winfield e eu sem perceber patavina do assunto. Continuo a ter a sensação de que é com o nosso pai que eles pensam que estão a falar.

— Então aprende, por amor de Deus! Era o que eu faria, no teu lugar!

Edwina sentia-se furiosa com George, mas este estava farto de ser pressionado e não o escondeu.

— Nesse caso, por que raio não diriges tu mesma o jornal? É o que já fazes com tudo o resto, a casa, as crianças, comigo se puderes, da mesma forma como fazias com o Phillip!

Ao ouvir aquelas palavras, Edwina esbofeteou o irmão, que ficara em pânico com o que lhe saíra boca fora. Pediu-lhe mil e uma desculpas, mas George teve a noção de que a ferira profundamente.

— Desculpa, Edwina... não quis dizer nada daquilo...

— É essa a opinião que tens sobre mim, George? Achas que sou eu que dirijo tudo? É o que te parece que eu faço? — Nessa altura já as lágrimas lhe rolavam pelo rosto. — Pois bem, qual achas que devia ter sido a minha atitude quando os nossos pais morreram? Largar-vos a todos da mão? Quem imaginas tu que iria aguentar a situação por nós? A tia Liz? O tio Rupert? Tu, enquanto te entretinhas a enfiar sapos na cama das pessoas? Caramba, quem mais estava disponível para isso? O nosso pai foi-se, sem poder escolher. — Começara já a soluçar e estava prestes a deixar escapar algo que guardara para si durante anos. — E a nossa mãe escolheu ir com ele... com ele e com o Phillip, que não deixaram entrar nos salva-vidas por serem homens...

Nessa noite tu foste o último rapaz a entrar num deles porque o oficial de serviço não permitia que homens e rapazes fossem... Portanto, o pai teve de ficar... mas a nossa mãe *quis* morrer com o nosso pai. — A razão que levara Kate a preferir ficar junto do marido era algo que a dilacerava por dentro há cinco anos. — Portanto, quem ficou, George? Quem estava lá? Eu... e tu, que tinhas apenas doze anos... e o Phillip, então só com dezasseis... o que te punha de parte. Se não gostas da maneira como tratei da situação, lamento muito.

Depois de proferir aquelas palavras na sala que um dia fora o gabinete de seu pai, voltou as costas ao irmão, com as lágrimas a correrem-lhe livres pelo rosto.

— Perdoa-me, Win... — George sentia-se horrorizado com o que dissera. — Adoro-te... e tens sido maravilhosa... Eu apenas fiquei nervoso porque esta situação não tem nada a ver comigo... Não sou capaz de ultrapassar esta incompatibilidade. Desculpa... Eu não sou o pai... nem Phillip... nem tu... Sou apenas eu... assim mesmo, sem ter a menor afinidade com este tipo de trabalho. — Também já tinha lágrimas nos olhos por sentir que desiludira a irmã. — Não consigo ser como eles. Harvard não tem qualquer significado para mim, Win. E não percebo nada deste jornal. Não sei se alguma vez chegarei lá... — Voltou as costas à irmã e começou a chorar. — Lamento muito.

— Mas então o que queres? — perguntou Edwina suave, pois amava aquele irmão tal como era e sentia-se na obrigação de respeitar a sua vontade.

— Quero o que sempre quis, Win. Ir para Hollywood fazer cinema.

Ainda não completara os dezanove anos, pelo que a ideia de ele ir para a Meca do cinema, para fazer filmes, parecia-lhe ridícula.

— Como conseguirias levar esse plano avante?

Os olhos de George iluminaram-se e ganharam vida nova com a pergunta.

— Tenho um amigo dos tempos de escola, cujo tio dirige um estúdio de cinema, e ele disse-me que, se eu quisesse, podia ligar para ele.

— George — disse Edwina com um suspiro —, isso são apenas sonhos.

— Como sabes? Como podes garantir que eu não venha a tornar-me um realizador famoso?

Desataram os dois a rir perdidamente, e Edwina sentiu que uma parte de si gostaria de fazer a vontade ao irmão, mas uma outra, mais ponderada, dizia-lhe que estava a cometer uma loucura.

— Edwina — disse George, fitando-a com olhar implorante. — Deixas-me tentar?

— E se eu disser que não? — perguntou-lhe a irmã, fitando-o com ar sério, ficando depois bastante impressionada com a desilusão que lhe leu no rosto.

— Nesse caso ficarei aqui e portar-me-ei bem. Mas se me deixares ir, prometo-te que virei cá todos os fins de semana ver como vocês estão.

A ideia fê-la rir.

— Que farias com as mulheres que trarias atrás de ti?

— Deixamo-las no jardim — retorquiu George, sorrindo. — Bem, deixas-me experimentar?

— Talvez — respondeu Edwina com lentidão, olhando depois triste para George. — Depois o que farei com o jornal do nosso pai?

— Não sei. — George fitou-a com sinceridade. — Não creio que alguma vez seja capaz de o dirigir.

Há muito tempo que era uma fonte de preocupações para Edwina e, num dia, já não muito distante, sem ninguém com mão forte para orientá-lo, era provável que acabasse por desaparecer ou começasse a apresentar muitos prejuízos.

— Creio que o melhor será vendê-lo. Quem estava destinado a dirigi-lo era o Phillip.

Além disso, só Deus sabia o que Teddy quereria fazer da sua vida um dia; naquela altura tinha apenas oito anos e ela não seria capaz de suportar a situação por muito mais tempo.

George olhou para a irmã com mágoa.

— Eu não sou o Phillip, Win.

— Eu sei — disse ela sorrindo. — Mas gosto de ti como és.

— Isso significa que...

Não se atrevia a formular a pergunta, mas Edwina desatou a rir e disse que sim com a cabeça, rodeando o pescoço do irmão com os braços e abraçando-o.

— Sim, malvado, vai... Abandona-me.

Estava a brincar com ele. Apesar de há sete meses, por altura da morte de Phillip, ter voltado para casa a fim de a ajudar, sabia que nunca seria feliz a vegetar no jornal do pai. Além disso, quem podia garantir que um dia não seria um bom realizador cinematográfico?

— A propósito, quem é esse tal indivíduo que é tio do teu amigo? É competente? Respeitável?

— O mais possível.

Falou-lhe de um homem do qual Edwina nunca ouvira falar e saíram do escritório do pai de mãos dadas. Ela ainda tinha em que pensar, muito que decidir, mas o destino de George estava traçado. Iria para Hollywood. O que, para Edwina, parecia quase uma perfeita loucura.

CAPÍTULO

23

George partiu para Hollywood em julho, logo após a viagem anual ao lago Tahoe. Continuavam a ir para o mesmo acampamento que frequentavam há anos, disponibilizado por velhos amigos dos pais e, para Edwina e os irmãos, passar as férias naquele lugar ainda era um prazer. Era o local ideal para descontrair, dar longos passeios e nadar, e George continuava a ser exímio na arte de apanhar caranguejos. Naquele ano, o facto de estarem ali juntos tinha um sabor especial pois antecedia a partida de George para a sua aventura em Hollywood.

Falaram muito de Phillip durante a estada, e Edwina passou grande parte do tempo a refletir sobre o que iria fazer com o jornal. Já se resolvera a vendê-lo, a dúvida estava em saber qual a altura mais propícia.

Quando regressaram a São Francisco, dois dias depois de George seguir para Hollywood, Edwina pediu a Ben que apresentasse uma proposta de venda aos Young. A casa ainda parecia um pandemónio mesmo depois da partida, pois os amigos de George continuavam a telefonar, dia e noite, para saberem dele. Era difícil imaginá-lo a fazer uma carreira séria onde quer que fosse, mas talvez Hollywood fosse o sítio certo a dar veracidade às notícias que circulavam, o que despertava algumas dúvidas em Edwina. Havia sempre histórias que falavam de estrelas de cinema extravagantes, envoltas em casacos de raposa-branca, ao volante de automóveis fabulosos e frequentando festas mirabolantes. George parecia-lhe ainda um pouco novo demais para tudo aquilo; no entanto, confiava nele e decidira que era melhor deixá-lo fazer a sua vontade, quer tendo sucesso ou tirando dali o sentido de uma vez por todas.

— Achas que será melhor eu não vender o jornal para já, Ben? E se ele muda de ideias e depois já não o tem?

A questão preocupava-a, mas o certo era que, nos últimos tempos, o jornal começara a perder popularidade e a dar prejuízo. Já não podia continuar a sobreviver sem o pai, e George era demasiado jovem e desinteressado para assumir a sua liderança.

— Não durará o suficiente para esperar que ele esteja pronto — disse Ben, que era sempre sincero com Edwina, embora a venda daquele jornal o entristecesse. Mas o certo é que já não fazia sentido conservá-lo. O seu proprietário desaparecera, assim como Phillip, que poderia, de facto, ter feito algo de construtivo por ele, e George demonstrara já a sua total falta de interesse.

Os Young não se mostraram minimamente interessados na compra, mas, cerca de um mês depois, receberam uma oferta de um grupo de publicações de Sacramento. Há uns tempos que andavam à procura de um jornal para comprar em São Francisco e o *Telegraph Sun* adaptava-se perfeitamente aos seus interesses. Fizeram uma proposta vantajosa a Edwina, e Ben aconselhou-a a aceitar.

— Deixa-me refletir mais um pouco sobre a matéria.

Edwina hesitava, porém, Ben aconselhou-a a não fazer os interessados de Sacramento esperar muito pois estes poderiam mudar de ideias. O dinheiro que ofereciam não era nenhuma fortuna, mas permitir-lhe-ia viver durante os quinze ou vinte anos seguintes e pagar à educação dos irmãos mais novos.

— E depois? — perguntou Edwina a Ben calma. — Que acontecerá depois disso?

Dali a vinte anos ela seria uma solteirona de quarenta e sete anos, sem nenhum ofício nem família que a mantivesse, a não ser que George ou um dos outros irmãos resolvesse providenciar o seu sustento. Não era ideia que lhe agradasse, pelo que precisava de refletir mais um pouco. Por outro lado, manter o jornal também não era solução.

Ben sentia pena de Edwina, algo, porém, que jamais se atreveria a manifestar-lhe.

— Nos próximos anos terá tempo para fazer alguns investimentos e juntar umas economias. Poderá fazer muita coisa e terá tempo para pensar nisso com calma.

Também poderia casar com ele ou com alguma outra pessoa. Aos vinte e sete anos, no entanto, o casamento já não parecia muito provável. A idade de contrair matrimónio já passara há muito. Não era muito frequente as mulheres casarem com essa idade. Além disso, era uma ideia que já nem sequer lhe passava pela cabeça. Fizera o que tinha a fazer e nada mais lhe interessava. Não se sentia arrependida. Só no momento fugaz em que olhara para o rosto de George aquando da sua partida e reparara no intenso entusiasmo juvenil que o iluminava, é que se dera conta de que algo lhe escapara na vida. Mas reconhecia que era uma tolice estar com aqueles pensamentos naquela altura, de modo que voltara para casa com Fannie, Alexis e Teddy e entretivera-se a trabalhar com eles no jardim.

Fosse como fosse, não teria sabido que fazer em Hollywood, com todas aquelas estrelas de cinema e pessoas de que o irmão agora lhe falava nas suas cartas. As histórias que contava falavam de mulheres que se passeavam cobertas de vidrilhos e peles, levando pela trela cães enormes, um dos quais ousara levantar a perna e urinar para cima do bichinho de estimação de certa atriz principiante, o que por pouco não desencadeara um motim no primeiro estúdio que fora convidado a visitar. Já começara a divertir-se à grande e, poucos dias depois de chegar, penetrara razoavelmente no mundo do cinema. O tio do amigo cumprira, de facto, a palavra e dera-lhe emprego como assistente de operador de câmara, o que lhe permitiria aprender o ofício desde a base. Dali a duas semanas, trabalharia no seu primeiro filme.

— Será que algum dia ele será estrela de cinema? — perguntara Fannie, pouco depois da partida do irmão. Fannie tinha dez anos e o mundo do cinema fascinava-a. Tal aconteceria também em relação a Alexis que, aos doze anos, já era uma beldade. Ao crescer, tornara-se ainda mais bonita do que já era em criança, e os seus modos reservados e melancólicos faziam-na ainda mais sedutora. As características diferenciadas da irmã preocupavam Edwina de vez em quando, assim como o modo como as pessoas reagiam quando a viam sempre que saíam, o que ainda era raro pois Alexis ficava atemorizada. Ainda não recuperara da morte dos pais. Para mais, o golpe da morte de Phillip levara-a a mostrar-se ainda mais retraída. No entanto, era sempre faladora com Edwina, denotava inteligência e segurança, mas, assim que apareciam desconhecidos, ainda entrava em pânico. Antes de George partir, mostrara uma ligação quase bizarra com o irmão. Seguia-o constantemente e, à noite, por vezes ficava sentada nas escadas, durante horas, à espera que ele chegasse das festas. Desde a morte de Phillip que se apegara a George, tal como, no passado distante, o fizera em relação aos pais.

Estava ansiosa por saber se iriam a Hollywood visitá-lo e Edwina prometeu-lhe que o fariam, apesar de George lhes ter prometido aparecer por altura do Dia de Ação de Graças. Foi pouco antes disso que o jornal por fim foi vendido à família de Sacramento. O atraso rendera maiores lucros a Edwina. Era uma soma razoável, porém, não fabulosa, daí que, a partir daquela altura, ela tivesse de ser ainda mais cautelosa em relação aos gastos. Acabaram-se as roupas novas, os carros de último modelo, as viagens caras para onde quer que fosse, coisas com as quais, de qualquer modo, ela não se importava. Precisava apenas do suficiente para criar os irmãos. Mas a venda do jornal representou, apesar de tudo, um golpe emocional. Na véspera do dia que antecedeu a venda, antes de assinar a documentação no escritório que pertencera ao pai, foi-se abaixo. Passara a ser ocupado pelo responsável editorial que o pai deixara no seu lugar. Na mente de todos, porém, continuava a ser o escritório de Bert Winfield. Na parede estava uma fotografia dela em criança, ao lado da mãe. Tirou-a, examinando-a. O resto dos objetos do pai já haviam sido arrumados havia muito, só faltava guardar aquela última fotografia, que embrulhou cuidadosamente antes de se sentar para assinar os últimos documentos.

— Penso que já está tudo — observou, erguendo o olhar para Ben, que viera de propósito para a ver assinar e completar a transação, na qualidade de seu advogado.

— Lamento que as coisas tenham terminado desta maneira, Edwina — disse-lhe, sorrindo triste, pois, tal como ela própria, teria gostado de ver Phillip a ocupar o lugar do pai.

Depois, quando Edwina ia a sair, perguntou-lhe:

— Como está o George?

Antes de responder, ela riu-se, recordando o conteúdo da última carta do irmão.

— Tenho a certeza de que nunca se sentiu tão feliz na vida. Tudo aquilo me parece uma loucura, mas ele adora.

— Ainda bem. O lugar dele não era aqui.

Embora não tivesse dado voz à sua opinião, acreditava que George teria dado cabo do jornal.

Ficaram em frente do edifício do jornal durante muito tempo e Edwina sabia que ainda veria o velho amigo por outras razões profissionais; no entanto, foi com uma sensação de nostalgia que Ben a acompanhou até ao carro, em passo lento, e a ajudou a entrar.

— Obrigada por tudo — agradeceu-lhe Edwina suavemente.

Ben anuiu com um aceno de cabeça e Edwina ligou o motor, seguindo para casa devagar, sentindo uma grande tristeza. Acabara de se desfazer do jornal que tanta importância tivera na vida de seu pai. Mas com o seu desaparecimento... e o de Phillip... representava uma era que chegara ao fim.

CAPÍTULO

24

George veio a casa passar o Dia de Ação de Graças, tal como prometera, cheio de boatos extravagantes e histórias loucas de pessoas ainda mais loucas. Conhecera, finalmente, os irmãos Warner e fora apresentado a Norma e Constance Talmadge numa festa, regalando as crianças com relatos sobre Tom Mix e Charlie Chaplin. Não que os conhecesse ainda, mas Hollywood era tão liberal, animada e excitante e a indústria cinematográfica uma novidade tão recente que ele afirmava que estava aberta a todos, o que adorava. Era o que sempre desejara.

Sam Horowitz, o tio do amigo, também parecia ser uma personagem curiosa e, segundo George, um homem de negócios astuto e conhecedor de tudo o que era gente na cidade. Quatro anos antes, abrira o estúdio mais importante em Hollywood e, como sabia fazer sempre tudo com inteligência e ao que parecia todos o apreciavam, um dia teria a cidade aos seus pés. George descreveu-o como sendo um homem grande tanto na estatura como na importância e o facto de ter uma filha muito bonita não passou despercebido aos ouvidos de Edwina. De acordo com George, era filha única, perdera a mãe num desastre de comboio no Leste em pequena e crescera sozinha na companhia do pai adorado. Dava a impressão de conhecer bastante bem a rapariga; porém, Edwina evitou fazer qualquer comentário, enquanto George lhes ia contando histórias atrás de histórias.

— Podemos ir lá ver-te um dia destes? — perguntou Teddy com olhar de adoração.

Para ele o irmão também era um homem grande, ainda mais importante do que uma estrela de cinema! George delirou com o entusiasmo que os irmãos demonstravam pelas suas andanças. Não que se sentisse fascinado com os aspetos técnicos da sua atividade, e ser assistente de operador de câmara era apenas temporário, assegurou-lhes, pois tinha a certeza de que, um dia, haveria de ser ele mesmo a realizar filmes e a dirigir um estúdio tal como Sam Horowitz. Este chegara mesmo a propor-lhe um cargo no escritório da companhia para dali a um ano, se mantivesse um comportamento correto e encarasse o seu trabalho com seriedade.

— Espero que te esforces mais do que no jornal — lembrou-lhe Edwina, ao que o irmão sorriu.

— Garanto-te que sim, mana. Mais até do que em Harvard!

Reconheceia os seus erros, mas encontrara algo de que gostava. Edwina apenas lamentava que Phillip não estivesse vivo para ver até onde o irmão já chegara. Mas também não deixava de ser verdade que, se Phillip não tivesse desaparecido, George ainda andaria a fazer gazeta em Harvard.

A guerra terminara semanas antes, e Edwina conversou com ele sobre o assunto durante os poucos dias que passou em São Francisco. A morte do irmão, há um ano, fora uma crueldade. Tudo o que acontecera parecia não ter sentido.

Os países aliados somavam dez milhões de mortos e vinte milhões de mutilados. Fora um preço demasiado elevado, no qual até custava a acreditar. Falar sobre a guerra na Europa recordou a Edwina que não tinha notícias da tia Liz havia muito tempo, dando-lhe vontade de lhe escrever a falar da nova vida de George em Hollywood e a dar notícias dos outros irmãos. No ano anterior, saber da morte de Phillip através de uma carta de Edwina fora um desgosto tremendo e, a partir dessa altura, as suas missivas tinham passado a rarear. Edwina calculava que o facto se devia à dificuldade de funcionamento do correio entre a América e Inglaterra.

Assim que George regressou a Los Angeles, escreveu-lhe, mas a resposta só chegou depois do Natal. Nesse Natal, George estava de novo de volta, a fim de celebrar a quadra festiva junto deles, contando-lhes mais histórias acerca das estrelas que fora conhecendo. Edwina apercebeu-se de várias referências a Helen Horowitz durante a breve estada em casa, o que a levou a desconfiar de que havia alguma paixoneta no ar. Não sabia se iria até lá visitá-lo ou se seria preferível deixá-lo desfrutar da sua independência sem ela se intrometer. De certo modo, ainda conservava traços de infantilidade. Aos dezanove anos, considerava-se altamente sofisticado, mas ela sabia que, bem lá no fundo, não passava, e talvez nunca viesse a passar, de um rapazinho. Era a característica que mais apreciava nele. Quando vinha a casa, estava sempre a brincar com os irmãos mais novos. Trazia bonecas lindas às irmãs e um vestido novo para cada uma. Nessa vez, também trouxe uma bela bicicleta e um par de andas de pau para Teddy. Quanto a Edwina, presenteara-a com um fabuloso casaco curto de raposa-prateada e, apesar de ela não conseguir imaginar-se com semelhante vestimenta, lembrou-se de a sua mãe ter tido um há anos e, quando o experimentou, sentiu-se bonita e elegantíssima. Além disso, o irmão fizera questão em que o usasse no dia de Natal, à mesa do pequeno-almoço. George era sempre pródigo, generoso e enchia a casa de risadas ao passear-se por ela nas andas que oferecera a Teddy, chegando mesmo a sair assim para o jardim e cumprimentar os vizinhos.

Mas, quando, por fim, Edwina teve notícias da tia através do advogado desta em Londres, já ele se fora embora. Escrevera-lhe uma carta muito formal, lamentando comunicar-lhe que *Lady* Hickham falecera em outubro último e que, devido às «dificuldades» vividas nos últimos dias da Grande Guerra, não pudera avisá-la mais cedo. Afirmava, no entanto, que fora sua intenção informá-la mal a situação estabilizasse. Como ela, sem dúvida, sabia, Lorde Rupert deixara as suas terras, propriedades e bens ao sobrinho que era herdeiro do seu título. No entanto, a sua fortuna pessoal fora, naturalmente, para a sua esposa e, segundo o testamento feito por *Lady* Hickham, toda ela ficava para Edwina e os seus irmãos. Citava um montante aproximado do que, segundo os seus cálculos, ela lhes legara. Edwina ficou a olhar para a carta de boca aberta. Não era uma quantia que lhes permitisse usar tiaras de brilhantes e andar de *Rolls-Royce,* mas, bem gerida, permitir-lhes-ia gozar o resto da vida com segurança. Para ela foi como que uma resposta às suas orações, pois todos os rapazes eram jovens para arranjar trabalho e fazer carreira e, no que dizia respeito às raparigas, encontrariam maridos que pelo menos as sustentariam, situação que Edwina não esperava para si. Para si, aquela herança significava a independência até ao fim dos seus dias, sem nunca ficar à mercê da caridade dos parentes. Num silêncio agradecido, voltou a ler a carta daquela tia que mal conhecera e de quem tão pouco gostara aquando da sua última visita. No seu derradeiro gesto de amor por eles, acabara por representar a sua salvação. Era uma quantia muito superior à que obtivera com a venda do jornal, a qual, depois de ser cuidadosamente dividida em cinco contas, uma para cada um deles, ficara reduzida. Naquele caso, tratava-se de muitíssimo mais.

— Santo Deus — murmurou de si para si, recostando-se na cadeira em que se sentara a ler a carta, na sala de jantar, dobrando-a com cuidado.

Estava-se num sábado à tarde, e Alexis, que entrara fazia pouco, ficara a vê-la ler a carta de Inglaterra.

— Há algum problema?

Estava demasiado habituada a que as tragédias e as más notícias chegassem, por norma, através de carta ou de telegrama, mas Edwina sorriu, fitando-a, e disse que não com a cabeça.

— Não... quero dizer, sim... A tia Liz morreu — respondeu solene —, mas deixou-nos um presente muito generoso que tu gostarás muito de ter um dia, Lexie.

Tencionava falar com o seu banco e informar-se do processo mais vantajoso de investir o dinheiro para si própria e para os irmãos...

Alexis não deu mostras de se impressionar com as duas notícias e olhou para Edwina com ar grave.

— De que morreu a tia?

— Não faço ideia — respondeu Edwina, reabrindo a carta e sentindo remorsos pela sua insensibilidade em relação ao falecimento da única irmã da sua mãe. Mas ela fora sempre tão nervosa e infeliz que a sua última visita não deixara saudades. — Aqui não diz.

No entanto, devia ter sido a gripe espanhola que, naquele ano, já vitimara milhares de pessoas na Europa e nos Estados Unidos. Era uma epidemia terrível. Tentou calcular a idade que a tia teria naquela altura e concluiu que devia andar à volta dos cinquenta e um anos, assim como sua mãe faria quarenta e oito naquele ano, se fosse viva. Também era estranho verificar quão pouco tempo sobrevivera a Rupert.

— Foi muito simpático da parte dela, não achas, Alexis?

Edwina sorriu e a menina concordou.

— Agora somos ricos? — perguntou Alexis com curiosidade, sentando-se perto da irmã. Esta disse-lhe que não com a cabeça, apesar de se sentir muito reconfortada com o dinheiro que a tia Liz lhes deixara. — Agora já podemos ir para junto de George, em Hollywood?

A ideia fez Edwina sorrir nervosa.

— Não me parece que ele ficasse muito satisfeito com isso. Mas o que podemos fazer é pintar a casa... e arranjar um cozinheiro e um jardineiro...

A senhora Barnes reformara-se no verão anterior e, excetuando o recurso a ajudas esporádicas para as limpezas, era Edwina quem fazia o resto do trabalho desde a venda do jornal.

Porém, a ideia de se mudarem para Hollywood não agradava muito a Edwina. Sentia-se feliz ali e Alexis, agora já com quase treze anos, era fácil de controlar na pacata São Francisco. Os homens não a largavam aonde quer que fosse e ela começara a reagir aos seus piropos com coqueteria. Tornara-se já uma fonte de preocupações para Edwina.

— Eu preferia ir para Hollywood — declarou Alexis firmemente, com o seu farto cabelo muito louro a emoldurar-lhe o rosto e caindo em cascata pelos ombros.

Continuava a ter o tipo de aparência que fazia as pessoas pararem na rua e, aonde quer que fossem, todos ficavam a olhar para ela, enquanto Fannie possuía as feições mais discretas, se bem que bem delineadas, de Edwina. Era algo em que, de vez em quando, custava a acreditar. Tanto o pai como a mãe tinham sido pessoas bonitas, mas nenhum deles tivera a beleza esplendorosa de Alexis. Phillip também fora um rapaz bem-parecido. Teddy possuía, também, o mesmo aspeto elegante e distinto, e George herdara os traços bem vincados do pai.

Contudo, a perspetiva de levar Alexis para Hollywood enchia Edwina de temores. Era o sítio onde menos gostaria de a ter. Bastavam-lhe os admiradores que já a seguiam, imaginando-a com vinte anos.

Quando, dias depois, George telefonou e ela lhe deu a notícia sobre a tia Liz, ele sugeriu que todos fossem até lá celebrar, mostrando-se, logo a seguir, arrependido de tanta efusão.

— Desculpa, Win... Não estarei a mostrar falta de tato? Deveria sentir-me triste ou algo do género?

Era tão ingénuo que a irmã se riu dele; adorava sempre a franqueza com que George expressava os seus sentimentos. Quando estava feliz, ria e levava os outros a fazer o mesmo, e, quando se sentia triste, chorava. Tão simples como isso. E a verdade era que nenhum deles sentira, jamais, algum apego à tia Liz e ao tio Rupert.

— Eu sinto o mesmo — confessou Edwina. — Sei que devia estar pesarosa, penso mesmo que uma pequena parte de mim o está por ela ter sido tão ligada à nossa mãe. Mas não há dúvida de que o dinheiro me deixa entusiasmada. Saber que não terei de ficar a uma esquina a pedir esmola com uma canequinha na mão quando for velha consola-me.

Edwina sorriu e fez lembrar de novo uma criança, enquanto os irmãos faziam de conta que não a ouviam.

— Seja como for, eu jamais permitiria que o fizesses — observou George, rindo. — A não ser que não me queiras dar a minha parte. Diabos, quem foi que te ensinou tudo o que sabes?

— Tu não, de certeza, fedelho! Dou-te a tua parte uma ova!

Ambos riam e estavam felizes. George repetiu o convite para que fossem visitá-lo, e Edwina, divertida, prometeu fazer-lhe a vontade quando os irmãos estivessem de férias, na Páscoa.

Quando desligou, Teddy fitou-a, impressionadíssimo, e perguntou-lhe se tencionava mesmo sentar-se a uma esquina de caneca de lata na mão. Edwina começou a rir perdidamente.

— Não, claro que não, bisbilhoteiro! Estava apenas a brincar com o George.

Alexis, porém, captara algo muito mais interessante na conversa e fitava insistente a irmã mais velha.

— Sempre vamos a Hollywood visitar o George? — quis saber, linda como uma visão de sonho, o que fez Edwina interrogar-se se não cometeria um erro em levá-la até àquela cidade, mas estavam todos muito entusiasmados com a perspetiva e, vistas bem as coisas, eram apenas crianças. Que importava que Alexis parecesse ter o dobro da idade e os homens a perseguissem? Edwina estaria ao seu lado para a proteger.

— Talvez. Se forem bem-comportados. Disse ao George que se calhar apareceríamos por lá na Páscoa.

Todos gritaram e pularam ao mesmo tempo, enquanto Edwina se ria. Eram bons meninos e ela não tinha de que se queixar da vida que levava. Tudo parecia, de facto, muito simples.

Teve notícias do advogado da tia mais duas vezes, e ele perguntou-lhe se teria possibilidades de se deslocar até Havermoor pessoalmente uma última vez, para resolver os assuntos relacionados com a casa de Lorde Rupert, antes de a mesma passar para as mãos do sobrinho do falecido; porém, Edwina escreveu-lhe a dizer que a sua ida a Inglaterra estava fora de questão. Não explicou porquê, o certo era que tencionava nunca mais voltar a entrar num navio. Nada no mundo a poderia ter induzido a ir por aquele meio de transporte. Escreveu uma carta ao advogado, explicando-lhe delicadamente que, por motivos familiares, lhe era impossível deslocar-se a Inglaterra naquela altura, ao que ele, por sua vez, respondeu que esse impedimento não representava qualquer inconveniente. A simples ideia de atravessar o oceano a fazia estremecer.

Celebraram o aniversário da morte dos pais como sempre o faziam, com uma missa discreta na igreja frequentada pela família e com as recordações que cada um deles conservara. Nesse ano, no entanto, George não os acompanhou nesse ritual. Já tinham decorrido sete anos desde a morte dos pais e ele não podia despender de tempo para algo mais do que o filme que estava a fazer. Enviou um conjunto de vestido e casaco a Alexis pelo seu aniversário. Tinham adotado o hábito de celebrar os anos dela no dia 1 de abril, pois fazê-lo na data em que o *Titanic* afundara era demasiado penoso. Completou os treze anos nesse ano e Edwina comprou-lhe um vestido de «gente crescida» para a viagem a Hollywood, do qual Alexis, muito justificadamente, se orgulhou. A loja escolhida foi a I. Magnin e era em tafetá azul-celeste, com uma gola delicada e um casaco a condizer. Edwina por pouco não soltou uma exclamação diante da beleza diáfana da irmã. Alexis deteve-se diante dela, sorridente, com o seu sedoso cabelo louro apanhado no alto da cabeça, fazendo lembrar um anjo.

Quando, alguns dias mais tarde, apanharam o comboio para Los Angeles, iam todos esfuziantes de alegria.

— Hollywood, aqui vamos nós! — gritou Teddy, cheio de entusiasmo, quando partiram, suavemente, da estação de São Francisco.

CAPÍTULO

25

A visita que fizeram a George, em Hollywood, ultrapassou as perspetivas mais imaginativas de Alexis. O irmão foi buscá-los à estação num *Cadillac* emprestado e conduziu-os ao Hotel Beverly Hills, um palácio luxuoso erguido no topo de uma colina e inaugurado sete anos antes. Assegurou-lhes que todas as estrelas de cinema costumavam instalar-se ali e que, em qualquer altura, poderiam dar de caras com Mary Pickford, Douglas Fairbanks ou até mesmo Gloria Swanson. Chegaram mesmo a ver Charlie Chaplin chegar, conduzido pelo seu motorista japonês. Fannie e Alexis olhavam para tudo, extasiadas, e Teddy andava tão animado com os automóveis que passavam que por pouco não chegou a ser atropelado em várias ocasiões, tendo Edwina que o segurar constantemente e dizer-lhe que estivesse com atenção.

— Mas olha, Edwina! É um *Stutz Bearcat!*

No primeiro dia, viram dois carros dessa marca, quatro *Rolls-Royce,* um *Mercer Raceabout,* um *Kissel* e um *Pierce-Arrow.* Teddy não conseguiu conter-se de tanto entusiasmo, mas o que mais atraía a atenção das raparigas, até mesmo de Edwina, eram os fatos. Esta, quando foi às compras com Alexis, também escolhera algumas roupas para si, além de não se ter esquecido do casaco de pele de raposa-prateada que George lhe oferecera no Natal; no entanto, o que levara de São Francisco fazia com que se sentisse uma avó. Não havia mulher que não andasse com longos vestidos coleantes que exibiam um bom bocado mais de perna do que aquele que Edwina estava habituada a mostrar. Mas era maravilhosamente excitante estar ali. Deixou que George a convencesse a comprar vários chapéus e quando, certa noite, foram jantar ao Sunset Inn, em Santa Mónica, fez questão em aprender a dançar o *fox-trot* com o irmão.

— Vá... isso mesmo... Ai o meu rico pé... — brincou George, orientando-a no meio de risadas de ambas as partes.

Há muito que Edwina não se divertia tanto, mas, a certa altura, algo lhe veio à lembrança apenas por uma fração de segundo.

George parecia-se imenso com o pai em alguns aspetos, e Edwina recordou-se dos tempos em que este a ensinara a dançar, era ela menina e George ainda bebé. Mas obrigou-se a não ter semelhantes pensamentos naquela altura. Estavam a divertir-se imenso e compreendeu, por fim, por que razão George se sentia tão bem ali. Formavam um conjunto de pessoas jovens, bem-dispostas e entusiásticas, que alegravam o resto do mundo com os seus filmes maravilhosos. E as pessoas envolvidas naquela forma de arte possuíam, além da juventude e da alegria de viver, uma cumplicidade que dava a impressão de que trabalhavam todas para o mesmo objetivo. Ouvia falar de Louis B. Mayer, D. W. Griffith, Samuel Goldwin e Jesse Lasky, cineastas que produziam o mesmo tipo de filmes que George andava a aprender a fazer com Samuel Horowitz. Edwina sentia-se fascinada com tudo aquilo. As crianças ficaram ainda mais encantadas quando o irmão as levou a ver a última comédia de Mack Sennett e um filme de Charlie Chaplin. Acharam que nunca na vida se tinham divertido tanto. Depois de almoçarem no Nat Goodwin's Café, em Ocean Park, com a autorização de Edwina, esta acompanhou-os mesmo ao proibido Three O'Clock Ballroom, em Venice, e à Danceland, em Culver City. No caminho de regresso à cidade, pararam no Hotel Alexandria, em Spring and Height, para ver as estrelas que ali jantavam. Nessa noite tiveram sorte, pois encontraram lá Gloria Swanson e Lillian Gish, assim como Douglas Fairbanks acompanhado de Mary Pickford. Corriam boatos de que o romance entre os dois era a sério, e Edwina ficou a olhá-los, embevecida. Era ainda melhor do que ir ao cinema.

George também fez questão de levá-los aos estúdios de Horowitz, onde passaram uma tarde inteira a vê-lo trabalhar num filme com Wallace Beery. Tudo parecia decorrer com enorme rapidez, e George explicou a Edwina que era possível fazerem um filme em menos de três semanas. Ele já trabalhara em três desde que ali estava. Também quis apresentá-la a Sam Horowitz, mas este fora passar o dia fora, pelo que George prometeu fazê-lo noutra ocasião.

Nessa noite, levou-os a jantar ao Hotel Hollywood, onde os mais novos não cessaram de se surpreender com a elegância da decoração que os cercava, ficando, no entanto, ainda mais impressionados com o que Teddy designou como a «namorada» de George. Helen Horowitz foi ao encontro deles no hotel, envergando um deslumbrante vestido branco que lhe moldava o corpo perfeito, com o cabelo louro penteado para trás e a pele de uma brancura de leite puro. Tinha quase a mesma altura que George, mas era muito esguia e muito tímida. Com dezoito anos, o vestido que levava fora confecionado para ela em Paris, por Poiret, explicou com inocência, como se mandar fazer vestidos naquele costureiro fosse o ato mais natural do mundo. Impecavelmente bem-educada, aparentava ser muito reservada, ainda que Edwina a achasse parecida com Alexis, devido aos seus modos sofisticados, se bem que ingénuos. Possuía a mesma beleza etérea, as mesmas maneiras delicadas e parecia alheia ao efeito que provocava naqueles que a rodeavam. Crescera em Los Angeles, mas, ao que parecia, o pai não gostava que ela convivesse muito com gente do «meio» e, de qualquer modo, ela preferia andar a cavalo. Convidou-os a todos para irem praticar esse desporto no rancho que tinha no vale São Fernando; Edwina explicou-lhe, no entanto, que Alexis tinha medo desses animais. Teddy teria adorado ir, mas já se contentava em ficar a olhar para os automóveis que circulavam por tudo o que era sítio. Edwina começava a perguntar a si mesma como conseguiria voltar a fazê-lo assentar quando regressassem a São Francisco.

— Conhece o George há muito tempo? — perguntou Edwina a Helen, observando-a.

Era muito bonita, mas, ao mesmo, muito simples. Não tinha um ar emproado, tratava-se apenas de uma jovem adorável dentro de um vestido caro, e parecia embevecida com o seu irmão George. Este, apesar da sua impetuosidade, mostrou-se muito gentil com ela. Edwina observou-os enquanto dançavam. Formavam um belo par e deixavam transparecer um ar maravilhosamente atraente, saudável, jovem e inocente. Eram duas pessoas alheias à sua própria beleza. Edwina apercebeu-se então de como George crescera desde que saíra de casa. Não restavam dúvidas de que se tornara um homem.

— É uma pena o meu pai estar fora da cidade — observou Helen. — Passa esta semana em Palm Springs, andamos a construir uma casa lá — anunciou, com a maior naturalidade do mundo. — Mas tenho a certeza de que teria adorado conhecê-los.

— Fica para a próxima — disse Edwina, voltando a observar George.

Acabara de encontrar alguns amigos e levara-os até à mesa para os apresentar a Edwina. Era um grupo irreverente, mas, apesar de tudo, não pareciam má gente. Tudo indicava, apenas, que estavam a divertir-se. Trabalhavam em algo que, na prática, tornava aquela maneira de estar indispensável e levava alegria a milhares de outras pessoas.

Independentemente do que fizessem ou deixassem de fazer, via-se bem que George estava bem integrado naquele meio.

As crianças detestaram ter de partir, mas, depois de combinarem ficar mais alguns dias, voltaram ao estúdio para ver George trabalhar. Nesse dia, um dos realizadores perguntou a Edwina se permitiria que Alexis entrasse num filme. Edwina hesitou, mas, para grande espanto seu, viu George negar, o que deixou Alexis mergulhada no maior desespero até voltarem para casa. Quando, mais tarde, Edwina perguntou ao irmão o que o levara a ter aquela atitude, este respondeu-lhe que achava que teria sido um mau passo para a irmã.

— Para quê deixá-los explorá-la? Ela nem se dá conta do aspeto que tem. Isto aqui é divertido, mas é para adultos, não para crianças. Se agora a deixássemos ter esta experiência, iria querer vir para cá e integrar-se-ia nesta loucura. Já assisti a muitos casos e não é o que desejo para ela. Nem tu, se pudesses ver o que eu já vi.

Edwina não discordou do irmão; porém, ficou surpreendida com o seu ponto de vista conservador em relação à irmã. Apesar de ainda só ter dezanove anos, dava constantes mostras de uma maturidade surpreendente e parecia enquadrado na vida sofisticada de Hollywood. Edwina sentia-se orgulhosa dele e de repente ficou duplamente satisfeita por ter vendido o jornal. Se era aquilo que George desejava, jamais teria sido feliz a trabalhar lá. Ela dera o passo certo. E ele também, quando fora viver para aquela terra.

Quando saíram do Hotel Beverly Hills, as crianças iam pesarosas, mas fizeram-na prometer que voltariam mais vezes.

— Como sabem se o George nos quer por aqui? — brincou; porém, o irmão lançou-lhe um olhar por cima das cabeças dos pequenos e fê-la prometer que voltaria ali com eles.

— Nessa altura, já devo ter casa própria e podem ficar comigo.

Tencionava comprar uma casa pequena com o dinheiro herdado da tia Liz. Por enquanto ainda partilhava um apartamento em Beverly Hills, nos arredores da cidade, com um amigo. Desejava fazer ainda muita coisa e sabia que havia muito que aprender; no entanto, tudo aquilo lhe dava um grande entusiasmo e, pela primeira vez na vida, pretendia ser um estudante diligente. Sam Horowitz dera-lhe uma oportunidade e ele tencionava aproveitá-la ao máximo e não desiludi-lo.

Levou-os então até à estação ferroviária, e as crianças ficaram a dizer-lhe adeus enquanto o comboio se afastava. Para elas fora como um redemoinho que chegara e partira, um sonho delirante, um lampejo de lantejoulas que de repente se desvanecera, deixando-os a olhar uns para os outros no comboio e a interrogar-se se fora mesmo verdade.

— Um dia quero voltar para lá — declarou Alexis, calmamente, a certa altura da viagem para São Francisco.

— Está descansada que o faremos — prometeu Edwina, sorrindo.

Há muitos anos que não passava uns dias tão deliciosos e ela própria sentira-se voltar aos dezoito anos, em vez dos quase vinte e oito que já tinha. Fá-los-ia na semana seguinte, mas já celebrara o suficiente para o ano inteiro. Sorriu de si para si, perante o olhar atento de Alexis.

— Quero dizer que um dia hei de viver ali — esclareceu, como se fosse um plano que nada naquele mundo poderia alterar.

— Como o George? — perguntou Edwina, tentando perceber, mas detetando algo no olhar de Alexis que lhe deu a entender que falava a sério.

A certa altura da viagem de regresso a casa, Alexis fitou-a e perguntou-lhe com ar intrigado:

— Porque não me deixaste entrar no filme quando o homem me convidou?

Edwina tentou aligeirar a questão; porém, a irmã mostrava a mesma expressão determinada que já lhe notava há dias. Era um ar de firmeza e determinação que Edwina nunca lhe vira.

— O George não achou que fosse boa ideia.

— Porque não? — insistiu, enquanto Edwina se atarefava a enrolar as mangas de Fannie para cima, olhando pela janela antes de responder.

— Se calhar porque é um mundo para pessoas crescidas, Alexis, pessoas habituadas àquele meio, não a amadores que podem sair magoados de situações que não compreendem.

Era uma resposta sincera, e Alexis, depois de refletir um pouco, resolveu aceitá-la, pelo menos de momento.

— Um dia serei atriz e nada do que possam fazer me impedirá de o ser — declarou.

Era uma afirmação estranha, e tanta veemência fez com que Edwina franzisse o sobrolho.

— O que te leva a imaginar que tentaremos impedir-te?

— Foi o que fizeram agora... Mas para a próxima... para a próxima será diferente.

Dito isto, sentou-se ao pé da janela e ficou a olhar para fora, enquanto Edwina a fitava, estupefacta. Mas, quem sabe? Talvez ela tivesse razão. Pressentia que a irmã iria cumprir a sua palavra. Também começou a pensar em Helen, na sua personalidade, no afeto que mostrava por George, curiosa em saber se algum dia chegariam a algum compromisso sério. Naquela viagem de regresso a casa, todos levavam a cabeça cheia do que pensar. Edwina adormeceu a escutar as rodas que os transportavam, ladeada pelos dois irmãos mais novos, que dormiam encostados a ela. Alexis, porém, sentada no banco em frente, passou grande parte da viagem a espraiar o olhar pela paisagem que se ia desenrolando no lado de fora, com um ar de determinação cujo significado somente ela entendia e os outros apenas podiam imaginar.

CAPÍTULO

26

Os quatro anos seguintes que George passou em Hollywood foram de grande azáfama e entusiasmo para este e para as pessoas com quem travou amizade. Entre os filmes que se fizeram na altura figuravam *The Copperhead*, *O Xeque*, o *Fruto Proibido* de De Mille, a sua comédia *Why Change Your Wife?*, e a florescente indústria cinematográfica transformou-se rapidamente numa mina de ouro para quantos nela se empenhavam. George teve a possibilidade de trabalhar em dezenas de filmes importantes graças aos ensinamentos e à ajuda de Sam Horowitz, e não tardou que passasse de operador de câmara para assistente de realização, acabando por começar a fazer filmes sozinho, como fora sempre o seu sonho. A promessa que fizera a Edwina, quatro anos antes, quando partira para Hollywood em 1919, tornou-se realidade para ele em 1923.

Antes disso, Horowitz chegara mesmo a cedê-lo à Paramount e à Universal, e naquela altura George conhecia todos os que trabalhavam naquela área, mas, acima de tudo, percebia do seu ofício. Nesse ano, à semelhança dos irmãos Warner, Sam Horowitz contratara vários guionistas e realizadores. Sam foi também uma das primeiras pessoas a ir até Wall Street arranjar patrocinadores sérios, convencendo-os de que Hollywood poderia ser uma fonte de rendimentos prodigiosa. Mary Pickford e Douglas Fairbanks tinham-se juntado a D. W. Griffith e Charlie Chaplin para criar a United Artists e havia outros grupos semelhantes em formação. Vivia-se uma era inovadora em Hollywood, e Edwina adorava ouvir falar do que ali se passava. Ainda se admirava por os sonhos irreverentes do irmão se terem transformado em realidade. Dava-lhe razão, de facto tudo aquilo era, de longe, bem mais interessante do que dirigir o jornal do pai e muito mais ao seu estilo do que permanecer em São Francisco, onde nada acontecia.

Edwina e os irmãos iam-no visitar duas ou três vezes por ano e ficavam na sua casa em North Crescent Drive. George tinha mordomo, cozinheiro e duas empregadas para o serviço doméstico. Gozava de enorme popularidade na cidade e Fannie fazia sempre questão em dizer que o achava mais bonito que Rudolfo Valentino, o que o fazia rir. Mas Edwina reparara, há muito, que as raparigas que circulavam em Hollywood também eram dessa opinião. George saía com inúmeras estrelas e candidatas a tal; no entanto, era a Helen Horowitz, a filha do seu mentor, que se mostrava verdadeiramente apegado. Então já com vinte e dois anos, tornara-se ainda mais bonita do que Edwina achara quando a conhecera. Era altamente sofisticada e, na última ocasião em que Edwina a vira com George, levava um vestido de *lamé* prateado justíssimo que fez com que as pessoas ficassem a olhar para ela de boca aberta quando entrou, com toda a descontração, no Cocoanut Grove pelo braço de George. Parecia alheia aos olhares e às objetivas das máquinas fotográficas e, um dia, Edwina perguntou ao irmão por que razão ela nunca entrara num dos filmes do pai.

— Ele não quer que a filha faça parte desse mundo. Desde que se mantenha à parte, está tudo bem. Há uns anos fiz-lhe essa mesma sugestão, mas ele nem sequer me quis ouvir. Acho que tem razão. A Helen mantém-se à margem de tudo isto. Gosta de ouvir falar no assunto, mas apenas acha graça.

Algo na maneira como George falava de Helen deu a perceber a Edwina que um dia aquela amizade assumiria um carácter mais sério, mas até ali não passava do mais longo romance de que se ouvira falar e Edwina não queria exercer a menor pressão sobre o assunto.

Em São Francisco, Edwina acabara de chegar a casa, depois de ter levado os irmãos a ver *Hollywood,* estando a discutir com Alexis sobre as razões que a levavam a *não* a deixar assistir ao *Loves of Pharaoh,* quando o telefone tocou. Era George, a ligar de Los Angeles para convidar a irmã para o acompanhar à estreia do seu primeiro filme. Disse-lhe que Douglas Fairbanks entrava nele e que a festa da estreia seria espetacular.

— Fazia-te bem afastares-te algum tempo de junto desses monstrozinhos.

De vez em quando gostava de receber apenas a visita de Edwina. Daquela vez, porém, os protestos foram demasiado violentos, de modo que, quinze dias depois, Edwina partiu para Hollywood com os irmãos a reboque. Alexis, então com dezassete anos, era tão bonita como a filha de Sam Horowitz, mas não usava o cabelo curto nem nunca vestira *lamé* prateado. Transformara-se, no entanto, numa jovem beldade esplendorosa, e as pessoas ficavam a olhar para ela aonde quer que fosse. Edwina nada podia fazer para impedir que os admiradores da irmã quase lhe deitassem a porta abaixo de tanto nela baterem à sua procura. Andava sempre com cinco ou seis atrás, apesar de continuar a ser relativamente tímida e de apreciar bem mais os amigos de Edwina, que eram muito mais velhos e, por isso mesmo, lhe proporcionavam maior segurança. Fannie tinha quinze anos e, preferia estar em casa. Adorava jardinagem e cozinha, e o melhor que lhe podia acontecer era Edwina andar demasiado atarefada para tomar conta dos assuntos domésticos. Edwina fizera vários investimentos imobiliários bem-sucedidos e, de vez em quando, precisava de se deslocar, acompanhada por Ben, para lhes dar uma vista de olhos. Este esquecera, fazia muito, os seus anseios românticos em relação a ela e tinham passado a ser apenas bons amigos. Casara há dois anos e Edwina reparava, com satisfação, que parecia feliz.

Teddy, com treze anos, já andava a falar em ir para Harvard. Gostava de Hollywood, mas o que mais desejava era, um dia, dirigir um banco. Parecia uma opção estranha num rapaz com tão pouca idade; porém, possuía o mesmo espírito diligente de Phillip, além de outras semelhanças. Tudo indicava, até ali, que George era o único com uma tendência irreprimível para o inesperado, daí que, para ele, o mundo quixotesco de Hollywood fosse, sem dúvida, o mais indicado.

Dessa vez hospedaram-se no Hotel Beverly Hills, pois George tinha outros hóspedes em casa, mas as crianças, como Edwina continuava a designar os irmãos, para grande desconsolo de Alexis, achavam o hotel mais interessante.

Também ali se encontravam Pola Negri, Leatrice Joy, Noah Beery e Charlie Chaplin. Teddy ficou louco quando deu de caras com Will Rogers e Tom Mix no vestíbulo.

Edwina sentiu-se muito lisonjeada quando o irmão a convidou para a gala de estreia em Pickfair. Comprou um espantoso vestido em *lamé* dourado da Chanel que a fez sentir-se, apesar da idade, uma jovenzinha. Ia a caminho dos trinta e dois anos, mas pouco mudara. A pele do seu rosto continuava macia e sem rugas e a sua figura ainda mais favorecida do que em anos anteriores. Mandara cortar, recentemente, o cabelo curto, à moda, fazendo a vontade ao irmão, e sentiu-se muitíssimo elegante no seu vestido dourado quando entrou, com George, na casa que Douglas Fairbanks mandara construir, três anos antes, para Mary Pickford como prenda de casamento. Constava que eram muito felizes ali, sendo um dos raros casamentos que conseguia sobreviver naquele mundo glamoroso em que viviam. Poucos eram os enlaces que perduravam entre cada visita de Edwina, com exceção daquele.

— Onde está a Helen? — perguntou a George quando se encontravam no jardim de Pickfair a tomar uma bebida e a observar os pares que dançavam.

Daquela vez o irmão não falara na jovem, o que não era habitual. Não havia sítio aonde fosse sem que a levasse consigo, sítio que fosse, pelo menos, importante, embora ainda se encontrassem com as respetivas amizades. No entanto, era Helen quem o fazia sorrir, quem o preocupava quando tinha o mais pequeno problema ou a constipação mais ligeira, quem ocupava o seu coração. Mas não se mostrava apressado em casar, e Edwina sempre hesitara em o sondar sobre a questão.

— A Helen está em Palm Springs com o pai — retorquiu George sereno, olhando em seguida de relance para a irmã. — Sam acha que não devemos voltar a ver-nos.

Ali estava a explicação para tão inesperado convite para a estreia e a ausência da rapariga. Havia horas que Edwina achava que aquele era o tipo de festa ao qual ele deveria ir acompanhado por Helen.

— Porque não? — quis saber Edwina, impressionada com a expressão que lhe lia nos olhos. Notava-se que, por trás da aparência jovial, sentia-se acabrunhado, o que não era nada habitual nele.

— Ele acha que depois de quatro anos de namoro, devíamos casar ou acabar com tudo.

Suspirou e aceitou que um empregado que passava lhe voltasse a encher a taça de champanhe. Já abusara um pouco da bebida, mas desde que a proibição saíra, três anos antes, não havia quem não o fizesse. Ir a bares onde se bebia clandestinamente, a festas particulares onde o álcool era servido sem restrições, tornara-se moda. Dava a impressão de que a Lei Volstead transformara gente inocente em alcoólicos. George, felizmente, não padecia desse problema; acontecia apenas que, naquela noite, sentia umas saudades tremendas de Helen e a sua tristeza não escapou a Edwina.

— Então porque não casas com ela? — perguntou por fim, coisa que jamais se atrevera a fazer pois não queria pressionar o irmão, mas enfim... também ela bebera um pouco de champanhe a mais. — Estás apaixonado por ela, não estás?

George assentiu e sorriu triste para a irmã.

— Pois estou. Mas não posso casar com ela.

— Porquê? — perguntou Edwina, espantada.

— Pensa no que todos diriam... que eu a desposava para fortalecer a minha ligação com Sam... para assegurar a minha posição junto do pai. Que me casava com ela pelo dinheiro... por um emprego. — Fitou a irmã com desalento. — A verdade é que Sam me ofereceu sociedade há seis meses, mas eu percebo que... ou é a filha ou o trabalho. Se casarmos, terei de me afastar de Hollywood para que as pessoas não pensem que o fiz pelas razões erradas. Acho que sempre nos restaria a hipótese de regressar a São Francisco. — Olhou para a irmã com desespero. — Mas que poderia eu fazer por lá? Afastei-me há quatro anos e não tenho experiência em qualquer outro tipo de profissão. Estou convencido de que não conseguiria arranjar um emprego onde trabalhasse em algo diferente do que faço aqui. E já não tenho o dinheiro da tia Liz. Portanto, como poderia sustentar a Helen? — Ali dispunha de um belíssimo salário, mas, longe de Hollywood, ficava sem ele. Além disso, gastara o dinheiro que herdara da tia Liz numa bela propriedade, automóveis velozes e num estábulo cheio de cavalos caros. — Portanto, se casar com ela, passaremos fome. E se aceitar a sociedade com Sam, fico sem Helen... Não posso casar com ela e tornar-me, ao mesmo tempo, sócio do pai, parece-me horrível. Dá a impressão de ser nepotismo do pior tipo.

Pousou a taça e quando, dessa vez, o mordomo se aproximou para a encher de novo, tapou-a com a mão. Naquela noite nem sequer tinha vontade de se embebedar. Só lhe apetecia chorar as suas mágoas no ombro da irmã, lamentando não estar em condições de lhe proporcionar um serão mais agradável, tendo-a feito ir até à cidade para aquela estreia.

— Não digas disparates — insistiu Edwina, reparando no olhar angustiado do irmão. — Já sabes como está a parada com Sam. Ele quer-te como sócio. Repara que, na tua idade, isso é um elogio fantástico, quase inacreditável. Serias uma das maiores histórias de sucesso em Hollywood.

— E a mais solitária. — Riu-se. — Edwina, não sou capaz de assumir essa posição. E se ela achasse que eu casava para singrar na vida? Seria ainda pior. Não posso, simplesmente, fazê-lo.

— Já falaste da situação com Helen?

— Não. Só com Sam. Ele disse-me que aceitaria a decisão que porventura eu viesse a tomar, mas achava que o nosso romance já durava há demasiado tempo. Considera que a filha está com vinte e dois anos e que, se não casar comigo, fá-lo-á com outro qualquer.

George, que ainda não completara os vinte e quatro anos, possuía quase tudo o que desejara, com exceção da sociedade com o homem mais poderoso de Hollywood e da mulher que amava e desejava para esposa. Poderia ficar com ambos, mas continuava a insistir que não podia aceitar semelhante situação. Edwina compreendia, de certo modo, os seus receios, mas achava que era possível ultrapassá-los; assim, gastou grande parte da noite a tentar fazer com que o irmão mudasse de ideias. George, porém, mostrou-se irredutível até mesmo durante o trajeto, feito no seu *Lincoln Phaeton,* até ao hotel onde a irmã estava hospedada.

— Não tenho coragem para isso, Win. A Helen não é nenhum bónus acrescido ao negócio — reafirmou.

— Caramba, mas que teimosia! — exclamou Edwina, exasperada com o irmão. — Mas tu afinal amas a rapariga ou não?

— Claro que sim.

— Então casa com ela. Não desperdices a tua vida com outras de quem não gostas. Casa com ela enquanto é tempo. Nunca se sabe o que pode acontecer-nos na vida. Quando nos surge uma oportunidade, não a devemos deixar fugir.

Falava com lágrimas nos olhos, ambos cientes de que ainda pensava em Charles. Fora o único homem que jamais amara, o único que ocupara o seu coração e que, ao desaparecer para sempre, levara consigo uma parte importante da sua vida.

— Queres entrar nessa sociedade com Sam? — perguntou de novo, reparando que, dessa vez, o irmão hesitava antes de responder.

— Quero.

— Então aceita a proposta, George. — Falou em voz mais branda, pousando a mão no braço do irmão. — A vida não dá muitas oportunidades. E tu já obtiveste tudo aquilo com que sonhaste, e ainda mais. Aceita, aprecia, guarda, conserva e agradece tudo o que tens. Faz o que *precisas* de fazer... Não deites tudo a perder por motivos superficiais. Sam está a oferecer-te uma proposta fabulosa e Helen é a mulher que amas. Se queres a minha opinião, acho que serias louco em abdicar quer de uma coisa quer de outra. Nada te obriga a isso. Ele já te convidou para a sociedade. Que mais queres? Vai em frente e manda para o diabo o que as pessoas pensam. Sabes que mais, se alguém tiver de facto essa opinião ou mesmo se atrever a expô-la, na semana seguinte já todos a esqueceram. Mas, se tu desistires, ficar-te-á para toda a vida. O teu lugar não é em São Francisco, mas sim aqui, nesta cidade de loucos, neste trabalho em que és tão competente, e um dia o estúdio de Sam passará para ti ou tu arranjarás outro. Estás com vinte e três anos, rapaz, e um dia terás este mundo a teus pés. Aliás, já tens. Ainda por cima amas uma rapariga... Caramba! — exclamou Edwina, sorrindo para o irmão com os olhos rasos de lágrimas. — Agarra no pote de ouro, George... Está à tua disposição, é teu... Tu mereces.

Assim era, o que deixava Edwina felicíssima porque adorava aquele irmão. Desejava para ele tudo o que nunca tivera. Não se arrependera de nenhuma das opções que tomara, mas abdicara de vida própria para cuidar dos irmãos, para os quais desejava aquilo a que tinham direito, a concretização de todos os seus sonhos, tudo o que a vida tinha para oferecer.

— Achas mesmo, mana?

— O que te parece? Na minha opinião, tu mereces ter *tudo*. Gosto muito de ti, tolinho.

Num gesto carinhoso, desmanchou-lhe o cabelo impecavelmente penteado, gesto que ele lhe retribuiu. George gostava de a ver de cabelo curto, tornava-a ainda mais bonita. Era uma pena que nunca tivesse casado, que nunca mais tivesse havido outro amor depois de Charles. Até que, por fim, por causa do champanhe e também do momento de intimidade partilhado, atreveu-se a perguntar-lhe algo que o intrigava fazia muito tempo.

— Tens pena de nunca teres tido alguma coisa na tua vida, Win? Neste momento, detestas a maneira como vives?

De qualquer modo parecia-lhe, a julgar pela expressão que lhe via, que a resposta era óbvia.

— Se detesto a vida que levo? — admirou-se Edwina começando a rir e mostrando um ar surpreendentemente satisfeito para quem passara onze anos a tratar dos irmãos.

— Como seria possível, se gosto tanto de vocês? Nem sequer tive dúvidas há anos, mas o engraçado é que vocês me fizeram muito feliz. Claro que teria adorado casar com o Charles, mas a minha vida não tem sido má. — Já se referia ao assunto como se tudo se aproximasse de um termo. O que, para ela, em certos aspetos era verdade. Dali a cinco anos, Teddy iria para Harvard. Nessa altura era provável que Alexis e Fannie já estivessem casadas ou a caminho disso. E saltava à vista que George estava encarreirado, só lhe faltava resolver aquele conflito pessoal, o que, de certeza, entretanto resolveria. Ela ficaria então sozinha, estando os irmãos já criados. Mas naquele momento não lhe apetecia pensar no assunto.

— Não me arrependo de nada — declarou, inclinando-se para George e dando-lhe um beijo na face. — Mas detestaria não te ver passar o resto da vida ao lado de alguém que ames. Vai a Palm Springs, arrebanha Helen, diz a Sam Horowitz que aceitas a sociedade com ele e esquece o que as pessoas possam pensar. Acho a ideia ótima e podes transmiti-lo a Helen.

— És um espanto, Win.

Mais tarde, enquanto a acompanhava até ao interior do hotel, pensou na mulher extraordinária que a irmã era e no quão felizardo teria sido o homem que casasse com ela. Ainda havia ocasiões em que se sentia culpado por vê-la solteira. Continuava a achar que ele e os irmãos tinham exigido demasiado dela. Ia referir algo sobre a questão quando ambos viram a mesma coisa ao mesmo tempo e pararam. Alexis atravessava o vestíbulo com um vestido de noite em cetim cinzento que pertencia a Edwina e levava o cabelo preso no alto da cabeça com um gancho de lantejoulas enfeitado com uma pena branca desencantada não se sabia onde, de braço dado com um homem alto e bem-parecido que George reconheceu de imediato, ao contrário de Edwina. Via-se bem que chegavam de um lado qualquer, e Alexis ainda não dera pela presença de George e de Edwina.

— Santo Deus! — exclamou num sussurro, boquiaberta, convencida de que a irmã ficara na cama enquanto ela ia à festa. — Quem é o indivíduo?

O indivíduo parecia ser cinquentão e era, sem dúvida, muito bem-apessoado; no entanto tinha o triplo da idade de Alexis, parecia um pouco mais alegre do que a conta e estava nitidamente embevecido com a jovem que levava pelo braço.

George atravessou o salão com expressão severa, respondendo em voz baixa a Edwina.

— Chama-se Malcolm Stone e é o maior filho-da-mãe que conheço. Anda sempre atrás de miúdas e posso garantir-te que ainda o mato antes de deitar a mão à Alexis.

Não era seu hábito utilizar semelhante linguagem ou descontrolar-se ao pé da irmã, pelo que Edwina ficou, por momentos, sem saber o que dizer. George parecia mesmo disposto a dar cabo do sujeito.

— É a grande estrela do momento por aqui, pelo menos assim se considera — continuou George. — Ainda só fez dois filmes, mas ambição não lhe falta. E, quando não está a trabalhar, entretém-se com as conquistas, de preferência as mulheres ou as filhas dos outros. Consta que a sua especialidade são as bem novinhas.

O modo como olhava para Alexis mostrava que George tinha razão. Também deitara o olho a Helen semanas antes, com intenções que de sérias nada tinham, o que irritara profundamente George, que sabia que o interesse dele se devia ao facto de ela ser rica e bonita e ter o pai que tinha.

— Stone! — chamou George com voz trovejante.

O par deteve-se, e Alexis virou-se para trás, ficando horrorizada ao avistar George. Quisera chegar mais cedo, mas estavam a divertir-se tanto a dançar no Hotel Hollywood que o tempo passara sem darem por isso. Encontrara Malcolm várias vezes no vestíbulo e, quando foram apresentados um ao outro, na terceira ocasião, ele reconhecera o apelido dela. Perguntara-lhe se era da família de George Winfield da Horowitz Pictures e, quando ela confirmara, convidara-a para almoçar no hotel. Nesse dia Edwina fora com os irmãos a La Brea, mas Alexis preferira ficar a apanhar banhos de sol na piscina.

— Que pensa que está a fazer com a minha irmã? — perguntou-lhe George em tom seco, atravessando o espaço que o separava de Malcolm e detendo-se em frente deste.

— Absolutamente nada, meu caro rapaz, apenas a passar um bocado agradável. Foi tudo muito divertido, não foi, minha querida?

Falava com um falso sotaque inglês, e Edwina reparou, do sítio onde ficara, que Alexis estava embevecida com o ator. Apesar da sua timidez, mostrava uma tendência estranha por homens mais velhos.

— A sua irmã e eu estivemos a dançar no Hotel Hollywood, não foi, minha cara? — continuou Malcolm sorrindo para a jovem, que foi a única a não reparar que o seu olhar nada tinha de benévolo.

— Tem conhecimento de que ela ainda nem dezassete anos fez? — insistiu George, furibundo, enquanto Edwina se sentia também preocupada. Alexis fizera muito mal em escapulir-se durante a sua ausência.

— Ora bem — exclamou Stone, olhando para Alexis. — Creio que houve aqui um pequeno mal-entendido. — Tirou-lhe com delicadeza a mão do braço e pousou-a no de George. — Pareceu-me tê-la ouvido dizer que estava prestes a fazer vinte e um anos.

Alexis corou de vergonha, mas Malcolm Stone pouco se importou com o facto. Apenas era embaraçoso que a verdadeira idade dela lhe fosse dita pelo irmão mais velho. No decorrer da noite, percebera que Alexis era bem mais nova do que afirmava, mas era linda e verem-no com ela não teria a menor importância.

— Desculpe, George. — Parecia mais divertido do que pesaroso. — Não seja demasiado severo com ela. É um encanto de menina.

George não o poupou às suas palavras duras.

— Mantenha-se afastado dela.

— Claro, como quiser.

Fez uma vénia aos três e afastou-se depressa.

George voltou-se então para a irmã mais nova e, agarrando-lhe num braço, seguiram apressados para os aposentos ocupados por Edwina. Alexis começara a chorar, enquanto a irmã a olhava com severidade.

— Por amor de Deus, que foi que te deu na cabeça para saíres com aquele homem? — perguntou-lhe George, furioso, o que nele era raro, pois fora sempre o anjo da guarda dos irmãos mais novos, intercedendo por eles quando achava que Edwina os tratava com demasiada severidade.

O que não acontecia daquela vez. Daquela vez o que lhe apetecia era dar uma tareia a Alexis; porém, esta já era demasiado crescida para tal e, fosse como fosse, Edwina não lho permitiria. Mas apetecia-lhe apertar-lhe o pescoço por se ter colocado à mercê de um indivíduo sem escrúpulos como Malcolm Stone. — Sabes o que ele é? Um impostor e um conquistador barato! Tem andado aqui em Hollywood à caça da menor oportunidade de se fazer conhecido e não hesita em se servir de quem puder!

George conhecia bem o meio em que vivia, e homens como Malcolm Stone pululavam pela cidade às dezenas.

Nessa altura, já Alexis soluçava e libertou o braço da mão de George com brusquidão.

— Ele *não* é o que tu dizes! É simpático, agradável e acha que eu devia entrar nos filmes com ele. Tu nunca me disseste isso, George! — declarou acusadora, com as lágrimas a correrem-lhe pelas faces. Na sua opinião, Malcolm Stone era indiscutivelmente «simpático e agradável» quando, na verdade, não passava de um malandro da pior espécie.

— Tens toda a razão, nunca to disse! Achas que quero ver-te a andar por aí com pessoas como ele? Não sejas ridícula! E vê se te enxergas, não passas de uma menininha! Com essa idade, não deves estar nem aqui nem a fazer cinema!

— Essa foi a pior coisa que alguma vez me disseste! — lamuriou-se Alexis, enquanto George quase a arrastava para a sala de estar da suíte, onde a jovem se deixou cair num sofá a soluçar, diante do olhar de Edwina.

— Posso interromper para te perguntar por que razão não me pediste licença para sair com ele, nem mesmo mo apresentaste?

A ideia ocorrera-lhe logo de início e estava a preocupá-la. Alexis tinha o hábito de fazer o que muito bem lhe apetecia e, onze anos antes, isso por pouco não lhe custara a vida, no *Titanic*.

— Porque... — Alexis soluçou ainda com mais força, agarrada ao seu lenço e encharcando o vestido de Edwina, que levara, «emprestado», naquela sua escapadela. — Porque eu já sabia que não me deixarias.

— Ainda bem que reconheces, Alexis. Posso saber que idade tem o cavalheiro? — perguntou Edwina, nitidamente reprovadora.

— Tem trinta e cinco anos — respondeu Alexis empertigando-se, ao que o irmão reagiu com um berro.

— Uma ova! Aposto o que quiseres em como tem cinquenta! Meu Deus, onde tens tu passado a vida?

Nessa altura, Edwina interveio, pois sabia que não era justo: Alexis não passava de uma menina que nunca saíra de uma cidade pacata, em comparação com aquele viveiro de *glamour* e comportamentos ilícitos do Sul. Não se podia esperar que identificasse escroques e malandros à primeira vista, como acontecia com o irmão, que ali vivia e trabalhava.

— Já te passou pela cabeça o que uma pessoa como aquela poderia fazer contigo?

Alexis abanou a cabeça chorando ainda com mais força, o que fez com que George se voltasse para Edwina, exasperado.

— Prefiro que sejas tu a explicar-lhe. — A seguir virou-se de novo para a irmã mais nova. — E tu terás muita sorte se eu não te mandar de volta para casa antes do teu aniversário.

Tinham combinado celebrar o aniversário de Alexis em Los Angeles no dia de Páscoa, mas o resto da semana passou-se num clima de nítida tensão. Alexis sentia-se muito abatida, e Edwina teve várias conversas sérias com ela. O problema residia no facto de ser uma jovem cuja beleza dava muito nas vistas perante os homens de Hollywood. Mesmo naquela cidade, as pessoas ficavam a olhar para ela aonde quer que fosse, sobretudo os indivíduos do sexo masculino. Apagava quem estivesse junto dela, até mesmo as irmãs. E, para complicar ainda mais as coisas, dois dias depois do incidente com Malcolm Stone, foi abordada por um caçador de talentos no vestíbulo do hotel, que lhe perguntou se gostaria de fazer um filme para a Fox Productions. Edwina declinou delicadamente o convite pela irmã, mas esta correu a fechar-se no quarto banhada em lágrimas, acusando a irmã de querer dar-lhe cabo da vida para sempre. Meteu-se na cama e, nessa noite, George quis saber o que se passava junto de Edwina, pois nunca vira Alexis assim, apesar de já ter saído de casa fazia quatro anos. Mas Alexis, que nunca fora uma criança fácil, continuava a manter essa característica. Apesar de tímida e, de certo modo, alheia ao seu aspeto, ansiava por fazer carreira no cinema.

— Está numa idade complicada — disse Edwina a George calma, quando ficaram a sós. — Além disso, é uma rapariga muito bonita, o que às vezes provoca confusões. As pessoas oferecem-lhe toda a espécie de mimos e nós dizemos que ela não pode aceitá-los. Os homens correm atrás dela e nós ordenamos-lhe que não aceite os seus convites. Aos olhos dela, isso não é nada agradável e nós passamos pelos maus da fita, pelo menos eu.

— Graças a Deus. — George nunca se dera conta das dificuldades por que Edwina passara. Educar crianças não era tão fácil como imaginara. — E agora que iremos fazer com ela?

Dava a impressão de que Alexis cometera um crime em Los Angeles, e Edwina riu.

— Vou levá-la para casa e esperar que acalme. E rezar para que arranje marido dentro em breve, para depois ser ele a ter de se preocupar com a sua beleza.

Riu-se, e George abanou a cabeça, meio confuso.

— Espero nunca vir a ter filhas.

— E eu espero que tenhas uma dúzia — disse, sorridente. — A propósito — continuou, compondo uma expressão séria e voltando a sentir-se como uma irmã muito mais velha —, que atitude tomaste em relação a Helen? Por que motivo não estás em Palm Springs?

— Telefonei-lhe, mas agora estão de visita a uns amigos em San Diego. Deixei recado no hotel, mas vou esperar que cheguem. Também lamento que não tenhas chegado a conhecer o Sam.

Edwina fora-lhe apresentada em certa ocasião, três anos antes, e ficara bem impressionada. Era um homem imponente, com olhos inteligentes e um rosto que espelhava ponderação. Tudo nele, desde a altura ao aperto de mão vigoroso, deixava transparecer poder.

— Fica para a próxima. Mas escuta — insistiu, olhando severa para o irmão —, não dês cabo da tua vida. Lembra-te do que te disse e faz o que deves fazer. Percebeste?

Sorriu-lhe, mas ambos sabiam que falava a sério.

— Com certeza, minha senhora. Mas é melhor dizeres o mesmo a essa tua irmã.

Alexis, porém, depois de passar um dia a chorar pela sua carreira cinematográfica cerceada, acalmou-se o suficiente para desfrutar do seu aniversário. Faltava-lhes só mais um dia antes de partirem de Los Angeles, e Edwina tinha vontade de levar os dois irmãos mais novos ao estúdio onde George estava a rodar o seu último filme. Este andava atarefado no seu gabinete, mas as crianças puderam ver Lillian Gish, o ponto alto da sua visita. Edwina, ao ver o irmão no seu meio de trabalho, fez-lhe uma pergunta relacionada com a abordagem que o caçador de talentos da Fox fizera a Alexis.

— Alguma vez a deixarias fazer um filme para ti?

George refletiu um pouco sobre a pergunta e em seguida recostou-se na poltrona, soltando um suspiro.

— Não sei. Nunca pensei nessa possibilidade. Porquê? Agora és agente dela?

Edwina riu com a provocação.

— Não, foi só para saber. Parece-me que ela sente o mesmo fascínio que tu por este mundo.

Era verdade, além de ter beleza suficiente para se transformar numa estrela de cinema. Era apenas um pouco nova demais, mas quem sabe um dia... Alexis, teria ficado muito animada ao sabê-lo.

— Não sei, Edwina, talvez. Mas eu vejo o que se passa aqui. Gostarias mesmo de a ver neste meio?

Ele não. Nem mesmo o teria desejado para os seus próprios filhos, caso os tivesse. Do mesmo modo que Sam não integrara Helen nele. O que, na opinião de George, contribuía para que a jovem fosse uma pessoa mais bem formada.

— Parece que Helen sobreviveu, apesar de viver aqui — salientou Edwina, ao que George anuiu.

— Sem dúvida. Mas ela é diferente. E não anda na primeira página dos jornais. O pai preferiria tê-la trancada a deixar que aparecesse num filme.

O facto sempre metera confusão a Edwina, mas agora já entendia.

— Foi apenas uma ideia. Não ligues.

— Onde está Alexis?

— A descansar no hotel. Não se sentia muito bem.

— Tens a certeza?

Passara a desconfiar de tudo, e todos os homens que via pareciam-lhe violadores, com más intenções em relação à irmã. Edwina brincou com ele por causa disso ao regressarem ao estúdio para ir buscar as crianças.

Depois George levou todos a almoçar, deixando-os ficar no hotel antes de regressar ao estúdio. Mas, quando entraram nos seus aposentos, não viram Alexis, e Edwina mandou Teddy chamá-la à piscina.

— Ela não está lá. Talvez tenha ido dar algum passeio.

Voltara talvez a sair na esperança de ver Tom Mix mais uma vez no vestíbulo, enquanto Fannie começava a ajudar Edwina a fazer as malas. Mas, à hora de jantar, Alexis ainda não aparecera, e Edwina começou a entrar em pânico. De repente, perguntou a si mesma se George não tivera razão em estar desconfiado, apesar de ela detestar ter semelhantes dúvidas em relação à irmã mais nova. Mas Alexis fora sempre diferente dos irmãos... tímida... à parte... reservada... receosa de tudo como uma criança pequena, embora tivesse melhorado. Sempre se apegara aos adultos durante a sua vida, o que continuava a acontecer. Era desesperadamente chegada a Edwina e a George, e Edwina sempre achara que, de certa maneira, ela jamais se recompusera da morte de Phillip, ainda menos do que da dos pais. Parecia ter uma tendência quase anormal para se chegar aos pais e tios das amigas, não de maneira sexual, pelo menos a nível do consciente, mas era como se procurasse constantemente um irmão mais velho como Phillip, ou um pai.

Quando as oito da noite chegaram, Edwina telefonou por fim a George. Ele tinha planos para aquela noite e iria levá-los à estação na manhã seguinte. Quando transmitiu o desaparecimento de Alexis a George, deixou transparecer medo na voz. Ficou satisfeita por ainda encontrar o irmão em casa, e este apareceu no hotel, vestido a rigor, para falar do assunto com a irmã.

— Viram-na na companhia de alguém?

Edwina respondeu que não.

— Terá sido o Malcolm Stone outra vez? Achas que ela seria estúpida a esse ponto?

— Estúpida, não — justificou Edwina, prestes a rebentar em lágrimas. — Jovem.

— Não me fales da juventude dela. Eu também o fui. — Ainda era, pensou Edwina sorrindo, apesar de, quase com vinte e quatro anos, já não se considerar como tal. — Não passava a vida a desaparecer nem andava por aí com cinquentonas frustradas.

— Isso agora não interessa. Que havemos de fazer, George? E se lhe aconteceu alguma coisa?

George não achava que alguém a tivesse raptado ou molestado, ao contrário de Edwina, que tinha essa convicção e queria que ele telefonasse para a polícia. Mas ele hesitou fazê-lo.

— Se não lhe aconteceu mal nenhum e ela voltou a sair com o Stone ou alguém do género, a imprensa tomará conhecimento e fará uma grande escandaleira, coisa que também não queres.

Optou por dar uma volta pelo vestíbulo e, depois de vinte minutos a dar gorjetas chorudas e a fazer perguntas, obteve a sua resposta. E ficou furibundo. A irmã fora a Rosarita Beach com Malcolm Stone. Ele pedira um carro emprestado e saíra com uma loura muito bonita e jovem, rumo ao famoso hotel onde todos iam tomar uma bebida, jogar e ter encontros ilícitos, mesmo do outro lado da fronteira com o México.

— Oh, meu Deus... — Edwina desatou a chorar e mandou os irmãos para o quarto ao lado. Não queria que ouvissem a conversa. — George, que vamos fazer?

— Que vamos fazer? — troçou ele. Já eram oito e meia e seriam precisas duas horas e meia para lá chegar, mesmo indo muito depressa. Nessa altura seriam onze da noite e, com um bocado de sorte, não seria demasiado tarde... provavelmente. — Vamos até ao México, aí tens o que vamos fazer. Vamos lá buscá-la. A seguir, dou cabo dele.

Edwina conhecia o irmão demasiado bem para saber que não falava a sério. Seguindo as suas ordens, agarrou no casaco e pouco depois saía porta fora no seu encalço, dizendo à pressa a Fannie e a Teddy que não saíssem do quarto sob que pretexto fosse e que eles regressariam bastante tarde.

Edwina atravessou o vestíbulo do hotel a correr atrás de George, que não tardou a sentar-se ao volante do carro e a rumar para sul. Quando chegaram ao local, passavam vinte minutos das onze da noite. No hotel, mesmo em frente da praia, reinava uma atmosfera agitada e extravagante, vendo-se carros americanos de luxo estacionados a toda a volta. Havia sempre gente a ir de Los Angeles até ali para se embebedar e ter um comportamento completamente louco.

Entraram no vestíbulo, e George ia plenamente disposto a deitar portas de quarto abaixo até encontrar a irmã, mas, por sorte, o par ainda se encontrava sentado no bar. Malcolm Stone jogava, profundamente embriagado, e Alexis, já pouco sóbria, parecia muito nervosa. Ao ver Edwina e George, pouco lhe faltou para desmaiar. O irmão aproximou-se deles atravessando o bar em duas passadas, agarrou-lhe no braço e arrancou-a, de cima do banco.

— Oh... Eu...

Não conseguiu, sequer, continuar a falar, perante o olhar de Malcolm Stone, que os fitava com um ar divertido.

— Ora cá estamos de novo — disse com frieza, com um sorriso à Hollywood. George, porém, não lhe correspondeu na mesma maneira.

— Ao que vejo, você não me percebeu da primeira vez. Alexis tem dezassete anos e, se voltar a aproximar-se dela de novo, farei com que o expulsem da cidade e o metam na cadeia. Volte a aproximar-se dela e pode dizer adeus à sua carreira. Será que desta vez estamos entendidos? Percebeu bem o que eu disse?

— Perfeitamente. As minhas desculpas. Da outra vez, devo ter feito confusão.

— Ótimo — retorquiu George, colocando o casaco sobre uma cadeira e, antes de se afastar, atingindo Stone em pleno estômago e logo a seguir no queixo.

— Espero que desta vez me tenha entendido bem.

E enquanto Malcolm Stone ficava de joelhos, no meio do chão, perante o olhar estupefacto das pessoas, George pegou no seu casaco, agarrou em Alexis pelo braço e saiu do bar, seguido por Edwina.

CAPÍTULO 27

O regresso a Los Angeles foi penoso para todos, sobretudo para Alexis, que chorou copiosamente durante todo o caminho, não com receio do castigo que a esperaria, mas sobretudo porque ficara assustada e embaraçada. O susto que apanhara naquela noite não fora tão desestabilizador quanto a perceção de que Malcolm não tencionara levá-la de volta ao seu hotel naquela noite. Só se apercebera disso quando vira George aparecer qual cavaleiro de armadura brilhante. Daquela vez, escapara por pouco e, apesar de gostar de Malcolm, que a tratara como uma menina, chamando-lhe «minha bebezinha», o que a fazia sentir-se contente e satisfeita, voltar para a segurança da vida que levava junto de Edwina era um alívio.

— Nunca mais pões os pés aqui! — declarou George com firmeza assim que chegaram ao hotel, para culminar a chuva de admoestações com que a brindara durante todo o percurso desde a fronteira mexicana. — Não obedeces a ninguém e não se pode confiar em ti. Devia enfiar-te num convento. Tens sorte em não viveres comigo. Nada mais tenho a dizer!

Depois de a irmã se deitar, serviu uma bebida a si e a Edwina e continuou a remoer.

— Santo Deus, será que ela não se apercebe do que aquele tipo teria feito? Era só o que nos faltava, termos por aí um filho dele daqui a nove meses!

Bebeu um gole e deixou-se afundar numa poltrona, perante o olhar desaprovador de Edwina.

— George!

— Ora essa, o que achas que lhe teria acontecido? Será que ela não é capaz de perceber?

— Penso que agora já compreendeu.

Alexis assim o explicara à irmã enquanto se despia e esta a aconchegava entre os lençóis como se fosse uma menina malcomportada. Para Alexis era complicado, pois apesar de ser uma mulher, não deixava de ainda ser uma criança. Edwina desconfiava mesmo de que jamais deixaria de o ser. Os choques que sofrera na vida tinham deixado a sua marca nela, tornando-a irremediavelmente carente. Aquilo de que precisava estava-lhe vedado para sempre: uma mãe e um pai, sem os quais ficara desde os seis anos. E não se podia esquecer da noite terrível em que imaginara ter perdido a família toda, quando a atiraram para dentro de um salva-vidas com a sua boneca, momentos antes de o navio se afundar.

— Ele garantiu-lhe que a trazia de volta esta noite — explicou Edwina a George, que beberricava o seu uísque.

Fora uma noite longa, uma viagem prolongada e a mão ainda lhe doía de ter batido em Malcolm Stone. Edwina não lhe falara do quão impressionada ficara com o comportamento valoroso do irmão.

— E só se apercebeu disso quando nós surgimos, como se fôssemos os heróis de um filme — acrescentou.

— O que ela teve foi uma sorte dos diabos. Na maioria dos casos não há heróis quando se lida com sujeitos como o Malcolm Stone. Se ele volta a aproximar-se dela, juro que o mato.

— Não será preciso. Amanhã seguiremos para São Francisco e, quando cá voltarmos outra vez, o homem já se terá ido embora ou já nem se lembrará dela. Que cidade esta em que tu vives!

Sorriu, fazendo George rir. Pelo menos tudo acabara bem, não tinha havido danos e ele sentia-se feliz por ter encontrado a irmã a tempo.

— Para te dizer a verdade, apesar de velha como sou, agrada-me muito — acrescentou Edwina, esboçando um sorriso malicioso.

— Fica por cá, Win — sugeriu George, rindo ao ver a expressão com que a irmã ficou. Quanto mais não fosse, toda aquela agitação pusera-a ainda mais bonita. Tinha os olhos a brilhar e o cabelo curto emoldurava-lhe o rosto, relembrando-lhe, mais uma vez, como a irmã era bonita e o desperdício que fora o facto de não se ter casado. — Caramba, nunca se sabe se ainda não arranjas um marido por aqui.

— Que maravilha — riu-se Edwina. Aquela já não era uma prioridade importante na sua lista de preocupações. Apenas lhe interessava arranjar maridos para Fannie e para Alexis, mas, no imediato, queria ver George ligado a Helen. — Referes-te a tipos como o Malcolm Stone? Que incentivo!

— Tenho a certeza de que haverá por aí alguém de outro género.

— Esplêndido. Se encontrares esse alguém, comunica-me. Entretanto, meu amor... — Levantou-se e espreguiçou-se. Fora uma noite movimentada e estavam os dois cansados.

— Voltarei para São Francisco, onde o único acontecimento mais entusiasmante é o jantar no Templeton Crockers e o único escândalo é quem comprou um carro novo e quem piscou o olho à mulher do vizinho na noite de estreia da ópera.

— Caramba — resmungou George —, não admira que me tenha mudado para aqui.

— Mas, pelo menos lá — continuou a irmã, acompanhando-o até à porta com um bocejo —, nunca ninguém se lembrou de raptar a tua irmã.

— É um ponto a favor. Boa noite, Win.

— Boa noite, mano querido... Obrigada por teres resolvido esta situação.

— Sempre às ordens.

Dito isto, George deu-lhe um beijo na face e voltou para o automóvel. O seu adorado *Lincoln* estava coberto de poeira devido à viagem louca que acabara de fazer. Guiou-o, lentamente, em direção a casa, refletindo nas saudades que sentia de Helen e no amor que tinha pela irmã mais velha.

CAPÍTULO 28

Dois meses depois, George apareceu em São Francisco a visitá-los, levando Edwina a interrogar-se sobre os motivos que o levavam a isso. Já fazia uns tempos que não lhe telefonava, fazendo-a pressupor, simplesmente, que era por andar muito ocupado. Mas afinal, como se veio a saber, fora até ali anunciar-lhe que pedira a mão de Helen em casamento e esta aceitara. Comunicou a nova à irmã mais velha com ar esfuziante, fazendo-a chorar. Edwina sentiu-se feliz por eles, e o irmão dava a impressão de que a vida lhe corria às mil maravilhas.

— E a sociedade com Sam? — quis saber, de súbito preocupada, reparando então que sorria com ar agarotado. Ela sabia a importância que aquela sociedade tinha para o irmão e gostaria que ele conseguisse as duas coisas. Merecia-o.

— Helen manifestou a mesma opinião que tu e Sam também. Discuti o assunto com pai e filha e Sam chamou-me maluco. Sabia que eu casava com a filha porque a amava e isso não o impedia de me tornar seu sócio.

Sorriu de alegria, e Edwina soltou um gritinho de deleite.

— Viva! Quando casam?

Estava-se em junho e Helen insistira em dispor de algum tempo para planear a cerimónia.

— Em setembro. Helen diz que não consegue organizar tudo antes dessa altura. Vai ser dirigido pelo Cecil B. de Mille — brincou, risonho —, e contrataremos quatro mil figurantes. — Iria ser um casamento de arromba, ao bom estilo de Hollywood, mas ele nunca parecera tão feliz. — Mas a verdade é que vim até cá para te falar noutra coisa. Se calhar é loucura minha pensar sequer na questão, mas quero o teu conselho.

Edwina sentiu-se lisonjeada e cheia de curiosidade.

— De que se trata?

— Temos um filme em espera há dois anos. Queríamos que fosse protagonizado pela pessoa certa, mas até agora ainda não encontrámos ninguém. O Sam teve uma ideia louca. Eu, no entanto, tenho dúvidas, Edwina.

Parecia muito preocupado e a irmã franziu o sobrolho, observando-o sem perceber aonde ele queria chegar.

— Que achas de a Alexis ir a um *casting* para o papel?

Edwina ficou boquiaberta por momentos, perante o olhar do irmão. Pois se a ideia do caçador de talentos da Fox Productions os fizera rir, agora era ele a querer o mesmo! Mas Edwina sabia que, pelo menos, estando o irmão a controlar a situação, nada de mal aconteceria a Alexis.

— Sei que sou louco em pensar sequer nessa possibilidade. Mas é que ela é perfeita para a personagem, além de andar a dar comigo em doido com cartas onde me implora que a deixe entrar para o cinema. E quem sabe? Talvez tenha razão. Se calhar até tem mesmo talento.

George sentia-se dividido, mas também muitíssimo tentado. Tinha a certeza de que era o papel ideal para a irmã.

— Não sei — hesitou Edwina, pensativa. — Também tenho refletido nesse assunto. A Alexis anda ansiosa por ser atriz. Mas, quando estivemos em Los Angeles há dois meses, falei-te nessa ideia e tu não aprovaste. Que foi que mudou?

Queria ser cautelosa, mas também confiava em George.

— Eu sei — admitiu George, refletindo. — Continuo a não querer vê-la explorada. Mas se ela assinar um contrato de exclusividade connosco talvez possamos controlar a situação. Se... — acrescentou, fitando a irmã com ar agoirento — ... se conseguirmos isso. Achas que ela será capaz de se portar bem por lá?

Ainda não se esquecera da experiência vivida quando a salvara das garras de Malcolm Stone, situação pela qual não desejava voltar a passar. Jamais esqueceria a corrida até ao México com Edwina.

— Se a mantivermos debaixo de olho, portará. Ela só precisa de sentir que alguém cuida dela para se sentir bem.

George riu ao ouvir as palavras da irmã.

— É tal e qual como qualquer outra das estrelas que tenho conhecido. Será um êxito.

— Quando queres que ela comece?

— Daqui a umas semanas, em finais de junho. Terminará no fim do verão.

Edwina sabia que era o ideal para os programas de estudo dos irmãos, pois Alexis acabara o liceu e os mais novos já tinham iniciado as suas férias de verão. Além disso, Alexis não mostrava vontade de ir para a faculdade, poucas raparigas o faziam, passando-se o mesmo com Fannie. Mas, se Alexis já tivesse terminado o filme no final do verão, regressariam a casa a tempo de os mais pequenos começarem as aulas, em setembro. Teddy iria para o oitavo ano e a Fannie ainda faltavam mais dois anos para terminar o liceu no Miss Sarah Dix Hamlin.

— Sei que este ano ficam com a ida para Tahoe inviabilizada, mas sempre podiam passar uns dias em Del Coronado e fazer um pouco de praia, ou então em Catalina. De qualquer modo, teriam de cá voltar para o casamento. Que achas? Claro que a verdadeira questão não está em saber como passar o verão com as crianças, mas sim se deveremos, ou não, expor Alexis às exigências e pressões que se fazem sentir em quem entra num filme.

Edwina abanava a cabeça com ar pensativo, enquanto ia andando pela sala, até se deter em frente da janela, através da qual olhou para o jardim. As roseiras da mãe ainda estavam em flor, com todas as plantas novas que ela ali enraizara. Depois voltou-se, lentamente, para o irmão.

— Acho que devemos deixá-la realizar o seu sonho.

— Porquê? — perguntou George, ele próprio ainda inseguro, motivo que o levara até São Francisco para falar da questão com Edwina.

— Porque, se não o fizermos, ela nunca nos perdoará.

— Não precisa de saber. Nada nos impede de nos calarmos.

— Pois não — concordou Edwina, sentando-se de novo. — Mas estou convencida de que ela teria êxito e também merece mais do que o que São Francisco tem para lhe oferecer. Repara como está bonita. — Dirigiu um sorriso orgulhoso a George, que lho retribuiu. Edwina fazia lembrar uma mãe-galinha toda emproada, mas ele sentia o mesmo em relação a todos eles. — Não sei, George, se calhar ainda um dia iremos arrepender-nos, mas acho que lhe devemos dar uma oportunidade. Se ela não se portar como deve ser, trazemo-la de volta e cortamos-lhe as rédeas para sempre.

Ambos riram com a ideia mas, a certa altura, Edwina fitou o irmão com expressão séria.

— Acho que todos merecem uma oportunidade. Aconteceu contigo — observou, sorrindo.

— E contigo? — perguntou o irmão, fitando-a com ternura e vendo-a sorrir de novo.

— Tenho-me sentido feliz com a vida que vou tendo... Vamos dar-lhe esta oportunidade.

George observou-a e concordou, acenando lentamente com a cabeça.

Pouco antes do jantar, chamaram Alexis, que fora às compras à cidade na companhia de uma colega da menina Hamlin. Nem ela nem a irmã mais nova eram estudantes exemplares. Segundo a opinião que o pai expressara anos antes, os cérebros da família eram Edwina, Phillip e Teddy, não restando também dúvidas de que George se saíra muito bem em Los Angeles. A sua mente arguta e a sua jovialidade tinham-no encaixado no meio e jamais se arrependera de ter desistido de Harvard.

— Há algum problema? — perguntou Alexis, fitando os irmãos com nervosismo quando estes a chamaram.

George não pôde deixar de reparar na beldade em que a irmã se tornara e como se enquadraria impecavelmente no filme em que iria entrar.

— Claro que não — retorquiu Edwina, sorrindo-lhe com ternura. — O George tem uma notícia para te dar, da qual me parece que vais gostar imenso.

Escutar aquelas palavras tornou o facto de os irmãos mais velhos a chamarem à sala de estar um pouco mais interessante e algo menos temível.

— Vais casar-te? — tentou adivinhar, ao que o irmão respondeu afirmativamente, sorrindo-lhe, feliz.

— Mas não é disso que te queremos falar. A Helen e eu casaremos em setembro, mas, antes disso, eu e a Edwina temos uns planos em relação a ti.

Por um momento, o rosto de Alexis ensombrou-se, pois estava certa de que iriam mandá-la para algum colégio onde pudesse terminar os estudos, algo que lhe parecia absolutamente fastidioso.

— Que tal ires até Los Angeles — principiou George, perante a expressão um pouco mais esperançosa da irmã —, para participares num filme?

Alexis ficou a olhar para ele durante um longo momento e logo a seguir pôs-se de pé num pulo e correu a abraçá-lo.

— Falas a sério?... De verdade?... — Depois voltou-se para Edwina. — Posso?... Posso mesmo?... Oh, será que me deixas ir?

A alegria foi tão grande que, enquanto Edwina e George se riam, por pouco não sufocava o irmão de tantos abraços e beijos.

— Tem calma, tem calma... — disse George por fim, contendo a impetuosidade da irmã e acenando-lhe com um dedo. — Mas olha que, se não fosse pela insistência da tua irmã, não terias esta oportunidade. Não sei bem se te teria deixado ir depois daquela cenazinha de há dois meses.

Alexis baixou os olhos diante da lembrança da tragédia que por pouco não se abatera sobre ela por causa de Malcolm Stone e que ainda a fazia sentir-se embaraçada, apesar de se ter defendido junto da irmã.

— Se te apanho a fazer alguma do género — prosseguiu George —, tranco-te e deito a chave fora. Portanto, vê se desta vez te portas como deve ser.

Alexis voltou a lançar os braços ao pescoço do irmão, que se ria, quase o sufocando de tanta gratidão.

— Prometo, George... Prometo portar-me bem. E, depois do filme, ficaremos a viver em Hollywood?

Era uma hipótese em que nunca tinham pensado.

— Acho que a tua irmã há de querer voltar para aqui a fim de Teddy e Fannie reiniciarem as aulas no mesmo sítio.

— Porque não frequentamos a escola de lá? — perguntou Alexis com simplicidade; porém, nenhum dos dois estava preparado para refletir sobre todos os aspetos que semelhante mudança implicaria, até que, de repente, Alexis teve uma ideia ainda melhor, para desconsolo de George. — Porque não hei de ir viver contigo e com Helen?

A ideia fê-lo soltar um resmungo, ao mesmo tempo que Edwina se ria.

— Porque quando o Natal chegasse já eu estava divorciado ou na cadeia. Não sei como Edwina consegue aturar-vos a todos. Não, não podes ir morar comigo e com Helen.

Alexis pareceu abatida por um momento, mas, logo a seguir, teve uma ideia ainda mais luminosa.

— Já que sou uma estrela de cinema, que tal ter a minha própria casa? Assim como a Pola Negri?... Podia ter montes de criadas, e um mordomo... e um carro só para mim, como vocês... e dois *irish wolfhounds*...

Tinha o cenário todo montado na sua mente. Depois voltou a deambular para fora da sala como que num sonho, enquanto George sorria, pesaroso, para Edwina.

— Se calhar ainda viremos a arrepender-nos disto, sabes. Já avisei Sam de que o processava se este filme desse cabo da minha irmã.

— E o que foi que ele respondeu? — quis saber Edwina com um sorriso.

Apesar de não conhecer o sócio do irmão muito bem, o que George já lhe contara despertara-lhe uma boa impressão sobre ele.

— Disse que já cumprira o seu dever perante Deus e o seu país e que agora a minha irmã e a filha dele eram problema meu.

— Parece-me um homem com bom senso — observou Edwina, pondo-se de pé e preparando-se para ir tratar do jantar.

— É, sem dúvida. Quando vocês forem a Los Angeles, quer levar-nos a jantar fora a todos, para celebrarmos o noivado.

— Tem toda a minha concordância em relação a isso — retorquiu Edwina, dando um beijo na face do irmão, que lhe ofereceu o braço.

Quando, ao jantar, anunciou às crianças o noivado de George e Helen, estas mostraram grande contentamento. E a perspetiva de nova viagem até Los Angeles também os deixou entusiasmados, ficando ainda mais fascinados ao saber que Alexis iria fazer um filme. Edwina receara que Fannie viesse a ter alguns ciúmes, mas o seu pequeno rosto iluminou-se com o prazer da notícia e correu a dar um abraço à irmã e a perguntar-lhe se podia assistir, encarando, de seguida, Edwina com ar preocupado.

— Depois voltamos para aqui, não é? Para casa, para São Francisco.

Nada mais desejava que isso, o lar onde vivera toda a sua vida e as iniciativas agradáveis em que se empenhara naquela terra.

— Claro que essa é a minha intenção, Fannie — respondeu Edwina com sinceridade.

Achava a ideia bem mais plausível do que a que Alexis tivera, de se mudarem todos para Hollywood e comprar cães de raça.

— Ainda bem — declarou, voltando a sentar-se, alegremente, no seu lugar à mesa, com uma expressão de felicidade estampada no rosto, enquanto Edwina refletia como era possível que crianças nascidas do mesmo pai e da mesma mãe fossem tão diferentes.

CAPÍTULO

29

Duas semanas depois da visita de George, seguiram todos para Los Angeles e, dessa vez, instalaram-se em sua casa. Ele não queria que Alexis voltasse a comportar-se irreverentemente se fossem de novo para um hotel e achava que Edwina teria mais facilidade em controlá-la naquela casa espaçosa, onde todos ficariam à vontade. Alugou um automóvel para Edwina utilizar durante a estada, e Teddy arranjou logo entretenimento a montar os cavalos do irmão. Estava Edwina a vê-lo praticar equitação, na tarde do dia a seguir à sua chegada, quando uma limusina apareceu, parando muito perto dela. Era um enorme *British Rolls* preto e, de início, Edwina não foi capaz de ver quem transportava. Presumiu tratar-se de algum dos amigos de George, se calhar uma senhora. Mas, quando o motorista fardado abriu a porta, afastando-se respeitosamente para dar passagem ao ocupante, reparou de imediato que se tratava de um homem corpulento. Era alto, de ombros largos e, ao erguer-se em toda a sua altura sob o sol de verão, reparou que possuía uma constituição de respeito. Senhor de uma farta cabeleira branca, voltou-se com ar expectante para Edwina, que o observou. Esta usava o cabelo escuro cortado curto e o elegante vestido azul-marinho tornava-a ainda mais esguia, fazendo-lhe sobressair, de forma discreta, a figura.

Tinha estado a fumar um cigarro enquanto observava o irmão e, de repente, sentiu-se ridícula. O indivíduo dava a impressão de estar a apreciar cada pormenor do seu aspeto até que, de súbito, ela sorriu-lhe apercebendo-se de quem se tratava. Atirou o cigarro para o chão e estendeu-lhe a mão com ar culpado.

— Desculpe. Não era minha intenção bisbilhotar. A princípio não me apercebi de quem era. É o senhor Horowitz, não é verdade?

O indivíduo esboçou um sorriso fugaz, observando Edwina. Reparou que tinha porte e elegância e que era uma mulher bonita. Há muito tempo que a admirava, embora ainda só a tivesse encontrado uma vez, alguns anos antes. Mas gostava do carácter de George, daquilo em que este acreditava e defendia, certo de que, em grande parte, tal se devia a Edwina.

— Eu também peço desculpa... — Parecia quase embaraçado. — Por instantes, perguntei a mim mesmo o que estaria uma mulher tão linda a fazer aqui, de visita ao meu futuro genro.

Porém, já a reconhecera e não pôde deixar de mais uma vez a admirar. Achava-a encantadora e, apesar do vestido simples em vez de roupas vistosas e joias, reconhecia-lhe um inconfundível ar de sofisticação. Edwina tivera o cuidado de comprar roupa nova antes de ir para Hollywood, a fim de não envergonhar o irmão, que ficara impressionado com as escolhas. Edwina tinha muitíssimo bom gosto, tal como a mãe e, graças à tia Liz, pudera dar-se ao luxo de levar à prática esse atributo.

— Quis dar-lhe pessoalmente as boas-vindas a Los Angeles. Sei que o George está encantado por ter-vos aqui antes do casamento e por assistirem à realização do filme. E Helen e eu também gostamos muito que estejam cá.

Apesar de tudo nele deixar transparecer força e poder, desde a sua estatura ao comportamento do seu motorista, mostrava ser um homem bondoso e simples, qualidades que Edwina já admirava em Helen. Não lhes via qualquer indício de pretensiosismo, mania de grandeza ou arrogância. Era uma pessoa muito tranquila, amistosa e curiosamente subtil. Foi para o lado de Edwina e, durante algum tempo, ficaram a ver Teddy montar, o que o garboso rapaz fazia com perícia. Acenou-lhes com ar feliz, gesto a que Sam correspondeu. Nunca chegara a conhecer os irmãos mais novos de George, mas sabia bem do amor que este lhes dedicava, característica que lhe agradava no futuro genro. Também tinha conhecimento de que Edwina os criara, o que também lhe despertava igual admiração. Ao observá-la, ali, a seu lado, não pôde deixar de a achar uma mulher encantadora.

— Gostaria de tomar uma chávena de chá? — ofereceu Edwina com amabilidade.

Sam aceitou, aliviado por não lhe terem oferecido uma taça de champanhe às onze da manhã. Na sua opinião, as pessoas bebiam de mais em Hollywood, o que nunca lhe agradara.

Seguiu-a até dentro de casa, esforçando-se por não lhe admirar as pernas que o balançar da saia deixava entrever, assim como as ancas.

Edwina pediu ao mordomo que lhes levasse chá e conduziu Sam até ao jardim, virado a sul, fazendo-o passar pela biblioteca. Instalaram-se nas bonitas cadeiras que faziam conjunto com uma mesinha, tudo em estilo bem inglês.

— Gosta de Los Angeles? — perguntou-lhe Sam com ar descontraído, enquanto aguardavam a chegada do tabuleiro com o chá, que não se fez esperar.

— Muito. Divertimo-nos sempre imenso quando vimos até cá. Desta vez as crianças estão ainda mais entusiasmadas, por causa do filme em que a Alexis vai participar. Para nós, é um acontecimento extraordinário. É uma rapariga cheia de sorte.

— Tem ainda mais sorte por vos ter a vocês todos — observou Sam, sorrindo. — Helen daria tudo por ter tido uma família como a vossa enquanto crescia, em vez de ser a única filha de um pai solitário.

Edwina mostrou-se pesarosa por instantes, mas, apesar de ter desviado o rosto, Sam ficou sensibilizado ao reparar na sua expressão.

— Ambas as nossas famílias sofreram as suas ausências e as suas perdas — observou Edwina, sabendo que Helen ficara sem a mãe ainda bebé. — Mas sobrevivemos.

Dito isto, sorriu corajosamente a Sam enquanto lhe servia o chá, o que o fez admirá-la mais uma vez. Achava-a uma mulher fora do comum, não só por ser bonita e vestir-se bem, mas também porque via nela uma força interior que ressaltava mal se falava com ela. Já reparara nela anteriormente, quando a conhecera alguns anos antes, mas naquele momento, ao voltar a vê-la, dava-se conta dela ainda com maior intensidade.

— Que tencionam fazer durante a vossa estada? Conhccer os arrabaldes? Assistir a algumas peças? Visitar amigos?

Fez-lhe perguntas sentindo curiosidade em conhecê-la melhor e agradado com a sua pessoa. Em certos aspetos, fazia-lhe lembrar a filha, embora Edwina fosse, nitidamente, muito independente e naquele momento estivesse a rir com a ingenuidade da pergunta, pois via-se bem que ele não conhecia Alexis.

— Estarei de olho na vossa estrela, senhor Horowitz — respondeu Edwina, esboçando um sorriso e recebendo outro em troca.

Sam sabia bem como era, pois apesar de Helen ter sido sempre uma menina muito dócil, houvera algumas ocasiões em que fora necessário vigiá-la um pouco mais de perto.

— Ela hoje está com o George — prosseguiu Edwina —, daí que eu me encontre aqui, junto dos mais novos, mas a partir de amanhã de manhã passarei a fazer de camareira, guarda-costas e mentora.

— Não me parece tarefa nada fácil — observou Sam, sorrindo e pousando a chávena de chá, para depois esticar as pernas compridas.

Edwina também o observava. Sabia que estava na casa dos cinquenta embora não pudesse deixar de reconhecer que parecia mais jovem e era, até, muitíssimo atraente. Parte do seu encanto residia no facto de nem sequer dar por isso. Comportava-se com total naturalidade e à vontade e, ao ver Teddy chegar ao jardim onde se encontravam, depois de deixar o cavalo preso, fitou o rapaz com grande interesse. Edwina apresentou-o a Sam, e Teddy apertou-lhe a mão com entusiasmo e delicadeza, desatando depois a falar, deleitado, sobre os cavalos.

— São fantásticos, Win. Já montei três deles, que são uma doçura de tão mansos. — O primeiro fora um árabe, e o tratador aconselhara Teddy a começar por um mais amansado. — Onde achas que o George os arranjou?

— Não faço a menor ideia — respondeu Edwina, sorrindo de contentamento, secundada por Sam.

— Um deles fui eu que lhe dei. Por curiosidade, o mesmo que montaste agora. É um portento de cavalo, não achas? Às vezes tenho saudades dele.

Sam mostrou-se amistoso e afável com o rapaz, tal como acontecera com Edwina.

— Porque foi que o deu? — quis saber Teddy, curioso por natureza e fascinado por cavalos.

— Achei que o George e a Helen desfrutariam mais dele. Costumam dar grandes passeios a cavalo juntos e a mim falta-me tempo. Além disso — acrescentou, sorrindo melancólico para o jovem que tão parecido era com a irmã —, já não tenho idade para grandes cavalgadas.

Soltou uma espécie de resmungo, e Edwina fez um gesto despreocupado com a mão.

— Ora essa, não diga tolices, senhor Horowitz.

— Trate-me por Sam, se não se importa, caso contrário ainda me sentirei mais velho. Já sou quase avô! — anunciou, fazendo-os rir a todos. Edwina, porém, ficou com uma expressão de estranheza logo a seguir.

— Não me diga! Será que este casamento tem alguma particularidade de que eu deva tomar conhecimento?

No entanto, era tudo brincadeira, e Sam apressou-se a abanar a cabeça, sossegando-a. Mas ansiava por ter netos e esperava que George e Helen não levassem muito tempo a fazer-lhe a vontade. Sempre nutrira a esperança de que o seu futuro genro desejasse uma família numerosa como a sua. Sam adorava a expectativa de se ver rodeado de muitas crianças. Ele próprio assim quisera, mas um dia... a mãe de Helen morrera. E ele não voltara a casar.

— No que me diz respeito, gostaria de saber qual é a sensação de se ser tia — disse Edwina com ar pensativo, servindo mais chá a ambos. A perspetiva parecia-lhe estranha, tão habituada estava a ter crianças só para si. Quando, um dia, constituíssem família própria, teria muita dificuldade em se adaptar ao facto.

Sam convidou-os então para jantar em sua casa. Viera fazer o convite pessoalmente e asseverou a Edwina de que ela e todos os seus irmãos seriam bem-vindos.

— Será uma imposição terrível, senhor... desculpe, Sam — disse, corando e sorrindo graciosamente.

— De modo algum. Será uma honra. Faça por levar Teddy, Fannie, Alexis e, claro, George. Não me escapou nenhum nome? — perguntou, levantando-se em toda a sua altura, enquanto Edwina, surpreendida, erguia os olhos para ele do sítio onde estava sentada.

Realmente achava Sam Horowitz muito alto e atraente. Mas continuar a ter semelhantes pensamentos sobre o pai da futura cunhada era um absurdo.

— Mandarei o carro buscar-vos às sete da tarde. A experiência já me ensinou que o meu sócio não é de fiar nestas coisas e pode querer seguir diretamente do escritório — observou Sam Horowitz com um trejeito divertido, recebendo a concordância imediata de Edwina.

— Muito obrigada — agradeceu ela, acompanhando-o até ao carro, enquanto Teddy saltitava ao lado deles como um potro exuberante.

— Então, até logo à noite — despediu-se Sam, parecendo hesitar por um longo momento antes de lhe apertar a mão e enfiar-se no *Rolls*. Pouco depois, o motorista ligava o motor, Sam dizia-lhes adeus com a mão e desaparecia, no momento preciso em que Fannie saíra para ir ao encontro deles.

— Quem era? — perguntou sem qualquer interesse especial.

— O pai de Helen — retorquiu Edwina sem mais comentários, enquanto Teddy prosseguia a sua elocução entusiástica sobre os cavalos, parando apenas o tempo suficiente para dizer o quanto gostara de Sam, antes de continuar a afirmar que queria voltar a experimentar o cavalo árabe, ao que Edwina retorquiu que não era aconselhável, alertando-o para que tivesse cuidado.

— Claro que tenho. — Pareceu ofendido pelo conselho, mas Edwina fitou o irmão mais novo com firmeza.

— Nem sempre.

— Está bem — admitiu. — Mas terei.

— Assim espero.

— Temos mesmo de ir jantar fora? — perguntou Fannie. Preferia sempre ficar em casa, ao contrário de Alexis. Mas era demasiado jovem para se manter sempre enclausurada, de modo que Edwina fez questão em que os acompanhasse.

— Será divertido — assegurou-lhe a irmã. Eram boa gente e ele fora gentil em ir ali convidá-los pessoalmente. — E o convite é extensivo a todos nós.

Quanto a Alexis, esta mostrou-se entusiasmadíssima quando chegou a casa e só se preocupou com o que deveria vestir, de preferência algo de Edwina. O dia passado no estúdio deixara-a nas nuvens. Fizera provas para o guarda roupa, e ela e George tinham assinado o contrato.

— Podemos ficar lá até que horas? — perguntava constantemente enquanto se vestiam, quase desmaiando ao ver o elegante automóvel que Sam enviara para os levar.

George resolveu ir no seu, para o caso de ele e Helen quererem ir sair a seguir, o que pareceu natural a Edwina.

Os Horowitz possuíam uma bela casa, e nem mesmo Edwina deixou de ficar um tanto deslumbrada ao vê-la. Diante dela, até mesmo Pickfair parecia uma choupana. As divisões eram enormes, os tetos altos, o mobiliário, trazido pelo dono da casa de França e Inglaterra, era todo em estilo antigo, e viam-se paredes apaineladas, pisos em mármore, requintados tapetes *Aubusson* e quadros de pintores impressionistas. Apesar de todo aquele ambiente faustoso, Sam Horowitz recebeu-os com grande simplicidade e beijou Edwina no rosto como se esta fosse uma criança sua conhecida de há muitos anos. Diante daquela atitude, os mais novos sentiram-se à vontade. Até Helen brilhava no meio daquele luxo, apesar de, por vezes, aparentar timidez. Mostrou a Fannie as suas bonecas de infância, mas o que impressionou a menina foi a enorme banheira em mármore rosado. Enquanto Helen mostrava os seus aposentos aos mais novos, Sam levou Edwina e Teddy até aos estábulos, para verem os cavalos. Formavam um grupo notável, todos árabes e já sagrados campeões em Kentucky. A certa altura, Edwina percebeu por que razão George estivera tanto tempo indeciso antes de se declarar a Helen, pois enfrentar toda aquela grandiosidade dava que pensar. Não obstante e apesar de tudo, Helen era uma rapariga surpreendentemente simples, e Edwina não podia deixar de reparar que estava apaixonadíssima pelo irmão. Além disso, dava a impressão de não ser exigente nem mimada. Em termos de inteligência, talvez não fosse brilhante, porém era um amor de pessoa. Estranhamente, fazia lembrar a Edwina uma Fannie mais velha e sofisticada. Nada mais desejava do que cozinhar, ficar em casa e ter filhos. Alexis, ao escutar o que conversavam durante o jantar, fez uma careta e disse que eram umas tolas.

— E o que deseja a minha cara jovem fazer na vida? — perguntou Sam com ar divertido.

Alexis respondeu sem hesitar uma fração de segundo.

— Sair, gozar a vida... ir dançar todas as noites... nunca me casar. Fazer cinema.

— Bem, uma parte dos seus desejos já está a concretizar-se, não é verdade? — observou com afeto. — Mas espero que nem todos os seus sonhos se tornem realidade. Seria uma pena não se casar.

De repente, ao dar-se conta do que dissera, olhou para Edwina com ar mortificado. Esta, no entanto, limitou-se a rir e a gracejar um pouco, o que o pôs de novo à vontade.

— Não se preocupe comigo, pois gosto de ser solteirona.

Ela ria, mas Sam não.

— Não seja tola — resmungou Sam. — É um absurdo intitular-se assim.

Contudo, também se dava conta de que a juventude de Edwina já ficara um pouco para trás.

— Tenho trinta e dois anos — declarou Edwina orgulhosa —, e sinto-me muito feliz na minha condição de solteira.

Sam fitou-a com demora. Parecia-lhe uma rapariga algo estranha; no entanto, agradava-lhe.

— Tenho a certeza de que, se os seus pais fossem vivos, não estaria solteira — observou calmo.

Edwina acenou com a cabeça. Não, realmente não estaria. Se Charles também tivesse sobrevivido, já teriam casado há onze anos. Naquela altura já era quase impossível imaginar semelhante possibilidade.

— O que tem de ser... tem de ser — observou.

Parecia descontraída, e Helen mudou discretamente de assunto, criticando, mais tarde, o pai.

— Desculpa... nunca imaginei... — disse em tom pesaroso quando a filha lhe recordou o noivo que Edwina perdera no afundamento do *Titanic,* o que o fez sentir-se ainda mais culpado.

Mais tarde, já a noite ia adiantada, Sam, como que para se redimir, sugeriu que fossem dar um pezinho de dança. Achou que poderiam ir pôr as crianças em casa e depois Helen, George e Edwina iriam ter com ele ao Cocoanut Grove. Todos acharam a ideia esplêndida, exceto Alexis, que ficou furiosa por não contarem com ela. Edwina lembrou-lhe, a meia voz, que era demasiado nova e não deveria revoltar-se tanto, pois sem dúvida teria outras oportunidades para sair, desde que se portasse bem e não fizesse fitas. Foi de beicinho durante o caminho todo, na limusina, mas Edwina ficou mais descansada depois de a ver dentro de casa, em segurança, junto dos outros irmãos. Em seguida, voltou para junto de Sam. George seguia atrás deles, no seu carro, com Helen. Quando Edwina entrou, sorridente e feliz, no *Rolls* que a aguardava, encontrou Sam a encher duas taças de champanhe da garrafa que estivera a refrescar durante várias horas.

— Isto pode tornar-se perigosamente viciante — comentou Edwina, sorrindo-lhe, emocionada com todas aquelas pequenas atenções e divertida pelas extravagâncias que a par e passo encontrava em Hollywood.

— Acha? — perguntou Sam, fitando-a nos olhos, certo de que não falava a sério, e reparando que o seu azul faiscava sob o luar. — Não sei se acredite em si. Parece mais sensata do que eu.

— É possível que seja. E um pouco menos exigente.

— Bem menos, desconfio, se não, não teria abdicado da sua própria vida para criar cinco irmãos.

Fez um brinde silencioso a Edwina, que correspondeu estendendo os votos de felicidades a George e à sua noiva, o que o fez sorrir. Até ali, a noite fora muito agradável.

Quando chegaram ao Cocoanut Grove, a animação ainda foi maior. Os quatro dançaram durante horas, trocaram de par, tagarelaram, riram e contaram anedotas. Pareciam quatro amigos de longa data e, de vez em quando, Edwina reparava que Helen apertava afetuosamente a mão ou o braço ao pai, que a fitava com adoração. Mas ela e George também se sentiam próximos e dançaram seis tangos seguidos quase com passos de mestre.

— Vocês dois formam um par de respeito! — comentou Sam com admiração, depois de George levar Helen para a pista de dança sem sequer fazer um intervalo para descansar depois de rodopiar com a irmã.

— Vocês também não ficam atrás — retorquiu Edwina com um sorriso. — Já estive a apreciar as vossas habilidades.

— Viu? Nesse caso talvez seja melhor irmos treinar mais um pouco para não pisarmos os pés um ao outro quando for a festa do casamento.

Edwina ficou com a impressão de não ter parado de dançar a noite toda e adorou conhecer Sam. De Helen já sabia que gostava.

Para sua surpresa, não teve a menor dificuldade em deslizar pela pista nos braços de Sam. Ele fazia-lhe lembrar não sabia bem quem, até que se apercebeu, mais tarde, de que era o pai quando este dançara com ela nos seus tempos de menina. Como Sam Horowitz era muito mais alto e corpulento do que ela, fazia-a sentir-se de novo pequenina, o que, curiosamente, lhe agradava. Gostava dele, das atenções constantes com que a regalava, dos seus olhos bondosos que parecia tudo perceberem e tudo compreenderem. Também ele criara a filha sozinho, ainda esta era bebé, após o falecimento da esposa.

— Nem sempre foi fácil, e ela sempre me achou muito severo — confidenciou-lhe Sam.

Porém, saltava à vista que já não era da mesma opinião e que o adorava. Era de facto uma jovem adorável e muito apaixonada pelo irmão de Edwina. Esta sentia-se feliz pelos dois, um sentimento que era um misto de felicidade e de tristeza, pois também lhe traziam à lembrança os últimos dias vividos com Charles, na ida a Inglaterra para oficializarem o seu noivado. Ainda não há muitos anos, acabara por guardar o anel de noivado que ele lhe oferecera, e de vez em quando via-o, quando ia ao guarda-joias buscar algum adereço.

Sam convidou-a para uma última dança e, quando estava nos seus braços, viu o seu belo irmão deslizar levemente pela pista com a noiva, num tango de despedida, modalidade em que ela e Sam também não se saíam nada mal.

Feitas as contas, os dois casais passaram um serão magnífico e eram três da manhã quando voltaram para casa. Depois de Sam a deixar à porta da casa de George, Helen meteu-se no carro do pai e os dois irmãos ficaram a despedir-se de pai e filha. Edwina agradeceu a Sam, mais uma vez, a bela noite que este lhes proporcionara, e os dois fizeram de conta que não reparavam no beijo com que George se despedia da noiva.

— Temos de repetir a dose um dia destes — sugeriu Sam em voz branda, o que, por um instante, fez com que Edwina estremecesse interiormente de mágoa por a sua vida e a dos irmãos não ter tido uma evolução diferente.

No dia seguinte, Alexis iniciou a rodagem do filme. Era bem mais trabalhoso do que imaginara, havia mesmo alturas em que se tornava exaustivo, mas, por muito duro que fosse ou por muito que o realizador exigisse dela, saltava à vista o quanto adorava tudo aquilo. Edwina estava com ela no estúdio quase todos os dias, mas, passado algum tempo, sentiu que a sua presença era desnecessária. Alexis estava a fazer um ótimo trabalho, sentia-se à vontade e era óbvio que todos os que participavam naquele projeto, desde a estrela ao auxiliar mais modesto, a adoravam. Além disso, tal como acontecera com George desde que chegara a Hollywood, também Alexis encontrara ali o seu ambiente de eleição. Era uma terra encantada de faz de conta, onde seria eternamente criança e as pessoas nunca deixariam de cuidar dela, mesmo o que desejava. Edwina sentia-se muito feliz por vê-la tão satisfeita e empenhada no seu trabalho.

— Parece uma pessoa diferente — observou Edwina a George quando, certa noite, jantavam com Helen no Cocoanut Grove, o seu local preferido para aquele fim.

Estivera a deleitar-se a ver Rudolfo Valentino dançar com Constance Talmadge e, de repente, deu por si a sentir a falta de Sam. Tinham-se tornado bons amigos e gostava muito de sair em grupo com Sam, George e Helen; no entanto, Sam fora a Kentucky adquirir dois cavalos novos.

— Tenho de reconhecer — observou George, servindo champanhe a Edwina e à futura mulher — que a Alexis é extremamente fotogénica. Muito mais do que imaginei. Para dizer a verdade — acrescentou, olhando para Edwina com ar pesaroso —, o facto vai levantar um pequeno problema.

— Que tipo de problema? — quis saber Edwina, surpreendida pois, até ali, tudo correra às mil maravilhas.

— Não tarda que o controlo sobre ela me escape. Se for boa nesta arte, poderão aparecer outros convites para novos filmes. Assim sendo, como farás?

Edwina passara a semana anterior a refletir sobre essa possibilidade, mas ainda não chegara a nenhuma conclusão.

— Pensarei numa solução qualquer. O facto é que não pretendo ficar por aqui com os outros dois.

Além disso, George já tinha a sua vida própria e, quanto a Alexis, independentemente do que pudesse pensar, ainda não tinha idade suficiente para viver sozinha em Los Angeles.

— Não te preocupes. Encontrarei uma solução.

Quando o filme chegou ao fim, gerou-se uma situação de calmaria que lhes permitiu voltarem a São Francisco para Teddy e Fannie reiniciarem as aulas. Edwina teve muita dificuldade em abandonar Hollywood, mas achou que não podia deixar de regressar a casa, tal como prometera aos irmãos mais novos. Foi com alguma tristeza que abdicou da companhia de George, de Helen e até mesmo de Sam, sentindo saudades das requintadas noites passadas a jantar e a dançar. Mas, fosse como fosse, no fim de setembro, teriam de voltar a Hollywood para o casamento de George e Helen. Nessa altura, já constava que haveria outro filme à espera de Alexis, que implorou a Edwina que a deixasse arranjar um apartamento para si. A irmã respondeu-lhe que tal só seria possível se ela arranjasse alguém de confiança para lhe fazer companhia. A situação estava, na verdade, a complicar-se bastante. Edwina ainda andava a matutar sobre o assunto quando se meteram no comboio para irem assistir ao tão anunciado casamento.

George foi buscá-los e Edwina riu-se do nervosismo que lhe notava quando os levou até ao hotel. Estava decidida a não o atrapalhar com a sua presença, de modo que reservara aposentos no Hotel Beverly Hills de novo, local onde os irmãos sempre tinham gostado de estar, assim como ela. George estava nervosíssimo quando indicou ao bagageiro onde deveria colocar a bagagem dos irmãos.

A sua festa de despedida de solteiro estava marcada para aquela noite, e o ensaio para a boda seria na noite seguinte, no Hotel Alexandria. Além disso, na noite anterior tinham dado uma festa monumental em Pickfair.

— Não sei se sobreviverei até ao fim da semana — resmungou, deixando-se cair sobre o sofá da sala de estar da suíte e erguendo o olhar para Edwina. — Não fazia ideia que um casamento pudesse ser assim tão estafante.

— Ora, cala-te — troçou ela —, vê-se bem que estás a adorar tudo isto, o que até é natural. Como está a Helen?

— A ela nada a abala. Se não fosse a sua energia, eu dificilmente conseguiria dar conta de tudo isto. Ela sabe com exatidão o que devemos fazer, quem ofereceu o quê, quem vem e quem não vem, onde devemos estar. Pela minha parte, só tenho de me vestir, ver se não me esqueço das alianças, pagar a lua de mel e nem mesmo isso tenho a certeza de poder fazer sem a ajuda dela.

Edwina ficou impressionada, tal como já lhe acontecera meses antes, quando Helen a convidara para ser sua madrinha. Iriam estar presentes onze damas de honor, assim como os seus onze acompanhantes, o padrinho do noivo, quatro meninas com flores e quem levava as alianças. George, ao dizer que a cerimónia deveria ter sido dirigida por Cecil B. de Mille, não brincava, pois mais parecia uma das suas epopeias épicas.

O casamento, em si, teria lugar no jardim dos Horowitz, sob um mirante coberto de rosas e gardénias, especialmente cultivadas por Helen e George, e a boda decorreria no terreno que circundava a casa, em duas tendas enormes colocadas em frente, com duas orquestras, aonde acorreriam todos quantos, em Hollywood, desejassem ver Helen casar com George. Sempre que Edwina pensava no evento, os seus olhos enchiam-se de lágrimas; porém, quando tinham vindo, em junho, haviam trazido consigo um presente especial para Helen.

— Diverte-te — desejou ao irmão quando este, na véspera à noite, se preparava para a sua festa de despedida de solteiro.

E, enquanto foi tomar um banho, Alexis, Fannie e Teddy debandaram, qual bando de garotos vadios, para verem o vestíbulo.

— Por favor, portem-se como deve ser — pediu-lhes a irmã encarecidamente, partindo do princípio, no entanto, de que, desde que se mantivessem juntos, poucos problemas poderiam provocar. Afinal de contas, fora ali que Alexis conhecera Malcolm Stone, mas isso já acontecera há meses e Alexis já ganhara mais juízo.

CAPÍTULO

30

O *Duesenberg* dos Horowitz foi buscá-los ao hotel eram onze e meia da manhã, e Edwina e os irmãos instalaram-se dentro do automóvel que os conduziu até à propriedade dos Horowitz, onde tudo estava impecável e a postos.

As tendas encontravam-se montadas e as duas orquestras já tinham instalado os seus palcos e os instrumentos musicais. Paul Whiteman e a sua orquestra, assim como a Creole Jazz Band de Joe *King* Oliver, iriam tocar desde as seis da tarde até de madrugada. Os fornecedores andavam numa roda-viva. A criadagem dos Horowitz tinham tudo sob controlo. Ao meio-dia em ponto, começou a ser servido, na sumptuosa sala de jantar, um almoço requintado a todos os convidados, com exceção da noiva. Quando Sam Horowitz apareceu para os cumprimentar, mostrava-se tranquilo e sereno. Ia em traje de passeio e achou Edwina muito elegante com o seu vestido de seda branco e o colar de pérolas comprido que pertencera à mãe. Era um dia grande para todos eles, e a prole Winfield mal se continha de tanta excitação. George convidara Teddy para seu padrinho, o que o lisonjeara e emocionara Edwina profundamente. Ela seria a madrinha de Helen, Alexis uma das damas de honor e Fannie faria parte do grupo que levava as flores, pelo que todos desempenhavam um papel. Eram duas da tarde quando as raparigas foram para a sala onde as damas de honor estavam a ser penteadas, enfeitadas, maquilhadas e perfumadas. Teddy juntou-se aos homens e Edwina foi à procura de Helen.

— Até logo — disse-lhe Sam em voz baixa, tocando-lhe no braço antes de ela sair. — É um dia grande para nós dois, não é?

Ela podia considerar-se mais como mãe do noivo do que madrinha da noiva e ambos tinham noção disso. Quanto a Sam, teria de desempenhar ao mesmo tempo o papel de pai e de mãe, como fizera durante grande parte da vida.

— Ela vai estar linda — garantiu Edwina, sorrindo-lhe, certa de que para ele seria um duro golpe separar-se da filha. Para ela, era quase a mesma sensação, apesar de George já não viver no seio da família há mais de quatro anos. Ainda assim tratava-se, para todos eles, de um momento importante.

Para grande surpresa sua, encontrou Helen calmamente sentada no seu quarto, em frente do seu toucador, linda e tranquila, já com o cabelo preparado, as mãos impecavelmente arranjadas e o vestido de noiva em cima da cama, pronto a usar. Só lhe restava aguardar, descontraída, pelas cinco da tarde, hora em que percorreria a coxia central da igreja pelo braço de seu pai, a fim de se tornar senhora Winfield.

Quando se haviam conhecido, Edwina não se apercebera de quão organizada ela era, das suas capacidades e das grandes parecenças existentes entre pai e filha. Calmamente sentada, começou a falar sobre o que andara a fazer, inquirindo, sorridente e simpática, se todos estavam bem servidos e confortáveis. Edwina gostou de a ver e teve a certeza absoluta de que iria fazer George muito feliz. Apesar de tudo, não pôde deixar de sentir, apenas por um instante, quase pena dela. Era um acontecimento em que, numa situação normal, ela deveria ter uma mãe, e não uma simples amiga, a rodeá-la de mimos, a mandá-la pelo braço do pai depois de um abraço apertado regado com uma lágrima, mas o certo é que eram apenas duas jovens sozinhas, uma que nem sequer chegara a conhecer a mãe, outra que fizera de mãe ao criar os seus cinco irmãos.

Edwina, ao olhar em redor para o quarto, viu metros e metros de renda de Chantilly, centenas de botõezinhos, fiadas de pérolas minúsculas e uma cauda de seis metros, não vislumbrando, em lado nenhum, no entanto, o véu. Só quando entrou no quarto de vestir de Helen é que o viu. Fora passado a ferro e estava pendurado no alto de uma chapeleira colocada em cima de uma cómoda, espalhando-se pelo chão com o mesmo comprimento da cauda do vestido de noiva de Helen. Ao vê-lo, os olhos de Edwina encheram-se de lágrimas. Parecia destinado a desempenhar a função para a qual fora concebido, ocultar, muito ao de leve, o rosto de uma noiva virgem, e fazer com que o noivo a aguardasse, expectante, vendo-a aproximar-se de si. Era como teria sido onze anos antes, caso tivesse casado com Charles. Oferecera-o a Helen e era com profunda emoção que a veria usá-lo. Esta, quando a sentiu aproximar-se e tocar-lhe suavemente no ombro, voltou-se. Já haviam deixado de ser apenas amigas para se tornarem irmãs. Irmãs que se tinham apenas uma à outra e, quando Edwina se abraçou à futura cunhada, tinha o rosto coberto de lágrimas, recordando

Charles com a mesma nitidez, como se tivesse acabado de o ver momentos antes. Apesar de tantos anos decorridos, lembrava-se dele perfeitamente e, se fechasse os olhos, era capaz de o ver, assim como aos pais.

— Obrigada por usares o véu — sussurrou-lhe Edwina enquanto abraçava Helen, que também chorava, calculando apenas por alto o que aquela dádiva representava para a futura cunhada.

— Eu é que tenho de te agradecer por mo deixares usar... Gostaria que também tivesse servido para ti...

Na verdade, o que queria dizer era que gostaria que Edwina tivesse podido desfrutar da felicidade que lhe enchia o coração naquele momento.

— Serviu, no meu coração serviu. — Afastou-se e sorriu para a nova irmã. — Ele era um homem maravilhoso e eu amava-o muito. — Nunca fizera semelhantes confidências a Helen. — O George também é uma pessoa maravilhosa... Oxalá sejam felizes para sempre.

Voltou a beijá-la e, um pouco mais tarde, ajudou-a a vestir-se, sustendo a respiração quando a viu pronta. Era a noiva mais bonita que alguma vez vira, quer na vida real, quer no cinema. O cabelo louro como que lhe emoldurava o rosto, envolvendo-lhe a cabeça como um halo, artisticamente entretecido com pequenos raminhos de gipsófila e lírios-do-vale e a grinalda do véu de noiva de Edwina, com as suas pérolas tremeluzentes e os seus metros de tule branco, encaixava-se impecavelmente sobre o cabelo sedoso.

O vestido de Edwina era em renda azul-clara, complementado por um casaco comprido a condizer e um belo chapéu confecionado em Paris por Poiret, que se afundava na sua cabeça, ocultando-lhe quase por completo um dos olhos, dando-lhe um ar simultaneamente recatado e sensual. O decote do vestido era fundo, revelando o colo de tonalidade cremosa; porém, o casaco cobriu-o durante a cerimónia e o azul-claro fez-lhe sobressair o cabelo de um negro «asa de corvo» brilhante. Embora não o soubesse, o irmão achou-a mais bonita do que nunca.

Sam também a mirou com espanto até que, instantes depois, mandaram calar todos e Helen apareceu. O vestido deslumbrante e o fantástico véu de noiva faziam dela uma figura de sonho, fazendo lembrar a Sam que a filha deixara de ser uma menina e que ele estava prestes a perdê-la. Uma lágrima escapou-se-lhe dos olhos e, pouco depois, abraçava com força a filha, perante a emoção de todos os que assistiam à cena. Helen estava esplendorosa, o pai fitava-a com imensa devoção, não obstante a sua figura imponente, e Edwina sabia o quanto ela significava para ele, assim como para o irmão. Helen era uma rapariga de sorte. Era preciosa para dois homens, que a amavam profundamente.

A música soou e as damas de honor avançaram pela coxia, com as meninas portadoras de flores e, logo atrás, seguiu Edwina, um pouco à frente de Helen e de Sam, em passos sincopados, levando um ramo de orquídeas brancas nas mãos. As damas de honor pareciam-lhe todas umas meninas e viu Alexis e Fannie rirem à socapa, mais à frente; ao estender o olhar mais adiante, avistou George que, de rosto resplandecente de felicidade, esperava ansioso por Helen, com quem iniciaria uma nova vida. Vê-lo assim fez com que Edwina desejasse que os pais pudessem estar ali a assistir. Desviou-se para um dos lados, e Helen apareceu diante dos olhares de todos como uma visão miraculosa. Os suspiros abundavam no meio da multidão e as pessoas esforçavam-se todas por ver; enquanto Edwina tomava o seu lugar, Sam Horowitz baixava o olhar solene para a sua única filha com um sorriso discreto e melancólico e entregava a delicada mão, enluvada de branco, àquele que iria ser o seu companheiro para o resto da vida.

Edwina sentia a multidão agitar-se e, quando Helen e George se colocaram debaixo do dossel, tradição própria da religião praticada pela noiva, ficou a observar tudo, vertendo silenciosas lágrimas de alegria por eles e pensando, com mágoa e saudade, no amor que perdera havia tanto tempo.

O casamento foi lindo, a cerimónia decorreu tal como fora planeada, tendo George de partir um copo de vidro sob um dos pés. Eles não pertenciam à Igreja Ortodoxa; no entanto, Helen quisera um casamento dentro dos ritos da sua religião; depois de tudo terminado, o facto de ela e George terem credos diferentes pouco importava.

A fila de cumprimentos demorou horas a percorrer, ficando Edwina sempre ao lado de Sam, de início exausta por todas as emoções sentidas, depois divertida com as piadas de Sam, enquanto este apertava mãos, apresentava todos os amigos e lhe segredava observações sempre que podia. Representou uma grande fonte de energia e afabilidade durante todo o casamento. Quanto a Edwina, apresentou-o aos amigos da parte dos pais, que tinham vindo de São Francisco, na sua maioria de longa data, assim como Ben, evidentemente, que se fez acompanhar pela mulher, que esperava um bebé. Depois Helen dançou com Sam e George com Edwina; esta fez o mesmo com Teddy e com estrelas de cinema, amigos e pessoas que não conhecia e com certeza nunca voltaria a ver. Em suma, todos se divertiram bastante. Finalmente, ao dar a meia-noite, os noivos partiram no *Duesenberg* que Sam oferecera a George como prenda de casamento. Pela manhã, seguiriam para Nova Iorque de comboio, indo depois para o Canadá. Ainda haviam pensado em visitar a Europa; no entanto, George vacilara diante da perspetiva da viagem de barco, pelo que Helen desistiu da ideia. Sabia que um dia seria inevitável, mas não queria pressioná-lo. Qualquer sítio lhe servia, desde que fosse ao seu lado. Partira ao lado do marido com a felicidade estampada no rosto, e Edwina voltara-se para Sam com um suspiro, curiosa em saber por onde andariam Alexis, Teddy e Fannie. Vira-os ocasionalmente no decorrer da noite, todos muito divertidos, sobretudo Alexis.

— Foi uma beleza — comentou Edwina, sorrindo para Sam.

— O seu irmão é um ótimo rapaz — declarou Sam com admiração.

— Obrigada, senhor — gracejou Edwina, sorrindo-lhe, muito bonita no seu vestido azul. — Mas há que não esquecer que a sua filha é adorável.

Sam convidou-a para uma última dança e, a certa altura, rodopiava Edwina pela pista quando, surpreendida, reparou que Malcolm Stone estava presente. Desconfiou que tivesse vindo a acompanhar alguém, porque tinha a certeza de que não fora convidado. Pouco depois, exausta mas feliz, reuniu a família, agradeceu de novo a Sam e foram para casa. Só mais tarde é que se lembrou de perguntar a Alexis se vira Malcolm.

Alexis hesitou antes de responder, mas acabou por acenar com a cabeça. Dançara com ele. Porém, não queria confessá-lo à irmã e não estava certa de que esta os tivesse visto. Também ficara admirada por encontrá-lo ali e rira-se quando ele lhe dissera que tivera um acidente com o carro e esquecera-se de levar o convite.

— Sim, vi-o — retorquiu com ar indiferente, tirando o colar de pérolas que Edwina lhe emprestara.

— Ele falou contigo? — perguntou Edwina de sobrolho franzido, sentando-se com ar algo preocupado.

— Nada de especial.

O que não era verdade.

— Surpreende-me que tenha tido coragem para aparecer por aqui.

Dessa vez, Alexis não fez mais nenhum comentário, muito menos que tinham combinado almoçar juntos no dia seguinte para falarem de um novo filme para ela. Ele afirmara ter ido fazer uma audição para participar nele, o que foi uma surpresa para Alexis pois, até então, nada fora confirmado e ela nem sequer assinara qualquer contrato.

— Foi um casamento lindo, não foi? — comentou Edwina, resolvendo mudar de assunto.

Não valia a pena voltar a falar de Malcolm Stone. Eram tudo águas passadas.

Todos foram unânimes em considerar que Helen estivera absolutamente deslumbrante e, naquela noite, Edwina deitou-se com um sorriso nos lábios, cansada, feliz, triste e grata por ter cedido o seu véu. Alexis, porém, não foi na noiva que pensou antes de adormecer, mas sim no encontro que marcara com Malcolm para o dia seguinte.

CAPÍTULO 31

No fim da manhã seguinte, Alexis e Malcolm Stone encontraram-se no Hotel Ambassador para almoçar juntos. Alexis, quando chegou, vinha muito nervosa. Edwina fora tratar de uns assuntos a casa de George, e ela dissera a Fannie que ia ter com uma amiga. Esta estava a ler um livro no seu quarto, e Teddy entretinha-se na piscina quando Alexis pedira ao porteiro para mandar vir um táxi buscá-la ao hotel, acabando por partir sem informar ninguém do sítio para onde ia.

— Se a minha irmã descobre, ficará furiosa — admitiu Alexis a Malcolm.

Estava mais encantadora do que nunca, no seu fato em tom creme, a condizer com um chapéu ornado com um pequeno véu que lhe ensombrava ligeiramente os olhos que o fitavam com aquele seu ar de criança confiante.

— Ora, o que temos a fazer é tentar que ela não saiba, não é verdade?

Malcolm estava mais sedutor do que nunca e assustou-a quando lhe pegou na mão. Alexis sentia-se sexualmente atraída por ele que, ao mesmo tempo, fazia sempre com que ela se sentisse uma menina, por quem velaria, sendo esse o aspeto que mais lhe agradava nele, não o outro.

— Ao menos não temos de aturar o simpático do teu irmão na cidade — acrescentou Malcolm, rindo como se a ideia o divertisse. — Aonde é que ele foi passar a lua de mel?

— A Nova Iorque e depois ao Canadá.

— Não foi para a Europa? — admirou-se. — É surpreendente. — Alexis, no entanto, não lhe explicou o porquê da opção. — Quanto tempo vão ficar ausentes?

— Mês e meio — respondeu-lhe a jovem com franqueza, enquanto ele lhe beijava a palma da mão com renovado interesse. — Pobre pequenina... Como te vais arranjar sozinha? Ele para lá todo enrolado com a sua mulherzinha e tu aqui sozinha, sem ninguém que cuide de ti, não é?

Claro que não era assim, pois George deixara-a aos cuidados da sempre eficiente Edwina, mas, ao ouvi-lo, Alexis teve a sensação de que não lhe restara ninguém no mundo.

— Pobre amorzinho, aqui o Malcolm terá de tomar conta de ti, não é, querida? — prosseguiu ele, fazendo com que ela anuísse e os seus murmúrios lhe diluíssem na memória a recordação do que se passara em Rosarita Beach.

Malcolm perguntou-lhe para quando estava programado o seu filme seguinte, e Alexis admitiu que Edwina e George preferiam que esperasse pelo regresso do irmão antes de assumir qualquer compromisso.

— Quer dizer que estás livre nos dois próximos meses? — perguntou Malcolm com ar deliciado.

— Bem... sim... Mas tenho de voltar para São Francisco, porque os meus irmãos mais novos ainda andam na escola daquela cidade.

De repente, nem mesmo o véu ocultou o facto de Alexis lhe parecer uma criança. Possuía o rosto e o corpo de um anjo e, se bem conduzida, facilmente poderia passar por uma sedutora sofisticada. Além de tudo, dentro da sua própria personalidade, não deixava de ser uma jovem deliciosa. Fazia parte do seu encanto, mas, diante dos avanços de Malcolm, sentiu-se incomodada e, a certa altura, teve uma vontade imensa de regressar ao hotel.

— Agora tenho de voltar — disse por fim, enquanto ele, insensível ao seu pedido, a beijava repetidas vezes e lhe acariciava os cabelos.

Malcolm bebera bastante ao almoço e não dava mostras de estar com pressa. Tentara mesmo levá-la a imitá-lo, acompanhando-o no vinho, ao que ela acabara por aceder, esperançada em que, depois disso, ele a levasse, finalmente, para o hotel. Mas, quando começou, descobriu que estava a gostar, sabia-lhe ainda melhor do que o champanhe que bebera na véspera. Já a tarde se aproximava do fim e os dois continuavam sentados no mesmo lugar, a beber no meio de risadinhas e beijos, ao ponto de Alexis se esquecer de que tinha de voltar não sabia para onde. Quando seguiram de carro, para o apartamento de Malcolm, ela ia a rir. Naquela altura, tudo parecia terrivelmente engraçado a Alexis, sobretudo o facto de ter Edwina à sua espera, Deus sabia onde, pois não conseguia lembrar-se.

Chegados a casa de Malcolm, este serviu-lhe mais bebidas e beijou-a ao ponto de a deixar sem fôlego até que, de repente, ela se apercebeu de que ele queria fazer algo mais com ela além daquilo, embora não fosse capaz de se lembrar do quê. Recordava-se de que, certa vez, tinham ido juntos não sabia aonde e de que, por instantes, tivera a impressão de que eram casados, mas logo a seguir também essa lembrança se desvaneceu. Quando ele voltou a metê-la no seu automóvel com uma mala, ia inconsciente. Ele refletira sobre o assunto a noite toda e concluíra que a ideia era estupenda e resolveria todos os seus problemas. Deixou o dinheiro do arrendamento em cima de uma mesa e tencionava largar o carro, com um bilhete dentro, na estação. De qualquer modo não lhe pertencia, alguém lho emprestara durante as gravações do seu último filme.

O comboio ainda não partira quando chegaram à estação, e Alexis, meio recuperada do torpor em que mergulhara, endireitou-se, já sentada no lugar que ocupara numa das carruagens, e olhou em seu redor.

— Aonde vamos? — quis saber, fitando Malcolm, porém com a impressão de que o compartimento balançava e ela continuava sem saber onde se encontrava ou o que estava a acontecer-lhe.

— Vamos ver o George a Nova Iorque — anunciou-lhe Malcolm, o que, no estado em que ela estava, lhe pareceu ótimo.

— Vamos? Porquê?

— Não te preocupes com isso, amorzinho — retorquiu-lhe ele, beijando-a.

O plano que arquitetara era perfeito. Alexis iria ser o seu bilhete de entrada para o estrelato. Assim que a comprometesse o suficiente, George deixaria de ter outra hipótese senão aceitá-lo e, a partir de então, como casara com a filha de Sam Horowitz, desejaria ardentemente que a irmã mais nova não ficasse com a reputação arruinada no mundo do cinema.

O comboio começou a andar já Alexis ressonava no assento, ao lado de Malcolm que, ao observá-la, sorriu, não podendo deixar de reconhecer que poderia ter tido pior sorte, não lhe calhando uma rapariga assim tão bonita. Era, de facto, uma beldade.

CAPÍTULO

32

— Então não sabes explicar-me aonde ela foi? — perguntou Edwina a Fannie, que estava à beira das lágrimas, no momento exato em que o comboio arrancou.

— Não sei... Ela disse que ia ver uma amiga ou qualquer coisa parecida... Acho que alguém que entrou no filme dela... não me lembro...

Fannie estava a ficar em pânico, e Teddy nem sequer estivera presente na altura.

— Reparaste se alguém veio buscá-la?

Fannie disse que não com a cabeça, aterrorizada com a ideia de algo de horrível ter acontecido a Alexis.

— Arranjou-se toda e ia muito bonita — acrescentou Fannie.

Mal pronunciou estas palavras, Edwina sentiu um arrepio percorrê-la e Malcolm Stone veio-lhe de imediato à lembrança. De súbito pressentiu que, na véspera à noite, Alexis mentira. Na altura, lembrara-se dessa possibilidade, mas não quisera pressionar a irmã.

O porteiro informara-a de que a vira sair num táxi. Edwina, ao ver que às nove da noite Alexis ainda não dera sinais de vida, telefonou a Sam Horowitz. Pediu desculpa por incomodá-lo e falou-lhe do problema que a afligia. Queria ajuda para localizar Malcolm e saber se a irmã se encontrava na sua companhia.

Só duas horas depois é que Sam lhe ligou, já os outros irmãos dormiam. Sam apenas conseguira descobrir uma morada que um outro ator lhe dera e que ficava numa zona degradada da cidade.

— Não quero que entre naquele local. Prefere que eu vá até lá agora ou de manhã?

Sam estava disposto a ajudar, mas Edwina insistiu que podia tratar do assunto sozinha. Discutiram a questão durante algum tempo, até que Edwina concordou em que a acompanhasse. Quando chegaram ao apartamento, era meia-noite e saltava à vista que este se encontrava vazio.

Edwina decidiu então telefonar para a polícia, independentemente do escândalo que tal pudesse causar. Foi com relutância que, à uma da manhã, Sam a deixou no hotel, junto dos agentes. Edwina afiançou-lhe que ficava bem; de facto, não queria Sam junto de si. Esforçou-se por dizer à polícia o que sabia, mas o certo é que não dispunha de mais dados além dos que Fannie lhe transmitira, ou seja, que Alexis saíra para se ir encontrar com uma amiga e não mais voltara. Na manhã seguinte, Edwina começou a entrar em pânico. Não havia sinal da rapariga, e a polícia não dispunha de qualquer pista. Nenhum corpo fora encontrado, ninguém vira a jovem. E ninguém, com a sua descrição, aparecera em nenhum dos hospitais da cidade. Alexis tinha de estar em algum lado; porém, Edwina não fazia a menor ideia onde, com quem ou porquê. Malcolm Stone vinha-lhe sempre à ideia, mas apercebeu-se de que podia estar enganada. O último encontro decorrera há meses e ela ficara com a certeza de que Alexis aprendera a lição.

Já era meio-dia quando Sam Horowitz telefonou, e nessa altura já Edwina estava fora de si. E o que o amigo lhe disse provou que tivera razão. Depois de uma investigação discreta e cuidadosa, Sam soubera que Malcolm deixara o quarto pago e desaparecera. Descobrira também, por pura sorte e através de um ator conhecido, ao voltar ao local naquela manhã, que Malcolm abandonara o carro que utilizava na estação de caminhos de ferro, com um bilhete dentro, presumindo-se que saíra da cidade. A dúvida continuava a assentar na possibilidade de ter levado, ou não, Alexis consigo. Era essa a informação de que Edwina necessitava e não sabia como a obter.

— Podia dizer à polícia que ele raptou a sua irmã — sugeriu Sam.

Edwina, porém, nem sempre queria pensar em semelhante solução. E se a realidade não fosse essa, e Alexis o tivesse acompanhado de sua livre vontade, como desconfiava? Sairia tudo nos jornais e a reputação da irmã ficaria arruinada para sempre. Ao refletir no assunto, sentiu a falta de George.

— Posso fazer alguma coisa? — insistiu Sam.

Edwina respondeu-lhe que ela mesma tentaria solucionar o problema, transmitindo-lhe o resultado dos seus esforços assim que tivesse novidades. Não queria incomodá-lo demasiado. Já fizera o suficiente, e o problema nem sequer tinha a ver com ele. Também se sentia embaraçada em admitir perante Sam que se sentia incapaz de controlar a própria irmã. De repente, ficou com medo de desgraçar George, Sam e Helen.

Não restavam dúvidas de que já seria impossível deter Malcolm e Alexis, ou até mesmo apanhá-los se tivessem saído da cidade. Só lhe restava voltar para São Francisco e esperar que Alexis desse notícias. No fim dessa tarde, telefonou a Sam a comunicar-lhe a decisão tomada e, na manhã seguinte, partiu para a sua casa com Fannie e Teddy. A longa viagem de comboio foi feita no meio de silêncio e angústia. Edwina ia preocupadíssima com a irmã, e Fannie sentia-se culpada por não lhe ter feito mais perguntas ou pedir-lhe que não saísse.

— Que tolice — disse-lhe Edwina, tentando em vão consolá-la —, a culpa não é tua, queridinha.

O que Alexis fizera fora da sua exclusiva responsabilidade.

— E se ela não volta? — perguntou Fannie, começando a chorar, o que fez com que Edwina sorrisse tristemente.

Voltaria, sem dúvida..., mas só Deus sabia quando, como ou em que condições. Mas era mais reconfortante imaginá-la com Malcolm Stone do que vítima de algum destino desconhecido. Edwina não sabia bem qual dos dois males seria o pior. O comboio, entretanto, ia rolando em direção a São Francisco, levando-a a ela e aos irmãos mais novos.

Só três dias mais tarde é que tiveram notícias de Alexis, numa altura em que Edwina já andava quase enlouquecida de tanta preocupação. O telefonema chegou a São Francisco às dez da noite.

— Santo Deus, tu já te deste conta da ralação em que temos andado? Onde estás?

A voz de Alexis tremia. A vergonha impedira-a de telefonar mais cedo, mas até mesmo Malcolm fora de opinião de que o fizesse. Fora a pior semana da sua vida. Primeiro, enjoara de tal maneira na viagem de comboio que achara que ia morrer. Depois, Malcolm dissera-lhe que passara a noite de núpcias a dormir. Contou-lhe que se tinham casado pouco antes de se meterem no comboio e, para o provar, fizera amor com ela na segunda noite. Fora horrível e de modo algum como ela imaginara que seria, o que a levara depois a não perceber por que razão casara com ele. Não era o mesmo homem que conhecera em Los Angeles, não sabia falar noutra coisa senão nos filmes em que entrariam e, por muito bem-parecido que fosse, à luz do dia parecia-lhe um velho.

— Eu estou bem — afirmou Alexis em voz débil que, apesar da distância, soava pouco convincente. — O Malcolm e eu ficámos juntos.

— Isso já eu calculava — disse Edwina, meio sufocada pelas lágrimas de alívio. — Mas porquê? Por que razão cometeste semelhante loucura, Alexis? — Era caso para perguntar a si mesma onde errara. — Porque me mentiste?

— Não menti. Ou melhor, foi só um bocadinho. Mal falei com ele no casamento. Só dançámos uma vez e aceitei o convite dele para almoçarmos.

— Portanto, onde estás?

Fora, de facto, o almoço mais longo da sua vida, e naquela altura Edwina já não tinha ilusões sobre o que acontecera. Passados cinco dias, até Edwina sabia o que devia ter transpirado para o exterior.

— Estou em Nova Iorque — respondeu Alexis nervosa, enquanto Edwina sustinha a respiração e depois abanava a cabeça, pensando se deveria contactar George, apesar de não lhe agradar incomodá-lo a meio da sua lua de mel e o irmão já pouco poder fazer.

Edwina desejava, acima de tudo, que nada daquilo se soubesse. Tencionava dizer a Sam que encontrara a irmã, talvez obrigar os outros irmãos a jurar segredo e até mesmo nada contarem a George. Quanto menos pessoas soubessem do sucedido, melhor para Alexis, que era o que naquele momento lhe importava acima de tudo.

— Em que zona de Nova Iorque estás? Em que hotel? — inquiriu, raciocinando rapidamente.

— No Hotel Illinois — respondeu Alexis, dando a Edwina uma morada que ficava no extremo do West Side.

Claro que não era um Plaza ou um Ritz-Carlton, mas Malcolm Stone também não era homem para isso.

— Escuta, Edwina... — acrescentou, sem coragem para continuar pois sabia que iria ser um desgosto tremendo para a irmã. Mas não podia deixar de a informar. — Eu casei.

— O quê?! — exclamou Edwina, quase dando um salto com o telefone na mão. — Casaste?

— É verdade, casámos antes de nos metermos no comboio.

Absteve-se de lhe contar que estava embriagada e que nem sequer conservava memória do ato, pois achou que não valia a pena.

— Agora tencionas voltar para casa? — perguntou-lhe Edwina, decidida a obter uma anulação e a fazer com que Alexis caísse em si, mas ciente de que, antes disso, tinha de a ter ali em casa.

— Não sei... — Parecia chorosa. — O Malcolm diz que quer tentar fazer uma peça em Nova Iorque.

— Ora, por amor de Deus. Escuta... — Fechou os olhos por instantes e fez alguns cálculos rápidos. — Fica onde estás que eu vou buscar te.

— Vais contar ao George?

Pelo menos tinha o pudor de se mostrar embaraçada, percebeu Edwina, aliviada.

— Não, não contarei. Não falarei a ninguém do assunto, nem tu nem o Malcolm. Quanto menos gente souber, melhor. Voltarás para casa comigo e poremos um ponto final neste disparate. Anularemos o casamento e nunca mais se falará na questão.

Só esperava que, como George dissera alguns meses antes, não aparecesse nenhum bebé como presente de Malcolm.

— Daqui a cinco dias estarei em Nova Iorque para te trazer — acrescentou Edwina.

Alexis, de repente, depois de desligar, arrependeu-se de ter telefonado à irmã. Malcolm começara a ser simpático com ela e, quando voltaram a fazer amor, ela gostara, por isso não queria voltar para a Califórnia, mas ficar com ele em Nova Iorque. O hotel em que estavam era sombrio e sujo, além de haver aspetos na sua relação com Malcolm que não lhe agradavam. Também não gostara da maneira como ele a levara, enganada, a sair da Califórnia, mas, desde que ali estava com ele, havia momentos em que imaginava amá-lo. Além disso, Malcolm também era muito atraente, claro, e apesar de beber demasiado e de, nessas alturas, a tratar com muita rudeza, também sabia ser meigo, tratá-la como a uma menina pequenina, fazendo-a sentir-se muito crescida quando a apresentava como sua mulher. No dia seguinte, teve a certeza de que fizera mal em dizer a Edwina que viesse, ou até mesmo onde se encontrava. Mas, quando voltou a ligar para lhe pedir que não aparecesse, Fannie informou-a de que a irmã já partira para Nova Iorque.

— Porque fizeste esse disparate, Lexie? — perguntou-lhe Fannie a chorar ao telefone, ao mesmo tempo que Alexis sentia a mão de Malcolm a subir-lhe pela coxa acima, fazendo-a estremecer.

— Vamos fazer cinema juntos — explicou Alexis, como se isso mudasse tudo. — E eu queria casar-me com o Malcolm.

Fannie soltou uma exclamação de horror. Edwina não lhe falara daquele casamento, sabia apenas que Alexis estava em Nova Iorque.

— O quê? Casaste? — Fannie quase não cabia em si de indignação, enquanto Teddy escutava, atento.

Edwina não os informara do facto e, de repente, Alexis deu-se conta de que tinham combinado nada contar.

— Bem, mais ou menos.

Porém, se ela dissesse a verdade, Edwina não poderia anular o casamento, pois não? Estava tudo muito confuso naquele momento, e Alexis lamentou ter sequer telefonado. Depois de desligar, disse a Malcolm que se arrependera de ter telefonado, mas este já estava mal-humorado, pois não conseguira arranjar trabalho em nenhum dos teatros daquela cidade.

— Tenho uma ideia — disse ele, puxando-a para cima da cama e despindo-lhe a blusa. Comprara-lhe umas roupas baratas à saída da estação, em Chicago, mas tudo se tornara muito estimulante para Alexis. Era como desempenhar um papel num filme.

Voltaram a fazer amor, depois Malcolm saiu e ficou ausente muito tempo, regressando nessa noite com dois bilhetes. Vinha embriagado. Alexis mostrou-se muito aborrecida, mas ele garantiu-lhe que no dia seguinte tudo se resolveria.

Iriam para Londres, explicou, onde ele participaria numa peça de teatro, regressando, em seguida, à Califórnia. Nessa altura já seria demasiado tarde para a irmã poder fazer alguma coisa. Na sua opinião, com um pouco de sorte, Alexis já estaria grávida. Mesmo que assim não acontecesse, o escândalo já se teria prolongado tempo suficiente para que eles se atrevessem a tomar alguma medida e ele passaria o resto da vida em grande estilo, à custa de George Winfield.

CAPÍTULO

33

Antes de Edwina partir para Nova Iorque, telefonou a Sam para lhe assegurar de que tudo estava bem. Não passara tudo de um enorme mal-entendido, disse-lhe. Alexis aborrecera-se com uma admoestação sua e voltara para São Francisco sozinha, de comboio. Segundo Edwina, tinham acabado por descobri-la lá, arrependida de todos os dissabores provocados e de perfeita saúde. Toda aquela agitação fora escusada.

— E quanto a Malcolm Stone? — perguntou Sam, desconfiado. Não estava a acreditar muito em Edwina.

— Nem sinal — respondeu Edwina em tom convincente, agradecendo-lhe toda a amabilidade que tivera com ela.

Depois, tomou providências para deixar Fannie e Teddy ao cuidado da governanta durante a sua ausência e, na manhã seguinte, partiu para Nova Iorque a fim de ir buscar Alexis.

Obrigara todos a jurar segredo, caso George telefonasse, afiançando-lhes que estaria de volta assim que pudesse. Mas, acontecesse o que acontecesse, em circunstância alguma deveriam contar a George o sucedido se ele ligasse.

Apanhou o comboio para Nova Iorque, imersa em recordações terríveis e penosas. A última vez em que tomara aquele caminho fora há onze anos, na companhia dos pais, irmãos e de Charles, rumo ao *Mauretania,* atracado no porto de Nova Iorque. O percurso para leste deu-lhe muito tempo para pensar e quando chegou ao Hotel Illinois, ia extenuada. Seguiu para lá da estação, esperando encontrar uma Alexis desconsolada e indo preparada para ameaçar Malcolm com a justiça. Em vez disso, deparou com uma carta de ambos, escrita com a caligrafia infantil de Alexis, explicando que Malcolm quisera fazer teatro em Londres e que ela o acompanhara, como competia a uma esposa obediente. Não foi difícil ler, nas entrelinhas, que Alexis estava enfeitiçada pelo indivíduo, ao ponto de aceder em se meter num navio, o que sabia não ser nada fácil para ela. Era impossível adivinhar se o homem teria a noção daquilo em que estava a meter-se ou se a irmã lhe contara que estivera, onze anos antes, entre os passageiros do fatídico *Titanic.*

Quando Edwina saiu do Hotel Illinois, ia a chorar, sem saber o que fazer a seguir, se ir atrás deles até Londres para trazer Alexis, se desistir, pura e simplesmente, de forçar o regresso da irmã. Quem sabe se ela não desejava continuar casada com Malcolm e já ser, talvez, demasiado tarde. Possivelmente eles tinham mesmo casado e Alexis estava com certeza grávida. Nesse caso, que poderia ela fazer? Seria difícil conseguir a anulação daquele casamento no caso de já existir uma gravidez.

Foi a chorar em silêncio no banco traseiro do táxi que a levou ao Ritz-Carlton. Depois de dar entrada na receção, entrou num quarto que lhe fez recordar, aqueles em que se instalara com a família da última vez em que ali estivera, anos antes. De repente, desejou ter alguém ao seu lado para a ajudar. Mas não tinha ninguém... os pais e Phillip tinham desaparecido... George casara-se... Mal conhecia Sam... Não sentia vontade de contar a Ben que fracassara... Não tinha ninguém a quem recorrer; de modo que, nessa noite, deitada na sua cama, compreendeu que teria de tomar a decisão sozinha. Não lhe restava outra hipótese. Sabia que não seria capaz de se enfiar de novo num navio depois do que sucedera no *Titanic;* no entanto, urgia não permitir que Alexis continuasse ao lado de Malcolm sem pelo menos tentar trazê-la de volta. Vendo bem, a irmã telefonara-lhe a dizer onde se encontrava. Não podia deixar de significar que queria que Edwina a salvasse.

Refletiu sobre o assunto a noite toda e, de novo, durante a manhã. Sabia em que navio viajavam. Poderia enviar um telegrama, mas não seria isso que a iria trazer de volta, dado o estado de terror em que ela deveria estar. Edwina tinha a noção de que, se havia algo a fazer, não poderia demorar muito. Nesse momento, como se fosse a única solução, viu o rosto da mãe na sua frente e tomou consciência do que ela teria feito, ou seja, ir atrás de Alexis. Nessa mesma tarde, marcou uma passagem no *Paris.* Alexis partira três dias antes, no *Bremen.*

CAPÍTULO

34

Quando Alexis entrou a bordo do *Bremen,* instalando-se na segunda classe, ia calada e pálida, pelo que Malcolm tentou animá-la. Disse-lhe que iriam divertir-se imenso, partindo do princípio de que era a primeira vez que ela andava de barco. Mandou vir champanhe, beijou-a muitas vezes e não falou noutra coisa senão na vida que um dia levariam, viajando em primeira classe em navios mais luxuosos.

— Imagina só como vai ser — brincou com ela, enfiando-lhe a mão por baixo do vestido. Dessa vez, no entanto, Alexis não sorria.

Quando o navio levantou amarras, não proferiu palavra e, quando foram para a sua cabina e ele se aproximou dela, sentiu-a tremer.

— Não tencionas enjoar, pois não? — perguntou-lhe Malcolm, muito bem-disposto.

Não lhe sabia nada mal ter por mulher uma jovem que era irmã de um importante cineasta, apesar de ter gasto o último dinheiro que lhe restava nas passagens. Era um navio pavoroso; no entanto, os alemães adoravam beber e jogar, e ele, para se entreter, sempre podia tomar uns copos, meter-se numas jogatanas e exibir a mulher. Esta, no entanto, não saíra da cama desde que tinham levantado ferro do porto e, nessa noite, por volta da hora do jantar, mal conseguia respirar. Mantinha-se deitada, ofegante, de olhos esbugalhados, o que o levou a ir procurar apressadamente o camaroteiro, pedindo-lhe que chamasse o médico de bordo com urgência. Alexis parecia à beira da morte.

— *Mein Herr?* — perguntou o camaroteiro, espreitando para dentro da cabina. Já tivera ocasião de reparar na linda noiva americana. Formavam um belo par, apesar de o marido parecer ter idade suficiente para ser seu pai.

— A minha mulher... não está bem... Precisamos de um médico imediatamente!

— Com certeza — retorquiu o camaroteiro, sorrindo. — Não será melhor trazer-lhe, entretanto, uma taça de caldo quente e uns biscoitos? É remédio santo contra o enjoo, senhor. É a primeira vez que anda de barco?

Mal acabara de proferir estas palavras quando Alexis soltou um gemido terrível, como que de dor, e Malcolm, quando se voltou, viu que desmaiara.

— Chame o médico, homem. Rápido!

Alexis parecia morta o que, de repente, fez com que Malcolm ficasse aterrorizado. E se ela morresse? George Winfield daria cabo dele e bem podia dizer adeus a Hollywood, aos carros luxuosos e a tudo o mais que tinha em mente com a doce Alexis ao seu lado.

O médico não tardou a aparecer e perguntou de imediato a Malcolm se a mulher se encontrava grávida e se havia indícios de ter abortado. Era algo que ainda não lhe passara pela cabeça e parecia demasiado prematuro, pois Alexis mantivera-se virgem até saírem da Califórnia. Respondeu que não sabia e, depois de o médico lhe pedir que o deixasse passar, ficou a deambular de um lado para o outro pelos corredores, a fumar e a tentar descortinar a razão que a levara a desmaiar e a parecer tão doente antes disso.

Só passado um grande bocado é que o médico voltou a sair, fitando-o com ar grave. Fez-lhe sinal para que o acompanhasse até ao fundo do corredor, ao que Malcolm acedeu, seguindo-o hesitante.

— Ela está melhor?

— Está. Irá dormir durante muito tempo. Dei-lhe uma injeção.

Fê-lo entrar para uma pequena sala de estar e, depois de se acomodar, fitou Malcolm.

— A ida à Europa era assim tão importante para si? — perguntou-lhe com uma expressão quase irada, para espanto e incompreensão de Malcolm.

— Era, eu... sou ator... Vou representar nos palcos de Londres.

O que, como tudo o mais na sua vida, era mentira. Não fazia ideia se encontraria trabalho naquela cidade.

O galã louro, cuja aparência agradável e sedutora começava a desvanecer-se, acendeu outro cigarro e sorriu, nervosamente, para o médico alemão.

— Ela não lhe contou, pois não? — inquiriu o médico, fitando Malcolm e duvidando, de súbito, de que fossem mesmo casados. A rapariga era demasiado nova, estava assustada e usava sapatos caros. Algo fazia adivinhar que o seu lugar não era ao lado daquele homem e que até talvez tivesse fugido com ele. Mas, a ser verdade, aquela viagem era um preço demasiado elevado para ela pagar e ele sentiu uma enorme pena dela, continuando de olhos fixos em Malcolm.

— Não me contou o quê? — quis saber Malcolm, mostrando-se confuso.

— Não lhe falou da última vez em que foi à Europa?

Alexis contara a verdade ao médico, por entre soluços, confessando-lhe que não se sentia capaz de continuar naquele navio. Era demasiado horrível para ela. E se fossem ao fundo? Agarrara-se a ele meio enlouquecida, o que o levara a resolver mantê-la sob a ação de sedativos. Mas, se o americano concordasse, metê-la-ia na enfermaria do navio, onde ficaria sob a vigilância da sua enfermeira até chegarem a Inglaterra.

— Não sei de nada disso — respondeu Malcolm com ar aborrecido.

— O senhor não sabe que ela ia no *Titanic?*

Se fossem casados, nada mais natural do que partilhar aquele pequeno segredo com o marido, mas este parecia genuinamente impressionado.

— Nessa altura ela não devia passar de uma criança muito pequena — observou Malcolm com ar de quem duvidava.

— Tinha seis anos e perdeu os pais nessa viagem, assim como o noivo da irmã.

Malcolm refletiu e concluiu então que aquela explicação já o fazia entender melhor o comportamento de Alexis. Nunca percebera porque não havia pais a tomar conta dela, apenas George e a sempre vigilante irmã mais velha. Concluíra, que deviam estar algures, mas, para dizer a verdade, fora questão que nunca o preocupara e Alexis jamais se referira ao acontecido.

O médico prosseguiu:

— Foi separada deles nessa noite e levaram-na para dentro do último salva-vidas contra sua vontade. Só voltou a encontrar o resto da família mais tarde, no navio que os recolheu. Se bem me recordo, foi o *Carpathia.* — A lembrança fê-lo franzir o sobrolho. Na altura ele era cirurgião a bordo do *Frankfurt* e tinham recebido alguns dos derradeiros pedidos de socorro do *Titanic*. — Se me permite — acrescentou, sem mais delongas —, sugiro que mantenhamos a sua mulher sossegada com a ajuda de medicamentos até ao fim da viagem. Se assim não for, receio que não seja capaz de aguentá-la até ao fim e ela parece... enfim... muito frágil...

Malcolm suspirou e recostou-se, enquanto escutava o médico. Naquela altura da vida só lhe faltava ter de aturar uma rapariga histérica cuja família fora ao fundo com o *Titanic*... E como diabo a traria de novo para os Estados Unidos quando chegasse o momento? Talvez nessa altura o problema tivesse de passar para as mãos de George, ou para as de Edwina, caso esta aparecesse, facto que, tinha a certeza, não aconteceria. Considerava-se a salvo de todos eles até estar preparado para os enfrentar, conseguidas já as suas garantias. Nessa altura, já Alexis estaria sob a sua alçada e seria com ele que a família teria de lidar. Para sempre.

— Está bem.

Malcolm concordou com o plano do médico. Desse modo até ficava com disponibilidade para jogar sempre que lhe apetecesse.

— Dá-me licença que a leve para a enfermaria?

— Claro — respondeu Malcolm, sorrindo e subindo para o bar depois de dirigir um cumprimento ao médico, que foi quem teve de tirar, com a ajuda de uma camaroteira, Alexis, profundamente adormecida, da cabina de Malcolm.

Alexis passou o resto da viagem a dormir, levantando-se e andando apenas o suficiente antes de voltarem a medicá-la. Lembrava-se, de que ia a bordo de um navio e, de vez em quando, acordava a meio da noite a gritar pela mãe. Mas esta, no entanto, nunca lhe acudiu. Aparecia apenas uma mulher vestida de branco, falando-lhe numa língua que não compreendia, o que a levava a interrogar-se se porventura o navio não se afundara e ela estava num lugar qualquer... Talvez assim encontrasse, finalmente, a mãe... Ou tratar-se-ia apenas de Edwina?

CAPÍTULO 35

Edwina também passou um mau bocado quando entrou no navio, onde não havia nenhum médico alemão para lhe dar sedativos. Subiu para bordo do *Paris* e instalou-se na primeira classe, levando consigo a pequena mala que trouxera da Califórnia. Não trouxera vestidos de noite, ciente de que não lhes daria uso. O seu único objetivo era chegar a Londres e trazer Alexis de volta. Lera a carta ridícula que a irmã lhe deixara, delineando os seus planos e insistindo em que era feliz com Malcolm. Para Edwina, no entanto, a felicidade da irmã pouco importava. Tinha dezassete anos, e ela não tencionava permitir que fugisse na companhia daquele canalha. Já estava arrependida de a ter levado para Hollywood e de lhe ter permitido fazer um filme. Dali em diante acabara-se o cinema para Alexis. Assim que se livrassem de Malcolm Stone, voltariam à vida pacata de São Francisco. Com um pouco de sorte, em casa nunca ninguém saberia o que acontecera em Nova Iorque ou que eles tinham ido sequer para lá. Decidira contar as mentiras que fossem necessárias para proteger a irmã mais nova. A única razão que impeliu Edwina a entrar de novo num navio, com as pernas a tremer, foi o desejo de ir buscar a irmã.

Um dos camaroteiros acompanhou-a até ao camarote, e Edwina fechou os olhos, deixando-se cair num sofá e esforçando-se por não recordar o último navio em que estivera, com quem viajara ou o que acontecera a determinada altura do percurso.

— A senhora deseja alguma coisa? — perguntou o camaroteiro daquela área, que era muito amável e possuía uma tez muito branca. Ao ver que Edwina lhe respondia abanando negativamente a cabeça com um sorriso de desalento, insistiu. — Quem sabe se um pouco de ar no convés não a fará sentir-se melhor?

Era muito solícito e muito francês, mas Edwina limitou-se a recusar com um sorriso, agradecendo.

— Creio que não, obrigada.

Quando, um pouco mais tarde, saíram do porto de Nova Iorque, Edwina começou a pensar em George e Helen e na sua lua de mel. Instruíra, mais uma vez, Fannie e Teddy para que, no caso de George telefonar, lhe dizerem apenas que estava tudo bem e que ela e Alexis tinham saído. Sabia que o mais provável era George andar muito ocupado com Helen e nem sequer ligar muitas vezes. Mas as crianças sabiam do seu paradeiro e qual a razão que a levava a Londres. Nenhuma delas se apercebera, porém, da tremenda tensão que aquela viagem representava para ela. Ambas eram tão pequenas, uma com dois, outra com quatro anos, quando os pais morreram no *Titanic,* que mal se lembravam do sucedido. Mas para Alexis, que seguia no *Bremen,* a situação era quase intolerável e para Edwina, no *Paris,* também estava a ser penosa.

Na primeira noite, jantou no seu camarote e mal comeu, perante o olhar desiludido do camaroteiro, que sentia dificuldade em compreender o que a atormentava. Presumira tratar-se de enjoo, mas não tinha bem a certeza. Nunca a via sair do camarote, mantinha sempre as cortinas corridas e, quando lhe levava o tabuleiro das refeições, encontrava-a terrivelmente assustada e pálida. No entanto, parecia-lhe mais alguém que sofrera algum desgosto profundo ou um trauma terrível.

— A senhora hoje está triste? — perguntou-lhe com preocupação paternal, enquanto Edwina lhe sorria, desviando os olhos de algo que escrevinhava.

Estivera a dirigir uma carta a Alexis, onde lhe dizia tudo o que pensava da sua fuga precipitada e da relação vergonhosa com Malcolm Stone. Tencionava entregar-lha quando a visse. Tentava assim manter, pelo menos, a mente ocupada naquele esforço para se abstrair do sítio onde se encontrava.

O camaroteiro concluiu que estava diante de uma mulher jovem, mas muito austera. No segundo dia, achou que talvez fosse uma escritora. Foi então que a incitou a sair um pouco do camarote. Fazia um lindo dia de outubro, o Sol brilhava, radioso, e vê-la tão infeliz e empalidecida partia-lhe o coração. Desconfiou que ia para a Europa com o objetivo de esquecer algum romance impossível. Finalmente, quando lhe foi levar o tabuleiro do almoço e depois de a instar mais uma vez, a sair, Edwina depôs armas e levantou-se, sorridente, olhando em volta para o camarote que lhe servira de esconderijo durante quase dois dias, e concordou em ir até ao convés para dar um passeio. Toda ela tremia, porém, ao vestir o casaco e ao subir, devagar, ao convés superior.

Ao percorrer, em passos lentos, o convés superior do *Paris,* esforçou-se por não estabelecer comparações com aquele em que estivera no passado. Havia barcos salva-vidas pendurados por todo o lado e, apesar de se esforçar por não olhar para eles, mesmo que espraiasse o olhar mais adiante, restava-lhe o mar, igual fonte de perturbação. Não havia ali nenhum sítio aonde pudesse ir que não lhe trouxesse à memória o que vivera e, apesar de já ter passado muito tempo, estava tudo ainda muito fresco na sua memória, sendo-lhe muito difícil pensar noutra coisa. Houve alturas em que teve de se obrigar a fazer de conta que não se encontrava no *Titanic*.

Ao voltar do convés superior, chegaram-lhe aos ouvidos os acordes da música que vinha do salão de chá e de dança e, de repente, os seus olhos encheram-se de lágrimas ao recordar a tarde em que ela e Charles tinham dançado sob o olhar terno dos pais. Sentiu uma vontade enorme de fugir àquela recordação e deitou a correr sem olhar para onde se dirigia. Ao dar meia-volta para trás, tentando escapar da música conhecida, chocou contra um homem e caiu, literalmente, nos seus braços.

— Oh... oh... — gaguejou, mal conseguindo restabelecer o equilíbrio, enquanto ele a amparava com mãos fortes.

— Peço-lhe imensa desculpa... Não o magoei, não?

Ao erguer o olhar, deparou com um homem de trinta anos, alto, louro e muito bem-parecido. Exibia um fato de grande qualidade, usava chapéu e estava protegido por um sobretudo com uma requintada gola de pele de castor.

— Eu... sim... Desculpe... — prosseguiu Edwina, que o fizera deixar cair os dois livros e o jornal que levava nas mãos. O facto de o ver com objetos de entretenimento tão comuns transmitiu-lhe uma sensação de conforto. Às vezes, a simples ideia de se encontrar a bordo de um navio dava-lhe vontade de vestir o seu colete salva-vidas.

— Tem a certeza de que não se magoou? — inquiriu o indivíduo mais uma vez.

Os cabelos muito negros de Edwina faziam sobressair ainda mais a sua palidez, e ele receou largá-la, não fosse desmaiar. Parecia-lhe profundamente abalada.

— De modo algum, creia que estou bem — respondeu-lhe ela, sorrindo com debilidade, o que o sossegou um pouco mais, levando-o a largar-lhe o braço. Edwina reparou que usava luvas e, ao erguer os olhos para ele, viu-lhe um sorriso afável. — Peço-lhe que perdoe a minha precipitação. Estava com a cabeça noutro lugar.

Com certeza num homem, calculou o indivíduo, mais longe da verdade do que poderia imaginar. Mas era raro encontrar uma mulher como aquela sozinha, situação que, de resto, não se mantinha por muito tempo.

— Não tem importância. Ia entrar para tomar chá? — perguntou com delicadeza, sem a menor pressa de se afastar.

— Não, de facto tencionava voltar para a minha cabina.

O homem pareceu ficar desiludido quando Edwina se afastou. Ao chegar à sua cabina, o camaroteiro felicitou-a por ter, saído para apanhar um pouco de ar. Aquela preocupação paternal fê-la rir.

— Foi muito agradável. Tinha razão — reconheceu, aceitando o bule de chá que ele lhe trouxe, minutos depois, acompanhado por um pratinho com biscoitos de canela.

— Tem de continuar a sair. Não há nada melhor para curar a tristeza que o sol e o ar puro, assim como gente simpática e boa música.

— Quer então dizer que tenho um ar triste, não? — perguntou Edwina, intrigada com as observações do camaroteiro. Sentia-se muito mais assustada do que entristecida. Mas não podia deixar de admitir que também a invadira grande mágoa, pois o facto de estar a bordo daquele navio trazia-lhe à memória recordações demasiado penosas.

— Mas olhe que estou bem. De verdade — acrescentou.

— Tem muito melhor aspeto! — observou o camaroteiro com ar aprovador, mas ficando depois desconsolado quando, naquela mesma noite, Edwina pediu que lhe servisse o jantar no camarote.

— Temos uma sala de jantar magnífica, minha senhora. Não preferiria comer lá?

Não que se importasse de a servir no camarote, mas o certo era que tinha tanto orgulho naquele navio que lamentava sempre que as pessoas não desfrutavam plenamente de todos os requintes à sua disposição.

— O pior é que não trouxe nada de especial para vestir.

— Uma mulher bonita pode ir a qualquer lado com um simples vestido preto.

Ele vira-a, naquela manhã, com um vestido de lã preto.

— Esta noite já não vou. Quem sabe amanhã.

O camaroteiro obsequiou-a trazendo-lhe um bife do lombo com espargos à holandesa e *pommes soufflées* preparadas para ela pelo chefe de cozinha, pelo menos assim o afirmou; Edwina, porém, como já acontecera nas refeições anteriores que ele lhe levara, mal tocou na comida.

— A senhora come muito pouco — lamentou ele quando veio buscar o tabuleiro. Nessa noite, no entanto, quando lhe veio preparar a cama, reparou, satisfeito, que Edwina não se encontrava no camarote.

Depois de refletir muito tempo sobre a questão, resolvera voltar a sair para apanhar um pouco de ar antes de se deitar. Manteve-se afastada da amurada e percorreu o convés superior de olhos fixos no chão, receosa do que poderia ver se olhasse para o mar. Talvez um salva-vidas, ou um fantasma... ou um icebergue... Esforçava-se por não pensar enquanto andava; momentos depois, chocou contra um par de elegantes sapatos pretos de cabedal, de homem; ao erguer os olhos, viu novamente diante de si o elegante indivíduo louro do sobretudo com gola de pele de castor.

— Oh, não!... — riu-se, embaraçada. Voltara a fazê-lo deixar cair algo que levava nas mãos, o que, dessa vez, também o fez rir.

— Deve haver algum problema entre nós. Desta vez também não se magoou?

Como era evidente, nada lhe acontecera, apenas corara e sentira-se uma perfeita tola.

— Não estava a ver por onde ia. Mais uma vez! — desculpou-se, sorrindo.

— Nem eu — confessou o desconhecido. — Espraiava o olhar pelo mar... É lindo, não acha?

Dirigiu o olhar na direção do oceano, mas Edwina não o imitou. Limitou-se a ficar no mesmo sítio, observando-o e achando-o muito parecido com o Charles que povoava os seus sonhos. Era alto, bonito, com ar aristocrático, apesar de ser louro e não moreno e bastante mais velho do que o falecido noivo na altura em que tinham viajado no *Titanic*. O homem voltou a fitá-la com um sorriso amistoso, mostrando-se inclinado a prosseguir o seu passeio.

— Não se importa de me fazer companhia?

Estendeu-lhe o braço dobrado para que Edwina enfiasse a mão por ele, mas esta tentou arranjar, em vão, uma desculpa delicada para recusar, ainda mais depois de ter chocado contra ele pela segunda vez.

— Eu ia... Na verdade... estou um pouco cansada... Ia...

— Retirar-se? Eu também, daqui a mais um pouco, mas talvez um pequeno passeio nos faça bem aos dois. Ajuda a aclarar a cabeça... e os olhos... — brincou, enquanto Edwina, sem pensar mais, enfiava o seu braço no dele.

Acompanhou-o em passada lenta pelo convés, sem saber muito bem do que falar. Não estava habituada a conversar com desconhecidos, apenas com os irmãos e amigos de longa data em casa, assim como com as amizades de George em Hollywood, estas bem pouco intimidantes aos seus olhos, tão irreverentes as achava.

— É de Nova Iorque?

O homem ia falando sozinho pois, ao princípio, Edwina sentia-se demasiado nervosa para lhe responder, o que não pareceu incomodá-lo minimamente enquanto caminhavam rodeados pelo ar frio da noite, com a Lua a brilhar por cima das suas cabeças. Edwina sentiu-se tola por estar a passear ao lado daquele desconhecido elegante. Não sabia o que dizer-lhe, facto que não parecia incomodá-lo.

— Não, não sou — respondeu ela quase num sussurro, no meio da escuridão reinante. — Na verdade, sou de São Francisco.

— Compreendo... E vai a Londres visitar amigos, não? Ou a Paris?

— A Londres. — Para arrancar a irmã dos braços de um malandro que fugira com ela apesar de ainda só ter dezassete anos e ele, provavelmente, uns cinquenta, pensou. — Só por alguns dias.

— É uma viagem bem longa para quem só vai ficar uns dias. Deve gostar de andar de barco — tagarelou ele calmo enquanto passeavam até, a certa altura, se deterem em frente de duas cadeiras de convés. — Deseja sentar-se?

Edwina teve vontade de aceitar, ainda sem saber porquê, mas o facto é que a companhia dele era tão agradável que se tornava mais fácil deixar-se levar. Sentou-se então, ao seu lado, e ele, depois de estender uma manta por cima das pernas de ambos, virou-se para encará-la.

— Desculpe... Esqueci-me por completo de me apresentar. — Estendeu-lhe a mão com um sorriso afetuoso. — Chamo-me Patrick Sparks-Kelly e sou de Londres.

Edwina retribuiu com delicadeza o cumprimento e recostou-se.

— Eu sou Edwina Winfield.

— Menina? — perguntou Patrick Sparks-Kelly de imediato, ao que Edwina respondeu com um aceno de cabeça e um sorriso, não percebendo muito bem que diferença faria semelhante pormenor. Mas ele compôs de imediato uma expressão curiosa. — Ora cá está! Mais misteriosa do que nunca. As pessoas têm andado a falar sobre si, sabia?

Parecia profundamente intrigado, o que fez com que Edwina voltasse a rir. Achava-o engraçado, simpático; em suma, era uma pessoa que lhe agradava.

— Não acredito!

— Pois pode ter a certeza. Ainda hoje, duas senhoras me disseram que andava por aqui uma mulher jovem e bonita a passear pelo convés superior sem dirigir a palavra a ninguém e a tomar todas as suas refeições no camarote.

— Deve ser alguma outra pessoa — sugeriu Edwina, ainda sorridente, certa de que não passava de invenção dele.

— Pois muito bem, para já, passeia no convés superior sozinha, não é verdade? Eu sei, porque eu mesmo a vi... — acrescentou jovialmente —, ... e já fui abalroado duas vezes por essa mesma mulher jovem e bonita. Resta saber se toma as suas refeições na sala de jantar.

— Não, não tomo. Bem... por enquanto... mas...

— Ah, está a ver? Portanto tenho razão. A senhora é, na verdade, a tal mulher misteriosa que anda a despertar a curiosidade de toda a gente. Devo alertá-la, desde já, que as pessoas estão a congeminar toda a espécie de histórias exóticas a seu respeito. Uns dizem que se trata de uma bela e jovem viúva em viagem para a Europa para aí passar o seu luto, outros imaginam-na saída de um divórcio dramático, e há quem calcule que é uma personalidade muito famosa. Confesso que ainda ninguém acertou na personagem, mas deve tratar-se, sem dúvida, de alguém que todos nós conhecemos e admiramos como, por exemplo... — Refletiu por instantes, estreitando os olhos e mirando-a atentamente. — Não será, por acaso, a Theda Bara?

Edwina desatou a rir estrepitosamente ao ouvir a hipótese, o que o fez sorrir.

— O senhor deve ter uma imaginação prodigiosa, senhor Sparks-Kelly.

— Aí tem um apelido que é terrivelmente complicado de pronunciar, não acha? Sobretudo com sotaque americano. Por favor, trate-me por Patrick. Quanto à sua identidade, receio que não lhe reste outra saída senão contar-nos a verdade e admitir que atriz de cinema famosa é, antes que todos aqueles que frequentam a primeira classe enlouqueçam de tanto se porem a adivinhar. Eu próprio tenho de reconhecer que passei o dia inteiro a tentar descobrir, mas ainda não cheguei a nenhuma conclusão.

— Receio bem que fiquem todos muito desiludidos pois apenas vou à Europa buscar uma irmã — respondeu Edwina, tentando retirar importância ao assunto, mas de nada lhe serviu pois nem mesmo a modesta informação desmobilizou o interesse de Patrick.

— Vai ficar só uns dias? Que tristeza para nós — asseverou, sorrindo.

Edwina mirou-o e achou-o francamente atraente. Mas tratava-se de uma observação isenta, derivada do facto de conhecer muitos atores através do irmão.

— No entanto, o facto de ser solteira não deixa de ser muito interessante — continuou Patrick. Dava tanta importância àquele pormenor que Edwina achou graça. — Os americanos são muito bons nisso. Não sei porquê, mas conseguem fazê-lo com classe. As raparigas inglesas entram em pânico se aos doze não estão casadas. E, se isso não acontecer na primeira temporada após debutarem, as famílias enterram-nas vivas no jardim das traseiras.

Edwina riu sonoramente, pois jamais considerara o seu estado de celibatária nem uma virtude nem uma opção. No seu caso, resultara de uma circunstância, e de uma obrigação.

— Não sei se a vida de solteiro é uma arte assim tão americana. Talvez nós não encaremos o casamento como as inglesas, que são muito mais bem-comportadas. Não discutem tanto. — Sorriu, lembrando-se do tio Rupert e da tia Liz. — Tive uma tia que foi casada com um inglês.

— Não me diga! Quem eram?

Dava a impressão que seria sua obrigação tê-los conhecido, o que talvez tivesse acontecido, reconheceu.

— Lorde e *Lady* Hickham, Rupert Hickham, que morreu há alguns anos, e ela pouco depois, para dizer a verdade. Não chegaram a ter filhos.

Patrick refletiu por momentos e depois acenou com a cabeça.

— Creio que sei de quem se trata... ou tratava... Penso mesmo que o meu pai o conheceu a ele. Era uma pessoa complicada, se me permite a franqueza.

Edwina riu com a observação e apercebeu-se de que, se sabia daquele pormenor acerca do tio Rupert, tal significava que, de facto, o conhecera.

— Pode falar com toda a franqueza, pois nada poderia ser mais verdadeiro. A pobre tia Liz chegava a ter medo da própria sombra. Ele era tão autoritário que a tornou submissa. Fomos visitá-los a Havermoor... — Ia a acrescentar «há onze anos», mas de repente não teve vontade de o fazer. — Já há muito tempo. — De repente a sua voz enrouqueceu ligeiramente. — Depois disso nunca mais voltei a Inglaterra.

— E quando essa visita teve lugar? — perguntou Patrick com ar interessado, alheio ao constrangimento de Edwina.

— Há onze anos.

— É muito tempo.

Observava-lhe o rosto em busca de indícios que lhe revelassem o que nessa altura acontecera. Vira uma expressão terrível ensombrá-lo; porém, fez de conta que não reparara.

— Realmente é. — Dito isto levantou-se, como que desejando afastar-se de novo. Estava farta de fugir do passado e de enfrentar o presente. — Acho melhor ir deitar-me. Tive muito gosto em falar consigo, senhor Sparks-Kelly.

— Patrick — corrigiu ele. — Permite-me que a acompanhe até ao camarote ou poderei atraí-la ao salão para uma bebida rápida? Se ainda não o conhece, afianço-lhe que é muito bonito.

A última coisa, no entanto, que Edwina queria fazer era conhecer o navio, sentar-se no salão, comunicar com pessoas; tudo lhe fazia lembrar, demasiado vividamente, a viagem fatídica de há onze anos. Nunca mais na vida desejava voltar a ver um navio e só se encontrava naquele por causa de Alexis.

— Agradeço muito, mas declino o convite.

Apertou-lhe a mão e, a seguir, afastou-se. Porém, ao descer ao convés inferior, sentiu que também não suportaria entrar no seu camarote. Era demasiado opressivo, familiar, horrível, não conseguia imaginar-se a ir dormir e voltar a ter os mesmos pesadelos e a relembrar o passado. Portanto resolveu voltar para o convés, ficando mesmo em frente do seu camarote, apoiada à amurada, a pensar no que poderia ter sido a sua vida e naquilo em que se transformara. Estava tão perdida nos seus pensamentos que não ouviu os passos e apenas ouviu a voz meiga quando ele se deteve mesmo atrás de si.

— Seja o que for, menina Winfield, não pode ser tão mau como isso... Lamento. — Tocou-lhe no braço, mas Edwina não se voltou. — Não quero ser intrometido, mas fiquei preocupado com a tristeza que vi em si quando se retirou.

Edwina virou-se então para Patrick, os cabelos agitados pela brisa, os olhos brilhantes e as faces banhadas de lágrimas que o luar iluminava.

— Tenho a impressão de que não faço outra coisa senão passar a vida a dizer às pessoas que vão neste navio que estou bem.

Tentou sorrir sem grande êxito, limpando os olhos, perante o olhar atento de Patrick.

— E já convenceu alguém? — perguntou-lhe ele em tom afável e bondoso, o que, por pouco, não a levou a desejar não o ter conhecido. Não valia a pena. Cada um deles tinha a sua própria vida e ela só ali estava para ir buscar Alexis.

— Não — admitiu Edwina com um sorriso. — Não creio que tenha convencido uma única pessoa.

— Nesse caso parece-me que tem de se esforçar mais um pouco. — Logo a seguir, com a voz mais meiga que ela já escutara, fez-lhe uma pergunta difícil. — Passou por algum acontecimento terrível na sua vida?

Não suportava ver o sofrimento nos olhos dela, o que já acontecia desde que tinham saído do porto de Nova Iorque.

— Ultimamente, não. — Queria ser sincera com ele, sem entrar em pormenores. — Por norma não sou assim tão sentimental. — Sorriu, limpou as lágrimas com um gesto gracioso, inspirando fundo o ar marítimo e esforçando-se por parecer mais animada. — Acontece que não gosto muito de barcos.

— Por alguma razão especial? Enjoa?

— Nem por isso. — Não queria aprofundar a questão. — Existem demasiadas...

Parou antes de pronunciar a palavra lembranças, mas depois decidiu abdicar das precauções. Não conhecia Patrick, mas, naquele momento concreto, bastava-lhe tê-lo ali como amigo e gostar da sua companhia.

— Eu estava no *Titanic* quando ele foi ao fundo — explicou calma. — E com ele perdi os meus pais e o homem com quem ia casar.

Dessa vez não chorou, e Patrick ficou, por instantes, calado de tão estupefacto.

— Santo Deus! — Chegara a vez de ser ele a ter lágrimas nos olhos. — Não sei o que dizer... exceto que é muito corajosa por agora estar neste navio. Deve ser horrível para si. É a primeira vez que o faz desde o naufrágio?

Estava assim explicada a sua tensão, a palidez e a razão pela qual nunca saía do seu camarote.

Edwina acenou com a cabeça.

— É, e não tem sido nada fácil... Jurei nunca mais voltar a pôr os pés num navio. Mas tinha de ir buscar a minha irmã.

— Ela também ia no *Titanic?*

Patrick sentia-se agora fascinado. Tivera conhecimento de pessoas que seguiam no navio e tinham ido ao fundo com ele, mas nunca encontrara nenhum dos sobreviventes.

— Pensávamos que tínhamos ficado sem ela. Perdeu-se quando fomos metidos nos salva-vidas, pelo menos foi o que pensámos, mas o certo é que fora ao camarote buscar a boneca. Tinha seis anos na altura. — Sorriu tristemente. — O navio afundou-se no seu dia de aniversário. Seja como for, encontrámo-la no navio que nos recolheu, estava em estado de choque e nunca mais voltou a ser... Bem, é uma menina difícil devido ao que passou.

— Tinha mais familiares consigo?

Patrick sentia-se interessado em conhecer todos os pormenores mas, sobretudo, nela. Era, afinal, aquilo que tinham imaginado sobre ela, ou seja, uma jovem mulher linda e misteriosa.

— Tinha três irmãos, duas irmãs e todos nós sobrevivemos. Só os meus pais e... o meu noivo... é que foram ao fundo com o navio. Ele também era inglês. — A lembrança fê-la sorrir, o que não escapou ao olhar atento de Patrick Sparks-Kelly. — Chamava-se Charles Fitzgerald.

A sua voz voltou a toldar-se ao pronunciar aquele nome e, por instinto, tentou tocar no anel de noivado, mas há anos que deixara de o usar. Propusera-se devolvê-lo à família do noivo falecido; porém, *Lady* Fitzgerald fizera questão em que o conservasse. Patrick, entretanto, ficara a olhar para ela com espanto.

— Meu Deus...

Dava a impressão de que vira um fantasma, e os seus olhos encontraram-se com os de Edwina.

— Lembro-me de ouvir falar de si... de uma jovem americana... de São Francisco... Isso foi há... Oh, Deus, dez ou doze anos. Eu próprio acabara de me casar nessa altura. — Depois explicou a razão de tantas exclamações. — O Charles e eu éramos primos em segundo grau.

Permaneceram em silêncio durante alguns instantes, pensando em Charles, até que, por fim, Edwina voltou a sorrir. Que mundo pequeno aquele! Como era estranho terem-se encontrado naquela altura, tanto tempo decorrido depois da sua morte!

— Foi um acontecimento horrível. Filho único... o preferido... Terrível... — observou Patrick que, ao refletir sobre o sucedido, começou a lembrar-se de tudo, até mesmo de ouvir falar em Edwina. — Os pais puseram luto por ele durante anos.

— Eu também — sussurrou Edwina.

— Nunca chegou a casar?

Edwina disse que não com a cabeça e, a seguir, sorriu serenamente para Patrick.

— Depois do que aconteceu, nunca mais tive tempo sequer para pensar nessa possibilidade. Precisava de criar os meus irmãos. Na altura tinha vinte anos e eles eram, quase todos, ainda muito pequenos. O meu irmão Phillip, então com dezasseis anos, esforçou-se imenso para ser um pai para eles, mas ter semelhante fardo sobre os ombros numa idade tão precoce deve ter sido muito duro. Além disso, um ano depois, em 1913, foi para a universidade. Nessa altura, o George andava pelos treze anos, a Alexis tinha uns seis, a minha irmãzinha Fannie uns quatro e o bebé ainda não completara os dois. Andei muito atarefada com eles durante alguns anos.

Sorriu e ele fitou-a com admiração.

— E fez tudo isso... sozinha? — Sentia-se estupefacto. Que mulher extraordinária!

— Mais ou menos. Lá me arranjei. Fiz o melhor que pude. Houve alturas em que quase entrei em desespero, mas conseguimos sobreviver... exceto o Phillip.

— Que lhe aconteceu? Onde estão todos agora?

Edwina pensou nos irmãos e sorriu. Tinha saudades deles, sobretudo dos dois mais pequenos que deixara em São Francisco.

— O Phillip, o mais velho, morreu na guerra, há seis anos. O George é o herói da família. Saiu de Harvard aquando do falecimento do Phillip, voltou para casa e acabou por ir para Hollywood, onde tem tido grande êxito.

— Como ator? — perguntou Patrick com curiosidade.

Parecia-lhe um grupo interessante, muito mais do que a própria família que tinha em Inglaterra.

Edwina, porém, abanou a cabeça e explicou.

— Não, agora tem um estúdio seu. É muitíssimo bom no seu trabalho. Já fizeram uma razoável série de filmes importantes. Casou há algumas semanas. — Sorriu. — E depois temos a Alexis. Aquela de que lhe falei. Vou encontrar-me com ela em Londres. — Absteve-se de explicar os motivos. — Depois, há a Fannie, com quinze anos e cheia de dotes domésticos. E, por fim, o Teddy, o mais novo, hoje com treze anos.

Terminou o relato com uma expressão de orgulho que comoveu Patrick profundamente.

— E conseguiu criá-los a todos sozinha. Os meus parabéns. Não imagino sequer como tenha sido possível.

— Mas consegui. Vivendo o dia a dia. Ninguém me perguntou se desejava fazê-lo. Era algo que não podia deixar de ser levado por diante, e eu adorava-os.

A seguir acrescentou, com voz terna:

— Fi-lo por eles... e pela minha mãe... Ela ficou no navio para ir à procura da Alexis. Depois... quando viu que não deixavam os homens entrar nos salva-vidas, optou por ficar com o meu pai.

Imaginar as crianças a abandonarem o navio que se afundava, entrando para os salva-vidas levando apenas Edwina para tomar conta delas, horrorizou Patrick. Edwina ficara a olhar para o mar com a dor estampada no rosto, recordando a noite que jamais esqueceria.

— Creio que, ao princípio, pensaram que haveria mais algum salva-vidas disponível. Nunca ninguém chegou a aperceber-se de quão poucos eles eram ou da gravidade da situação em que se encontravam. Ninguém nos disse que era imprescindível que saíssemos o mais depressa possível. A orquestra continuava a tocar, não se ouviam sirenes nem sinos, apenas se viam as pessoas a deambular de um lado para o outro imaginando que lhes restava ainda muito tempo, enquanto os poucos batéis preciosos iam descendo. Provavelmente pensou que poderia ir mais tarde, ou ficar ao lado do marido até chegarem outros navios...

De súbito, voltou-se para olhar para Patrick, para aquele desconhecido que por pouco não se tornara seu primo, e revelou-lhe a verdade que, durante onze anos, escondera de si mesma. Patrick pegou-lhe na mão enquanto a escutava.

— Durante muito tempo, odiei-a pelo que fez... não por me ter deixado com as crianças... mas por ter escolhido morrer com ele, por amá-lo mais do que a nós... por ter permitido que o seu amor pelo marido a matasse. Durante muito tempo, andei assustada com essa ideia... Tive remorsos por também não ter feito o mesmo e permanecido ao lado de Charles. — As lágrimas rolavam pelas suas faces. — Mas não o fiz... Saí no primeiro salva-vidas que lançaram ao mar, com as crianças... Levei-as comigo e deixei os meus pais e o Charles entregues ao seu destino trágico, enquanto nós estávamos a salvo no batel.

O simples facto de desabafar livrou-a de um tremendo sentimento de culpa que carregava consigo há quase doze anos. Enquanto falava, deixou-se envolver pelos braços de Patrick, que a amparou.

— Não podia adivinhar o que iria acontecer. Não sabia mais do que eles próprios... que imaginavam sair num outro salva-vidas, ou que ainda poderiam continuar por mais tempo no navio e não irem ao fundo com ele.

E fora o que ela pensara.

— Não cheguei a aperceber-me de que estava a vê-los pela última vez — disse por entre soluços. — Mal pude dar um beijo de despedida a Charles... que nunca mais voltei a ver.

Chorava no meio da noite, amparada por Patrick.

— Não podia ter procedido de outra maneira... Tomou a decisão certa... O que aconteceu é que foi um malfadado azar. Mas não tem de estar a culpabilizar-se por ter sobrevivido e eles não.

— Mas porque ficou a minha mãe com o meu pai? — perguntou-lhe Edwina como se ele tivesse a resposta para lhe dar. Patrick, porém, só podia imaginar o que poderia ter acontecido, tal como ela.

— Talvez o amasse demasiado para poder passar sem ele. Isso acontece. Há mulheres que sentem assim. Talvez fosse incapaz de suportar a ideia... e soubesse que a Edwina preencheria o seu lugar e tomaria conta dos irmãos.

— Mas não foi justo nem para as crianças nem para mim... E eu tive de continuar a viver, mesmo sem o Charles. — Falava com raiva, extravasando os seus sentimentos mais íntimos pela primeira vez. — Houve ocasiões em que a odiei por eu ter sobrevivido e ela não. Porque teria de ficar a suportar esta dor toda a vida? Porque teria de viver sem o Charles? Porque teria de...

Não foi capaz de continuar, mas também já não importava. Eles já não pertenciam à terra dos vivos, e Edwina conseguira sobreviver a todas as vicissitudes. Dedicara a vida à memória de Charles e dos pais e criara os irmãos, o que não fora nada fácil para si. Patrick, ao ouvi-la chorar, teve plena consciência do facto.

— Às vezes, a vida é muito injusta — observou, também ele com vontade de chorar, mas ciente de que isso não ajudaria em nada.

Só tinha de se sentir lisonjeado por Edwina ter desabafado com ele. O modo como falara levou-o a crer que era, provavelmente, a primeira vez que ela admitia grande parte do que dissera, sobretudo o seu ressentimento em relação à mãe por esta ter preferido morrer ao lado do pai.

— Desculpe — disse Edwina por fim, erguendo os olhos para Patrick. — Não devia ter-lhe contado nada disto. — Voltou a limpar as lágrimas do rosto, dessa vez com o lindo lenço de linho com as orlas bordadas que ele lhe ofereceu e ela aceitou, grata. — Não é meu hábito tocar nestes assuntos.

— Calculei que não. — A seguir sorriu-lhe de novo. — Quem me dera tê-la conhecido há doze anos, pois talvez a tivesse roubado ao Charles e tanto eu como a Edwina teríamos tido uma vida bem mais feliz. Impedir-me-ia de casar com alguém com quem não devia. A sério. — Sorriu, prosseguindo. — Casei com uma prima direita do Charles, do lado materno. Uma rapariga muito «bem-parecida» como a minha mãe dizia, mas só mais tarde é que me apercebi, lamentavelmente, que ela não me amava.

— Continuam casados? — perguntou Edwina, fitando-o e voltando a assoar-se.

A ideia de ter casado com Patrick em vez de Charles não deixava de ser curiosa e teve pena, mais uma vez, de só se terem conhecido naquela travessia no *Paris*.

— Estou — retorquiu estoicamente. — Temos três rapazes maravilhosos e falamos um com o outro mais ou menos uma vez de dois em dois meses, entre viagens e ao pequeno-almoço. Receio que a minha mulher seja... hã... não muito apreciadora de homens, sentindo-se muito mais feliz na companhia das suas amigas, das parentes do sexo feminino e dos seus cavalos.

Edwina teve a impressão de que Patrick acabara de lhe revelar algo importante acerca de si mesmo, mas sentia-se demasiado constrangida para lhe pedir que entrasse em pormenores; portanto, absteve-se de fazer perguntas. Bastava-lhe saber que continuava ligado a um casamento sem amor de ambas as partes e que decerto as tais «amigas» que mencionara não teriam importância. Mas, na verdade, Patrick dissera aquilo que lhe parecera ter escutado. O único aspeto que a surpreendia era que, nas poucas tentativas feitas, tivessem conseguido ter três filhos, o que era improvável que se repetisse, pois nenhum dos dois desejava esforçar-se de novo tendo em vista qualquer tipo de reconciliação.

— Tenciona divorciar-se dela algum dia? — perguntou Edwina, calma, vendo Patrick dizer que não com a cabeça.

— Não, por uma série de razões, entre elas os meus filhos. Também receio que os meus pais não suportassem a ideia. Sabe, na nossa família nunca ninguém se divorciou. E, para complicar ainda mais as coisas, eu sou, graças a uma avó francesa, uma dessas aves raras que são os ingleses católicos. Temo bem que a Philippa e eu estejamos ligados para toda a vida, o que me condena a uma existência solitária, se calhar a ela também, uma perspetiva bem negra para os próximos quarenta ou cinquenta anos.

Falava com crueza, mas Edwina podia sentir, sob a aparente frieza com que falava daquele matrimónio, uma grande solidão, igualmente patente nos seus olhos.

— Então porque não se separa? Não pode passar o resto da vida assim.

Era espantoso. Apesar de desconhecidos, partilhavam os seus segredos mais íntimos. Mas eram coisas que aconteciam a bordo dos navios.

— Não tenho outra opção — retorquiu Patrick sereno, voltando a referir-se à mulher. — Tal como aconteceu consigo, quando se viu perante a necessidade de criar os seus irmãos. *Noblesse oblige,* como a minha avó diria. Há coisas que são uma questão de dever, assim como de amor. É o meu caso. Além disso, os meus filhos são uma maravilha, agora já estão um pouco mais crescidos e andam a estudar em colégios, evidentemente. O Richard foi o último a ir, no ano passado, quando fez sete anos. Essa situação também já me liberta mais um pouco. Para ser franco, já não faço tanta falta em casa, onde é raro estar. — Sorriu como um miúdo a Edwina. — Passo a maior parte do tempo em Nova Iorque. Sempre que posso, vou a Paris em negócios. Tenho de cuidar das terras do meu pai. Tenho amigos em Berlim e Roma... Como vê, não é mau de todo.

Edwina, porém, foi sincera com Patrick, que se mantinha junto dela, rodeando-lhe os ombros com um braço.

— A mim parece-me uma vida muito vazia e triste.

Não lhe poupou a verdade, e Patrick fitou-a com igual franqueza.

— Tem razão. Mas é tudo o que tenho, Edwina. Portanto tiro o maior proveito possível. Tal como acontece consigo. Repare no seu caso: dedicou toda a sua vida a chorar por um homem que já morreu há uma dúzia de anos. Um homem que amou aos vinte anos. Pense nisso... pense nele. Será que chegou a conhecê-lo de verdade? Sabe quem ele era, se alguma vez a faria feliz? Tanto eu como a Edwina tínhamos direito a muito mais, mas o certo é que não o conseguimos. Portanto, faz o melhor que pode rodeada pelos irmãos que adora, e eu procedo da mesma maneira em relação aos meus filhos. Não posso fazer mais do que isso, sou um homem casado. Mas a Edwina não é e, quando sair deste barco, deverá procurar alguém a quem possa amar, talvez alguém de quem Charles tivesse gostado, casar com essa pessoa e ter filhos seus. Eu já não tenho essa possibilidade ao meu alcance, mas a Edwina tem. Por isso, aproveite-a.

— Não seja tolo — disse-lhe Edwina a rir, reconhecendo, no entanto, que ele lhe dera um conselho válido, quer ela o aceitasse ou não. — Sabe que idade tenho? Trinta e dois. Já sou demasiado velha para isso. A minha vida já vai a meio.

— Também a minha. E tenho trinta e nove. Mas sabe que mais? Se eu tivesse alguma outra hipótese de amar alguém, de ser feliz e ter mais filhos, não hesitaria um minuto.

Ao proferir estas palavras, olhou para Edwina e, antes de esta poder responder-lhe, beijou-a. Beijou-a como ela já não era beijada desde que Charles morrera, mas nem mesmo lhe ficara, dessa altura, memória de ter semelhante sensação. Por instantes, o que Patrick dissera veio-lhe à mente. Teria ele razão? Charles não passaria de uma recordação longínqua da sua juventude? Teria mudado assim tanto? A dor estaria já tão atenuada e esquecida? Recordar-se-ia, de verdade? Já não tinha possibilidades de saber, mas não lhe restavam dúvidas de que o amara. Mas talvez tivesse carregado consigo aquela lembrança por demasiado tempo. Quem sabe se chegara a altura de se libertar definitivamente. De repente, deu consigo a retribuir o beijo; tudo o resto se diluiu na sua mente e os dois agarraram-se um ao outro como dois náufragos.

Ficaram assim muito tempo, fortemente abraçados um ao outro, ele voltou a beijá-la, mas depois fitou-a e disse-lhe algo que achava que Edwina tinha o direito de saber antes de mais nada. Não podia deixar de o fazer.

— Edwina, aconteça o que acontecer entre nós, não poderei casar consigo. Quero que tenha consciência desse facto desde já, antes que se apaixone por mim e eu por si. Por muito que venha a amá-la um dia, não sou um homem livre. Conservarei os meus vínculos matrimoniais até morrer. Além disso, também não quero que destrua a sua vida. Desde já lhe garanto que, se me deixar amá-la, continuará a gozar de toda a sua liberdade... Para seu bem e meu... não a prenderei junto de mim nem permitirei que não parta por minha causa. Compreende?

— Sim, compreendo — respondeu Edwina com voz embargada, grata pela sinceridade de Patrick. Ela sentira, desde o primeiro instante, que ele era aquele tipo de pessoa. Por isso acabara por desabafar com ele e tinha já a certeza de que o amava. Era absurdo, mal o conhecia, mas apesar disso já estava certa do seu amor por ele.

— Não permitirei que o que aconteceu com o Charles se repita comigo... Viver de recordações durante anos... Quero amá-la e depois deixá-la partir transformada numa pessoa realizada e feliz. E, se chegar a amar-me um dia, casará com outra pessoa e fará como eu lhe disse.

— Preocupa-se demasiado — observou Edwina, sorrindo. — Não pode prever tudo o que vai acontecer. E se, um dia, a Philippa morre, o abandona ou resolve ir viver com outra pessoa?

— Não construirei a minha vida com base nessa possibilidade, tão-pouco deixarei que a Edwina o faça. Não se esqueça, meu amor, que um dia deixá-la-ei partir... como uma avezinha... para voar de regresso ao ninho que deixou no outro lado do oceano.

Mal Patrick proferira aquelas palavras, já Edwina ansiava por ele antes mesmo de algo começar, o que a levou a estreitar-se contra ele e a sussurrar-lhe ternamente:

— Ainda não... por favor...

— Não... ainda não... — respondeu-lhe Patrick no mesmo tom de voz.

Depois, qual lembrança de um sonho distante, despenteou-lhe os cabelos com os lábios, sussurrando-lhe de novo:

— Amo-te...

Apesar de mal se conhecerem, os desabafos partilhados e o elo com Charles unira-os.

CAPÍTULO 36

Foi uma daquelas vivências que só acontecia nos romances ou nos filmes de George. Encontraram-se, apaixonaram-se e viveram suspensos entre dois mundos, enquanto Edwina descobria uma vida que nunca tivera ou esquecera por completo no decorrer dos últimos onze anos. Conversavam, riam, passeavam durante horas pelo navio, e ela foi perdendo, a pouco e pouco, o terror de poderem ir ao fundo a qualquer momento. Patrick fez questão em estar a seu lado na simulação de naufrágio com os escaleres salva-vidas, apesar de lhe competir outro lugar. O responsável pela operação, no entanto, não levantou objeções. Os outros passageiros observavam-nos à distância, com sorrisos enternecidos e olhares de inveja, apoiando-os sem se manifestarem. O casal era discreto, procurando locais isolados onde pudessem conversar, trocar beijos e estar de mãos dadas. Era o que tanta falta lhes fizera durante muito tempo e, apesar de Edwina desconfiar que Patrick já tivera as suas aventuras ocasionais, este garantira-lhe que era a primeira vez, depois de se casar, que se apaixonava, e ela acreditara.

— Como eras tu em criança? — perguntou-lhe ele, ansioso por saber tudo acerca dela, cada pormenor, cada particularidade relacionada com a sua pessoa.

— Não sei — respondeu-lhe Edwina, sorrindo-lhe, enlevada —, acho que nunca pensei nisso. Feliz, creio. Levámos uma vida vulgar até os meus pais morrerem. Antes da tragédia, ia à escola, zangava-me com Phillip por causa dos nossos brinquedos... adorava ajudar a minha mãe no jardim... Na verdade — de repente lembrou-se —, quando ela morreu e nós voltámos para casa, ganhei o hábito de ir para lá falar com ela, como se estivesse presente, enquanto podava as suas roseiras e arrancava as ervas daninhas, e havia ocasiões em que ficava muito zangada. Queria saber por que razão ela tomara aquela decisão, o que a levara a ficar com o nosso pai tendo todos aqueles filhos que, na minha opinião, abandonara.

— E alguma vez obtiveste alguma resposta? — perguntou-lhe Patrick, sorrindo ao ver que Edwina abanava a cabeça.

— Não, mas depois sentia-me sempre melhor.

— Então, deve ter sido bom para ti. Eu também gosto de jardinagem, quando tenho disponibilidade. Apesar de não ser considerada uma tarefa muito viril.

Falaram de tudo, dos amigos de infância e de adolescência, dos desportos preferidos e dos escritores idolatrados. Patrick apreciava os clássicos, enquanto Edwina preferia autores modernos como F. Scott Fitzgerald e John Dos Passos. Ambos gostavam de poesia, do pôr do Sol, do luar e de dançar. Edwina falou-lhe, com lágrimas nos olhos, do orgulho que tinha por George e pelo que este conseguira e do quanto apreciava Helen. Chegou até a contar-lhe que lhe oferecera o véu de noiva que devia ter usado no seu casamento com Charles, e dessa vez Patrick chorou.

— Gostaria que o tivesses posto para mim.

— Eu também — sussurrou-lhe Edwina, limpando-lhe uma lágrima do rosto.

Nessa noite, no dia a seguir àquele em que se tinham conhecido, foram dançar. Edwina lamentou não ter levado um único vestido para uma ocasião especial, mas, miraculosamente, Patrick fez com que um camaroteiro lhe arranjasse um para a noite. Assentava-lhe na perfeição e tinha uma etiqueta da Chanel. Edwina passou a noite toda à espera que alguma passageira da primeira classe, furiosa, aparecesse para lho arrancar do corpo, o que não aconteceu. Passaram horas deliciosas a rodopiar pela pista de dança do salão da primeira classe. Tudo decorreu na perfeição.

Na verdade, o navio não foi ao fundo, mas chegou ao seu destino demasiado cedo. Quando aportaram a Cherburgo e depois a Southampton, o tempo parecera ter-se escoado num ápice.

— E agora, o que fazemos? — perguntou Edwina melancólica.

Tinha falado no assunto numerosas vezes e ela ensaiara na cabeça a sua despedida, mas, chegada a altura, concluiu que não era capaz de a concretizar.

Patrick voltou a dizer-lhe o mesmo.

— Vais à procura de Alexis, almoçamos ou jantamos em Londres para celebrar e depois voltas outra vez para casa e começas vida nova, arranjando um bom marido.

Ela soltou um resmungo ao ouvi-lo falar assim.

— E como sugeres que eu faça? Que ponha um anúncio num jornal de São Francisco?

— Nada disso, deixas de parecer uma viúva inconsolável, lanças-te ao mundo e, dez minutos depois, tens uma dúzia de homens aos teus pés. Depois me dirás se tive razão ou não.

— Isso é uma tolice.

Além disso, não era esse o seu desejo. Quem ela queria ter ao seu lado era Patrick.

Há muito que lhe confessara a verdadeira razão que a levara a Londres, e Patrick ficara furioso com a descrição que ela fizera do irresponsável Malcolm. Oferecera-se até para ajudar a encontrar a irmã. Juntos, iriam passar os hotéis baratos a pente fino e ele sabia de alguns onde os atores costumavam ficar. Supunha que não seria muito difícil encontrá-los. Nesse dia, daria um pulo ao seu escritório a fim de tratar de alguns assuntos e depois, ao fim da tarde, encontrar-se-ia com ela para iniciarem a busca, mas Edwina, por muito que quisesse encontrar a irmã, não tinha vontade de o deixar um momento sequer. Depois de passarem três dias seguidos juntos, iria estranhar a sua ausência. A única altura em que se haviam separado fora à noite, mediante uma concordância para a qual não foram necessárias palavras. Tinham-se beijado, abraçado e andado de mãos dadas; porém, Patrick não quisera ir mais longe, visto depois não poderem continuar juntos. De certo modo, Edwina concordara com ele, mas, por outro lado, desejara que esse aspeto tivesse decorrido de maneira diferente. Na verdade, era ridículo. A sua irmã de dezassete anos estava metida numa aventura desenfreada, e ela regressava aos Estados Unidos continuando a ser uma solteirona virgem. O pensamento fê-la rir, e Patrick sorriu-lhe, adivinhando-lhe algo através dos olhos.

— Em que estás a pensar, menina desavergonhada?

— Estava só a reparar na incongruência de toda esta situação, ou seja, a Alexis por aí a portar-se mal com aquele malandro e eu cheia de pudores. Não estou muito certa de gostar do cenário!

Ambos riram, mas o certo é que, se as coisas fossem diferentes, teriam seguido por esse caminho. Simplesmente ainda era muito cedo para qualquer deles e não desejavam banalizar o sentimento que desabrochara entre os dois. Sabiam bem que o que existia entre eles era muito raro e muito especial.

Patrick e Edwina meteram-se no *ferryboat* para Londres e sentaram-se a conversar calmos no mesmo compartimento. Ele explicou a Edwina que Philippa pouco se ralava com o dia em que ele chegava ou não e, fosse como fosse, o mais provável era que estivesse ausente, possivelmente a assistir a alguma corrida de cavalos importante na Escócia.

A seguir foi instalá-la no Claridge e prometeu estar de volta às cinco da tarde, ainda nem sendo meio-dia naquele momento. Edwina enviou de imediato um telegrama aos irmãos a informar onde ficava instalada, dizendo que estava tudo bem e pedindo-lhes que lhe mandassem um telegrama caso tivessem notícias de Alexis. Só pôde partir do princípio de que estavam todos bem, pois, se houvesse algum problema, dali a um dia ou dois receberia a notícia no hotel.

Depois deslocou-se ao Harrods, onde comprou mais vestidos em menos tempo do que alguma vez fizera na vida, foi a um cabeleireiro próximo e apanhou um táxi para voltar para o hotel, carregada com as compras e com o cabelo arranjado. Quando Patrick chegou, às cinco horas, encontrou-a elegante e sorridente, além de ansiosa por vê-lo.

— Céus! — exclamou Patrick, sorrindo —, o que andaste a fazer toda a tarde?

Também ele não parara um minuto. Comprara-lhe um exemplar raro de Elizabeth Barrett Browning e, se Edwina conhecesse melhor as lojas de Londres, teria percebido que a caixinha que o viu tirar do bolso era do Wartski's. Quando lha entregou, Edwina susteve a respiração, receosa de abri-la, mas, por fim, quando o fez, ficou a olhar para o presente durante muito tempo, em silêncio. Era uma fina pulseira de diamantes e a inscrição dizia que fora oferecida à rainha Vitória pelo príncipe Alberto. Era raro artigos como aquele aparecerem para venda ao público, mas, quando se tratava de clientes especiais, surgia um ou outro exemplar muito especial. Era o tipo de joia que ela poderia usar sempre e, quando a enfiou no braço, teve a certeza de que ficaria ali por muito e muito tempo, como recordação de Patrick.

Patrick também lhe levara uma garrafa de champanhe, mas, depois de tomarem apenas um gole, acharam que chegara a altura de irem à procura de Alexis. Patrick alugara um carro com motorista só para aquele fim e iniciaram a investigação pelos hotéis do Soho. Às oito da noite, ao tentarem «apenas mais um», Edwina entrou levando consigo a fotografia da irmã, como fizera nas duas últimas horas, enquanto Patrick passava, disfarçadamente, uma nota de cinco libras ao rececionista.

— Viu esta rapariga? — perguntou Edwina, mostrando a pequena fotografia que trazia, há anos, na sua mala. — Faz-se acompanhar por um homem chamado Malcolm Stone, alto, com bom aspeto e uns quarenta e cinco ou cinquenta anos.

O rececionista olhou para a fotografia, depois para Patrick e, por fim, para a nota que tinha na mão. Acabou por acenar com a cabeça e voltar a encará-los.

— Sim, estiveram aqui. Que foi que ela fez? Roubou-vos alguma coisa, não? São americanos, sabem.

Ao que parecia, não dera pelo sotaque de Edwina e, como o dinheiro viera de Patrick, foi a este que se dirigiu.

— Ainda aqui estão?

— Não, foram-se embora ontem. Só cá estiveram alguns dias. Se quiser, posso ver a data precisa em que chegaram. É uma bela rapariga, com uma cabeleira loura muito comprida.

Edwina sentia o coração a pulsar mais depressa só de saber que viera de tão longe e já estava tão perto de Alexis, apesar de uma pequena parte dentro de si quase lamentar tê-la encontrado tão depressa. Tal significaria ter de levar a irmã para casa e deixar Patrick.

— Eles foram passar uns dias a Paris, pelo menos assim o disseram — prosseguiu o rececionista. — Saíram do quarto dois antes do combinado, mas informaram que voltariam. E fá-lo-ão, pois deixaram uma mala.

Patrick olhou de relance para Edwina e, depois de o rapaz acabar de falar, enfiou-lhe disfarçadamente mais uma nota na mão e pediu para verem a mala. Quando a abriram, depararam com uma série de roupas de homem; porém, mesmo ao de cima, estava um vestido branco. Era o mesmo que Alexis vestia quando saíra de Los Angeles, assim como o chapéu que, apesar de estragado, era identificável.

— Encontrámo-la! — exclamou Edwina com os olhos brilhantes de lágrimas ao tocar nele, interrogando-se sobre o que teria acontecido à irmã desde que partira. — É dela, Patrick. Levava-o no dia em que desapareceu de Los Angeles, a seguir ao casamento do George.

Parecia ter decorrido toda uma vida, o que, de certo modo, era verdade. Tinham-se passado mais de quinze dias e, durante esse tempo, tinha a certeza de que a vida de Alexis mudara por completo.

— Que mais queres saber agora? — perguntou-lhe Patrick meigamente, enquanto o empregado ia à receção atender um telefonema.

— Não sei. Ele disse que eles estariam ausentes por duas semanas.

— Que tal irmos jantar para falar no assunto? — sugeriu Patrick.

Edwina concordou de imediato e, antes de se retirarem, o rececionista perguntou se podia informar os hóspedes da presença deles, mas Edwina não hesitou na resposta.

— Não. Não diga nada.

A discrição do homem foi assegurada por mais uma libra e, a seguir, Edwina e Patrick dirigiram-se para o automóvel que os aguardava e voltaram ao Claridge para jantar.

Subiram ao quarto de Edwina, e Patrick perguntou-lhe se ela queria ir atrás deles até Paris; porém Edwina achava a tentativa passível de falhar, desconheciam para onde Alexis fora, ou porquê, embora o facto de terem deixado ficar a mala prenunciasse o seu regresso.

— Penso que não nos resta outra solução senão esperar.

O que lhes proporcionava quinze dias de espera.

— Já que estás aqui, desejas fazer alguma coisa? — perguntou Patrick.

Havia uma coisa, mas havia tempo para isso, e ela falaria com ele sobre o assunto mais tarde.

— Nada de especial — respondeu Edwina com um sorriso.

Patrick, no entanto, já tivera uma ideia. Há anos que tinha vontade de voltar a um lugar, na Irlanda. Já lá não ia desde

desde garoto e sempre lhe parecera o sítio mais romântico do mundo. Edwina, ao ouvi-lo falar dele durante o jantar, ficou com a certeza de que nada lhe seria mais agradável do que acompanhá-lo.

— Podes fazê-lo? — perguntou-lhe, preocupada.

Patrick sorriu-lhe, sentindo-se regressar à adolescência. Edwina fazia-o sentir-se jovem, feliz e vivo, tal como também acontecia com ela. Edwina também parecia uma menina, só se dando conta, naquela altura, do que perdera. De repente, tudo parecia imensamente mais romântico.

— Não hesitemos, Edwina — sussurrou-lhe Patrick, inclinando-se de lado, na mesa, para lhe dar um beijo.

Pela manhã, tudo se concretizou. Edwina telefonou a Fannie e a Teddy a dizer que estava bem. Em seguida, Patrick foi buscá-la e apanharam um comboio, seguido de um *ferry,* para atravessar o mar da Irlanda, alugando depois um carro para irem até Cashel onde, já o crepúsculo caíra, se detiveram diante do rochedo de Cashel. Era um lugar tranquilo, imenso e imponente, e os campos que se estendiam para além dele estavam cobertos de tojo e urze. Apesar da altura do ano, Edwina achou que nunca vira uma paisagem tão verdejante ao percorrerem quilómetros ao pôr do Sol. Acabaram nos braços um do outro e Patrick beijou-a.

— Vieste de muito longe para estar comigo — declarou Patrick sentindo o ar frio da noite rodeá-los quando o Sol mergulhou sobre o lago atrás deles.

— Como se estivesse predestinado, não é?

— Podes crer — assegurou-lhe ele com o sotaque suave de Tipperary, retomando o tom normal para acrescentar: — Nunca esquecerei este dia, Edwina, até ficar muito, muito velho. E, no dia em que morrer, a lembrança deste momento não deixará de estar comigo.

Beijou-a de novo e depois voltaram, lentamente, para o hotel onde se tinham hospedado, subindo para o quarto, Edwina teve a certeza, nesse momento, de que nascera para ele, que estava escrito que seria assim. Patrick reservara um lugar para os dois e ambos sabiam porquê. Tinham tão pouco tempo e tanto para partilhar, tanto para aprender... Quando Patrick lhe despiu suavemente o vestido e a deitou sobre a cama, Edwina soube que ele teria de lhe ensinar tudo.

Amaram-se até de madrugada, e Edwina compreendeu que a sua noite de núpcias chegara, a única que alguma vez teria, não a que estivera destinada a partilhar com Charles. A única vida que alguma vez teria resumia-se àquelas duas semanas breves, ternas e preciosas com Patrick.

CAPÍTULO

37

O tempo voou, célere, enquanto Patrick e Edwina deambulavam pelas colinas, remavam no pequeno lago, colhiam flores silvestres e tiravam fotografias a tudo, passando depois as noites na cama, nos braços um do outro. Como que num abrir e fechar de olhos, o período idílico chegou ao fim. Quando voltaram para Londres iam em silêncio, relutantes em chegar ao seu destino. Apesar de terem ficado mais dois dias além do previsto, ambos sabiam que não lhes restava alternativa e Edwina tinha de descobrir o paradeiro de Alexis. Havia alturas em que se sentia uma tola... Já desconfiava que a irmã não queria ser encontrada, e a carta que lhe escrevera em Nova Iorque confirmava que se casara. Havia mesmo ocasiões em que Edwina a invejava porque, com certeza, tinha tudo o que desejava. Embora Edwina tivesse muita dificuldade em imaginar Malcolm um homem agradável, havia sempre a triste possibilidade de a irmã o amar de verdade. Ainda não sabia o que iria dizer a George quando voltasse, se é que o poria mesmo a par do sucedido. Mas naquele momento nem Alexis nem George a preocupavam. Só lhe importava Patrick. Enfiou a mão na dele e desejou dispor do resto da vida para estarem juntos. Os dois sabiam, no entanto, que tal nunca poderia acontecer. Em momento algum, ele lhe escondera a realidade e ela teria de regressar aos Estados Unidos para ali prosseguir a sua vida. Mas o sonho pertencera-lhes por um momento deslumbrante, e Edwina tinha a certeza de que sempre o acalentaria no seu coração como algo de raro e precioso. Quando entraram no hotel onde Alexis estava, a pulseira de diamantes brilhava no seu pulso, em memória dos dias vividos, do amor partilhado, dos instantes únicos que jamais esqueceriam.

Dessa vez Patrick perguntou por Malcolm Stone, e um rececionista diferente informou-o de que o casal se encontrava no quarto. Patrick impediu-o, com um gesto rápido, de ligar a avisá-los e virou-se para Edwina.

— Queres ir lá acima comigo ou preferes que fale primeiro com ele?

— Acho melhor subir contigo — sussurrou-lhe ela —, pois é natural que a Alexis fique assustada.

Embora reconhecesse que, depois da vida que a irmã tivera ao longo desse mês, dificilmente algo pudesse amedrontá-la. Já se passara todo esse tempo desde que fugira. E a chegada de George estava prevista para dali a algumas semanas. Se queria que a situação se resolvesse sem escândalos, teria de levá-la para casa o mais depressa possível, de modo que subiu as escadas atrás de Patrick, até se deterem em frente do número que o funcionário lhes indicara. Edwina, com as mãos a tremer, aguardou que Patrick batesse à porta, ficando ambos à espera do que lhes ia aparecer pela frente.

Patrick olhou para Edwina e sorriu-lhe para a animar e depois voltou a bater, dessa vez com mais força. Pouco depois, apareceu um homem alto e bem-apessoado, descalço e de charuto na boca. Tinha uma garrafa de uísque na mão e, por trás dele, via-se uma rapariga bonita em combinação de cetim, a observá-los. Só um instante depois é que

Edwina se apercebeu de que a rapariga bonita era a irmã. Cortara o longo cabelo curto e depois frisara-o, e estava maquilhada com pó de arroz esbranquiçado, *rouge, kohl* e batom com fartura. Mas nem mesmo a máscara ocultava a Patrick aquilo que Edwina lhe dissera sobre o facto de a irmã ser uma beldade.

Alexis, mal os viu, começou a chorar, e Malcolm, depois de uma vénia acentuada, convidou-os a entrar, divertido por a mana virgem se fazer acompanhar por um belo homem.

— Quem diria que iríamos receber uma visita de família tão depressa — observou Malcolm, fitando Edwina com sarcasmo, aquecido pelo uísque irlandês. — Não fazia ideia de que teria a gentileza de vir a Londres ver-nos, menina Winfield.

Patrick sentiu, por um instante, o mesmo ímpeto que levara George a atirar o homem ao chão em Rosarita, meses antes, mas preferiu conter-se, até ver onde a situação chegava, e nada disse.

Edwina fitou a irmã com solenidade, e Patrick viu a sua brandura desaparecer. De repente, tornou-se dura e quase autoritária.

— Alexis, faz o favor de emalar as tuas coisas.

Em seguida, voltou-se para Malcolm com o desprezo estampado no rosto. Este tresandava a álcool e a charutos baratos e Edwina, ao imaginar a vida de total degradação que a irmã devia ter levado ao lado daquele homem, estremeceu. Alexis, porém, não se mexera desde que ela e Patrick tinham entrado.

— Tenciona levar a minha mulher a algum lado? — perguntou Malcolm com ar trocista.

— Acontece, senhor Stone, que a sua «mulher» tem dezassete anos. Portanto, se não quer ser acusado de rapto e violação, sugiro-lhe que a deixe vir comigo — retorquiu Edwina friamente.

— Não estamos na Califórnia, menina Winfield. Isto é Inglaterra. E ela é minha mulher. Aqui já não manda nela.

Edwina não lhe ligou a menor importância e aproximou-se da irmã, passando mesmo em frente dele.

— Edwina... tenho mesmo de ir? Eu amo-o.

Aquelas palavras atingiram-na como um soco, e Patrick apercebeu-se do facto apenas porque a conhecia, pois Edwina não deu a entender nada, o que o fez admirá-la ainda mais pela força com que lidava com aquela jovem fraca e o nojento libertino com quem fugira. Por muito perturbada que pudesse estar, quando respondeu à irmã, só deixou transparecer contenção e dignidade.

— É assim que desejas viver? — disse-lhe com brandura, olhando para o quarto, à sua volta, detendo o olhar em todos os pormenores, desde a casa de banho de porta escancarada, às roupas espalhadas pelo chão, às garrafas de uísque vazias, às beatas de charuto, até, por fim, o deter em Malcolm. — Foi isto o que sempre desejaste?

O seu tom de voz embaraçaria qualquer pessoa, sobretudo uma jovem de dezassete anos; o próprio Patrick ficou constrangido e Malcolm também, embora não o demonstrasse.

— Foi com isto que sonhaste, Alexis? — continuou Edwina. — Que aconteceu ao resto? Onde está a estrela de cinema... o lar... Que fizeste a todo o amor que tinhas? Foi nisto que te transformaste?

Alexis começou a choramingar e voltou as costas à irmã, fazendo-a compreender, no íntimo, o que a levara a fazer aquilo, o que lhe custou. Não fora por acaso que Alexis fugira no dia a seguir ao casamento de George. Procurava o pai que perdera... do mesmo modo que tentara fugir quando Phillip partira para Harvard... Precisava de homens, evidentemente, de um homem, de alguém. Mas aquilo de que de facto necessitava não era apenas um amante ou um marido, ou um homem qualquer, mas sim uma figura paternal. Essa constatação quase fez Edwina chorar, continuando a olhar com tristeza para a irmã.

— Edwina... — disse Alexis, começando a chorar —, desculpa...

Nada se passara como imaginara. Pensara que seria fantástico fugir com Malcolm Stone, mas há semanas que se apercebera da verdade. Ele só estava a servir-se dela, em todos os sentidos, o que era desanimador e deprimente. Até Paris lhe parecera uma cidade sombria. Malcolm passara o tempo todo embriagado, e ela soube que ele saíra com outras raparigas em mais de uma ocasião, mas ao menos restava-lhe a certeza de que, assim, a deixava em paz. Não queria ter nada a ver com ele, mas, algures no seu íntimo, sempre desejara que ele a amasse. E, quando ele a tratava por pequenina, fazia-lhe todas as vontades, como ele muito bem sabia.

— Veste-te — ordenou-lhe Edwina calmamente, enquanto Patrick a observava, cheio de admiração.

— Menina Winfield, a senhora não pode levar a minha mulher consigo — declarou Malcolm, dando então um passo em direção a Edwina, perdendo o equilíbrio apesar de tentar parecer ameaçador. Edwina reparou, pelo canto do olho, que Patrick se aproximara; no entanto, ergueu uma mão para detê-lo. Tinha uma ideia e não queria sair dali sem saber a verdade. Malcolm não era homem para casar com quem quer que fosse, muito menos uma jovenzita de dezassete anos como Alexis.

— O senhor tem algum documento que ateste o seu casamento com a minha irmã? — perguntou delicadamente. — Decerto não espera que eu acredite sem ver uma prova. A propósito... — Voltou-se então para Alexis, que estava a vestir um fato de cetim vermelho, que fez Edwina arrepiar-se, apesar de o facto de a irmã estar a obedecer-lhe já ser positivo. — ... A propósito, Alexis, como vieste dos Estados Unidos para Inglaterra sem passaporte, ou será que o tiraste em Nova Iorque?

Edwina falava com frieza e Alexis respondeu-lhe.

— O Malcolm disse-lhes que eu o perdera. E depois eu estava tão doente que eles não quiseram incomodar-me.

— Doente, no navio? — quis saber Edwina, cheia de pena.

Sabia como aquela viagem devia ter sido traumatizante, admirando-se mesmo de a irmã a ter feito.

— Eles mantiveram-me drogada todo o tempo que passei no *Bremen* — respondeu com inocência, calçando os sapatos.

— Drogada? — exclamou Edwina olhando para Malcolm com ar severo e interrogativo. — Será que tenciona voltar aos Estados Unidos mais alguma vez, senhor Stone? Depois disto... droga... rapto... violação... uma rapariga de dezassete anos... uma menor... Que história interessante para contar em tribunal.

— Será mesmo? — ripostou Malcolm, saindo devagar do seu torpor. — Acha mesmo que o seu irmão e a noiva rica quererão espalhar a notícia? Que pensa que irá acontecer à reputação da sua irmã? Não, menina Winfield, ele não irá a tribunal, nem a senhora nem a Alexis. O que ele vai fazer é dar trabalho, aqui, ao cunhado. Ou então dinheiro, se preferir.

Riu-se, enquanto Edwina escutava, horrorizada. Esta olhou depois para Alexis e deu-se conta da verdade. A irmã começara a chorar ao ouvir aquelas palavras, envergonhada por ter fugido com aquele homem. Já desconfiava há muito tempo de que ele não a amava, mas, depois de tudo o que o ouviu dizer a Edwina, acabaram-se-lhes as dúvidas.

— Alexis, casaste com ele? — perguntou Edwina, olhando a irmã olhos nos olhos. — Casaste? Diz-me a verdade! Quero saber. Depois de tudo o que ouviste, deves contar-me, para teu bem e do George.

Alexis, porém, já estava a abanar a cabeça e a chorar a sua desdita, para grande alívio de Edwina e de Patrick, enquanto Malcolm praguejava, furibundo consigo próprio por se ter descaído com a verdade. Nunca lhe passara pela cabeça que atravessariam o oceano para vir à procura da rapariga em Inglaterra.

— Ao princípio, ele disse que sim, mas eu estava demasiado embriagada para me lembrar. Depois, confessou que não tínhamos chegado a fazê-lo. Tencionávamos casar em Paris, mas ele andava sempre metido nos copos e não teve cabeça para isso — confessou Alexis a chorar, ao mesmo tempo que Edwina quase ria de alegria, olhando de relance para Patrick.

— Vocês não podem levá-la — declarou Stone, tentando prosseguir nas suas intenções. — Ela é minha mulher de facto. Não permitirei que ma tirem. — Depois teve uma outra ideia. — Além disso... — disse esperançadamente, ao ver o dinheiro escapar-lhe por entre os dedos. — E se ela estiver grávida?

— Não estou — adiantou Alexis sem hesitar, para grande alívio de Edwina.

Ao menos havia essa certeza. Alexis foi então para junto da irmã e fitou Malcolm com tristeza.

— Nunca me amaste, pois não? Nunca fui a tua pequenina...

— Claro que foste — afiançou, parecendo embaraçado diante deles. Olhou rapidamente para Alexis mais uma vez. — Ainda estamos a tempo de casar, sabes. Ninguém te obriga a ir com eles, só se quiseres.

Edwina, porém, olhou para os dois com uma expressão que não deixava margem para dúvidas.

— Se for necessário, fá-la-ei vir pela força.

— Não tem esse direito — insistiu Malcolm, dando um passo em direção a Edwina, olhando de repente para Patrick como se desse por ele pela primeira vez. — A propósito, quem é este?

Edwina ia a responder, mas Patrick adiantou-se e fitou Malcolm ameaçador.

— Sou um magistrado. Se o senhor disser mais uma palavra ou continuar a impedir a saída desta jovem, meto-o na cadeia e faço com que o deportem rapidamente deste país.

Ao ouvir as palavras de Patrick, Malcolm perdeu logo a pose. Ficou a vê-lo abrir a porta para Edwina e Alexis saírem. Esta olhou, uma última vez, para trás. Pouco depois, desciam todos as escadas, e o pesadelo chegava ao fim. Edwina agradeceu a Deus o facto de Alexis não ter chegado a casar com Malcolm, rezando para conseguir levar a irmã para São Francisco sem que ninguém soubesse sequer o que acontecera. Quanto à sua carreira de atriz, o melhor seria desistir dela. A partir dali, Edwina prometeu a si mesma, Alexis ficaria em casa com Fannie e aprenderia a tornar-se uma boa dona de casa. O que mais lhe doía, porém, era o facto de, apesar de todo o amor que ela lhe dera ao longo de todos aqueles anos, Alexis, na sua busca de uma figura paternal, se ter deixado perder daquela maneira.

Foi o que transmitiu a Patrick mais tarde, naquela mesma noite, depois de chegarem ao Claridge e Alexis se ir deitar na sua cama. Tinha havido uma cena longa e recheada de lágrimas, em que Alexis implorara histericamente pelo perdão de Edwina. Nada daquilo teria sido necessário, porque as duas acabaram a chorar, abraçadas uma à outra. Quando Alexis, por fim, adormeceu, Edwina foi à sala de estar falar com Patrick.

— Como está ela? — perguntou Patrick com ar preocupado, pois fora uma longa noite para todos eles, apesar de a mesma ter acabado muito melhor do que ele esperara.

A jovem estava quase bem, e Malcolm Stone fora posto de lado de maneira bastante fácil.

— Já adormeceu, felizmente — respondeu-lhe Edwina com um suspiro, sentando-se e servindo-se de uma taça de champanhe. — Que noite!

— Que indivíduo pavoroso. Achas que será capaz de voltar a incomodar-vos?

Ela própria já se interrogara sobre essa possibilidade, mas a partir dali pouco lhe restava fazer além de contar tudo a George e mandá-lo pôr na lista negra o que, no entanto, não tinha muita vontade de fazer.

— Não sei. Espero que não. Isso também lhe retira o encanto que poderia exercer sobre a Alexis. Graças a Deus foi demasiado preguiçoso para se casar com ela. Claro que poderíamos anular tudo, mas a situação ficaria muito mais complicada e tenho a certeza de que acabaria por aparecer nos jornais.

— E agora?

— Agora, com um pouco de sorte, levo-a de volta ao seu país discretamente e ninguém saberá. Achas que poderei arranjar-lhe um passaporte cá?

— Amanhã falarei com a embaixada.

Era amigo do embaixador americano e tinha esperança em arranjar um passaporte para a jovem sem ter de responder a muitas perguntas. Recorreria à mesma desculpa que Malcolm Stone apresentara ou seja, que ela perdera o documento durante a viagem, com a irmã.

— Fazes-me um outro favor? — perguntou-lhe Edwina, que, desde que descobrira o grau de parentesco entre Patrick e Charles, desejava fazer-lhe um pedido. — És capaz de telefonar a *Lady* Fitzgerald em meu nome? Calculo que já seja muito idosa. — Há onze anos já não era nova. — Se ela quiser, gostaria de visitá-la.

Patrick ficou calado durante uns momentos, antes de anuir com um aceno de cabeça.

— Preciso de me despedir dela — explicou Edwina serena.

Nunca tivera oportunidade para tal. Acima de tudo, queria despedir-se de Charles, e Patrick ia ajudá-la a por fim fazê-lo.

— Também lhe telefonarei amanhã. — A seguir deu-lhe, pesaroso, um beijo de boas noites. — Até amanhã.

— Amo-te — sussurrou-lhe Edwina, ao que ele sorriu, puxando-a de novo para si.

— Também te amo.

Ambos sabiam que o fim estava próximo. Se ela queria levar Alexis para casa sem dar azo a falatórios, não poderia demorar muito mais tempo. Edwina, no entanto, detestava a ideia de deixar Patrick.

CAPÍTULO

38

Na manhã seguinte, Alexis apanhou um susto terrível quando Patrick apareceu. Abriu-lhe a porta e depois correu à procura de Edwina.

— O magistrado está aqui de novo! — segredou à irmã em tom assustado, enquanto Edwina ia ver do que se tratava. Ao ver Patrick, desatou às gargalhadas.

— Não é nenhum magistrado — explicou, rindo —, mas sim Patrick Sparks-Kelly, um amigo meu.

Depois, à laia de explicação e por achar que devia esclarecer a razão de tanta familiaridade, acrescentou:

— É primo de Charles.

— Mas eu pensei... Tu disseste...

Alexis, depois de tirar a maquilhagem e ter o cabelo o mais simplesmente escovado que Edwina conseguira, voltara a aparentar a idade que tinha. Fizera com ele os maiores horrores em Paris. Quando Edwina lhe explicou que Patrick se fizera passar por um membro da justiça só para amedrontar Malcolm, Alexis, de novo limpa e bonita, sorriu.

— Foi só para o caso de o seu amigo nos levantar problemas — adiantou Patrick.

A seguir, disse a Edwina que só precisava de ir levantar o passaporte ao número 4 de Grosvenor Gardens, acrescentando, serenamente, que *Lady* Fitzgerald aguardava a visita deles às onze da manhã.

— Ficou admirada por ter notícias minhas, não? — quis saber Edwina, desejando tudo menos provocar-lhe um choque demasiado grande. Calculava que estivesse, naquela altura, na casa dos noventa.

Patrick, no entanto, negou com a cabeça.

— Acho que o que a surpreendeu mais foi o facto de eu te conhecer.

— Como lhe explicaste esse pormenor? — perguntou-lhe Edwina, fitando-o com ar preocupado. Tinham tanto a esconder, até mesmo de Alexis...

— Disse-lhe apenas que nos tínhamos encontrado no navio. — Sorriu. — Uma coincidência feliz... para mim...

— Achas que irá ficar muito perturbada por me ver? — inquiriu Edwina ainda preocupada, vendo-o negar de novo.

— De modo algum. Estou convencido de que se conformou com o sucedido já há muito tempo, muito melhor do que tu.

Quando, ao fim dessa manhã, se encontraram, Edwina apercebeu-se de que era verdade. *Lady* Fitzgerald recebeu-a sem fazer a menor cerimónia e ficaram sentadas a conversar durante muito tempo, enquanto Patrick e Alexis davam um passeio pelos jardins magníficos da casa.

— Esperei sempre que um dia chegasse a casar — disse, triste, a Edwina. Achara-a sempre muito bonita, e ainda continuava a sê-lo. Ao saber que nunca casara, ficara com pena. — Imagino que não pudesse, com tantos irmãos para criar. A morte da sua mãe junto com a do seu pai foi terrível. Que acontecimento horrível... Tantas vidas... tanta desgraça só porque a companhia não teve o discernimento de levar botes salva-vidas suficientes... o comandante demasiado teimoso para abrandar a velocidade do barco diante do perigo de icebergues... o rádio do navio mais próximo desligado... Sofri muito com o sucedido, mas acabei por concluir que Charles não sobreviveu porque o destino não quis. É que, sabe, minha querida, quem manda é o destino. Deve sentir-se grata por estar viva e aproveitar ao máximo cada momento.

Edwina sorriu-lhe, reprimindo, mais uma vez, as lágrimas, pois recordava a primeira vez em que se encontrara com Charles, o véu de noiva que *Lady* Fitzgerald lhe enviara depois de o ter terminado, apesar de, nessa altura, ele já ter desaparecido e de Edwina nunca ter chegado a usá-lo. Voltou a agradecer-lhe o facto, e a idosa senhora explicou-lhe porque lho mandara.

— Pensei que não tinha o direito de o conservar. Apesar de saber que iria perturbá-la muito na altura, achei que devia ficar com ele.

— Quem o usou o mês passado foi a minha cunhada.

Prometeu então enviar-lhe uma fotografia, e a idosa senhora sorriu, com ar fatigado. O marido morrera-lhe no ano anterior e ela ainda não conseguira recuperar no entanto, adorara ver Edwina.

— A sua irmã mais nova é uma rapariga muito bonita, minha querida, parece-se consigo quando era da idade dela, apesar de ter, claro, o cabelo muito mais claro.

— Espero não ter sido tão tolinha como ela é — observou Edwina sorrindo, lisonjeada por a compararem, mesmo ao de leve, com Alexis.

— Não, a Edwina teve sempre muito juízo. E tem sido muito corajosa desde essa altura... muito corajosa... Talvez agora também tenha sorte e encontre alguém que a ame. — Tivera essa sensação em relação a Edwina mal tinham começado a falar, e esta concordou, com os olhos rasos de lágrimas.

— Chegou o momento de o deixar partir — sussurrou a mãe de Charles beijando com doçura Edwina na face; por instantes, Edwina recordou Charles tão intensamente que se tornou quase insuportável. — Ele agora está feliz, onde quer que se encontre, assim como os seus pais. Chegou a sua vez de ser também feliz, Edwina. Os três tê-lo-iam desejado.

— Eu tenho sido feliz — retorquiu Edwina, assoando-se ao lenço que Patrick lhe dera e ainda estava consigo, perguntando a si mesma, por breves instantes, se *Lady* Fitzgerald teria reparado nele. Mas a senhora estava demasiado velha para reparar em pormenores como aquele ou para se preocupar com o provável dono do lenço que Edwina levava. — Fui feliz com os meus irmãos durante todos estes anos.

— Isto não basta — ironizou a mãe de Charles — e a Edwina sabe. Tenciona voltar a Inglaterra algum dia? — perguntou ao levantarem-se e dirigirem-se, devagar, para o jardim.

Edwina sentia-se esvaída de forças, mas estava contente por ter ido, consciente de que o que *Lady* Fitzgerald dissera era verdade. Eles teriam desejado que voltasse a ser feliz. Não podia continuar a fugir a esse facto. Aprendera-o com Patrick. Mas chegara o momento de, também a ele, dizer adeus.

Despediu-se de *Lady* Fitzgerald era meio-dia, mais leve e satisfeita, como já não lhe acontecia há muito tempo. Contou tudo a Patrick durante o almoço, dizendo que achava a mãe de Charles muito boa pessoa. Ele concordou, assim como Alexis.

Patrick levou-as a almoçar ao Ritz, depois marcou-lhes as passagens no *Olympic* e a seguir foram buscar o passaporte de Alexis. Disseram-lhe que tinham muita sorte pois o navio partia na manhã seguinte, mas a perspetiva de deixar Patrick mergulhou Edwina numa inesperada onda de pânico. Fitou-o de relance e ele acenou com a cabeça, reservando dois camarotes contíguos na primeira classe, para ela e para Alexis.

Alexis, porém, crescera muito nas últimas semanas e fez questão em deixar os dois a sós nessa noite, afirmando estar exausta.

— Achas que ela estará a querer escapar-se outra vez? — perguntou Patrick a Edwina, preocupado, quando foi buscá-la para a levar a jantar ao Embassy Club.

Edwina, no entanto, riu-se e disse-lhe que achava que, daquela vez, Alexis aprendera bem a lição.

Mais uma vez, a noite passou demasiado rápida e não tardou que regressassem ao Claridge, onde não tinha possibilidade de partilhar os momentos de ternura vividos na Irlanda. Edwina desejava fazer amor com ele de novo mas ambos sabiam que mais valia absterem-se.

— Como poderei dizer-te adeus, Patrick? Acabei de te encontrar.

Levara onze anos a despedir-se de Charles e agora tinha de se separar do primo dele.

— Não queres ir a Southampton connosco amanhã?

Patrick disse tristemente que não com a cabeça.

— Não achas que seria demasiado doloroso para nós? E talvez perturbasse a Alexis.

— Seja como for, estou convencida de que ela sabe.

— Nesse caso, ambas levam para casa grandes segredos — observou Patrick, beijando-a com meiguice.

Os dois sabiam que tudo o que haviam partilhado fora etéreo e belo, e Edwina teve o pressentimento inexplicável de que Patrick a libertara.

— Será que voltarei a ver-te? — perguntou a Patrick quando este a deixou em frente do Claridge.

— Talvez. Se voltares cá. Ou eu lá for. Nunca estive na Califórnia.

Edwina duvidava de que alguma vez viesse a estar. Fora o que ele lhe dissera desde o princípio, ambos tinham de se libertar um do outro, de se permitirem voltar a voar, em liberdade para sempre. Sentiu o presente de Patrick no pulso, de onde nunca mais sairia, e a presença dele no seu coração, mas não tinha ilusões de que tudo o resto desapareceria para passar a ser uma recordação distante que ele proporcionara durante três semanas fugazes, libertando-a das grilhetas que a haviam aprisionado durante tanto tempo.

— Amo-te — sussurrou-lhe Patrick, antes de a largar. — Amo-te desesperadamente... Será para sempre... Sorrirei sempre que pensar em ti... Também sorrirei quando pensar na Irlanda, tal como tu deverás fazer.

Beijou então Edwina uma última vez, e esta ficou a chorar ao vê-lo afastar-se no seu carro, sem olhar para trás. Permaneceu, durante muito tempo, no mesmo sítio, antes de voltar para dentro do Claridge, certa da imensidão do seu amor por Patrick.

CAPÍTULO

39

No dia seguinte, saíram às oito da manhã para Southampton, tal como haviam feito anos antes, mas daquela vez eram apenas dois dos elementos do grupo de então, duas irmãs, duas amigas, duas sobreviventes. Iam caladas, e Alexis desconfiava que Edwina se mostrava circunspecta por alguma razão muito forte. Viu-a ficar, durante grande parte do percurso, com o olhar fixo no que ia passando do lado de fora da janela.

Subiram para bordo do *Olympic* a horas, e as duas mulheres, sentindo-se ainda nervosas por se encontrarem num navio, seguiram logo para os respetivos camarotes. Logo a seguir, Edwina surpreendeu Alexis ao dizer-lhe que ia para o convés assistir aos preparativos para a partida. Foi sozinha, pois a irmã mais nova não teve vontade de ver o que quer que fosse.

Edwina manteve-se no convés enquanto o navio enorme era solto das suas amarras e saía da doca, começando a afastar-se. Foi nessa altura que o avistou. Era como se soubesse que ele não deixaria de ali estar. Patrick, na doca, acenava-lhe solene, de olhos fixos nela. Edwina, sem conseguir conter as lágrimas, atirou-lhe um beijo. Ficou a vê-lo dizer-lhe adeus até poder, até o navio se afastar e o cais ficar reduzido a uma massa indistinta, certa de que jamais esqueceria Patrick.

Só passado muito tempo é que desceu ao seu camarote, em cuja cama encontrou Alexis a dormir. A viagem fora muito cansativa para elas.

Nesse dia, participaram no treino dos salva-vidas e quem não saía do pensamento de Edwina era Patrick, não Charles... Os seus passeios pelo convés, as horas intermináveis passadas a conversar, ele a acompanhá-la na sessão de treino com os salva-vidas... a noite em que tinham dançado, ela com um vestido emprestado... A lembrança de tudo aquilo fê-la sorrir e, ao olhar para cima, viu passar uma ave, o que lhe trouxe à lembrança o que Patrick lhe dissera: acontecesse o que acontecesse entre eles, ele libertá-la-ia para que regressasse a casa. Os dois tinham as suas próprias vidas, os seus próprios mundos, e jamais haveria possibilidade de virem a ficar juntos. Mas, aos trinta e dois anos, amara e fora amada por dois homens, o que a fez sentir-se madura enquanto o navio a vapor as levava rumo a casa, estado de espírito em que até mesmo Alexis reparou.

— Apaixonaste-te por ele, não foi? — perguntou-lhe Alexis no segundo dia.

Edwina ficou a olhar para o mar durante muito tempo, sem responder.

— Ele era primo do Charles.

Isso, porém, não respondia à pergunta, e Alexis sabia. Assim como também compreendia que havia perguntas às quais mais valia não responder, como tivera oportunidade de aprender à sua custa.

— Achas que o George virá a saber do Malcolm? — Parecia assustada, e Edwina refletiu com cuidado sobre o assunto.

— Talvez não, se fores muito discreta e os teus irmãos não lhe contarem.

— E se eles falarem, ou alguma outra pessoa?

— Que achas que ele pode fazer? — perguntou Edwina, encarando-a como uma adulta pela primeira vez. — Nada pode fazer. O mal foi feito a ti, ao teu coração, à tua alma, qualquer das partes de que és formada e que são verdadeiramente importantes. Se conseguires ultrapassar o acontecido, nesse caso, venceste. Tiveste algumas lições duras, agora é deitá-las para trás das costas. O que importa, de facto, é teres ficado livre da situação. O resto é de somenos importância.

Alexis sorriu de alívio e inclinou-se para beijar Edwina, que lhe deu uma palmadinha na mão.

— Obrigada por me teres livrado da situação.

A verdade era que a mesma tivera resultados positivos para as duas. Edwina também aprendera algo de precioso naquela aventura, pelo qual se sentia grata.

— Manda sempre — retorquiu, sorrindo e recostando-se, em seguida, na cadeira, fechando os olhos, para os voltar a abrir logo a seguir. — Bem, não era bem isso o que eu queria dizer. Agradeço que não repitas a façanha.

— Sim, é melhor — concordou Alexis, rindo.

Mantiveram-se nos seus camarotes durante a maior parte do tempo, lendo, jogando às cartas, dormindo, conversando e conhecendo-se melhor uma à outra, como adultas. Alexis continuava decidida a prosseguir a sua carreira de atriz, mas Edwina disse-lhe que achava melhor que esperasse até fazer, pelo menos, os dezoito anos e poder lidar melhor com as situações que surgiam em semelhante trabalho.

Alexis concordou, pois a sua experiência com Malcolm Stone assustara-a e alertara-a para o tipo de homens que poderia encontrar, afirmando que a partir dali quereria Edwina sempre ao seu lado, para a proteger.

— Acho que, para a próxima, serás capaz de resolver o problema.

Alexis já não tinha tanto essa certeza, dizendo que Fannie tinha muita sorte por nada mais desejar do que um lar e filhos para criar um dia, nada mais excitante na sua vida do que preparar o jantar para o marido.

— Os grandes desafios não são para toda a gente — observou Edwina. — Só para muito poucos. E quem está fora desses círculos mágicos jamais o compreenderá.

Fizeram alguns amigos no regresso a casa e, quando o navio aportou em Nova Iorque, ambas suspiraram de alívio. Havia experiências que custavam a esquecer, e ambas sabiam que uma delas jamais desapareceria da sua mente. Quando desembarcaram Edwina ainda sentia saudades de Patrick. Ele enviara-lhe flores para o navio, acompanhadas com um cartão que dizia apenas: «Amo-te», e com as que mandara entregar-lhe ao hotel, em Nova Iorque, mandara escrever: «*Je t'aime... adieu.*» Edwina ficou a olhar para elas durante muito tempo e depois tocou na pulseira que tinha no pulso e guardou o cartão na carteira. Ficaram em Nova Iorque apenas uma noite, telefonaram a Fannie e Teddy, que lhes disseram que George lhes ligara uma única vez, mas que Fannie arranjara uma maneira engenhosa de o convencer de que Alexis saíra e Edwina estava com uma laringite terrível. Sam Horowitz também falara lá para casa, tendo-lhe sido dada a mesma desculpa. Fora isso, «a costa estava livre», e os dois ficaram muito contentes por saber que Alexis se encontrava bem. Ela mesma falou com eles e todos choraram, pelo menos as raparigas. Quatro dias depois, chegavam a casa, e Alexis jurava, por entre um nunca mais acabar de abraços e beijos, que nunca mais se iria embora, nem mesmo para Hollywood, o que fez Edwina rir.

— Um dia ainda te obrigo a engolir essas palavras — brincou.

O telefone tocou nesse momento. Era George. Tinham chegado a Hollywood nesse dia, depois de uma lua de mel gloriosa e, mais tarde, quando Edwina falou com Helen, esta confidenciou-lhe que era provável que estivesse grávida.

— Estás? Que maravilha!

Ficou admirada consigo mesma por sentir uma certa inveja. Helen era dez anos mais nova, acabara de regressar da sua lua de mel e tinha um marido que a adorava, ao contrário de Edwina, que estava de novo sozinha, restando-lhe continuar a tomar conta dos irmãos.

Depois de Helen acabar de falar, George veio de novo ao telefone para perguntar com ar solícito:

— A propósito, como vai a tua garganta?

— Ótima. Porquê? — Depois recordou-se da história inventada por Fannie. — Ah... já passou. Mas que gripe terrível. Ainda receei que se transformasse numa pneumonia ou algo parecido, mas não chegou a tanto.

— Ainda bem. Uma noite destas tive um sonho muito esquisito.

Não lhe contou que a imaginara num navio, pois sabia que a irmã ficaria demasiado perturbada. Sentira-se de tal modo incomodado que acordara Helen. Esta estava convencida de que fora nessa noite que engravidara.

— Seja como for, fico contente em saber que já passou. Quando vens até cá fazer uma visita?

A simples ideia de ir a um lado qualquer aterrorizava Edwina. Acabara de chegar quase do outro lado do mundo, mas claro que George não fazia ideia desse facto.

— Vocês vêm cá passar o Dia de Ação de Graças? — perguntou ao irmão, que tinha uma outra ideia.

— Sam sugeriu que fizéssemos isto à vez. Este ano podia ser em casa dele, no próximo ano, na nossa, aí.

Prometera a Helen fazer a sugestão a Edwina daquela maneira, mas também a avisara de que, se a irmã ficasse muito aborrecida com a ideia de não ser ela a fazer de anfitriã naquele dia, como sempre fora costume, eles teriam de ir a São Francisco.

Edwina, no outro extremo da linha, refletiu durante algum tempo na proposta, e depois aceitou, hesitante.

— Está bem... É capaz de ser engraçado, para variar. Embora a pobre Fannie quisesse cozinhar o seu peru especial.

— Pode fazê-lo em casa de Sam — sugeriu George com um sorriso, dando palmadinhas na barriga, ainda lisa, de Helen. — Aqui a Helen também quer ajudar a preparar o peru, não é, querida? — brincou, vendo-a resmungar. Helen não percebia nada de cozinha.

— Se calhar foi por isso que o Sam telefonou — observou Edwina com ar pensativo; porém, ainda não tivera tempo de retribuir a chamada.

— Provavelmente — presumiu George. — Bom, então até daqui a umas semanas.

Edwina informou os irmãos de que iam passar o Dia de Ação de Graças a Hollywood, iniciando assim um novo hábito com Helen e George; todos ficaram contentes, até mesmo Alexis.

— Pensei que nunca mais me deixarias sair desta casa outra vez — disse a Edwina.

Tinham-se tornado muito amigas desde a grande aventura, mas os outros não deram mostras de se importar. Teddy e Fannie agiam como se fossem gémeos e sentiam-se muito felizes por terem de novo Edwina e Alexis em casa. Nessa noite, Edwina, quando se foi deitar, refletiu, com estranheza, no quanto todos tinham subitamente crescido. Antes de adormecer, não pôde deixar de pensar em Patrick. Os navios, os comboios, a viagem à Irlanda, o incidente com Malcolm e Alexis, a pulseira de diamantes, o champanhe, a poesia, a visita a *Lady* Fitzgerald, tudo não parecia já mais do que um sonho. Quando foram passar o feriado a Los Angeles, Edwina tivera tanto em que pensar que achava que ainda não tinha as ideias muito claras.

Helen e George estavam ótimos, e Helen já confirmara a gravidez oficialmente. Sam andava entusiasmado com a perspetiva e exigia que fosse um neto. Fannie preparou o seu peru «especial» e perguntou a Helen se podia ir passar uns meses em Hollywood para a ajudar a cuidar do bebé. A ideia apanhou Helen de surpresa, mas, como o nascimento estava previsto para junho, nessa altura já Fannie estaria em férias de verão.

— E que fico eu a fazer o verão inteiro enquanto tu mudas fraldas, Fan? — queixou-se Teddy, mas George interveio de imediato.

— Pensei que gostasses de dar uma ajuda no estúdio no próximo verão.

De qualquer modo, já tencionava fazer-lhe aquela sugestão, à qual Teddy reagiu quase pulando de alegria, enquanto comiam a tarte de abóbora que Fannie preparara.

Era uma ótima cozinheira e Sam passava a vida a elogiá-la, o que comovia Edwina. Tratava todos com muito carinho, como se formassem agora uma só família, o que emocionava muito a irmã mais velha. Mais tarde, enquanto Alexis conversava com George sobre um novo filme e Fannie, Helen e Teddy jogavam às cartas, tentou agradecer-lhe, aproveitando uma ida ao jardim para um passeio juntos.

— Obrigada por ser tão bom com eles. Acho muito importante — agradeceu, sorrindo.

— A Edwina abdicou da sua vida pelos seus irmãos durante muito tempo. Mas eles merecem o seu orgulho. — Fitou-a com olhos sábios e um sorriso gentil. — Quando forem adultos, que tenciona fazer da sua vida?

— O mesmo que o Sam faz agora com a Helen. — Aos seus olhos, ambos pertenciam à mesma geração o que, de facto, não era verdade. Edwina tinha trinta e dois anos e Sam Horowitz, cinquenta e sete. — Espera por netos. Eu espero por sobrinhos. No fundo é o mesmo.

Sorriu com ternura, mas Sam não se mostrou de acordo.

— Não, não é — disse calmo, enquanto andavam, fazendo um pouco de exercício após o jantar.

Edwina sentia-se à vontade com ele, era como se fossem velhos amigos e ela pudesse fazer-lhe todas as confidências. Gostava muito do pai de Helen, sempre nutrira por ele essa simpatia, tal como em relação à cunhada.

— Já há muito tempo, vivi com uma mulher a quem amei muito, mas que me magoou profundamente — prosseguiu Sam. — A Edwina tirou muito pouco proveito da vida, excetuando os irmãos que adora e a quem dedica todo o seu amor. Mas quando chegará a sua altura? Que acontecerá quando eles se forem embora? É por isso que eu digo que os sobrinhos não bastam... Precisa de mais do que isso. Devia ter filhos seus.

Sam falava com tamanha gravidade que quase fez Edwina rir.

— Porque será que andam todos a dizer-me o mesmo? — Patrick... *Lady* Fitzgerald... agora Sam... — Mas olhe que criei cinco crianças como se fossem minhas. Não acha que foi o suficiente?

— Talvez. Mas não é a mesma coisa. Pelo menos eu não acho.

— Pois eu creio que é — disse-lhe com toda a seriedade. — Amei essas cinco crianças como se fossem minhas. — Hesitou antes de prosseguir. — Chego a pensar que os amei mais do que a nossa própria mãe... que não lhes quis o suficiente para se manter viva por eles, para deixar o marido por eles... — Porém, desde que desabafara com Patrick sobre aquela sua mágoa passados tantos anos, a sua revolta desaparecera. A seguir, resolveu inquirir Sam sobre algo que este dissera, já que estavam a ser tão sinceros um com o outro. — Porque foi que disse que a sua mulher o magoou profundamente? Pensei que morrera.

— E é verdade. — Fitou a jovem amiga com olhos sábios e bondosos. — Fugia com outro homem quando o comboio onde seguiam sofreu um acidente, onde morreram. A Helen só tinha nove meses na altura e não sabe de nada.

Edwina ficou por momentos abalada e sem proferir palavra.

— Deve ter sido horrível para si — observou, impressionada por ele nunca ter contado a verdade à filha. Achava-o um homem de grande coração, apenas um dos aspetos que a levavam a gostar dele. Admirava-o e respeitava-o desde que o conhecera, dando grande valor à amizade entre ambos.

— Foi pavoroso. Durante muito tempo andei cheio de raiva — continuou Sam. — Guardei-a bem dentro de mim durante muito tempo, ao ponto de quase me consumir. Mas um dia decidi que era demasiado doloroso e desisti. Ela deixara-me Helen, o que talvez fosse suficiente. Na verdade, hoje sei que foi.

Edwina, no entanto, achou que fora uma pena ele não voltar a constituir família. Tudo aquilo se passara já há vinte anos, o que era muito tempo para se estar sozinho. Sabia que ele de vez em quando saíra com algumas das atrizes mais famosas de Hollywood; porém, nunca soubera de nenhum compromisso importante com ninguém, o mesmo acontecendo com George. Sam Horowitz vivia para o seu trabalho e para a sua filha. De repente, Sam surpreendeu-a com a pergunta que lhe fez a seguir.

— A propósito, que tal achou a Europa?

Edwina deteve-se e fitou-o com espanto.

— O que o leva a pensar que estive na Europa?

Fannie contara-lhe que, quando ele telefonara, ela lhe transmitira a mesma história da laringite.

— Telefonei algumas vezes para saber como estava. Foi tão solícita com a Helen no seu dia de casamento, como se fosse a mãe dela, que eu queria agradecer-lhe. A pobre da Fannie atrapalhou-se toda a contar-me essa patranha da sua gripe terrível, de não conseguir falar por causa da enorme laringite.

Imitou Fannie na perfeição, fazendo rir Edwina, que, ao olhar para o rosto fortemente desenhado, com o cabelo branco a brilhar sob o luar, se apercebeu, tal como já acontecera antes, de que Sam era, de facto, muito atraente.

— De qualquer modo — prosseguiu Sam —, achei que algo não batia certo. Portanto, fiz uma pequena investigação por cá e descobri que não só o Malcolm Stone desaparecera da cidade como também a menina Alexis. A seguir, calculei aonde a Edwina teria ido. Houve uma altura em que ainda pensei em ir atrás de si, mas depois concluí que, se precisasse da minha ajuda, telefonaria, pelo menos assim esperava. Considero que somos amigos. — Mirou-a cautelosamente. — Para ser franco, fiquei um pouco desiludido ao ver que não me dizia nada. — Em seguida, fitou-a com um carinho imenso. — Meteu-se num navio sozinha, não foi?

Assim fora, mas não por muito tempo.

— Foi preciso ter muita coragem — prosseguiu Sam, vendo-a anuir. — E encontrou a sua irmã. Onde estava ela?

— Em Londres. — Edwina sorriu, lembrando-se de quando os encontrara, mais o «magistrado» Patrick.

— Ela estava na companhia do Stone?

Edwina hesitou, mas depois acenou que sim com a cabeça.

— Mas o George não sabe e eu prometi a Alexis nunca lhe contar.

Ergueu o olhar apreensivo para Sam, mas este abanou a cabeça com uma expressão pesarosa. Ainda se sentia impressionada por ele ter sabido e não ter contado a ninguém. Sam era inteligente, discreto e carinhoso com ela e a sua família.

— Não me cabe informar o meu genro ou o meu associado do que a irmã anda a fazer. Desde que Edwina esteja a controlar a situação, não tenho nada que interferir. A propósito, onde está o Stone?

— Penso que ficou por lá. Não creio que volte a Hollywood tão depressa. Tem demasiado medo de George.

— Homem esperto. Estou convencido de que, se o seu irmão soubesse, dava cabo dele. A minha falecida mulher ensinou-me alguns truques que bem poderia ter dispensado, razão pela qual desconfiei de que Alexis saíra da cidade, mas, pelo que sei, agora está a portar-se como deve ser.

— É verdade, e na primavera, quando fizer dezoito anos, quer voltar a Hollywood para fazer outro filme. Acho que George consentirá, se ela ainda tiver vontade.

Edwina estava certa de que Alexis quereria, pois não falava de outra coisa senão da sua futura carreira como atriz.

— E a Edwina? — perguntou Sam objetivamente. — Que tenciona fazer agora?

Os olhos dele encontraram-se com os dela e mantiveram-se assim muito tempo. Havia coisas que ele gostaria de lhe perguntar, coisas que adoraria contar-lhe acerca de si mesmo, coisas que apreciaria saber sobre ela.

— Não sei, Sam — respondeu Edwina com um suspiro, embora parecesse feliz. — Farei o que porventura precisarem que eu faça, seguirei em frente, ficarei sozinha, seja o que for...

Naquele momento, não se sentia preocupada com o futuro. Andara atrás dos irmãos durante onze anos e não tinha mais com que se ocupar a partir dali. Além disso, adorava-os, mas Sam tinha algo em mente, algo que não sabia como abordar com Edwina. Tratava-se de uma ideia em que andava a refletir há uns tempos; porém, não sabia como começar e, pela primeira vez desde há muito, sentia-se receoso.

Pararam de andar, e Sam fitou de novo Edwina. Esta erguera para ele o rosto, que o luar fazia brilhar, realçando o azul intenso dos olhos e o contraste da pele muito branca com o negro dos cabelos.

— Que me diz quanto a si, Edwina? Quando começa a viver? Eles agora já são todos independentes, quase já passam bem sem si, e a Edwina nem se deu conta. Sabe quando reparei que a Helen crescera? No dia em que casou com George. Num abrir e fechar de olhos, vi-me a entregar-lhe a mão da minha filha. E sabe que mais?... Nesse dia descobri, enquanto a Edwina se atarefava a ajeitar-lhe o véu... o mesmo véu que lhe estava destinado se o seu noivo não tivesse desaparecido no oceano com os seus pais... descobri que construíra um império para mim próprio, é certo, mas que não tinha mais ninguém com quem o partilhar. Depois de todos estes anos, de todo este trabalho, de todo o amor que dediquei a Helen e, antes dela, à mãe... De repente, dei comigo sozinho. Claro que um dia virão os netos e ainda vejo a Helen, mas já não é o mesmo. Não tenho ninguém que me pegue na mão, que me faça companhia, que se preocupe comigo... e com quem eu me preocupe, exceto a minha única filha. Nesse dia, observei-a — disse com ternura, tomando a mão dela na sua, que era muito maior, e acercando o seu rosto do dela.

Edwina apercebeu-se então daquilo que apreciara nele desde que o conhecera: a bondade, a força, a delicadeza e a sabedoria. Era o mesmo tipo de pessoa que o seu pai fora, alguém com quem se podia rir, conversar, alguém de quem se gostava instintivamente. Sam era espontâneo e sincero e, por um instante, teve a impressão de que o amava. Debatia-se ela com esse pensamento quando ele lhe disse, sorrindo:

— Sabe o que eu quero? Quero cuidar de si, pegar na sua mão, aconchegá-la contra mim quando chorar e rir-me consigo quando se divertir. Quero estar consigo, Edwina. E gostaria que estivesse junto de mim quando eu precisasse. Tanto eu como a Edwina temos direito a isso. — Sorriu-lhe quase com tristeza. — E nunca o tivemos.

Edwina manteve-se calada durante muito tempo, sem saber o que lhe responder. Ele não era Patrick nem Charles, os anos já lhe pesavam, mas também com ela sucedia o mesmo, compreendendo então que, ao seu jeito, também o amava. Ele era o homem que ela desejava há anos sem nunca se ter apercebido disso. Um homem de quem poderia cuidar, a quem respeitaria e amaria. Um homem com o qual poderia passar o resto da vida. Então, de repente, teve como que uma outra revelação. Soube que ficaria ao seu lado em todas as ocasiões, na riqueza e na pobreza, para o bem e para o mal, até que... tal como acontecera com a sua mãe, que morrera com Bert devido ao seu amor imenso... ao amor imenso que tivera por ele... ou que Edwina tivera pelos seus irmãos... ou que ela e Sam um dia teriam um pelo outro e, quem sabe, pelos filhos que pudessem vir a aparecer.

De repente, Edwina compreendeu que um dia partilhariam o mesmo tipo de amor que os seus pais partilharam entre si, o tipo de amor que se vai construindo, acarinhando e cultivando. O tipo de amor para o qual se vive... e pelo qual se morre se for preciso. O deles não tinha tais arroubos de paixão; no entanto, pressentia que, sobre o elo já formado, se erguia o rochedo sobre o qual poderia construir-se uma vida.

— Não sei que dizer...

Edwina sorriu-lhe quase com timidez. Nunca lhe passara pela cabeça viver uma situação daquele género com Sam. Sempre pensara nele como o pai de Helen... mas depois lembrou-se de ter recorrido a ele quando Alexis desaparecera, de ele lhe ter valido e de ela ficar com a certeza de que, se recorresse à sua ajuda, ela jamais lhe seria negada. Sam era, antes de mais nada, seu amigo, o que muito lhe agradava nele. Para dizer a verdade, tudo nele lhe agradava.

— O que acha que Helen irá pensar?... E George... e os outros...

No entanto, desconfiava que ficariam satisfeitos, tal como Sam.

— Penso que ela irá achar-me um homem cheio de sorte, opinião de que partilho. — Apertou fortemente a mão que tinha entre as suas. — Edwina... se for demasiado prematuro, não diga uma palavra. Só quero saber se acha possível ou se me considera louco.

Olhou para ela hesitantemente, quase como um rapazinho, o que a fez rir, recordando-se de repente dos irmãos.

— O que eu acho é que estamos ambos loucos, Sam, mas isso agrada-me.

Edwina acercou-se mais de Sam, que lhe sorriu. A seguir, puxou-a para si, cingiu-a com força entre os braços e beijou-a.

LIVROS NA COLEÇÃO

001 | 001 Daniel Silva
O Confessor
002 | 001 Guillaume Musso
E Depois...
003 | 001 Mary Higgins Clark
A Segunda Vez
004 | 001 Augusto Cury
A Saga de um Pensador
005 | 001 Marc Levy
E Se Fosse Verdade...
006 | 001 Eça de Queirós
Contos
007 | 001 Danielle Steel
Uma Paixão
008 | 001 Stephen King
Cell
009 | 001 Juliet Marillier
O Filho de Thor – Vol. I
009 | 002 Juliet Marillier
O Filho de Thor – Vol. II
010 | 001 Mitch Albom
As Cinco Pessoas que Encontramos no Céu
011 | 001 Corinne Hofmann
Casei com Um Massai
012 | 001 Christian Jacq
A Rainha Sol
013 | 001 Nora Roberts
Um Sonho de Amor
014 | 002 Nora Roberts
Um Sonho de Vida
015 | 001 Boris Starling
Messias
016 | 001 Maria Helena Ventura
Afonso, o Conquistador
017 | 001 Maeve Binchy
Uma Casa na Irlanda
018 | 001 Simon Scarrow
A Águia do Império
019 | 001 Elizabeth Gilbert
Comer, Orar, Amar
020 | 001 Dan Brown
Fortaleza Digital
021 | 001 Bill Bryson
Crónicas de Uma Pequena Ilha
022 | 001 David Liss
A Conspiração de Papel
023 | 001 Jeanne Kalogridis
No Tempo das Fogueiras
024 | 001 Luís Miguel Rocha
O Último Papa
025 | 001 Clive Cussler
Desvio Polar
026 | 003 Nora Roberts
Sonho de Esperança
027 | 002 Guillaume Musso
Salva-me
028 | 003 Juliet Marillier
Máscara de Raposa – Vol. I
028 | 004 Juliet Marillier
Máscara de Raposa – Vol. II
029 | 001 Leslie Silbert
A Anatomia do Segredo
030 | 002 Danielle Steel
Tempo para Amar
031 | 002 Daniel Silva
Príncipe de Fogo
032 | 001 Edgar Allan Poe
Os Crimes da Rua Morgue
033 | 001 Tessa De Loo
As Gémeas
034 | 002 Mary Higgins Clark
A Rua Onde Vivem

035 | 002 Simon Scarrow
O Voo da Águia
036 | 002 Dan Brown
Anjos e Demónios
037 | 001 Juliette Benzoni
O Quarto da Rainha
(O Segredo de Estado – I)
038 | 002 Bill Bryson
Made in America
039 | 002 Eça de Queirós
Os Maias
040 | 001 Mario Puzo
O Padrinho
041 | 004 Nora Roberts
As Jóias do Sol
042 | 001 Douglas Preston
Relíquia
043 | 001 Camilo Castelo Branco
Novelas do Minho
044 | 001 Julie Garwood
Sem Perdão
045 | 005 Nora Roberts
Lágrimas da Lua
046 | 003 Dan Brown
O Código Da Vinci
047 | 001 Francisco José Viegas
Morte no Estádio
048 | 001 Michael Robotham
O Suspeito
049 | 001 Tess Gerritsen
O Aprendiz
050 | 001 Almeida Garrett
Frei Luís de Sousa e *Falar Verdade a Mentir*
051 | 003 Simon Scarrow
As Garras da Águia
052 | 002 Juliette Benzoni
O Rei do Mercado (O Segredo de Estado – II)
053 | 001 Sun Tzu
A Arte da Guerra
054 | 001 Tami Hoag
Antecedentes Perigosos
055 | 001 Patricia Macdonald
Imperdoável
056 | 001 Fernando Pessoa
A Mensagem
057 | 001 Danielle Steel
Estrela
058 | 006 Nora Roberts
Coração do Mar
059 | 001 Janet Wallach
Seraglio
060 | 007 Nora Roberts
A Chave da Luz
061 | 001 Osho
Meditação
062 | 001 Cesário Verde
O Livro de Cesário Verde
063 | 003 Daniel Silva
Morte em Viena
064 | 001 Paulo Coelho
O Alquimista
065 | 002 Paulo Coelho
Veronika Decide Morrer
066 | 001 Anne Bishop
A Filha do Sangue
067 | 001 Robert Harris
Pompeia
068 | 001 Lawrence C. Katz e Manning Rubin
Mantenha o Seu Cérebro Activo
069 | 003 Juliette Benzoni
O Prisioneiro da Máscara de Veludo (O Segredo de Estado – III)
070 | 001 Louise L. Hay
Pode Curar a Sua Vida
071 | 008 Nora Roberts
A Chave do Saber
072 | 001 Arthur Conan Doyle
As Aventuras de Sherlock Holmes

073 | 004 Danielle Steel
O Preço da Felicidade
074 | 004 Dan Brown
A Conspiração
075 | 001 Oscar Wilde
O Retrato de Dorian Gray
076 | 002 Maria Helena Ventura
Onde Vais Isabel?
077 | 002 Anne Bishop
Herdeira das Sombras
078 | 001 Ildefonso Falcones
A Catedral do Mar
079 | 002 Mario Puzo
O Último dos Padrinhos
080 | 001 Júlio Verne
A Volta ao Mundo em 80 Dias
081 | 001 Jed Rubenfeld
A Interpretação do Crime
082 | 001 Gerard de Villiers
A Revolução dos Cravos de Sangue
083 | 001 H. P. Lovecraft
Nas Montanhas da Loucura
084 | 001 Lewis Carroll
Alice no País das Maravilhas
085 | 001 Ken Follett
O Homem de Sampetersburgo
086 | 001 Eckhart Tole
O Poder do Agora
087 | 009 Nora Roberts
A Chave da Coragem
088 | 001 Julie Powell
Julie & Julia
089 | 001 Margaret George
A Paixão de Maria Madalena – Vol. I
090 | 003 Anne Bishop
Rainha das Trevas
091 | 004 Daniel Silva
O Criado Secreto
092 | 005 Danielle Steel
Uma Vez na Vida
093 | 003 Eça de Queirós
A Cidade e as Serras
094 | 005 Juliet Marillier
O Espelho Negro
(As Crónicas de Bridei – I)
095 | 003 Guillaume Musso
Estarás Aí?
096 | 002 Margaret George
A Paixão de Maria Madalena – Vol. II
097 | 001 Richard Doetsch
O Ladrão do Céu
098 | 001 Steven Saylor
Sangue Romano
099 | 002 Tami Hoag
Prazer de Matar
100 | 001 Mark Twain
As Aventuras de Tom Sawyer
101 | 002 Almeida Garrett
Viagens na Minha Terra
102 | 001 Elizabeth Berg
Quando Estiveres Triste, Sonha
103 | 001 James Runcie
O Segredo do Chocolate
104 | 001 Pauk J. Mcauley
A Invenção de Leonardo
105 | 003 Mary Higgins Clark
Duas Meninas Vestidas de Azul
106 | 003 Mario Puzo
O Siciliano
107 | 002 Júlio Verne
Viagem ao Centro da Terra
108 | 010 Nora Roberts
A Dália Azul
109 | 001 Amanda Smyth
Onde Crescem Limas não Nascem Laranjas
110 | 002 Osho
O Livro da Cura – Da Medicação à Meditação

111 | 006 Danielle Steel
Um Longo Caminho para Casa
112 | 005 Daniel Silva
O Assassino Inglês
113 | 001 Guillermo Cabrera Infante
A Ninfa Inconstante
114 | 006 Juliet Marillier
A Espada de Fortriu
115 | 001 Vários Autores
Histórias de Fantasmas
116 | 011 Nora Roberts
A Rosa Negra
117 | 002 Stephen King
Turno da Noite
118 | 003 Maria Helena Ventura
A Musa de Camões
119 | 001 William M. Valtos
A Mão de Rasputine
120 | 002 Gérard de Villiers
Angola a Ferro e Fogo
121 | 001 Jill Mansell
A Felicidade Mora ao Lado
122 | 003 Paulo Coelho
O Demónio e a Senhorita Prym
123 | 004 Paulo Coelho
O Diário de Um Mago
124 | 001 Brad Thor
O Último Patriota
125 | 002 Arthur Conan Doyle
O Cão dos Baskervilles
126 | 003 Bill Bryson
Breve História de Quase Tudo
127 | 001 Bill Napier
O Segredo da Cruz de Cristo
128 | 002 Clive Cussler
Cidade Perdida
129 | 001 Paolo Giordano
A Solidão dos Números Primos
130 | 012 Nora Roberts
O Lírio Vermelho
131 | 001 Thomas Swan
O Falsificador de Da Vinci
132 | 001 Margaret Doody
O Enigma de Aristóteles
133 | 007 Juliet Marillier
O Poço das Sombras
134 | 001 Mário de Sá-Carneiro
A Confissão de Lúcio
135 | 001 Colleen McCullough
A Casa dos Anjos
136 | 013 Nora Roberts
Herança de Fogo
137 | 003 Arthur Conan Doyle
Um Estudo em Vermelho
138 | 004 Guillaume Musso
Porque te Amo
139 | 002 Ken Follett
A Chave para Rebecca
140 | 002 Maeve Binchy
De Alma e Coração
141 | 002 J. R. Lankford
Cristo Clonado
142 | 002 Steven Saylor
A Casa das Vestais
143 | 002 Elizabeth Gilbert
Filha do Mar
144 | 001 Federico Moccia
Quero-te Muito
145 | 003 Júlio Verne
Vinte Mil Léguas Submarinas
146 | 014 Nora Roberts
Herança de Gelo
147 | 002 Marc Levy
Voltar a Encontrar-te
148 | 002 Tess Gerritsen
O Cirurgião
149 | 001 Alexandre Herculano
Eurico, o Presbítero
150 | 001 Raul Brandão
Húmus
151 | 001 Jenny Downham
Antes de Eu Morrer
152 | 002 Patricia MacDonald
Um Estranho em Casa

153 | 001 Eça de Queirós
e Ramalho Ortigão
O Mistério da Estrada de Sintra
154 | 003 Osho
Alegria – A Felicidade Interior
155 | 015 Nora Roberts
Herança da Vergonha
156 | 006 Daniel Silva
A Marca do Assassino
157 | 002 Camilo Castelo Branco
A Queda dum Anjo
158 | 007 Danielle Steel
Jogos de Sedução
159 | 001 Florbela Espanca
Sonetos
160 | 002 Margaret Doody
A Justiça de Aristóteles
161 | 003 Tess Gerritsen
A Pecadora
162 | 003 Ken Follett
O Vale dos Cinco Leões
163 | 004 Júlio Verne
Da Terra à Lua
164 | 001 F. Scott Fitzgerald
O Grande Gatsby
165 | 002 Federico Moccia
Três Metros Acima do Céu
166 | 001 Aquilino Ribeiro
O Malhadinhas
167 | 004 Osho
Liberdade – A Coragem de Ser Você Mesmo
168 | 007 Daniel Silva
A Mensageira
169 | 005 Guillaume Musso
Volto para Te Levar
170 | 001 Niccolò Ammaniti
Como Deus Manda
171 | 005 Júlio Verne
À Volta da Lua
172 | 001 Alberto Caeiro
Poemas
173 | 004 Tess Gerritsen
Duplo Crime
174 | 005 Osho
Inteligência – A Resposta Criativa
175 | 001 Rider Haggard
As Minas de Salomão
176 | 001 Inês Botelho
A Filha dos Mundos (O Cetro de Aerzis – 1)
177 | 001 Dinis Machado
O Que Diz Molero
178 | 002 Colleen McCullough
A Independência de Uma Mulher
179 | 008 Danielle Steel
O Beijo
180 | 003 Tami Hoag
Águas Calmas
181 | 001 Lisa Gardner
A Filha Secreta
182 | 001 Francesco Alberoni
Enamoramento e Amor
183 | 003 Marc Levy
Os Filhos da Liberdade
184 | 004 Arthur Conan Doyle
O Signo dos Quatro
185 | 008 Daniel Silva
O Artista da Morte
186 | 002 Brad Thor
O Primeiro Mandamento
187 | 001 Joseph Conrad
O Agente Secreto
188 | 001 Deborah Smith
A Doçura da Chuva
189 | 001 Santa Montefiore
A Virgem Cigana
190 | 001 Philipp Meyer
Ferrugem Americana

191 | 005 Tess Gerritsen
Desaparecidas
192 | 006 Júlio Verne
Cinco Semanas em Balão
193 | 002 Inês Botelho
A Senhora da Noite e das Brumas (O Cetro de Aerzis – 2)
194 | 004 Tami Hoag
Pecados na Noite
195 | 004 Ken Follett
Noite Sobre as Águas
196 | 005 Dan Brown
O Símbolo Perdido
197 | 001 Luís Miguel Rocha
Bala Santa
198 | 001 Isabel Valadão
Loanda — Escravas, Donas e Senhoras
199 | 003 Patricia MacDonald
Raptada na Noite
200 | 001 Franz Kafka
O Processo
201 | 002 Aquilino Ribeiro
A Casa Grande de Romarigães
202 | 001 John Grisham
A Firma
203 | 009 Danielle Steel
Um Amor Imenso
204 | 001 Romana Petri
Os Pais dos Outros

Outros títulos na coleção